내가 만난 손창섭

내가 만난 손창섭

재일 은둔작가 손창섭 탐사기

정철훈 지음

도서출판 b

| 차 례 |

1부　잉여인간을 찾아서

2부　손창섭 일대기의 재구성

1부

잉여인간을 찾아서

들어가는 말

2009년 2월 13일 낮 12시 20분, 김포공항을 이륙한 전일본항공(ANA) 1292편은 두 시간 남짓 날아 도쿄 인근 하네다 공항에 도착했다. 도쿄로 가는 전철 안에서 생각은 더욱 골똘해지고 있었다.

손창섭, 그는 살아 있을까. 아니면 이미 유명을 달리했을까. 그가 살아 있다 해도 과연 만날 수 있을까. 실로 질문할 게 많을 것이다. 그러나 어떻게 만날 수 있을까. 아무것도 확인되지 않았다는 사실이 위안이라면 위안이었다. 일단 부딪혀볼 수밖에. 내게 있어서 손창섭은 '환멸'과 '폐허'의 문학 그 자체였다. 그래서 궁금한 것이다. 그의 뇌리엔 아직도 한국전쟁이 끝나지 않았을지도 모른다. 전쟁이라는 시뻘건 용암 위에서 휘어져 버린 시간들. 폐허의 산물인 그의 상상력과 위악적 모순들, 그의 일본인 아내와 양녀, 그리고 일본 처갓집에 맡겼던 두 명의 자식들은 또 어떻게 되었단 말인가. 나의 취재 노트는 그야말로 물음표의 연속이었다.

오래전, 손창섭의 「비 오는 날」(1953)을 단숨에 읽었을 때 창밖에서 비가 오는 것 같았다. 창밖이라고 했지만 내가 방 안에 있는 것도 아니었다. 소설 속에서 내리는 비는 안과 밖의 경계를 지우며 나를 빗물 뚝뚝 떨어지는 처마 밑에 있게 했고 젖은 툇마루 끝에 있게 했다. 나는 1953년에 내린 비에 흠씬 젖어 있었다. 비의 장막 너머로 소설의 공간인 임시 수도 부산 동래의 전차 종점 부근이 눈에 아른거렸다. 소설의 풍경은 간혹 사실보다 더 현실적일 경우가 있다.

사십 일이나 계속된 긴 장마, 진득진득 걷기 힘든 비탈길, 일제강점기 당시 무슨 요양원으로 사용되었다는 낡은 목조 건물, 들이치는 비를 막기 위해 한 장도 남지 않은 창문 안쪽에 드리운 가마니때기, 다다미를 걷어서 벽 한구석에 기대어 놓은 판장(板牆, 널빤지로 둘러친 울타리)뿐인 실내, 여기저기 널려 있는 취사도구 옆에서 매캐한 연기를 피워내고 있는 풍로……

내가 태어나 성장했던 광주 서석동에서의 기억은 서너 살 시절인 1962-1963년으로 거슬러 올라간다. 전쟁은 십 년 전에 끝났는데도 골목길엔 짝짓기를 하다가 꽁무니가 붙은 채 고통스럽게 짖어대는 비루먹은 개들이 어슬렁대고 있었다. 그럴 때마다 동네 사람들은 뜨거운 물을 뿌려 암수를 갈라놓으며 혀를 빼물었다. 그 시절, 대중목욕탕엔 알몸에 게다짝을 신은 채 때를 벗기는 사람들이 태반이었다. 어머니를 따라 배급 쌀을 타러 간 동사무소 입구엔 총을 멘 군인들이 땟국물 흐르는 군복에 허줄한 운동화를 신은 채 서 있었다.

국가는 가난했고 개인도 가난했던 그 초췌한 전후 시대의 풍경은 오랫동안 바뀌지 않았다. 돌이켜보면 국가 자체가 거대한 난파선이었고 사람들은 너나 할 것 없이 난민이었다. 전후문학은 가히 난민 문학에 다름 아닌 것이다. 내가 태어난 서석동 주민이나 여덟 살 때 상경해 성장한 서울 은평구 녹번동 개천가의 주민들도 고향을 등지고 생계를 찾아 날아든 철새이긴 마찬가지였다. 찌그러진 놋주발에 비가 내렸고 재래식 시장의 난전 위로 비가 내렸으며 서로 멱살을 잡고 악다구니하는 들머리판에도 비가 내렸다.

나는 1950년대 태생의 대열에 마지막 순번으로 턱걸이를 한 까닭에 스스로 1950년대에 연루되어 있다는 생각을 떨쳐버리지 못했다. 1950년대는 내게 있어서 시간이 아니라 장소인 것이다. 1950년대는 내 아버지의 시대였지만 나의 잠재의식에도 침투해 있었다. 내게 물리적으로 불가능한 장소인 1950년대를 찾아가는 일을 가능케 해준 건 문학일 것이니, 어떤 장소는 시간에서 벗어나 있기도 한다. 그리고 그 장소에 도착한 나에게 누군가 삶을 구성하는, 또는 소설을 구성하는 최소 인원에 대해 묻는다면 세 명이라고 대답할 것이다. 그건 「비 오는 날」의 등장인물인 대학 졸업생 원구, 원구의 친구 동욱, 동욱의 여동생 동옥 때문이라는 것은 두말할 나위가 없다. 세 명이면 이야기는 충분히 풀어갈 수 있다. 이야기를 구성하는 세 꼭짓점으로서의 세 사람. 대학까지 나왔지만 리어카 잡화 행상을 하며 생계를 꾸려야 하는 원구, 대학에서 배운 영어로 미군 초상화를 주문받아 그림 솜씨 좋은 여동생에게 일감을 건네주며 무위도식하는 동욱, 한쪽 다리가 짧은 신체적 불구로 인해 방구석에만 처박혀 있는 동옥이 내가 도착한 장소에 살고 있었다.

게다가 비는 잠깐 오다가 그치는 비가 아니다. 그건 사십 일간 끊임없이 내리는 '장맛비'이다. 아니, 1950년대의 비가 한 번 내리기 시작한 후 그쳤다는 보고는 아직 없다. 그 비가 주는 비애감으로 인해 내 성장기는 마치 누군가의 유언을 듣는 시간처럼 더욱더 무겁게 가라앉았는지도 모른다.

「비 오는 날」, 「잉여인간」 등 손창섭이 1950년대에 발표한 단편소설들은 일찌감치 한국 전후문학의 대표적 수작으로 평가받았지만, 장편 『부부』 (1962)에서부터 『봉술랑』(1978)에 이르기까지 그가 1960년대 이후 신문 연재에 전념하며 남긴 10여 편의 장편소설은 문학비평에서 논외의 대상이었을 뿐만 아니라 태반이 책으로 묶이지도 않았다. 더구나 그의 문학을 깊이 이해하는 데 필수적인 생애 연구는 거의 이루어지지 않았다.

평양 태생인 그의 가족사와 만주, 일본을 떠돌았던 등단 이전의 성장기는 물론이고, 작가로서 확고한 명성을 얻고도 도일(渡日)을 결행한 이유와 도일 이후의 행적에 관해서도 밝혀진 것은 그리 많지 않다.

내 옆자리엔 통역을 맡은 박종채 선생이 앉아 있었다. 박 선생은 내 부친의 광주 서중 후배이다. 1935년생인 그는 전남대학교를 졸업하고 전남일보사에서 오랜 기자 생활을 했으며 1960년대엔 국회 출입 기자로 활동했고 1970년대 초에 연구원으로 도쿄에서 체류한 적이 있는 일본통이었다. 그렇지 않아도 손창섭을 찾아 일본행을 서두르던 나는 통역 문제로 고민하던 중 박 선생에게 전화를 걸어 넌지시 함께 일본에 가자고 요청했던 것이다. 손창섭의 괴팍한 성격과 대인 기피증, 그리고 아내 우에노 여사의 나이를 고려하면, 젊은 사람보다는 연륜이 묻어나는 박 선생 같은 분이 제격일 것 같았다. 이런 고민을 털어놓자 그는 대뜸 "특히나 나이든 일본인과 대면할 때는 작은 선물이 필수인데 일본에서는 귀한 돌김(이와노리)이 좋겠다."면서 직접 돌김을 준비해 올 정도로 예민하고도 배려 깊은 심성을 내비쳤다. 나중에 안 일이지만 박 선생이 도쿄의 숙소에 도착해 가방에서 꺼내 보인 돌김은 국내에서도 손꼽히는 고가품이었고 그것도 열 봉지나 되었다.

이동하는 시간은 길지 않았지만 전철 안에 걸린 광고판은 내가 도착한 곳이 근대와 현대가 교차하는 시간의 내부에 존재하는 장소임을 말해주고 있었다. 광고판엔 후쿠자와 유키치(福澤諭吉, 1835-1901)의 대형 사진이 걸려 있었다. 그가 설립한 게이오(慶應) 대학 창립 90주년을 알리는 광고였다. 1919년 종합대학으로 공식 출범한 일본 최초의 사립대 게이오 대학은 19세기 말 이래 일본 근대화에 크게 기여한 일본 사학(私學)의 상징이다. 메이지 시대의 풍운아였던 후쿠자와 유키치는 일본 열도를 탈아(脫亞)론으로 무장시킨 장본인이었다.

그는 1884년 12월, 조선의 근대화를 목표로 하는 김옥균 등 친일파가 경성에서 쿠데타를 결행하기까지 정신적·물질적 도움을 아끼지 않았다. 김옥균 일파는 일본군의 지원을 받아 한때 조선 왕궁을 점거하고 반대파를 숙청하기에 이른다. 하지만 삼 일째 되던 날, 청나라군에 진압되어 쿠데타는 실패했고 일본 공사관도 소실되었다. '탈아론'은 친일파의 쿠데타 실패에 대한 실망에서 쓰인 것이었다.

일본 최고액 지폐인 만 엔권에 그려져 있는 인물도 후쿠자와 유키치이다. 일본 근대화의 국부인 그는 일찍이 김옥균, 박영효와 같은 개화파의 스승이었고, 이광수는 '하늘이 일본을 축복하셔서 이러한 위인을 내려셨다.'고 존경할 정도였다. 그의 대표작인 『문명론의 개략』(1875)을 보면, 그가 서양 정신의 핵심에 접근하는 이해 방식은 오늘날에도 유효하다. 그는 서양의 발달된 문명의 근원에는 회의의 정신과 자유로운 탐구가 있다는 것을 간파했고, 일본 역시 그런 철저한 지적 활동을 위하여 봉건적 제도와 기존 사상을 근본적으로 청산하지 않으면 문명권에 접어들 수 없다고 역설한다.

그러나 여기서 의당 제기되어야 할 질문이 있다. 그것은 무엇을 위한 문명화인가라는 것이다. 후쿠자와는 이 질문에 대해서 이중의 대답을 제시한다. 첫째는 보편적인 차원의 대답이다. 그에 따르면 문명이란 다름 아니라 사람의 몸을 안락하게 하고 마음을 고상하게 하는 것을 의미하며, 인류 공통의 이 이상은 한없이 추구되어 나아가야 한다. 달리 말하면 그는 물질문명과 정신문명의 고른 발달로 말미암아 인간의 완전 가능성을 겨냥했던 19세기 서양의 진보사관을 따르고 있는 것이다. 19세기 후반의 극성스런 서양 제국주의에 노출되었던 일본의 사정을 생각하면 국력 배양을 위한 문명화라는 후쿠자와의 입장을 어느 정도 이해할 수는 있다. 그 문명화라는 것은 열강의 일원으로서 일본이 당당히 끼어들어 승자가 되게 하는 것이었다. 그러나 그는 그 목적을 위해서 '문명'이란 말의 뜻을 뒤틀어 동원한다. 그에게 있어서 문명은 사람의 몸을 안락하게 하기 위한 지식의 활용이 아니라 대포를 만드는 기술을 의미하고, 또 정신적인 면에서는 마음을 고상하게 하는 것이 아니라 국민의 패기를 진작하는 수단을 의미한다.

이러한 문명론의 제국주의적 편향이 결실을 보게 된 것이 청일전쟁에서의 일본의 승리였다. 후쿠자와는 승전보를 접하자 지금 죽어도 여한이 없다고 하면서 크게 기뻐했고, 그 후 한일병합으로 향해가는 일본의 노골적인 책동에도 매우 동조적이었다.

이제 후쿠자와의 시대로부터 한 세기가 지난 시점에 하나의 의문이 생겨난다. 오늘날 일본은 국가주의와 제국주의를 청산하고 후쿠자와가 애초에 정의했던 문명의 본의로 되돌아온 것인가. 식민통치, 정신대 문제, 난징대학살, 태평양전쟁, 교과서 왜곡 등의 문제를 둘러싸고 일본의 우파 지배층의 노골적인 발언을 보면 이 질문에 대한 대답은 부정적이다. 그래서 내 눈에는 만 엔권의 후쿠자와 초상이 문명의 본뜻을 밝힌 지성인의 모습이기보다는, 제국주의의 과거를 정당화하려는 끈질긴 국가주의적 발상의 배후자로 비치는 것이다. 그래서 일본에 오면 늘 마음이 무거웠다.

후쿠자와를 떠올리며 도쿄로 진입한 나는 신주쿠 동쪽에 소재한 아스카 호텔에 여장을 풀었다. 하지만 오래도록 잠을 이루지 못했다. 일본 근대화의 상징적 인물인 후쿠자와의 땅에서 손창섭이 삼십 년을 살아왔을 것이라는 상념과 함께 내가 손창섭의 일본 내 주소를 확보하기까지의 과정이 마치 영화를 보듯 눈앞에 펼쳐졌다. 영화는 옴니버스처럼 몇 토막으로 나뉘었고 그 토막마다 다른 주인공이 등장해 서로 다른 연기를 하고 있었다. 말하자면 한 시절의 손창섭과 옷깃을 스친 인연의 고리로써 그들은 자신의 연기를 해내고 있었던 것이다.

1. 비어 있는 생몰 연대

— 2005년 2월

2005년 2월 중순, 내 수중에 두툼한 책이 들어왔다. 출판사들의 신간 서적을 신문사에 배달하는 <여산통신>과 <북피알> 등이 하루에 배달하는 책은 줄잡아 오십여 권이다. 이 가운데 제법 큰 봉투 안에 묵직한 책 두 권이 쌍둥이처럼 포개져 있었다.

『손창섭 단편 전집』(전 2권, 가람기획).

전집엔 한국전쟁 중인 1952년 김동리의 추천을 받아 『문예』에 발표한 등단작 「공휴일」을 필두로 단편 32편, 「다리에서 만난 여인」 등 장편(掌篇) 소설 7편이 수록되어 있었다. 우선 관심을 끈 건 첫머리에 실린 사진 아홉 장이었다. 그 가운데 '1970년 7월'에 찍은 손창섭의 상반신 프로필 사진에 시선이 꽂혔다.

어떤 장소에서 찍었는지에 대한 설명은 없었다.

1970년의 손창섭

다만 손창섭이 서 있는 길에 화강암이 깔려 있고 그 옆으로 역시 잘 다듬어진 화강암 경계석이 줄지어 늘어선 사진 속 배경으로 미뤄볼 때 지금의 서울 동작구 현충로에 자리 잡은 국립현충원일 것으로 짐작되었다. 국립현충원은 어느 한곳에 오래 정주한 적 없이 떠돌았던 그의 행적을 감안할 때 이채롭다고 할 정도로 십칠 년이나 살았던 서울 흑석동 자택에 근접한 장소이기 때문이다. 현충원은 그에게 있어 접근성이 좋은 장소였다. 국내 문단에서 작가로서의 입지를 굳혀가던 그는 이 사진을 찍은 지 3년 5개월 뒤인 1973년 12월 불현듯 일본으로 건너갔으니 사진은 그가 국내에 머물던 거의 마지막 시기의 모습과 별반 다르지 않을 터이다.

헝클어진 머리카락과 도수 높은 안경, 이마 중간에 깊이 패인 주름, 앙다문 입술이며 목주름도 어느 정도 굵어지기 시작하던 만 마흔여덟 살의 손창섭이 거기 서 있었다. 무엇보다도 양복 웃주머니에 꽂힌 만년필이 인상적이었고 그 시선은 사진을 찍은 사람을 전혀 의식하지 않은 채 어딘가를 물끄러미 응시하며 비장함마저 풍기고 있었다. 1970년이면 그가 장편 『삼부녀』를 <주간여성>에 연재하던 해이다. 나는 왜 그의 프로필 사진에서 비장함을 느꼈던 것일까. 자전소설 「신의 희작(戱作)」(1961)엔 이런 대목이 나온다.

한 번도 제대로 손질을 해본 성싶지 않은 봉두난발에, 과도히 작은 머리통, 기품이라곤 찾아볼 수 없는 검고 속된 얼굴 모습, 정채(精彩) 없는 희멀건 눈, 불안하게 길고 가는 목, 본새 없이 좁고 찌그러진 어깨, 게다가 팔이라는 건 이게 양쪽이 아주 짝짝이다. 그밖에 억지로 뽑아 늘인 듯이 균형을 잃고 휘청거리는 동체며 다리, 어느 한구석 정상적인 엄격한 인간 규격에 들어가 맞는 풍모는 도시 아니다. S의 외형이 이런 꼬락서닐 제야, 그 내부 세계 또한 규격 미달의 불구 상태일 것은 거의 뻔한 노릇이다.

'자화상'이란 부제의 이 작품
은 손창섭이 자신의 분신인 'S'라
는 인물을 내세운 독백체의 자기
비하로 일관되어 있다. 대담하기
이를 데 없는 고백적 진술의 이
자전소설은 범죄에 해당하는 강
간과 폭력마저도 스스럼없이 만

『손창섭 단편 전집』(가람기획)

천하에 드러냄으로써 독자들에게 적지 않은 부담을 주었던 게 사실이다.
프로필 사진 속의 사지 멀쩡한 손창섭이 이런 작품을 썼다는 게 믿어지지
않을 정도다. 그렇다면 그는 자기 폄하의 이상심리를 앓았던 중증 환자였다는
말인데 문체에서도 병리학 교실의 약품 냄새가 묻어 있었다. 내 관심사는
이러한 구체적인 자기 고백에도 불구하고, 『손창섭 단편 전집』에 적힌 작가
연보가 너무도 간략하다는 사실이었다.

손창섭(孫昌涉, 1922-): 평안남도 평양 태생. 젊어서 만주, 일본 등지를
전전하다가 고학으로 일본 니혼(日本) 대학에 들어갔으나 학업을 마치지 못하고
중퇴. 1946년 십여 년간의 일본 생활을 청산하고 귀국하여 고향으로 돌아갔다가
48년에 다시 월남. 1949년 <연합신문>에 「얄구진 비」를 연재하면서 집필 생활을
시작. 1952년 단편 「공휴일」이 김동리의 추천으로 『문예』지에 발표되면서
정식으로 등단. 1955년 「혈서」로 『현대문학』 신인상 수상. 1959년 「잉여인간」으
로 제4회 <동인문학상> 수상. 1961년 자전적 소설인 「신의 희작」과 「육체추(肉體
醜)」를 발표한 이후로는 거의 단편을 발표하지 않음. 1970년대 들어 아내의
조국인 일본으로 건너간 후 국내 문단과는 일절 소식을 끊음.

내 눈길을 잡아챈 건 단 한 줄이다. 손창섭(孫昌涉, 1922-).

생몰 연대 가운데 몰(歿)의 연대는 여전히 비어 있었다. 다음 순간, 뇌리를 스쳐가는 의문이 있었다. 일본으로 건너갔지만 아직 살아 있는 것으로 추정되는 작가의 저작권료는 누가 어떻게 지불하고 있을까. 우리나라의 저작권 보호 기간은 '저작자가 죽은 지 50년이 지난 시점까지'로 되어 있었기 때문에 이런 의문은 당연한 것이기도 하다(저작권은 2013년 7월 1일부터 '저작자가 죽은 지 70년이 지난 시점까지'로 20년 더 늘어났다).

그랬다. 내가 궁금한 건 손창섭 단편이 가람기획뿐만 아니라 여타 출판사에서 펴내는 '현대 작가 단편선' 내지 '전후 시대 문제 작가 선집' 등에 심심치 않게 수록되고 있음에도 그 인세가 과연 어떻게 처리되는가 하는 문제였다. 만약 인세가 전달됐다면 손창섭의 행방을 알고 있는 사람이 있다는 얘긴데 과문한 탓이겠지만 나는 인세를 전달했다는 말을 어디서도 들은 바 없었다. 가람기획에 전화를 걸어 인세 전달 문제에 대해 물었으나 "도일 이후 생사여부를 알 수 없어 일단 책을 펴낸 뒤 사후 처리한다는 게 내부 방침"이라는 대답만 돌아왔다. 출판사 측에서도 도일 이후의 소식을 전혀 알지 못하고 있었다. 하지만 나는 게을렀다. 좀 더 구체적으로 수소문을 했어야 했다. 핑계가 없는 건 아니었다. 변명 같지만 나는 다른 길로 빠져들고 있었다. 엉뚱한 생각이었다. 이를테면 이런 생각이었다.

은둔 작가 손창섭. 그는 일부러 은둔을 선택해 국내 문단과 소식을 끊었을 것이다. 얼굴을 드러내지 않고 인터뷰는 물론 문학상 수상마저도 거부하는 작가가 은둔 작가가 아니던가. 아니 은둔이야말로 과거 중세기 선비 문학의 가장 고결한 귀결이 아니던가. 스스로를 은둔이라는 베일 속으로 유배시킴으로써 세속으로부터 자유로워진 선(禪)적인 세계로의 지향. 손창섭이야말로 한국 문단에 둘도 없는 진정한 의미의 은둔 작가가 아닌가. 사실 세기의 은둔 작가로 말할 것 같으면 제롬 데이비드 샐린저, 토마스 핀천, 그리고

제롬 데이비드 샐린저   토마스 핀천   마루야마 겐지

일본의 마루야마 겐지(丸山健二) 등이 있지만 이들 역시 대인 기피증 내지 사회 공포증으로 인한 강박 증세의 경향을 보이고 있다고 해도 과언은 아닐 것이다.

혼자 있기를 원하는 은둔형 외톨이 증세나 사회 공포증은 다른 사람들 앞에서 당황하거나 바보스러워 보일 것 같은 사회 불안을 경험한 후 다양한 사회적 상황을 회피하게 되고 이로 인해 사회적 기능이 저하되는 정신과적 질환에 다름 아닐 것이다. 사회 공포증을 가진 사람들은 창피를 당하거나 난처해지는 것에 대한 과도한 두려움을 가지는데, 예를 들면 많은 사람 앞에서 이야기할 때, 대중 화장실에서 소변을 볼 때, 그리고 이성에게 데이트를 신청할 때 심한 불안감을 경험하게 된다. 이러한 증세는 환경적 요인과 유전적 요인 간의 복잡한 상호작용을 통해 발생하는 것으로 간주되기도 한다. 하지만 이것이 유전적인 요소에 의한 것인지 다른 가족 구성원으로부터 불안 행동을 학습해서 일어난 것인지에 대해서는 아직까지 명확하게 규명되어 있지 않다.

공포 반응 역시 일부 연구에서는 편도체(amygdala)라 불리는 뇌 영역이 공포 반응에 관여하는 것으로 여겨지고 있다. 바로 그렇기에 이들이 생산한 문학 텍스트는 이런 증세적 불안감 내지 강박증에 대한 자기 치유의 방식으로 나타나는 경우가 대부분인데 이들은 작품 속 주인공에게 자신을 대신한 정신 질환적 숙주의 역할을 맡기고 있는 것이다.

예컨대 샐린저의 『호밀밭의 파수꾼』에 등장하는 홀든 콜필드에게는 많은 수식어가 따라붙는다. 반항아, 루저, 방황하는 청춘, 성난 아웃사이더 등이 그것이다. 홀든 콜필드는 샐린저의 분신이자 1950-60년대 미국 젊은이들의 보편적인 민얼굴인 것이다. 1980년 10월 8일 38구경 리볼버로 존 레논을 쏘아 죽인 마크 채프먼이 범행 현장에 남아 체포를 기다리며 『호밀밭의 파수꾼』을 읽고 있었다는 사실은 널리 알려져 있다. 그는 경찰에서 이렇게 진술했다.

"나를 이루는 커다란 부분은 홀든 콜필드, 아마도 나머지 작은 부분은 악마겠죠."

채프먼은 확실히 『호밀밭의 파수꾼』의 홀든 콜필드에 들려 있었다. 이처럼 한 작가가 탄생시킨 인물은 독자들에게 뼛속 깊숙이 각인되기도 하는데, 우리가 역사 속에서 길을 잃고 어찌할 바를 모르고 당황하거나 고립되어 있을 때 소설의 작중인물은 그 시대를 살아가는 사람들의 방어기제의 표상으로 받아들여지는 것이다. 일종의 정신적 착종으로서 그들이 탄생시킨 작중인물은 한 시대의 캐리커처로 표상될 수 있다. 손창섭의 경우 「신의 희작」의 주인공에게 야뇨증(enuresis)이라는 증세를 부여한 것은 작가 자신의 직접적 체험을 바탕으로 한 것으로 추정되지만 이는 성장기의 손창섭이 느꼈던 사회적 공포에 대한 일종의 방어기제이자 위기의식에서 발로한 조건적 반사라고 할 수 있을 것이다. 그리하여 나는 당시 연재하고 있던 문학 칼럼 '정철훈의 문학오디세이'에 '손창섭과 야뇨증'이라는 제목으로 그를 수소문하였다.

손창섭(1922-?). 월북 작가도 아닌데, 그의 생몰 연대 가운데 한쪽은 비어

있다. 살아 있으면 올해 여든셋. 1973
년 일본인 아내 지즈코와 딸을 데리
고 현해탄을 건너간 뒤 그는 돌아오
지 않고 있다. 삼십 년간의 불귀(不
歸)다. (중략)

김동리

손창섭은 1946년 아내와 아들을
일본에 남겨둔 채 홀몸으로 귀국해
고통스런 밑바닥 생활을 체험한다. 만주와 일본 등지에서 귀국한 이른바 '해방
따라지'들과 자활건설대를 조직하거나 미군 부대 통역관을 구타한 사건으로
서대문형무소에서 1개월간 복역한 것도 이 시기였다. 출감 이후 38선을 넘어
고향인 평양을 찾아갔다가 반동분자로 찍혀 1948년 월남한 그는 교사, 편집자,
출판 사원을 전전하던 중 6·25를 만났고 피난지 부산에서 남편을 찾아온
아내와 기적적으로 상봉한다. 아내는 아들을 친정 호적에 올려놓고 현해탄을
건넜던 것이다.

1952년 단편 「공휴일」이 김동리에 의해 추천 완료되어 등단한 이래 그는
자신만의 문학적 아성을 쌓아갔다. 그러나 그는 홀연히 아내의 조국인 일본으로
건너가 국내 문단과는 소식을 끊었다. 문학도 그에게는 껄렁한 글줄에 불과했던
것일까. 「신의 희작」에 그걸 예고한 대목이 나온다.

"껄렁껄렁한 시나 소설이나 평론 줄을 끄적거린다고 해서 그게 뭐 대단한
것처럼 우쭐대는 선민의식. 말하자면 문화적인 것 일체와 문화인이라는 유별난
족속 전부가 싫은 것이다."

올 들어 『손창섭 단편 전집』(가람기획)과 1970년대, 그가 국내 일간지에
연재했던 장편 『유맹』(실천문학사)을 출간한 국내 출판계는 인세라도 전달하고
자 그의 행방과 소재를 애타게 찾고 있다. 그래서 말이지만, 이 사람을 아는
분 누구 없습니까? - <국민일보> 2005. 7. 25.

장용학

사실 "이 사람을 아는 분 누구 없습니까?"라고 썼지만 칼럼의 시작과 끝이 물음표로 장식되는 게 못내 아쉬웠다. 무엇보다도 그의 이름 석 자를 쓴 뒤 확인되지 않은 사망 연대를 물음표로 표기했을 때의 자괴감은 견디기 힘들었다. 생존 여부를 직접 찾아 나서면 될 일을 칼럼을 통해 "누구 없습니까?"라고 묻고 있는 후안무치라니. 그런 반성에도 불구하고, 손창섭을 찾아보려는 계획은 차일피일 후순위로 밀려났다. 못내 아쉬운 일이었다. 그것은 1999년 장용학 선생이 서울의 후미진 동네에서 타계했을 때, 살아생전의 증언을 듣지 못했다는 아쉬움으로 쓰린 속을 달래던 자괴감과 같은 것이었다.

손창섭과 장용학. 1950년대 한국 문단이 배출한 가장 걸출한 작가였던 두 사람 가운데 한 사람은 땅에 묻혔고 한 사람은 아직 생사가 확인되지 않고 있지 않은가. 그럼에도 나는 손창섭에게 의당 지급되어야 할 인세 문제도 확인하지 못한 채 차일피일 시간만 흘려보내고 말았다.

세월은 빠르게 흘러 어느새 2009년 새해 벽두이다. 무려 사 년의 시간이 흘렀지만 나는 그의 생사 여부도 확인하지 못한 내 자신의 게으름을 자책하며 우선 손창섭을 기억하는 지인들을 찾아보기로 하고 명단을 작성해 보았다. 1950년대에 이미 「손창섭론」을 쓴 문학평론가 유종호, 일본통인 소설가 최인호와 한수산 씨가 우선순위에 올랐다.

한수산 씨의 경우 1988년 8월 갑자기 이 땅을 떠나 일본으로 건너갔다가

1991년 3월 고국에 들렀을 때 언론과의 인터뷰 기사가 인상 깊게 남아 있었다. 그는 그해 <현대문학상> 수상(수상작 「타인의 얼굴」)을 위해 고국을 찾은 것인데 그의 방문은 1990년 11월 동생 결혼식에 참가하기 위해 서울에 잠깐 머무른 데 이은 두 번째 고국 나들이였다.

그는 1981년 5월, 당시 <중앙일보>에 연재하던 소설 『욕망의 거리』에서 고위 관리, 군인들에 대해 비판적으로 묘사한 것과 관련해 군 정보기관으로 끌려가 심한 고초를 겪은 뒤 1980년대의 대부분을 실의로 보냈다. 그랬기 때문에 그의 가족 동반 도일은 비록 그 계기는 다를지라도 주위 문인들에게 1970년대 손창섭의 도일을 연상시키며 영구이주로 받아들여지기도 했다. 당시 그는 이렇게 말했다.

"처음 떠날 땐 사실 돌아오겠다는 기약이 없었다. 운동가도 아닌 나 같은 글쟁이까지도 그런 꼴을 당해야 하는 이 땅에 희망이 있을까 하는 생각도 없지 않았다. 그런데 일본에서 살다 보니, 그곳이 다른 외국이 아니라 일본이라서 더 그랬는지도 모르지만, 매일 내 나라를 생각하지 않을 수 없었다. 오히려 그곳에서 조국애라고 할 만한 감정이 부쩍 자랐다. 내년 초쯤엔 완전히 귀국할 생각이다."

그것은 어찌 보면 작가의 숙명일 것이다. 그는 1988년 도쿄행 비행기에 몸을 실었을 때만 해도 히라가나조차 읽을 줄 몰랐다고 한다. 일본에 있는 동안에도 모국어로 10여 편의 중·단편을 썼다. 모국어의 끈끈함과 자력은 그를 종신 재일 한국인으로 남아 있게 놓아두지 않고 끊임없이 그의 얼굴을 서울로 향하게 한 것이다.

"작가는 결국 휴머니스트라고 생각한다. 그런데 그때의 고문 경험 이후 얼마 동안 나는 사람에 대한 애정과 신뢰를 잃었다. 글을 쓰다 보면, 뒤에서 누군가가 지켜보고 있는 것 같아서 흠칫 놀라기도 했다. 그것은 참담한 고통이었다."

이런 마음앓이는 그를, 그가 원래 좋아하던 베토벤으로부터 모차르트로 이끌었고, 그는 음악의 도움을 받으며 조금씩 상처를 치유했다고 한다.

"흔히 문학의 역사성이란 말을 하면서도 지금까지의 내 작품은, 특히 중·단편의 경우, 주로 인간의 내면을 다룬 것이었다. 그런데 일본에 있으면서 '한국인이란 무엇일까' 하는 생각이 자꾸 들었고, 그런 생각은 내 관심을 점차 역사 쪽으로 이끌었다. 앞으로의 작업도 그런 방향으로 나아가게 될 것 같다."

한수산은 당시 1981년의 체험을 바탕으로 고문이 인간의 내면을 어떻게 파괴하는가를 그린 중편 「말 탄 자는 지나가다」를 집필했고 이어 16세기의 실제 인물을 주인공으로 한 장편 『강항』의 집필에 착수했다고 털어놓았다. 『강항』의 주인공 강항은 전라도 지방의 사대부로 임진왜란 때 일본에 끌려가 주자학을 전한 사람이라는 것이 한수산 씨의 설명이었다. 강항은 뒤에 조선으로 송환됐지만 무사히 귀국한 이유에 대해 조정의 의심을 받고 실의에 빠져 낙향한다. 그는 이 작품 속에서 강항을 현재로 끌어오기도 하고, 현대 인물을 16세기로 끌고 가면서 '시간의 해체'를 시도하겠다고 밝히기도 했다. 한수산은 일본에 체류하면서 현해탄 너머 한국에서의 고통스런 기억을 한층 객관화시킬 수 있었고 한일 관계를 보는 그의 시야도 더 넓게 확장시켰던 것이다. 나는 혹시 그가 일본에 체류할 당시 손창섭과 접촉했을 가능성을 염두에 두면서 한수산의 양평 자택으로 전화를 넣었다. 부인이 전화를 받았다.

"세종대 국문학과로 전화를 걸어보세요. 이 시간이면 강의 끝내고 연구실에 계실 거예요."

한수산은 부인의 말대로 세종대 교수 연구실에 있었다.

"손창섭 씨의 생사에 대해 저는 아는 바가 전혀 없습니다. 제가 신군부의 탄압을 받아 1980년대에 일본으로 건너가지 않았습니까? 그 시절이 꿈결같이 뇌리를 스쳐지나가는군요. 저 역시 재일 거류민단 쪽에 연락을 해서 손창섭 씨의 주소라도 확인할 수 있었겠지만 당시엔 그럴 만한 경황이 없었지요. 아주 중요한 작가였는데 하루아침에 연락이 끊기고 우리 문학사에 공백으로 남아 있는 작가죠. 아직 누구도 본격적으로 나서서 손창섭의 행적을 추적하지 않았는데 이렇게 관심을 가져주다니 제가 오히려 고마운 일이군요. 꼭 성공하길 빌겠어요. 제 생각엔 민단사무소나 출입국관리사무소에서 입국 당시의 일본 내 주소 같은 걸 입수할 수 있을 거라고 생각됩니다. 그쪽으로 접촉을 해서 단초를 잡아나가면 될 것입니다. 큰 도움이 되어드리지 못해 죄송합니다. 그래도 손창섭 씨를 찾아내는 일은 한국 문학사에 큰 의의가 있는 중차대한 일이지요. 꼭 성공하세요. 결과를 저도 알고 싶군요. 건투를 빕니다."

한수산의 말을 들으면서 나는 손창섭의 생사를 확인하는 일이 쉽지 않을 것임을 예감했다. 그렇다고 손을 놓고 있을 수는 없었다.

곧이어 가람기획 이광식 대표를 수소문했다. 하지만 가람기획은 그동안 사장도 바뀌고 편집진도 대폭 바뀌어 있었다. 젊은 사장은 이광식 전 대표의 연락처를 알려주었다. 이 전 대표는 강화도에 귀농하여 농사를 짓고 있다고 했다. 부인이 전화를 받았다. 귀농한 지 이 년째라고 했다.

"밭일을 하러 잠깐 나가셨는데 잠시 기다려 주시면 내가 밭에 나가 전화가 왔다고 알리겠습니다. 시간이 좀 걸리더라도 끊지 말고 기다려주세요."

귀농 부부. 오십 줄을 훌쩍 넘어선 반백의 귀밑머리가 눈에 그려지는 듯했다. 잠시 기다리는 사이에 그가 농화를 벗고 거실로 들어오는 소리가 수화기를 통해 들려왔다.

"어디라고 합디까?"

"뭐라고 말을 하던데 글쎄 전화를 받아보면 알겠지요."

글밭을 떠나 진짜 황토밭에서 삽질을 하며 대지의 소출을 거둬들이는 농사꾼이 된 이 전 대표. 한 번도 만난 적 없는 그의 얼굴을 상상해보는 일은 즐거웠다. 어쩌면 그가 사진 속 손창섭의 귀라든지 이마 정도는 닮았을 수도 있을 것이다. 직접 대면하지 않고 얼굴을 상상해보는 일은 손창섭을 찾는 일과 다르지 않을 것이다. 모르는 사람의 모르는 얼굴. 그 얼굴이 수화기를 집어든 모양이다.

"여보세요. 예, 그런 일이 있었지요. 가람기획에서 단편집을 내기로 하고 수소문을 해보았으나 손창섭의 행적은 오리무중이었습니다. 인세를 드려야 했지만 본인의 주소도 생사도 모르니 답답한 심경이었지요. 그렇게 차일피일 시간이 흘러 단편집이 출간되었지요. 훗날 본인이나 가족들이 나타날 경우 인세를 드려야겠지요. 그때 알아본 바로는 도쿄 한국대사관 앞에서 한일 정치 문제를 담은 문건을 행인들에게 나눠주고 있는 노인이 있는데 그 사람이 손창섭이라는 소문이 있었다고 하더군요. 대사관 앞에 작은 공원이 있는데 그 공원 벤치에 앉아서 한참동안 신문 같은 걸 보다가 사라지곤 하는 노인이었다고들 하는데 소문은 소문일 뿐, 확인할 수 없는 이야기인 것이죠. 저희들도 작가의 생사라도 알게 된다면 여한이 없겠습니다.

대사관 쪽에도 연락을 했지만 전혀 소득이 없었습니다. 어쩌면 손창섭 자신은 아무도 자신을 찾아오길 바라지 않고 있는지도 모를 일이지요. 하지만 기왕에 추적을 하신다니 생사라도 확인해주었으면 합니다. 책을 내고도 인세 문제를 해결하지 못했으니 출판사에서 잔뼈가 굵었지만 이런 일은 처음입니다. 농사를 짓지만 소출은 그리 많지 않아요. 그냥 농촌에서 사는 일 자체가 소중한 것이죠. 만약 손창섭 씨를 찾게 되거든 내게도 연락을 좀 해주세요. 그건 여러 가지로 의미 있는 일이거든요. 암튼 하던 일이 좀 남아서 밭에 나가봐야 해서 이만 끊겠습니다."

소출이란 말이 여운을 남겼다. 소출이 있건 없건 간에 손창섭을 찾는 일은 해볼 만한 것이라는 의미가 다시 한번 새겨졌다. 농부는 어느 정도의 소출을 예상하고 농사를 짓지만 그 예상대로 소출이 나오지 않는 것 또한 농부의 운명이다. 농부는 일기 변화와 일조량, 그리고 강수량 등의 영향을

1959년 제4회 <동인문학상> 수상식. 왼쪽부터 장준하, 안수길, 백철, 손창섭, 최정희, 황순원, 김동리

받는 천수답식 농경법에서 자유로울 수 없다. 그렇지 않아도 그해의 가뭄이 겨울까지 이어질 것이라는 예보가 있었다. 그렇더라도 농부의 손은 쉬지 않는다. 소출이 있건 없건 간에 농부는 쉬지 않는다. 소출이란 논밭을 가는 사람에게 주어지는 법이다. 그건 내게도 적용되는 말이었다. 하지만 잔뜩 기대를 한 전화 통화였음에도 대화는 짧았고 별반 소득도 없었다.

그런 자괴감을 뒤로하고 다시 『손창섭 단편 전집』을 펼쳐보았다. 손창섭이 사람들과 나란히 서서 카메라를 응시하고 있었다. 1959년 『사상계』 주관 제4회 <동인문학상> 수상식 자리였다.

왼쪽부터 장준하, 안수길, 백철, 손창섭, 최정희, 황순원, 김동리가 나란히 서 있었다. 또 다른 사진은 친구 윤봉선과 함께 서울 남산에서 찍은 1962년의 모습이었다. 마흔 살 손창섭의 풋풋한 얼굴엔 까만 안경이 걸쳐져 있었다. 한 장을 더 넘기니 가족사진이 있었다. 1967년 일본인 아내 우에노, 외동딸 도숙과 창경원을 찾은 손창섭 가족의 단란한 모습 뒤로 연못가의 수면이 슬쩍 비춰보였다.

1967년 아내 우에노와 외동딸 도숙과 함께 창경원을 찾은 손창섭

여름날의 복장들. 아내는 양장 차림에 보글보글 볶은 파마머리. 도숙은 원피스에 하얀 운동화를 신고 하얀 머리띠를 한 단정한 차림새였다. 과연 이들은 살아 있을까. 살아 있다면 어디에? 그런 의문에 사로잡힌 채 다시 며칠이 지난 2009년 1월 15일 금요일 오전, 나는 소설가 김원우 씨에게 전화를 걸었다. 방학인데도 그는 계명대 문예창작학과 연구실에 나와 있었다.

"오랜만이군요. 1년 전부터 문예창작학과 학과장이란 걸 맡고 있다 보니 방학인데도 학교에 나올 일이 생기는군요. 그래, 무슨 일이오?"

"연전에 사석에서 손창섭의 근황에 대해 잠깐 말씀한 적이 있다고 들었는데 그게 사실인가요. 제가 손창섭을 찾아보려고 하는데 아직 잡히는 게 없군요. 근황을 어디서 들었는지 궁금해서요."

그는 에둘러 말하지 않았다.

"그런 말이 내 귀에도 들리더군. 손창섭 씨가 가끔씩 한국에 온다던데. 평양 출신이라서 가끔 한국에 오면 강화도에 가서 이북 쪽을 한참동안 쳐다보고 온다는 말을 들은 적이 있지요. 최근에도 일시 귀국해 서울 시내 책방에 자신의 책이 꽂혀 있는 것을 보고 허락도 없이 책을 출간한 게 무슨 해괴한 현상인지 모르겠다고 화를 냈다고 하더군요. 절대로 책 같은 거 찍지 말라고 했는데. 굉장히 화를 냈다는 거예요. 내가 보기에 그가 서울에 오면 연락을 할 수 있는 데는 단 한군데뿐이지요. 혹시 옛날에 수문출판사를 하던 정철진 사장이라고 들어봤소? 정 사장이란 분이 옛날에 손창섭과 아주 가깝게 지냈는데 서울에 온다면 아마도 그분과는 연락을 주고받지 않을까요? 옛날 현암사에서 출판부장으로 있었고 그전에는 삼성출판사에서 국장을 지낸 분인데 활판 인쇄의 대부라고 할 수 있는 사람이지요. 나도 그렇게 들었어요. 현암사에 연락을 하던지 범우사나 한길사 같은 데 전화를 해보면 정철진이란 분의 연락처를 알 수 있지 않겠어요? 나도 관심을 갖고 있으니 찾다가 막히면 다시 연락을 주세요. 나도 알아보는 데까지 알아볼 테니. 손창섭 씨가 살아 있다고 해도 나이가 많아서 그게 좀 마음에 걸리지만. 팔순이 훨씬 넘었을 테니. 대인 기피증이 있다고 들었는데 자칫 잘못하면 더욱 깊은 데로 들어가 나오지 않을 수도 있을 거라는 노파심이 들긴 합니다. 혹시 출판협회에 연락처가 있는지도 모르겠어요. 자칫 일이 잘 안될 수도 있을 거예요. 손창섭 선생도 그렇고 정철진 씨도 그렇고, 찾는다 해도 기다렸다는 듯이 말문을 열지는 않을 테니. 아무튼 건투를 빌겠소."

김원우 씨의 조언대로 나는 우선 출판협회로 전화를 했으나 정철진 사장에 대한 기록은 남아 있지 않았다. 다음엔 범우사 윤영주 사장에게 전화를 했지만 역시 별 무소득이었다. 그래도 포기할 수 없었다. 혹시나 하는 생각에 출판계의 마당발로 알려진 한길사 김언호 사장에게 전화를 넣었다. 일본에 출장 중에 마침 로밍 서비스로 연결이 되었다. 그는 도쿄라고 했다.

"정철진 씨와는 오래전에 연락이 끊겼지요. 한때는 자주 만나기도 했는데…… 맨 마지막으로 만난 게 몇 년 전인지 기억이 가물거리지만 아마도 현암사 사무실에서 만난 것 같군요. 왜 정철진 씨가 현암사 출신이잖소? 그래서 거길 가끔씩 들리곤 하는 것 같았지요. 그쪽으로 연락을 해보세요."

수소문 끝에 현암사 조근태 회장과 연락이 닿았고 그는 정철진 씨의 연락처를 알고 있다며 이렇게 말했다.

"정철진 씨 연락처가 내게 있어요. 그분 부인이 불교 소설 『우담바라』를 쓴 남지심 씨인데, 몰랐나요?"

그렇게 해서 손창섭의 근황을 알고 있을 정철진 씨의 휴대폰 번호가 수중에 들어왔다. 적이 흥분되었다. 그 흥분은 손창섭에게 절반 정도 접근했다는 야릇한 성취감 같은 것이었다. 난 망설이지 않고 정철진 씨에게 전화를 넣었다. 하지만 김원우의 충고대로 처음부터 손창섭의 주소나 연락처를 물으면 아예 냉담할 수 있을 것 같아 우회적으로 접근하기로 했다. 사실 활판 인쇄의 대부라는 말에 호기심이 생기기도 했다.

"현암사 조근태 회장에게 연락처를 받아서 전화를 걸었는데 제가 활판 인쇄 시대의 이야기를 듣고 싶어서요. 옛날에 송영 씨의 『땅콩 껍질 속의 연가』라는 소설도 펴냈다면서요."

"그게 1970대 말이지요. 근데 무슨 일이요? 활판 인쇄 시절 이야기라고요? 암튼 만납시다. 내가 있는 곳은 장충동 사거리, 종이문화재단이에요. 내가 고문을 맡고 있는 곳인데 태극당 건너편 건물이에요. 5층에 종이접기 박물관도 있고 하는데 이쪽으로 와서 점심이나 같이 합시다. 다음 주 월요일 1월 19일 12시쯤에 오면 종이박물관 구경도 하고 활판 인쇄 시절 이야기도 좀 합시다."

"예, 월요일에 찾아뵙지요."

정철진 씨와 약속을 잡아놓고도 나는 무엇이 그리 불안한지 안절부절못하고 있었다. 나에겐 현장이 필요했던 것인데, 그러다 생각난 게 손창섭이 살았다는 흑석동이었다. 정철진 씨를 만나기 전에 후딱 흑석동에 다녀와야겠다는 생각에 나는 주말에 집을 나섰다.

2. 흑석동 산4번지

아침 일찍 서울 지하철 4호선을 타고 용산역까지 간 다음 흑석동 가는 버스로 갈아탔다. 흑석동은 나하고도 인연이 없지 않다. 서울 만리동에 있는 고교에 다닐 때 동창 녀석의 집이 흑석동에 있었는데, 가끔 녀석을 따라 집에 놀러가서 연못시장 골목길을 누비던 기억이 있다. 연못시장이라고 하면, 멍게와 해삼을 리어카에 싣고 다니다가 손님이 불러 세우면 즉석에서 배를 갈라 회를 만들어주던 중노인 행상의 모습이 그 멍게 냄새와 함께 뇌리에 간직되어 있는 것이다. 된장을 적당히 넣어 색깔이 다소 노랬던 초고추장을 멍게와 해삼 위에 뿌려주던 솜씨라든가, 단박에 해삼의 내장을 긁어내고 일정한 크기로 썰어내던 그의 칼자루는 닳아질 대로 닳아져 작달막 했지만 거기서 우러나는 연륜이란 멍게 해삼의 맛을 담보하고도 남았다. 그때 고2, 3 때인지라 가끔 소주 한 병도 함께 시켜놓고 쌉쌀한 멍게를 씹을 때 그이는 옛날 같으면 장가갈 나이인데 그깟 술 한잔이야 무슨 탈이 있겠냐, 하며 분위기를 거들어 주었다. 꼭 장삿속만은 아닌 그이의 장돌뱅이 식 인정미가 후덕했던 것이다. 실은 까까머리 서너 명이서 교복을 입은 채 흑석동 후미진 골목을 누볐으니 남들 눈에는 치기 어린 불량 학생으로 보였음직도 하겠지만 실은 멍게 맛에 소주 맛 좀 먼저 본 순둥이가 따로 없었다. 그런 흑석동이었기에 날도 영하 10도 이하로 춥고 눈도 쌓여 아랫목이 더욱 간절해지는 마음을 간신히 털고 전철을 탔던 것이다. 그러고 보니 손창섭의 장편 『유맹』의 주인공 '나' 역시 일본에서 잠시 귀국해 흑석동을 둘러보는 장면이 나온다.

16, 17년을 살아온 흑석동을 찾아가보기로 했다. 어려서부터 안주를 모르고 전전 유랑의 오십 평생을 통해 내가 가장 긴 기간 정주했던 곳이다. (중략) 일부러 나는 한강대교 입구에서 버스를 내렸다. 고층 빌딩이 인접한 오른쪽의 여의도, 정면의 노량진 일대를 바라보며 걸어서 다리를 건넜다.

발밑으로 흐르는 강물을 굽어보고 깜짝 놀랐다. 어쩌면 이렇게 거무죽죽하게 더러울까. 도쿄의 스미다가와(隅田川)나 이기가와(荒川·아라카와의 오독, 저자 교정)에 비해 과히 나을 것이 없다. 10여 년 전만 해도 이 대교 상류에서 수영을 하고 낚시질을 했다. 해마다 오염이 심해져서 수영이 금지된 지는 오래지만 내가 한국을 떠난 3년 전만 해도 아직 진녹색 물빛이었다. 대교를 건너 왼쪽 강변을 끼고 도는 경사진 하이웨이를 올라가면 낯익은 흑석동 일대가 한눈에 들어온다. 오른쪽으로 고급 주택지, 천주교회당, 중앙대학교, 맞은쪽 산허리에는 모 회사 회장네 호화저택이 보란 듯이 버티고 있다.

경부고속도로에 직결되는 훤히 트인 내리받이 대로를 나는 스적스적 걸어 내려갔다. 조그만 빌딩이 몇 개 늘었을 뿐, 별로 달라진 것이 없다. 길가의 담배 가게, 저녁때만 되면 놈팽이들이 여자를 끌고 들어가던 초라한 여관, 중대로 꺾이는 모퉁이의 복덕방, 근처의 식당, 미장원, 구멍가게도 그대로다.

내가 살던 집을 찾아가 보았다. 헐리고 없다. 인근 가옥들도 거의 헐리고 두세 채만 남아 있을 뿐이다. 아카시아 숲이 우거진 집터에 서서 주위를 둘러보았다. 콘크리트의 기초만이 남아 있고, 벽을 쳤던 흙덩이며 블록 조각이 산란해 있을 뿐이다. 꼭지가 고장 난 수도에서는 물이 흐르고 있다. 최근에 철거된 모양이다. 서운하고 허전한 느낌이다. 위에서 통장이 내려오다가 눈을 둥그렇게 뜨고 내 앞으로 다가왔다. "아니, 이게 누구요? 언제 나오셨습니까." 그는 큰소리로 외치듯 하고 손을 내밀었다. -『유맹』, 실천문학사, 2005, 488-490쪽.

『유맹』의 1인칭 화자 '나'는 한마디로 손창섭의 분신이다. 손창섭은 1973년 도일한 이래 3년만인 어느 날, 그러니까『유맹』을 <한국일보>에 연재하던 중인 1976년 어느 날에 흑석동 옛집을 찾아가 회한에 젖은 채 흑석동 산4번지 통장도 만났던 것이다.

그 장면을 떠올리며 한강대교를 경유해 버스로 흑석동에 도착한 나의 걸음은 처음부터 엉키고 말았다. 과거에 전차가 다녔을 대로 밑으로 지하철이 건설되어 있었고, 그리하여 나는 방향 감각을 잃었던 것이다. 지하철 표지판이 있는 쪽으로 걷자니 우선 중앙대학교로 향하는 언덕 아랫길의 계단이

서울 흑석동 연못 시장으로 연결되는 골목길 모습

흑석동 골목길에 세워진 오토바이

눈에 들어왔다. 계단을 내려 밟으며 시장통에 들어서자 길 양 옆으로 세탁소, 닭발집, 육개장집, 여관, 침술 한의원, 중국집, 용접소 등이 마구 엉켜 있는 오래된 골목이 길게 뻗어 있었다. 간밤에 내린 눈은 칙칙하고도 어두운 블랙 아이스로 변해 골목길에 녹아 있을 애환을 덮고 있는 것만 같았다. 여기가 어딘가. 내 기억 속 흑석동이 아니었다. 흑석(黑石). 까만 암석의 동네라니. 그 주인 없는 무의식의 골목에서 나는 손창섭이라는 까만 비석 하나를 불러들여야 하는 무당의 심정이 되어 걷는다.

골목은 휘어진다. 휘어지는 지점마다 침을 뱉으며 알싸한 눈초리를 쏘아대는 동네 청년 녀석들이 겨우 100cc짜리 오토바이의 시동을 걸며 자신의 영역을 표시하고 있었다.

녀석들은 이 저지대의 주인이라도 되는 듯, 꼬리에서 푸르뎅뎅한 연기를 뿜는 오토바이를 에워싼 채 또다시 침을 뱉고 자리를 뜨는 것이다. 내가 이방인인지, 그들이 이방인인지 분별이 잘 되지 않았지만 어떤 지점에 이르렀을 때 배수 펌프장 건물이 우뚝 서 있었다. 배수 펌프장은 아무리 높아봤자 내가 내린 버스 정류소의 지층에도 못 미치는 높이였으니 이런 관측으로 볼 때 그곳은 건너편 한강 수면에 빗대자면 수면 아래의 배수 펌프장인

것이다. 말하자면 인생이라는
평균 해발의 밑에 깔린 동네가
흑석 아래 내가 걷고 있는 펌프
장 근처인 것인데, 이 동네가
한국전쟁 이후 상경한 서민들
의 정착지라는 게 실감되고도
남았다.

흑석빗물펌프장

나는 우선 흑석동주민센터
의 위치를 시장통 좌판을 벌여
놓고 있는 아주머니에게 물어
본다. 아주머니는 고깔모자를
쓰고 있다. 그게 서민들이 즐
겨 쓰는 벙거지 같아서 정이
당겨져 온다. 위치를 확인한
나는 다시 걷는다. 펌프장에서
차도를 건너 얼마 가지 않아 주민센터가 보인다. 다소 가파른 경사지에
있는 주민센터에 들어가 사무원에게 정확한 번지수도 모르는 손창섭의
옛집을 찾겠다고 털어놓고 있는 시대착오적인 내 모습을 나는 미리 개관하고
있었다. 과연 그랬다. 민원실에서 대기하다가 찾아온 용건을 말하자 한
사무원이 나를 안으로 안내하더니 의자를 권했다.

얼마 후 내 앞에는 1970년대 흑석동 거주자 이름과 주소가 적힌 명부가
놓여 있었다. 나는 명부를 일일이 넘겨보았지만 손창섭이라는 이름은 나오지
않는다. 난감했다. 한편으로는 일이 이리 쉽게 풀릴 리 만무하지 않느냐며
스스로를 위로하는 또 다른 자아가 있다. 내 실망한 표정을 읽은 주민센터
직원이 정확한 번지수를 모르면 찾기가 불가능할 것이라며 다만 골목길

이곳저곳을 탐문하다가 70년대부터 살아온 노인들을 만나면 요행이 얻어 걸리는 게 있지 않겠냐고 건네는 말에서 태동한 자아인 것이다. 나는 얼마 전 손창섭에 관한 자료를 인터넷으로 탐색하다가 읽었던 신문 기사를 떠올린다.

> 31일 하오 소설 「잉여인간」의 작가 손창섭(서울 흑석동 산4) 씨는 한양영화공사 대표 백관(을지로 1가 188) 씨를 걸어 저작권 침해, 사문서 위조 및 동행사 혐의로 서울지검에 고소를 제기했다. 소장에 의하면 한양영화공사는 지난 3월 중순 경 손 씨의 소설 「잉여인간」을 작가의 승인도 없이 위조 승낙서 3통을 작성하고 손 씨의 도장까지 새겨 제작협회를 경유, 공보부에 제출하여 촬영 허가를 받아 촬영 중에 있다 한다. -<경향신문> 1964. 4. 1.

효사정

정확한 주소는 아니지만 기사에 흑석동 산4번지까지 나와 있었다. 난 흑석동 산4번지를 찾아가는 도중에 한강이 바라다 보이는 언덕에 있는 효사정으로 발걸음을 옮겼다.

예전에는 흑석동 하면 달동네가 떠올랐지만 요즘에는 흑석동 하면 뉴타운이라는 말이 먼저 떠오른다.

한때 서울의 대표적인 달동네가 흑석동 아니었던가. 흑석동은 예전부터 서민들의 동네였다. 정치인이자 소설가인 김한길도 흑석동 시절을 이렇게 말했던 적이 있다.

"스무 살 시절, 내가 흑석동 산꼭대기 집에 살 때에도 큰 물난리가 있었다. 그렇지만 산꼭대기 집은 안전했다. 내가 마지막으로 떠내려가는 거라면 그거야 억울할 것도 없었다. 산꼭대기 집에 살아서 좋은 게 이런 거지 뭐라고 나는 생각했다."

하지만 이제 다 지나간 이야기다. 흑석동 대부분은 재개발이 이루어졌다. 그리고 지금도 여기저기에서 막바지 재개발 공사를 진행 중이다. 이제 효사정을 내려와 흑석동 산4번지로 발걸음을 옮긴다. 하지만 산4번지는 없어진 번지수이고 현재는 흑석로 13길 부근이다. 다시 동사무소를 지나 가파른 계단을 올라가자 아래쪽과는 전혀 다른 풍경이 펼쳐진다. 그나마 옛 골목

흑석로 13길로 연결되는 언덕길

풍경을 간직하고 있다. 하지만 머릿속에 그리고 있던 달동네 풍경과는 완전히 다른 풍경이다. 근사한 고급 주택들이 길 양편으로 높은 담을 두르고 서 있다. 그러나 그런 고급 주택도 얼마못 가서 끊기고 가파

흑석로 13길에서 50여년을 살았다는 성복경 할머니

른 계단이 눈앞을 막아선다. 나는 숨을 헐떡거리며 걸음을 옮긴다. 왼쪽에 담쟁이가 붙어 있는 긴 담벼락이 나온다. 고풍스런 담벼락이 이 동네에 스민 역사를 말해 준다. 계단은 건장한 젊은이들도 한 번에 오르기 힘들 정도로 가파르고 길다. 쉬엄쉬엄 계단을 오르다 중간 즈음에 이르자 사뭇 다른 풍경이 펼쳐진다. 붉은 기와를 얹은 도시형 한옥과 슬레이트 지붕을 인 낡은 집들이 붙어 있다. 집집마다 화분을 내어놓은 집도 있고 지붕 위에 타이어를 올려놓은 집도 눈에 띈다.

마침내 계단이 끝나고 언덕마루에 서니 한강이 시원스레 눈에 들어온다. 한강을 향해 사진 몇 장을 찍고 돌아서니 가까운 데서 인기척이 느껴진다. 흑석동 산4번지, 아니 흑석로 13길에서 오십여 년을 살았다는 성복경 할머니 (당시 82세)가 대문 앞에서 우산을 지팡이 삼아 서 있었다. 1960년대에 시집와서 여태 살았는데 남편은 산4번지 일대까지 올라오는 수도가 없어 펌프 시설을 해놓고 언덕 아래의 수도관에 연결하여 물을 뿜어 올려 물장수를 했다고 한다. 지금 살고 있는 집도 그때 모은 돈으로 장만했지만 남편은 벌써 십오 년 전에 세상을 뜨고 혼자 집을 지키고 있다고 했다.

서울의 우수 조망 명소로 지정된 흑석동 산4번지 일대

"흑석동 산4번지가 옛날부터 유명해요. 왜 그런가 하면 이 일대는 지금 동작구이지만 예전엔 관악구였고 한때는 영등포구였던 적이 있었지요. 여기서 보면 영등포까지 다 내다보이니까 행정 구역이 한때 그렇게 조정되었는지도 몰라요. 난 이 집에서 아들 딸 다 키워 시집장가 보내고 혼자 한갓지게 살고 있지요. 저기 중앙대병원부터 저 아래까지가 전부 한옥이었는데 예전에 한강변에서 '에어 쇼' 하면 전부 여기로 몰려와 구경하곤 했어요. 그때나 지금이나 살기 좋은 건 마찬가지야. 공기도 좋고 전망도 그만이지."

성 할머니는 이렇게 말하면서 예전에 우물로 썼으나 이제는 시멘트로 막아버린 우물가에 앉았다.

"요즘도 한강 불꽃 축제 때는 야경을 찍는다고 사진쟁이들이 많이 몰려오지요."

정말 아! 하는 탄성이 터져 나온다. 눈 아래로 한강과 밤섬이 한눈에 들어오고 강 건너 풍경이 와이드스크린처럼 펼쳐진다. 63빌딩과 서강대교,

흑석동 173번지 언덕 위 낮은 지붕의 주택들

마포대교, 원효대교, 한강철교, 한강대교, 남산타워가 바라보인다. 북한산도
조망할 수 있다. 난간 바로 앞쪽으로는 미루나무, 아카시아 나무들이 우거진
울창한 숲이 펼쳐진다. 전망대를 등지고 왼쪽 동편이 흑석동 173번지 일대다.
아래쪽 마을과는 분위기가 딴판이다. 전형적인 골목 풍경을 보여준다. 낮은
지붕을 인 집들이 일렬횡대로 늘어서 있다.

한강대교를 북쪽에서 남쪽으로 건너다보면 왼쪽 높은 언덕 위에 머리만
내놓고 있는 집들이 보이는데 바로 이곳이다.

"여기 집이 들어선 지 한 오십 년 정도 됐을까요? 아마 6·25 직후 피란민들
이 몰려들어서 동네가 만들어졌을 거예요."

성 할머니가 '그때 그 시절'을 이야기했다.

"그때만 해도 죄다 판잣집이었지요. 사는 게 지금하고는 비할 데가 아니었
지요. 물이 안 나와서 저기 동양중학교까지 물 뜨러 다니고 그랬어요. 가스와
하수관이 1999년인가 들어왔어요. 지금은 그나마 살기가 많이 나아진 거예

요."

어느덧 해가 진다. 사진이라도 한 장 찍으려고 언덕 끝에 다가선다. 대기는 매연 때문에 뿌옇다. 손창섭이 살았던 1970년대 초만 해도 해질 무렵이면 적자색 노을이 마을로 슬금슬금 내려앉았을 것이다. 대기를 물들이는 노을은 그의 가슴 한켠을 먹먹하게 만들었을 것이다. 아니, 이 근방 어디에 서서 손창섭도 한강변의 노을을 눈이 아프게 바라보았을 것이다.

유현목

한편으로 내 기억의 한 자락은 1964년 4월 11일 한양영화사가 손창섭의 고발에도 불구하고 제작한 영화 <잉여인간>으로 흘러가고 있었다.

유현목이 감독을 맡고 임희재, 신봉승이 각색한 이 영화는 당시 상당한 규모인 5만여 명의 관객을 동원했을 뿐만 아니라 제4회 대종상영화제 편집상(유재원)·신인상(김석강), 제2회 청룡영화상 작품상·여우주연상(도금봉)·남우주연상(김진규)·여우조연상(황정순)·흑백촬영(홍동혁)·미술상(박석인), 제8회 부일영화상 작품상·감독상(유현목)·남우조연상(신영균)·여우조연상(태현실)·촬영상(홍동혁) 등의 수상자를 냈을 만큼 성공한 작품이었다.

유현목 감독에게 <잉여인간>은 <김 약국의 딸들>(1963)에 이어 한양영화사와 손잡고 내놓은 첫 작품이었다. 또 1963년 9월에 창단된 극단 <산하>가 창립 작품으로 <잉여인간>을 연극 무대에 올린 바 있다. 영화가 만들어지는 과정에서 원작자 손창섭은 사무 착오를 인정한 영화사 측의 솔직한 사과를 받아들여 고소를 취하한 것으로 알려지고 있다.

손창섭은 1958년부터 도일 직전인 1973년까지 흑석동에서 십칠 년간을 살았지만 서울 살림은 그게 처음은 아니었다. 추정컨대 등단을 완료한 1953년 직후에 그는 부산에서 상경했을 터인데, '장편(掌篇)소설집'이라는 문패를 달고 1966년 『신동아』 1월호에 발표한 에세이 가운데 서울 거주지에 대한 언급이 있다.

> 벌써 10여 년 전 일이지만 유산으로 물려받은 집을 팔아치우고 시 변두리로 나와서 새로 주택을 지을 때 일이었다. 잘 아는 사람의 소개로, 왜정 때에 본격적으로 일을 배운 50여 세의 능숙한 목수에게 일을 맡기게 되었는데 그분이 데리고 온 미장이가 바로 신 서방이었던 것이다. (중략) 이러니 어딜 가나 신 서방은 환영을 받을 수밖에 없었다. 우리도 크건 작건, 심지어는 연탄아궁이를 고쳐 걸거나 부뚜막 하나를 고칠 때도 으레 신 서방을 불러왔다. 그 대신 신 서방은 언제나 일이 밀려 있었기 때문에 연락을 해놓고도 며칠 내지는 한 주일 이상을 기다려야 했다. 그래도 신 서방을 불러대지 않으면 안심이 되지 않았다.
>
> 한번은 다시 집수리할 일이 생겨서 내가 직접 신 서방을 찾아가 보았다. 그전까지는 그쪽에서 자주 왕래하는 사람이 이웃에 있어서 그 사람 편에 연락을 하곤 했으므로 내가 직접 찾아가 보기는 처음이다.
>
> 용산 우체국 뒤에 가서 미장이 신 서방을 찾으면 모르는 사람이 없다기에 거기 가서 물었더니 정말 집을 알 수가 있었다. 그러나 나는 신 서방네 집 앞에 걸음을 멈춘 채 한동안 어리둥절해서 서 있었다. 그것은 집이 아니라 커다란 궤짝이었기 때문이다. 숫제 판잣집 축에도 낄 수 없었다. 보탬 없이 그대로 찌그러져 가는 나무 궤짝이었다. - 「신 서방」 부분, 『손창섭 단편 전집 2』, 2005, 가람기획.

손창섭의 기고문 「생명의 욕구에서」(<경향신문> 1956. 6. 28)에 따르면 그가 유산으로 물려받았다는 집은 세검정에 있었을 가능성이 크다. 이후 그는 "서울 변두리에 새로 집을 지었다."라고 썼는데 변두리라 함은 한강변 흑석동을 의미할 것이다. 미장이 신 서방이 공사를 한 변두리 가옥이 그것인데 손창섭 부부는 신 서방에게 인간적으로 끌렸던 모양이다. 그래서 그가 요구하는 품삯보다 50환이라도 더 얹어주었고 아내는 아내대로 된장이나 고추장 같은 것이라도 싸 보냈다는 것이다. 신 서방과 손창섭의 인연은 그로부터 이 년 뒤 신 서방의 죽음으로 끝을 맺는다.

그 뒤 2년 만엔가 방을 모두 고치게 되어서 나는 다시 신 서방을 찾아갔다,

"신 서방 계시우?"

불러도 대답이 없다. 몇 번을 불러보아도 아무런 반응이 없다. 그러자 바로 맞은 편 판잣집에서 한 중년 아주머니가 나오더니,

"그 집에 오늘은 아무도 없소."

한다.

"그러면 나중에 누구든 돌아오거든 신 서방더러 한번 와달랜다고 전해주시오."

이러고는 내가 우리 집 위치를 설명하려니까,

"신 서방 죽었다우."

한다. 너무나 뜻밖이라 나는 어안이 벙벙해서 아무 말도 못하고 얼마 동안 그 중년 부인만 마주 보고 섰다가,

"언제요?"

묻자,

"어제 죽어서 오늘 장례를 치르러들 갔다우."

이런 대답이다. 나는 왜 그런지 얼른 걸음을 돌이킬 수가 없었다. 자세한 이야기를 들어보기 속병으로 달포 가까이 몸져누었다가 죽었다는 것이다.

"그럼 애들이 야단이군요."

"야단이구말구요."

"저축 같은 것도 없을 테죠."

"저축이 다 뭡니까. 밀린 품삯이 여기저기 10만 환은 넘는답니다만, 살았을 때도 안 주던 사람들이 이제야 갚겠어요."

그제야 나는 신 서방이 그토록 가난했던 이유를 짐작할 수 있을 것 같았다. 순해빠진 신 서방은 헐값에 외상일을 많이 했었고, 그 품삯을 강력히 받아낼 수 없었던 것이다. 결국 이용만 당했던 것이다. - 위와 같음.

손창섭은 흑석동에 집에 새로 방을 들이려고 신 서방에게 달려갔던 것인데 아뿔싸, 안타깝게도 신 서방이 죽었다는 소식을 전해 듣는다. 손창섭도 고생이라면 이골이 난 사람이다. 그래서 삯일을 하며 하루하루 연명하던 미장이 신 서방에 대한 연민을 느꼈던 것이다. 게다가 신 서방이 살았다는 용산역 부근은 그가 평양에서 잠시 교편생활을 하다가 월남한 직후, 넝마들의 건설대 일원이 되어 적산 가옥을 무단 점유해 사무실을 차려놓고 제법 사업 수완을 부려보던 장소에서 그리 멀리 않다. 용산과 흑석동은 한강을 사이에 두고 마주보고 있을진대, 나는 한강 인도교를 건너 용산과 흑석동을 뻔질나게 왕복하는 서른 중반의 손창섭을 얼마든지 상상할 수 있었다.

에세이 「신 서방」엔 또 다른 개인 신상이 담겨 있기도 하다. 선친에 관한 것이 그것이다.

"나도 선친을 닮아서 그런지 내가 살 집은 크든 작든 내 손으로 설계를 해서 일일이 감독을 해가며 직접 지어야지, 남에게 청부로 맡겨버린다든가 또는 기성 주택을 사서 드는 일은 성미에 맞지 않는다."라든지 "부친이

손창섭이 흑석동에 살았던 1960년대 연상케 하는 낡은 기와지붕

생존했을 때의 일이 생각난다. 돈푼이나 있었던 탓인지 집을 짓거나 수리를 하는 취미를 가지고 자주 공사를 벌이면서도 부친은 목수든 미장이든 석수든 한국인은 잘 쓰지 않았다. 대개는 중국인과 일본인을 썼다. 그들은 시세대로 공임만 주면 점심도 싸가지고 와서 주인이 보든 말든 하루 종일 쉬지도 않고 이쪽 주문대로 성실히 자기 할 일을 하지만 한국 놈은 일은 제대로 않고 괜히 말썽만 부리기 때문이라는 것이다." 등의 내용이 그것이다. 그는 잔꾀나 부리면서 노임이나 따가려는 인부들의 얄팍한 속셈에 염증을 냈던 것이다.

흑석동 탐사에서 나는 확실히 몸에 밀착되어 감겨오는 무엇인가를 느끼고 있었다. 그걸 두고 육화(肉化)라고 할 것까지는 아니겠지만 그가 살았던 생생한 현장을 둘러보면서 손창섭이 일본 어딘가에 생존해 있으리라는 확신이 들었다. 그는 생활을, 삶을 누구보다도 사랑했다는 흔적을 흑석동

곳곳에 남겨두고 떠났던 것이다.

3. 새앙쥐와 은둔 작가

— 2009년 1월 19일 월요일

출판인 정철진 씨를 만나기 앞서 나는 그가 재직했다는 현암사의 역사를 탐색해보았다. 현암사는 1951년 서울 삼청동 언덕배기에 있던 현암(玄岩) 조상원(趙相元) 자택에 손바닥만 한 간판을 내걸고 출범한 회사다.

조상원은 1913년 경북 영풍에서 출생해 1932년 보통문관시험에 합격, 공무원 생활을 하다가 1945년 12월 대구에서 건국공론사를 창립한 뒤 1951년 자신의 호를 따 현암사로 개명했다. 현암은 시인 박목월이 지어준 호로 알려지고 있다. 편집 교정에서 활자 주조, 조판에 이르기까지 출판 메커니즘의 대부분 과정을 집 안에서 해치우는 문자 그대로 가내 수공업식 출판사였다.

그러던 현암사에 도약의 계기가 찾아왔으니 당시 육법전서가 있었으나 육법은 일제 강점기의 잔재이고 해방된 조국의 법을 한자리에 모은 법령집은 '법전'으로 개칭하는 게 옳다는 소신에 따라 1959년 서적 도매상에서 받은 선금으로 제작비를 충당하며 출간한 『법전(法典)』이 베스트셀러가 되었던 것이다. 『법전』의 성공으로 현암사는 서울 관철동 영보빌딩에 작은 사무실을 얻어 진출한다. 현암사의 관철동 진출은 문화의 관철동 시대를 연 작은 계기가 되었다. 당시 관철동엔 을유문화사와 계몽사가 있었을 뿐이다. 여기에 박영사가 종로서적 뒷골목에, 삼성출판사가 삼일빌딩 건너편 모란봉다방 위층에 자리를 잡으면서 인사동과 견지동 일대의 여러 출판사와 더불어 하나의 출판 지역을 형성한다.

영보빌딩으로 옮긴 현암사는 젊은 문학평론가 이어령의 수상집『흙 속에 저 바람 속에』를 내며 젊은 독서층의 선풍적인 인기를 끌었고 1965년 박경리의 장편소설『시장과 전장』을 출간한 데 이어 1966년 문예지『한국문학』을 창간하는 등 문학 부문에도 큰 투자를 하면서 일약 출판계의 기린아로 등장했다. 1963년 여름 어느 날 아침 밥상머리에서 조상원은 장남 근태를 '부자가 힘을 합쳐 대를 이어 키워 보자.'며 회사에 입사시킨다. 연세대 철학과에서 동양철학을 전공하던 조근태는『사서삼경』같은 동양 고전 번역서를 내기로 결심하고 필자 물색에 나선다.

『사서삼경』은 어림잡아 2만여 장이나 되는 원전 번역도 번역이지만 만약 판매에 실패할 경우 막대한 자금을 날릴 수도 있는 모험이나 마찬가지였다. 그해 가을 현암사는『사서삼경』가운데 1차로 '사서' 발간에 착수, 이듬해 10월『논어』,『맹자』,『중용』,『대학』을 서점가에 첫 선을 보였다. 1966년 조상원은 2차분으로『삼경』의 출간 준비를 서둘렀다.『삼경』가운데『시경』은 시인 이원섭(李元燮)에게,『주역』은 남만성(南晩星)에게 번역을 의뢰했는데, 가장 난해한『서경』의 역자를 구하는 일이 만만치 않았다. 조상원은 편집장 정철진에게 사방으로 필자를 수소문하도록 했고 마침내 정철진은 미당 서정주를 찾아간다.

미당은 즉석에서 동서인 김관식 시인을 추천했다. 하지만 김관식 시인이 어느 정도 한문에 소양이 있더라도 나이가 너무 젊고 주사기가 있는 시인이라는 소문을 들었던 터라 정철진은 반신반의하면서 이번엔 성균관대학교의 안병주를 찾아간다. 그런데 안병주 역시 김관식 시인을 추천하는 것이 아닌가. 결국 홍은동 산1번지에 있는 김관식의 집을 찾아간 정철진은 술을 끊고 번역에 전념하겠다는 다짐을 한 김관식에게 번역을 맡겼는데 가장 기뻐한 사람은 김관식의 부인 방옥례였다. 이 번역만 정확히 해주면 남편에게 또 다른 일거리가 줄줄이 생길 것이고 그러면 술에 의존하며 기인으로 살아온 남편의 일상에도 변화가 일어날 것으로 생각했던 것이다. 하지만 김관식은 번역 원고를 붙잡은 지 사흘이 지나자 알코올 부족으로 인한 금단현상으로 안절부절못하며 서성대기만 했다. 일이 손에 잡히지 않자 다시 술에 입을 댄 것인데 김관식의 번역 작업은 출판사와 약속한 3개월이 지나도록 별 진전이 없었다. 『시경』과 『주역』은 원고가 다 들어와 조판에 착수한 현암사로서는 크게 당황할 수밖에 없었다. 정철진은 최후의 수단으로 편집부 직원이자 소설가인 양문길을 매일 아침 홍은동 산1번지, 김관식의 집으로 출근시켰다. 매일매일 원고가 되는대로 가져오라는 것이었다. 그 방법은 효험이 있었다. 김관식의 거처는 육모정으로 불리고 있었는데, 그가 존경하는 육당 최남선을 기린다는 의미였다. 그렇게 석 달 만인 1967년 봄, 드디어 김관식은 2,800여 장에 이르는 『서경』 번역 원고를 탈고한다. 1968년 『사서삼경』은 날개 돋친 듯 팔려나갔다.

이른바 집장사들에 의한 단독 주택 건설 붐을 타고 새로 지은 양옥집 서가에 꽂아놓을 장서 목록에 『사서삼경』만 한 의젓한 물건이 어디 있었겠는가. 김관식의 『서경』 번역은 지금도 전설로 남아 있는데 안타깝게도 그의 『서경』은 지금 지형조차 남아 있지 않다. 어찌됐든 1960년대 중반부터 정철진은 현암사에 없어서는 안 되는 인물로 존재했던 것이다.

하지만 조상원 회장이 장기 입원을 하고 1970년대 말 에너지 쇼크로 온 출판계가 도산 위기에 허덕일 무렵, 빚에 쪼들리던 현암사는 『사서삼경』 판권과 더불어 지형마저 처분했다는 후문이다. 하지만 이러한 수난 속에서도 현암사는 1970년 국내 최초로 출판제작자 실명제를 도입했고 이후 서서히 원기를 회복해 1984년엔 황석영의 장편소설 『장길산』을 출간했으니 이는

원로 출판인 정철진

1966년 창간한 계간 문학지 『한국문학』을 내면서 다져진 유망 작가에 대한 절대적 신임을 기반으로 한 것은 물론이다. 이런 탐색의 결과 확인할 수 있었던 것은 정철진 씨가 현암사에서부터 잔뼈가 굵은 한국 출판계의 산증인이라는 사실이었다.

2009년 1월 19일 월요일 낮 12시. 정철진 씨가 재직 중인 서울 장충동 소재 종이나라출판사 현관을 통과해 엘리베이터를 탔다. 과연 그는 실제로 어떤 사람일까, 궁금해 하면서 사무실 문을 열자 정철진 씨가 창가에 붙은 책상 앞에 앉아 있다가 벌떡 일어나 손을 내밀었다.

"조금 일찍 오셨구먼. 일단 좀 앉읍시다."

내가 엉거주춤 앉아 있는 동안 그는 점심 전에 마무리 지어야 할 잔무를 처리하느라 다른 사무실로 잠깐 다녀오겠다며 자리를 비웠다. 창가에서 보니 동국대학교로 이어지는 남산 아랫자락이 눈에 덮여 있었다. 설경에

뺏겼던 시선을 사무실 내부로 돌리자 그제서야 사물들이 눈에 들어왔다. 사무실은 혼자 쓰는 방이 아니었다. 네 사람이 책상 하나씩을 소유한 채 공동으로 쓰는 공간이었다. 그래도 정철진은 그중 넓고 좋은 자리를 차지하고 있었다. 십여 분쯤 지나 잔무를 마치고 돌아온 그가 어디 가서 점심이나 들자며 앞장을 섰다. 길 건너편에 잘 가는 생태집이 있다고 했다.

생태탕을 앞에 놓고 점심을 먹는데 앉아 있는 등 뒤쪽 벽에서 찍찍 소리가 들렸다. 새앙쥐가 벽을 갉아대고 있었다. 누렇게 들뜬 벽지가 미세하게 움직였다. 찍찍 하는 소리와 함께 새앙쥐가 꼼지락거리는 것을 벽지가 들썩거리는 모양새로 감지할 수 있었다. 아하, 새앙쥐가 나를 엿듣고 있다? 그러고 보니 21세기라고 해도 속담에서 자유로울 수 없는 게 사실인 모양이다. 밤말은 쥐가 듣고 낮말은 새가 듣고……. 이건 비밀이 있는 사람은 조심할지어다, 라는 경고가 아닐까 하는 생각이 스쳤다. 요즘 쥐는 낮밤을 가리지 않는다.

난 음식점 아낙을 나직하게 부른다.

"이 벽속에는 사료가 가득 들어 있나 보군요. 벽 속의 서 생원이란 녀석이 점심때부터 법석을 떠니 말이죠."

아낙 왈,

"고놈의 새앙쥐들이……, 쥐 본드를 놓아도 소용이 없고 쥐덫을 놓아도 그 속에 고기만 빼먹고 달아나버리니 원, 참. 쥐덫에도 걸리지를 않는다고요. 궁리 끝에 쥐약을 놓기로 하고 주방에서 생태탕을 끓이고 남은 생선 토막에 약을 버무려놓았지요. 근데 내가 바깥 영감에게 이러저러 해서 쥐약을 놓는다고 이야기를 했드만……. 영감이 한마디 하더군요. '쥐도 사람 말을 알아듣는데 약이 무슨 소용이 있을라고.' 그러면서 영감이 하는 말이 '낮말은 새가 듣고 밤말은 쥐가 듣는다는 옛말이 있잖아…….' 에이, 설마 그럴 리가. 지금이 어떤 세상인데. 사람이 달나라에 가는 세상인데. 그러자 영감이 대뜸 일갈을 하더군요. '이 사람아, 달나라에도 사람보다 쥐가 먼저 갔을지 누가 알겠소. 우주로 쏘아올린 로켓에 사람보다 쥐를 먼저 실어 보냈다고 하던데.' 그러는 거예요. 그 말도 일리가 아주 없는 건 아닐 테지만. 영감은 날더러 쥐도 사람 말을 알아들으니 소리 없이 쥐약이나 놓으라고 닦달을 하더구먼요."

그 말을 듣는 난 그저 알쏭달쏭해질 뿐이다. 쥐가 정말 사람의 말을 알아들을까? 쥐를 잡는 좋은 방법이 없을까, 생각하던 참에 사라진 손창섭이란 작가야말로 벽 속에 숨은 새앙쥐가 아닐까 하는 생각이 스치는 것이다.

은둔하는 자여, 그대는 정녕 벽 속에 숨은 서 생원이라도 된단 말이오? 낮말은 새가 듣고 밤말은 새앙쥐가 듣고 모든 말은 은둔자가 듣는다? 여기까지 생각하자 은둔 작가야말로 새앙쥐라는 생각이 들었다.

새앙쥐가 벽 속에서 내 의중을 갉는다. 과학 책에 '낮말은 새가 듣고 밤말은 쥐가 듣는다'에 대해 음파의 굴절로 설명한 부분이 있었다. 음파는 밤에는 지면 쪽으로 굴절하고, 낮에는 위쪽으로 굴절한다나? 또 어느 책에는 공기의 온도가 높으면 또 음파의 속력이 빠르다고 하고. 그리고 소리는 뜨거운 공기에서 차가운 공기로 굴절한다는데……. 밤에는 지면이 대기에 비해 차갑고 낮에는 대기가 지면에 비해 차갑다는 건 알고 있지만. 공기의 경우, 소리는 온도가 높은 곳에서 속도가 더 빠른 건 사실이다. 이건 분자의 운동이 활발한 것과 관련이 있는 모양이다. 그렇다고 새앙쥐 소리를 앞에 두고 굴절률과 굴절각, 속도, 파장 간의 관계를 떠올릴 만한 지력은 아닌 것이다. 그나저나 말조심하라는 의미로 알려진 이 속담에도 실은 음파의 진행에 대한 과학적인 통찰이 숨어 있는 것이다. 그보다는 새앙쥐가 찍찍거리는 소리를 유식한 척 한자로 옮기면 천지 지지 여지 아지(天知 地知 汝知 我知)가 어울릴 듯도 하다. 하늘이 알고 땅이 알고 네가 알고 내가 안다?

그러니까 이게 무슨 과학이라기보다는 옛 사람들은 낮에는 새가 날고 밤에는 쥐가 돌아다니니까 그런 비유를 한 것이다. 말 그대로 말조심하라는 거다. 찍찍찍찍 지지지지……. 그 울음소리가 기분 나쁜 새앙쥐의 까만 수염을 연상시켰다. 환경의 변화를 가장 먼저 눈치 채는 것도 새앙쥐의 까만 수염이다. 인류가 사라지고 난 뒤에도 새앙쥐만은 최후까지 살아남아 먹이를 갉아댈 것이다. 아마도 지구 종말 때까지 버티기 위해 녀석은 음지에 살고 있는 것이다. 어쨌든 새앙쥐를 얕잡아봐서는 안 된다.

내가 기척을 하자 새앙쥐는 예의 그 징그러운 소리를 딱 멈추었다. 신발을 신고 나서는데 어느새 기어 나왔는지 새앙쥐가 뒷발로 버티고 선 채 복도의 낡은 타일 하나를 차지하고 두 손을 비벼대고 있었다.

까만 수염이 난 새앙쥐였다. 녀석은 타일 위에서 작은 눈동자를 반짝이며 나를 빤히 쳐다보고 있었다. 그것도 두 발을 들고 비벼대면서 무슨 할 말이라도 있는 것처럼. 눈동자는 불안하고 초조해 보였다. 녀석은 제가 빠져나온 벽 구멍을 찾지 못해 안달을 하고 있는 것이다. 내가 한쪽 길을 터주자 녀석은 어두운 복도를 황급히 가로지르더니 문턱 위로 쪼르르 올라가 예의 내가 앉았던 벽의 모서리 쪽으로 단숨에 달려가 누런 벽지의 구멍이랄 것도 없는 틈새 속으로 잠겨버린다. 새앙쥐는 틈새에 징그럽게 삐져나온 까만 꼬리를 감추는 것으로 나와 작별을 한다. 벽지 속에 새끼를 쳐놓았는지도 모른다. 붉고 축축한 가죽을 둘러쓴 새끼들이 올망졸망 모여 있는 벽지 속은 녀석의 은밀한 거처인 것이다.

하긴 내 처지도 새앙쥐와 다를 게 없다. 하루하루 태양을 갉아대고 있는 피조물. 월력이 일력으로 바뀐 이래 나 역시 태양 아래 한 마리 새앙쥐였다. 이전 시대의 사람들은 어둠 속 은빛 달 하나의 궤적으로 인간 세계의 시간을 측정했다. 태양력이 도입되기 전의 일이지만 그만큼이나 나에게 있어서 가장 슬픈 일은 시대를 혼동하고 있다는 점일 게다. 창천에 떠서 녹슬어버릴 것 같은 태양이며 밤하늘에 압정 하나를 찔러둔 것 같은 달이며 그럴 때마다 나는 천문이 잘못되어도 한참 잘못됐다고 푸념을 하고 만다. 시대착오적이란 말은 이럴 때 쓰는 법이다.

내가 태어나기 9년 전, 이 땅에 전쟁이 있었다. 1950년 6월 25일. 그게 내 탄생의 천문이 될 줄을 까마득히 몰랐던 시절, 손창섭이란 작가는 그 전쟁을 온몸으로 통과해 걸출한 작품을 남겼고 이제 조국을 떠나 일본 땅에 머물고 있는 것이다. 정철진의 이야기는 이어졌다.

"나는 1938년생이요. 현암사 초기 창립 멤버이지요. 1957년 국립교통고등학교(현 철도대학)을 졸업하고 현암 조상원 회장이 설립한 현암사에 입사한 것은 그 이듬해였어요. 조 회장은 출판사 사장으로서는 가장 많은 저서를 낸 입지전적인 인물로 그는 일제강점기 당시 독학으로 보통고시를 패스하고 1945년 해방 이후에 경주에서 면서기를 지내다가 출판계로 투신한 인물이지요. 특히 전 국세청장 김수학 씨와 아주 절친한 사이로 우리나라 출판업을 면세 업종으로 만드는 데 주역을 담당하였어요.

정진숙 을유문화사 회장이 출판협회 회장을 맡았을 당시의 일인데 정진숙 씨가 구한말 민씨 가문의 한 주력자인 민병도 씨가 창립한 을유문화사를 인수한 것과는 달리 조상원 회장은 직접 현암사를 창립했지요. 현암 선생은 출판사를 만들 당시 위당 정인보와 자주 만나서 상의를 했는데 광복 이후 위당 선생은 집 한 채 없이 적산 가옥에 살다가 해방 삼 일 전에 민족주의자들을 피살한다는 소문을 듣고 한밤중에 이리(익산)시로 식솔들을 거느리고 피난을 갔었지요. 이것은 위당 선생의 아들인 정현오 국립박물관장에게 직접 들은 이야기지요. 그 이듬해 위당은 상경했으나 가족들은 서울에 집을 마련하지 못해 삼 년 뒤에나 올라오게 되었다는 이야기였지요. 당시엔 출판이 독립운동이나 마찬가지였지요. 만석꾼들 가운데 의식이 있는 사람들은 출판사를 세우기도 했는데 동궁문화사는 지금 현재 종로 영풍문고 자리에 육일서점을 소유하고 있던 회사였고 화신백화점 옆에는 을유문화사가 있었지요.

육당 최남선 선생도 현재 교보빌딩 뒷골목에서 출판사 동명서관을 운영하기도 했어요. 을유문화사는 민병도 씨가 창립해 정진숙 씨를 영업부장으로 영입했는데 이는 한국은행에서 함께 일한 인연 때문이었지요. 당시 출판부장은 동화작가 윤석중이었지요. 그러나 이에 비해 현암사는 조상원 회장이 1947년도에 설립해 2007년에 창립 60주년을 맞았지요. 조 회장은 원래 대구에서『건국공론』이라는 잡지를 발행했는데 이것은 월간 종합지 제1호로 백범 선생이 사망하기 전에 창립된 잡지였으며 최석채 선생이 주간을 맡았지요. 『건국공론』이후 김팔봉 선생도 잡지를 발행했는데 6 · 25 전쟁 때 인공 치하에서 김팔봉 선생은 인쇄소 직원들로 구성된 좌파들에게 체포되어 인민재판을 받았지요. 지금의 노조와 마찬가지라고 할까요. 인쇄 노조는 일제강점기 때부터 가장 강한 사회조직이었어요. 예컨대 1946년 발생한 조선정판사 사건도 인쇄 노조가 일으킨 것인데, 당시 <해방일보>를 인쇄하던 조선정판사 직원들이 찍은 위조지폐를 적발한 사건이지요. 김팔봉 선생에게 직접 들은 것인데 그는 좌파들에게 체포되어 무릎을 꿇린 채 죄상을 나열했으며 그들은 새끼줄로 온몸을 묶어 주리를 틀었다고 하더군요. 그 당시 사진이 지금 삼성출판사 박물관에 소장되어 있어요. 활판인쇄 시대의 비화 중 하나지요.

나는 1957년 9월 말에 현암사에 입사해 문선공으로 일했어요. 조 회장이 대구에서 잡지 인쇄 시설을 모두 옮겨와 상경을 했는데 나는 중학교 출신 선배에게 문선을 배웠지요. 문선은 한문을 꽤 알아야 할 수 있는 일이지요. 인쇄 노동자들이 문자를 알게 되니 노동운동이 셀 수밖에 없었지요. 특히 완벽한 수당제로 급여가 지급됐으며 철야, 잔업근무 등의 수당이 지급되었지요. 편집 쪽보다는 인쇄 직공들이 훨씬 급여가 많았지요. 인쇄 직공들은 모두들 집을 사서 살았어요. 주물로 만든 활자를 문선대에 꽂아놓고 활판을 찍다 보면 아무리 주물이라도 마모되기 마련이지요. 활자를 파는 곳은 지금 천도교 회관 근처에 문화극장이 있었었는데 그 극장 뒤에 활자를 주자해서 파는 곳이 있었지요.

1년 6개월 뒤 영장이 나와 입대했는데 1959년 현암사에서 나온 국내 최초의 법령집인 『법전』은 일본식 이름인 '육법전서' 대신 '법전'이라는 이름을 단 책으로, 첫 페이지부터 마지막 페이지까지 내 손으로 문선을 한 책이지요. 『법전』이란 이름은 조선 시대의 『대전회통』, 『경국대전』 등에서 따온 것으로 현암사에서 처음 붙인 이름이었지요. 문선공으로서 가장 어려웠던 일은 궤를 쳐서 주자를 앉히는 조판 과정이었어요. 주자를 앉혀서 한 페이지가 완성되면 고무 롤러로 그것을 누른 다음 습자지를 한 장 붙여 한 페이지를 떠내지요. 그러면 울퉁불퉁한 표면이 습자지에 박혀 나오기 때문에 이걸 다리미로 다렸지요. 거기다 대고 줄을 쳐서 궤를 만들어 한 페이지를 완성했지요. 내가 고등학교 때 토목과를 전공하며 제도를 한 덕을 봤지요.

당시 현암사는 삼청동에 있었어요. 규모가 큰 또 다른 출판사로 희망사가 있었는데 김종완 회장이 창립한 곳으로 옛 경기고 입구인 팔판동에 있었지요. 1960년대까지는 정동 골목길에 빽빽이 들어선 술집에 모여든 사람들은 모두 현암사와 희망사의 인쇄공이었지요. 원고료를 받은 문인들도 정동이나 삼청동에서 자주 만날 수 있었는데 나는 시인 김수영과도 여러 번 대작를 했지요. 정동에 있는 유성다방, 아리스다방 등지에서. 군대 갔다 와서 현암 선생이 이불 보따리를 싸들고 다시 들어오라고 하더군요. 그때는 철야하는 일이 많아서 인쇄공들은 이불 보따리를 가지고 다녔어요. 또 가불해서 돈을 쓰고 도망가는 직공도 많았지요. 한번은 현암 선생이 주자기를 고쳐오라고 했는데 중고 고물딱지라 맨날 고장이 났지요. 납을 녹여서 이가다(꼭지)를 붙여야 하는데 조시가 안 맞으면 총알처럼 꼭지가 튀어나와 내 왼쪽 눈에 맞았지요. 그때 실명이 되지 않은 건 다행이지요. 당시 큰 인쇄소에서는 자동 주자기가 돌아가고 있었는데 너무 부러웠지요. 주자기 수리 공장은 덕수초등학교 뒤에 있었는데 나는 무거운 주자기를 짊어지고 삼청동 회사까지 돌아오곤 했지요.

그러다 1962년 종로 인사동으로 회사가 이사를 했고 이듬해인 1963년에는 관철동에 있는 영보빌딩으로 이사했지요. 당시 엘리베이터는 서울에서 네 군데밖에 없었어요. 5층짜리 영보빌딩과 중앙청, 반도호텔, 화신백화점뿐이었지요. 관철동 시대에 나는 문학평론가 이어령 선생과 일하게 되었지요. 이어령의 『흙 속에 저 바람 속에』 그리고 세계 여행기인 『바람이 불어오는 곳』 등은 당시 30여만 부가 나간 베스트셀러였어요. 천문학적인 숫자였지요. 요즘으로 치면 200만 부 이상 팔린 것이죠. 『흙 속에 저 바람 속에』는 초판 정가가 130원이었지요. 관철동에는 원산정이라는 설렁탕집이 있었는데 봉초방에 교자상을 둔 음식점으로, 홀에는 드럼통 네 개가 있었어요. 그 건물을 계몽사가 사서 입주했지요. 왜 이런 얘기를 하냐면 당시 원산정 설렁탕이 35원인데 책은 약 네 그릇 값인 135원이었단 이야기예요. 3,000부를 찍으면 동아일보 1면 광고를 할 수 있던 시절이지요. 그 시절이 좋았지요. 지금 설렁탕 한 그릇이 8,000원 정도인데 네 그릇 값이면 30,000원을 훌쩍 넘어가잖아요. 요즘 책 한 권에 2만 원 이상 가는 대중서는 거의 없는데 책은 그만큼 시간이 흘렀어도 푸대접받고 있는 것이죠. 박경리 선생의 첫 장편소설인 『시장과 전장』도 현암사에서 전작으로 제작했지요. 『시장과 전장』의 정장과 조판도 내가 직접 했고 김달진 선생의 『법구경』, 이원섭의 각종 고전 번역집, 조지훈 선생이 번역한 『채근담』 등도 내가 만들었어요. 조지훈 선생 집은 중앙청 너머에 있었는데 삼청동 뒷산을 넘어서 내가 직접 책을 전하기도 했지요.

현암사는 1964년 계간 『한국문학』을 창간합니다. 그동안 이어령, 박경리,

조지훈 등을 비롯한 문인들과 소통하면서 문학지를 만들게 되었던 것이죠. 구인(九人) 대표 작가가 동인을 꾸린 것이죠. 소설 쪽은 서기원, 이호철, 최인훈, 장용학, 전광용, 박경리 등 9명이었고 시는 김구용, 김춘수, 전봉건, 김수영, 박성룡, 5명이었지요. 그러나 잡지는 3호까지 발행하고 중단되었어요. 평론은 이어령, 유종호, 중앙일보 논설위원을 지낸 홍모 씨 등이었어요. 이들이 문단 권력을 만들 수도 있었으나 그들의 성향은 작품을 쓰는 것이어서 권력을 휘두르진 않았어요.

『한국문학』 창간호 때는 시인 김수영이 깊이 관여했는데 책 표지에 몬드리안의 <콩코드 광장>이라는 작품을 사용했지요. 당시 내가 김수영에게 캡션을 어떻게 달아야 되느냐고 물어보니까 그가 입으로 불러주어 내가 원고에 받아 적은 적이 있지요.

그게 원고지 한 장 반이었는데 이후 김수영은 내게 왜 원고료를 주지 않느냐고 다그치더군요. 그때 김수영과 사이가 벌어졌어요. 손창섭 선생도 그 당시에 만나기 시작했어요. 손창섭 선생이 내게 저작권 관리를 맡겼는데 지난해(2008) 예옥출판사에서 『인간교실』이라는 손창섭의 장편소설을 발간했다면서 인세를 보내주겠다고 연락을 해왔더군요. 그러면서 이렇게 묻더군요. 인세를 보내드리면 손창섭 선생에게 정말 돈이 갑니까, 아니면 정 선생이 일단 통장에 저축을 하고 있는지요? 그런 질문이 나에겐 힘들어요. 몇 십만 원밖에 되지 않는 돈이지만 손 선생의 작품이 출간될 때마다 그 가운데 낀 내가 매우 곤혹스러워요. 인세 때문이죠. 손 선생은 1999년도에 마지막으로 다녀가셨는데 그때 내가 적립한 인세 1,300만 원을 전달했어요.

지금까지 손 선생에게 전달한 인세는 모두 3,500만 원정도예요. 때로는 인세를 주머니에 넣고 다니다가 써버리기도 했는데, 그런 것이 내 양심에 가책으로 남아 있어요. 수 년에 한 번씩 인세를 드리기 때문에 그런 배달 사고가 나는 것이죠(웃음). 이제는 나도 나이가 들어 저작권 관리는 어려울 듯싶어요. 젊은 친구에게 맡겨야겠다고 생각하던 차에 서울대학교 국문과 방민호 교수가 나를 찾아왔더군요. 그를 손창섭 씨에게 나를 대신한 저작권관리자로 소개할까 봐요.

1999년 손 선생이 한국에 왔을 때 강화도에 모시고 갔는데 나는 그때 강화도에 논을 사서 농사를 짓고 있었지요. 논밭을 둘러보시더니 이렇게 말하더군요. '세상 사람이 나를 보고 괴짜라 하는데 이제 보니 정 형이 괴짜로군요. 언제 이런 걸 다 준비했는지.' 강화도를 한 바퀴 돌고 나서 이튿날 다시 만나 그동안 적립해둔 인세를 드렸지요. 1,100만 원이었어요. 내 딴에는 그게 좀 적어 보여서 마침 『한국문학전집』 재판을 찍는다는 소식이 들리던 민음사 박맹호 회장에게 전화를 걸어 미리 선인세를 달라고 해서 200만 원을 받아 다음 날 모두 1,300만 원을 전해드렸지요.

한국에 오시면 첫날은 꼭 점심때 만나지요. 그다음 날엔 점심을 넘겨 오후 서너 시경에 만나자고 연락이 오는데 덕수궁 안에 있는 연못가나 명동 중앙우체국 계단에서 만나곤 했지요. 내가 점심을 사면 손 선생은 이튿날 꼭 식사 대접을 하는데 그걸로 끝이에요. 한번은 덕수궁에서 보자고 해서 나갔는데 내게 봉투를 주더군요. 이건 집에 가서 뜯어보라고 하여 개봉하지 못하게 하더군요. 집에 가서 뜯어보니 봉투 안에 400만 원이 들어있더군요. 그는 내게 '인세 가운데 반만 보내라고 했지 않느냐?'며 이번엔 돈이 예상보다 많았다고 하더군요. 그러나 나는 아내로부터 손 선생의 인세를 받아서는 절대 안 된다는 핀잔을 받았지요. 손 선생은 자신을 소설가라고 하지도 않았어요. 나더러 저작권을 관리하라는 것은 실은 한국 내에서 자신의 작품이 출판되지 못하게 막아달라는 것이었지요.

손 선생과의 인연은 1960년대 말에 시작되었어요. 내가 현암사를 그만 두고 1967년에서 1969년까지 동양출판사에 재직했는데 그곳에서 손창섭의 연재소설인 『길』을 묶어냈지요. 이후 1972년 이어령 선생이 『문학사상』을 창간하면서 나를 데려갔는데 이어령의 지시로 나는 박경리와 손창섭 두 사람을 맡았지요. 당시 취재부장이 동국대 총장을 지낸 홍기삼 씨인데 일 년 만 맡아달라고 해서 내가 박경리와 손창섭을 특별 관리했지요. 그래서 박경리의 『토지』 2부가 『현대문학』에서 『문학사상』으로 옮기게 되었지요.

(『토지』는 1969년부터 『현대문학』에 연재를 시작하여 1972년 9월까지 1부를 집필했으며, 2부는 같은 해 10월부터 1975년 10월까지 『문학사상』에, 3부는 1978년부터 『주부생활』에, 4부는 1983년부터 『정경문화』와 『월간경향』에 각각 연재됐다. 마지막 5부는 1992년부터 <문화일보>에 연재하기 시작하여 1994년 8월 15일 마침내 대하소설 『토지』의 전작이 완결되었다. 25년에 걸쳐 원고지 4만 장 분량이었다.)

당시 박경리는 평론가 조연현에게 의탁하고 있었는데 『현대문학』에 토지 1부가 연재되었던 것은 조연현 덕분이에요. 2부를 시작할 때 박 선생은 『신동아』에 원고를 주기로 작정을 했는데 내가 『신동아』를 찾아가서 당시 차장이었던 이종석, 이준우(작고) 등을 만났어요. 『여성동아』에서 연재하기로 확정을 하였다고 말했더군요. 당시 박경리는 『현대문학』 편집장인 김수명과 사이가 좋지 않았어요. 그래서 『현대문학』 주간인 조연현 씨가 중재를 했지만 결국 박경리 씨가 『여성동아』와 2부 연재를 수의 계약했던 것이죠. 나는 <동아일보>에 『토지』 2부 연재를 마치면 문학사상사에서 단행본으로 내겠다며 원고료를 제시했는데 당시 <동아일보>는 1회 연재료로 300원으로 책정했고 문학사상사는 500원으로 책정했지요. 또 문학사상사는 『토지』를 대대적으로 광고할 계획이 있다고 말하자 당시 동아일보사 출판국장인 권도홍 씨가 한참 고민 끝에 결론을 내리더군요. '그 약속을 지킨다면 박경리의 원고는 문학사상사로 가져가라.' 그래서 내가 물었지요. 신문사 내 편집위원회는 어떻게 설득하려고 그런 말을 하느냐. 그러나 권 국장은 '박경리 개인을 위해서라도 문학사상사로 가져가는 것이 좋겠다.'고 말하더군요.

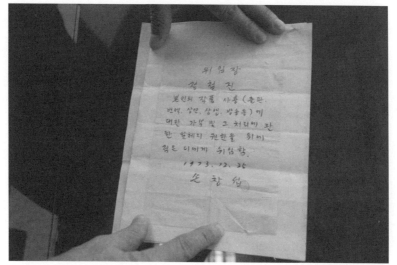

　권 국장은 퇴직 이후 청산출판사를 차렸는데 내게 손창섭 씨의 책을 내겠다고 연락을 해왔지만 나는 거절했지요. 왜냐하면 손창섭 씨가 국내에서 자기 작품을 재출간하는 것을 불허했기 때문이지요. 손 선생은 한국에서 일본으로 떠나갈 때 나에게만 주소를 남겨놓았지요. 절대 남에게 내 주소를 누설하지 말라는 단서와 함께. 삼사 년 뒤인가 신인철 교수가 와세다 대학 교환교수로 가게 되었지요. 신 교수는 『사상계』 주간을 지낸 분으로 손 선생과 함께 평양 출신인데 손 선생은 『사상계』가 주관하던 <동인문학상>을 수상했으니 두 사람은 가까웠던 게 사실이지요. 그럼에도 불구하고 손 선생은 그의 방문을 거절했지요. 그러나 신 교수가 딱해 보여 내가 그에게 주소를 가르쳐주었지요. 그는 손 선생에게 엽서를 보냈지만 나중에 손 선생은 그 엽서를 받은 후 무척 화를 내더군요. 내게 편지를 보내 더 이상 어떻게 당신을 믿겠느냐고 잘라 말했지요. 그리고 절교하자며 편지를 보냈지요. 그러나 1995년에 보낸 편지에는 내게 주는 위임장이 들어 있었지요. 사실

첫 위임장은 1973년 12월에 받았는데 그 내용은 다음과 같지요.

위임장
정철진(鄭轍鎭)
본인의 작품 사용(출판, 번역, 상연, 상영, 방송 등)에 대한 가부 및 그 처리에
관한 일체의 권한을 위에 적은 이에게 위임함.
1973. 12. 25.
손창섭 인.

그러나 1995년 손 선생이 다시 써준 위임장은 나와 함께 이우경 씨의
공동 명의로 되어 있었어요. 이우경 씨는 손창섭의 신문 연재소설에 삽화를
그려준 화가였지요. 물경 22년 만에 새로 고쳐 쓴 위임장 내용과 동봉한
편지 내용은 다음과 같아요.

손창섭의 편지

이 선생의 서신은 20일에 고맙게 받았습니다. 生의 저작물에 대해 언제나 자기 일처럼 마음 써주시는 이 선생과 정 형의 우의에는 무어라 감사의 뜻을 표해야 할지 모르겠습니다.

이번 일만 해도 生의 작품의 무단 출판을 발견하고 공정한 뒤처리를 위해 수고하셨지만 여의치 않아, 다망하신 중에도 불구하고 일부러 시간과 노비를 써가면서 저작권협회나 변호사를 찾아가 상의하는 등 生의 저작권 행사에 진력해주시는 두 분 앞에는 그저 머리가 숙여질 뿐입니다.

그런데 이번의 경우, 업자의 배짱은 이해하기 곤란합니다. 대개의 경우 저자와 연락을 취하기 어렵다는 것을 구실로 일단 무단 출판을 단행하기는 했지만 그것이 발각되어 저자나 그 대리인이 나타나면 마지못해서나마 최소한도의 해결에는 응해오는 것이 통례라 하겠습니다. 그럼에도 불구하고 정면으로 딱 잘라 거절하고 나오는 업자라면 그것은 적반하장이라 할 수밖에 없는데 도대체 저쪽에서 저작권자 측의 정당한 요청을 거절하는 이유가 무엇입니까. 이것은 저작권협회의 힘을 빌리거나 법에 호소하는 등 최후 수단을 행하기 전에 저쪽이 그토록 배짱을 부리는 이유가 알고 싶습니다.

그러므로 우선 여기에 위임장을 새로 작성하여 두 분에게 보내오니 수고스러운 대로 다시 한번 저쪽 출판사를 두 분이 찾아가셔서 새 위임장을 제시하고 재교섭을 해보아주신다면 고맙겠습니다. 그래도 완강히 불응한다면 그 이유를 들어주시기 바랍니다. 그 결과에 따라서 生이 직접 귀국하여 담판을 하느냐, 저작권협회나 법의 힘을 빌리느냐, 최후의 결단을 내리는 것이 타당할까 합니다. 그러면 두 분의 재교섭의 결과를 기다리기로 하고 오늘은 이만 용건만으로 그치겠습니다.

끝으로 生의 이 염치없는 청을 용납해 주시기 바라며 이 선생과 정 형 두 분의 건강과 댁내의 평안을 빌면서 각필합니다.

1995년 2월 21일 求道院 生 拜.

위임장

서울특별시 종로구 신영동 150-1 지하주택 1-211

이우경

정철진

　본인(손창섭)은 상기의 두 친지에게, 본인의 작품 출판에 관한 모든 문제를
대행해 줄 것을 여기에 새로이 전적으로 일임함.
　(본 위임장의 작성자가 본인에 상이 없음을 증명하기 위하여 별지 여권의
사본을 이에 첨부함)
　1995년 2월 20일
　일본국 동경
　본인 손창섭 인.

　여권번호 JA092948

　성명 손창섭

　생년원일 1922년 5월 20일

　여권발급일 1992년 4월 6일

　기간만료일 1997년 4월 6일

　발급지 도쿄.

　나는 위임장을 받아보고 그 꼼꼼함에 정말 소스라치게 놀랐어요. '이게
바로 손창섭이란 분의 정체로구나.' 하는 생각이 들었기 때문이지요. 난
올해(2009) 1월 2일 금요일에도 등기로 손 선생에게 편지를 보냈는데 1월
1일은 휴일이라 우체국이 쉬기 때문에 하루를 더 기다려 부친 편지지요.

오늘이 벌써 19일이지만 아직 손 선생에게서 답장을 받지 못했어요. 제 심경은 무척 괴로워요. 최근 몇 년 동안, 아니 아마 십 년도 훨씬 넘게 난 손 선생에게 아무 연락을 하지 않았어요. 내가 염려하는 건 그가 혹시나 사망했을지도 모른다는 점이에요.

그런데 작년에 예옥출판사가 나를 자극했지요. 예옥출판사에서 내게 인세 문제로 전화를 걸어왔을 때 비로소 나는 내가 손창섭의 위임을 받은 사람이라는 걸 다시 한번 자각했지요. 설혹 그가 이사를 갔다 해도 일본에는 현 주소지를 찾아주는 우편 서비스가 있다고 하더군요. 나는 손 선생의 답장을 학수고대하고 있어요. 정말 미안한 일이지요. 편지를 안 한 게 십 년도 넘었으니 아마도 1999년이 마지막일 거예요. 1995년에 마지막으로 만났을 때 중앙우체국 계단에서 그가 나한테 말한 것이 떠오르네요. '세상엔 나처럼 폐쇄주의로 사는 사람도 있습니다. 그러니 제발 나를 이해해주세요.'

그때가 여름이었어요. 나는 당시 삼성출판사에서 『한국문학전집』을 만드

1995년 서울 명동 중앙우체국 앞에서의 손창섭

는 일을 하고 있었는데 전집에 쓸 손창섭의 사진이 없어서 직장동료에게 카메라를 가지고 나와 만나고 있는 손창섭을 몰래 찍으라고 말해 주었지요. 그런데 골목길에서 자꾸 플래시가 터지니까 손 선생이 나를 불러 세우더군요. '정 형 자꾸 왜 이러시오, 사진 같은 걸 왜 찍는다 말이오.' 그래서 나는 그날 맹세했어요. '죄송합니다. 다시는 안 할게요.' 그러나 사진은 어차피 찍은 것이고 그때 사진이 삼성출판사의 『한국문학전집』에 실렸지요.

손창섭은 <한국일보> 창업자인 장기영 씨가 각별히 존경하고 좋아하는 작가였어요. 손창섭이 원고료를 올리자면 두말없이 원고료를 올려주었지요. <한국일보> 원고료는 손창섭 혼자서 다 올린 것이나 마찬가지예요. 장기영 씨는 생전에 내게 손창섭의 연락처를 물어오기도 했는데 난 절대 가르쳐주지 않았어요. 그러나 신문사 사장이니만큼 어떻게 일본 거주지를 찾아냈는지, 연말연시에 선물을 소포로 보냈다고 들었어요. 손창섭 씨 부인이 그 선물을 받고 이런 말을 했다고 하더군요. '장기영 선생이 만나자고 하는데 당신이 뭔데 안 만나나요. 아무리 괴짜라도 말이지요. 히스테리도 적당히 해야지요.'

손 선생이 부인에게 지청구를 많이 들었다는 말인데 이것은 손 선생에게서 직접 들은 이야기지요. 그래서 손 선생은 장기영 씨에게 미안한 감정이 생겨 재미없는 소설이라도 하나 더 써도 되겠느냐고 제안했는데 그게 『유맹』이란 소설이었지요. 1970년대 후반부터 이 년 반 정도 연재했는데 나중에 하나 더 쓴 게 소설 『봉술랑』이었지요. 조선 인조가 몽고의 침략을 피해 강화도로 피신한 시대를 배경으로 한 소설이지요. 그게 1977–1978년이었어요. 그런데『봉술랑』연재 중에 장기영 씨가 1977년 4월 10일 사망했지요. 그때 손 선생이 한국에 나와서 묘소에라도 찾아가 조문을 하려고 한국일보사를 찾아왔는데 신문사가 발칵 뒤집혔다고 하더군요. 카메라 기자가 나오고 기자들이 나오니까 그는 묘소고 뭐고 안 가고 도망가버렸다고 하더군요. 그게 한국문학과의 마지막 인연이었지요.

시간이 나면 내가 직접 도쿄에 가봐야겠어요. 그의 생사를 알아야 하고, 죽었으면 자식이라도 만나서 인세 문제를 해결해주어야겠어요. 한때 시인 장석주가 어떤 강연회에서 손 선생이 일본으로 귀화했다고 말한 적이 있는데 그때 나는 장석주에게 전화를 걸어 '알지도 못하는 말은 해서는 안 된다.'고 화를 냈지요. '손 선생은 절대로 일본에 귀화하지 않았을 것이다, 그는 엄연히 한국인이다.' 하고 말이에요. 어쨌든 손 선생은 일본 출판계 형편이 한국보다는 훨씬 낫다고 했어요.

일본 내에서도 자신의 집이 아니라 집 근처 서점을 통해서 우편물을 받아본다고 하더군요. '○○서점 전(前)'으로 해서 오는 우편은 원고료가 대부분이었다고 하더군요. 잡지사인지 신문사인지 정확하지는 않지만 그쪽 사장이 자전거를 사가지고 와서 손 선생 집 대문 앞에 놓아두고 가기도 했다고 하더군요. 일본의 잡지 원고료는 대단히 비싸기 때문에 생활에도 보탬이 된다고 했지요. 결론은 손 선생이 일본에서도 글을 썼다는 것인데. 특히 <구도원(求道院)>이라는 4페이지짜리 유인물을 만들기도 했다고 해요. 동서고금의 명언 명구를 넣어서 만든 것인데 처음엔 집 근처 버스 정류장에서 돌렸다가 다음엔 교회나 학교 앞에서 돌렸다고 하더군요. 아마도 기독교를 믿는 거 같았어요. 주일 예배가 끝나고 나면 담임 목사가 현관에 비치된 <구도원>을 가져다보라고 안내 방송까지 했다고 해요. 그걸 계속 내고 있는 거 같았어요. 내 생각에 그걸 모으면 책을 낼 수도 있을 거 같기도 해요.

내가 도쿄에 가면 손 선생의 유고들을 모아볼 작정이에요.

손창섭은 서울에 있을 때 흑석동 언덕에 살았어요. 자유당 시절 이승만
대통령이 국군의 날 행사를 참관하던 곳인데 공군 분열식을 구경하던 언덕에
손 선생의 집이 있었어요. 흑석동 언덕에서 내려다보면 용산 쪽 백사장에
만들어놓은 가건물에 전투기가 사격을 하고 날아갔다고 하더군요. 작년에
내가 옛 기억을 더듬어 그 집을 찾아간 적이 있었지만 정확한 자리를 찾지
못했어요. 감이 잘 잡히지 않더군요. 실은 손창섭 공원 같은 게 흑석동
언덕에 세워져야 합니다. 중앙대에서 내려오는 끝자락의 하천부지에서 계단
을 따라 올라가면 손창섭의 집이 있었어요. 언덕배기에 말이죠”

정철진은 손창섭 씨로부터 받은 편지들을 내게 보여주었다. 나는 편지를
복사해줄 것을 요청했다. 그는 기왕에 이야기를 털어놓은 김에 손창섭이
보낸 편지와 위임장을 복사해 주겠다며 자리에서 일어섰다. 그가 복사를
하러 다른 사무실로 간 사이에 나는 그의 책상 위를 살펴보았다. 책상에는
편지 봉투가 놓여 있었다. 손창섭의 일본 주소가 적혀 있었다.

손창섭의 일본 주소가 적힌 편지봉투

東京都 東久留 米市下里 4-1-7-208 上野千鶴子

　내가 그토록 찾고자 했던 손창섭이라는 존재가 몇 개의 숫자로 환치되어
편지 봉투 위에 적혀 있었다. 봉투에 적힌 주소를 수첩에 옮겨 적었을 때
정철진 씨는 복사한 편지들을 내게 건넸다. 그 가운데 1995년에 보낸 한
편지엔 일본에서 고적하게 살고 있는 손창섭의 개인적인 심정을 토로한
시조가 적혀 있었다.

　「잡초 인생」
　왜 그리 출세에만 열들을 올리는고
　감투란 무엇이며 명성 또한 뭐란 말인가
　다함께 허영을 떠나 잡초처럼 살세나

　「얼」
　나라꼴 어찌됐던 그 世情 어떠하든
　내 비록 고국산천 등지고 살더라도
　韓나라 얼이야말로 가실 줄이 있으랴

　「사람」
　人情을 살고 나면 그게 모두 사람이라
　올바른 사람값을 하여야만 사람인데
　짐승만 못한 사람도 우글우글하더라

　세상살이의 허무가 짙게 배어 있는 시조였다. 1995년이면 그가 도일한

지 이십이 년째를 맞는 해이다. 이십여 년을 아내의 나라 일본에서 살아오면서 그는 과연 어떤 피치 못할 일을 겪었기에 자신의 심정을 곡진하게 담은 이런 시조를 써 보냈단 말인가. 적어도 내가 유추할 수 있는 건 1995년에 서신 왕래가 가장 빈번했다는 사실이었다. 다른 편지에도 그의 상념이 강하게 배어 있었다.

여러 가지로 바쁘실 터인데도 불구하고 이리저리 출판사를 찾아다니면서 처리하여 이 선생을 통해 보내주신 인세, 수수료 제하고 日貨 258,211엔(한화 2,364,305원)을 잘 받았습니다. 귀형의 깨끗하고 따뜻한 인간미에 그저 머리가 숙연해질 따름입니다. 그래서 그 답례로 반액을 이 선생과 두 분이 나누어 써달라고 전달했는데 전액을 보내오셔서 좀 섭섭했습니다. 그러기에 이번에는 가벼운 기분으로 받아주실 수 있는 소액으로 인사를 삼을까 합니다.

이 선생 회신에 이번 일에는 주로 귀형이 수고를 하셨을 뿐 자신은 별로 한 일이 없다기에 그 의중을 따라 귀형에게는 일화 50,000엔을, 이 선생에게는 함께 외식대 정도를 송정하는 데 그치기로 했습니다. 그러니 잠자코 받아주시면 기쁘겠습니다.

그리고 여러 가지로 귀형이 마음 써주시는데도 시치미 떼고 지금까지 주소조차 밝히지 않은 처사를 사과합니다.

이 몸은 약삭빠른 재간꾼이 아니어서 별지에 명리에 새고 지는 속세간이 지겨워서 사람과 인연을 끊고 숨어서만 사오네.

來日 이래 이러한 인생 자세를 일관해온 터라 불가피한 경우 외에는 사람도 사귀지 않고 본명도, 거소도 숨겨왔으나 뒤늦게나마 귀형에게는 그럴 수 없어 여기에 주소를 명시하오니 지금까지의 결례를 양찰해주시기 바랍니다. 그럼

오늘은 이만 용건만으로 그치고 댁내의 평안과 행운을 진심으로 빌면서 각필합니다.

1995년 4월 20일 東京 近郊에서 無石子.

또 다른 편지 사본은 정철진 씨가 손창섭에게 보낸 답장이었다.

손 선생님께 올립니다. 선생님께 고백하기에는 참으로 부끄러운 일입니다만, 말씀드리지 않을 수 없군요. 지난 연말부터 선생님께 글월을 올린다는 것이 지금까지 미루어졌습니다. 이와 같이 게으른 사람이 선생님의 저작권을 관리한다는 것이 얼마나 허황된 일일까 생각하면 송구스럽기 짝이 없습니다. 그런데도 이우경 화백님은 선생님을 모시는 글월을 드리라는 것입니다. 저의 생각에도 선생님께 글월을 드리는 것이 도리라고 생각합니다.

그간 선생님 건강은 여전하신지요. 가내에 두루 평안하시기를 기원할 뿐입니다. 저희는 큰 변화 없이 또 한 해를 보낸 셈입니다. 그동안 선생님의 인세를 모은 것이 일만 불이 조금 넘습니다. 이 선생님과 상의했지만 이 돈은 송금하기가 좀 곤란하다는 말씀이고 또한 여러 가지 해결해주셔야 할 문제들이 그대로 남아 있기 때문에 반드시 선생님께서 직접 나오셔서 처리해주셔야 하겠습니다.

조금은 언짢은 일이시기는 합니다만 선생님이 직접 나오시는 것이 문제 해결의 지름길입니다. 못나도 잘나도 부모 자식 간이라면 조국이라는 것도 별수 없이 같은 것이 아니겠습니까. 주제넘은 말씀드려 죄송합니다. 이번에 나오시면 강화도에서 제가 짓는 농사 솜씨도 감상하시고 시간만 맞으면 상추나 풋고추를 따서 현장에서 맛도 보실 수가 있습니다. 농사를 짓는다는 것이 좀 고되기는 하지만 잡념 없이 살 수 있는 가장 좋은 방법이 아닌가도 생각합니다. 경제적인 문제만 없다면 자연의 생성 과정에서 많은 것을 얻을 수도 있는 것 같습니다. 이렇게 주제넘은 말씀드리는 것도 세속적인 성공 대열에서 낙오한 사람의 넋두리라고 생각합니다만 별 수 없이 자위의 변일 수도 있겠지요.

선생님, 모쪼록 빠른 시일 내에 연락 주시고 다녀가시기 바랍니다. 꼭 나오시
기를 바라옵니다.

1996년 4월 16일

정철진 올림.

4. 유종호의 기억

— 2009년 2월 3일 오전 11시: 서울 양천구 목동 자택

이제 손창섭의 일본 내 주소를 손에 넣었지만 그를 찾아가기 전에 꼭 만나보고 싶은 사람이 있었다. 평론가 유종호. 1950년대 손창섭의 초기작에서부터 도일 직전까지 발표한 대부분의 소설을 정독하고 유수의 평론을 발표해왔을 뿐만 아니라 무엇보다도 타의 추종이 불가능할 정도로 정평이 자자한

서울 목동 자택에서 만난 문학평론가 유종호

기억력의 소유자이다.

2009년 2월 3일 오전 11시, 서울 양천구 목동의 한 아파트의 초인종을 누르자 유종호 선생이 문을 따주었다. 깨끗한 실내, 단출한 가구의 거실에 마주 앉았다. 부인이 다과를 내오는 동안 잠깐 서재를 둘러보았다. 창가 쪽을 뺀 세 벽면의 서가엔 책들이 빼곡히 꽂혀 있었다. 흐트러짐 없이 정갈한 서가는 마치 잘 정돈된 기억력의 비밀을 보는 것처럼 인상적이었다. 평생 문학서에 묻혀 산 원로 교수의 눈이 빛났다. 다시 거실에 앉았을 때, 그는 대뜸 임시 수도였던 부산 시절의 얘기를 꺼냈다. 따는 손창섭에 대한 기억이나 일화에 관해 묻고 싶었으나 일단 그의 이야기를 경청했다.

마침 유 선생은 한국전쟁 당시의 체험을 수록한 회고 에세이『그 겨울 그리고 가을: 나의 1951년』를 펴냈기에 이야기는 자연히 그쪽으로 흘러갔다. 에세이는 그가 1951년 만 열여섯 살의 나이에 겪었던 1·4후퇴 당시의 피란길에서부터 시작된다. 어렵사리 남하했다가 다시 고향(충주) 부근으로 돌아와 부친이 아는 집에서 더부살이를 할 때, 그는 청주중학교에 주둔 중이던 미 해병대 보급 부대에서 일거리를 얻는다. 보급품을 화차에서 하역하고, 다시 '칸보이'에 옮겨 싣는 노무자들을 관리하는 미 해병대 노동사무소 최하위 말단 고용인 '재니터(janitor)'가 그의 첫 이력이었다. 이른바 '청주 역전 마루보시 문지기'였다. 그는 임금표에 영문으로 서명을 했다가 미군 장교 눈에 띄어 '서기'로 '고속 승진'하지만, 문지기나 서기의 임금은 같았다.

그는 전쟁 때문에 고등학교 1학년, 당시로는 중학교 4학년에 해당하는 사춘기를 미군 보급 부대와 함께 옮겨 다니며 노무자들 사이에서 보내야 했다. 청주에서 충주 인근 달천으로, 달천에서 다시 원주 간현으로 미군을 따라 이동했던 그는 육십 년 가까운 세월이 지난 지금까지도 '아픔의 흉터'를 잊지 못했다. 그 과정에서 그는 미군 장교, 한국인 통역, 다양한 부류의 노무자들을 만났다. 그렇기에 에세이의 미덕은 그 시절의 소소한 풍경에 대한 세밀한 기록 외에도 각 인물들의 특징을 잘 묘사해 소설적 홍미는 물론 인간에 대한 근원적인 성찰로까지 나아가고 있다는 사실에 있었다.

"강렬한 충격은 정신적 외상으로 각인되어 마치 필름을 돌려보듯 반복적으로 떠오르기 마련이지요. 최근의 일은 오히려 곧 잊곤 하는데 열일곱 살 때 겪은 한국전쟁은 바로 어제 일처럼 생생하지요. 1950년대를 흔히 폐허의 시대라고들 하지만 폐허의 느낌은 지금과는 전혀 다른 것이었어요. 무조건 '폐허' 시대라고 명명하는 건 좀 과장된 듯싶고 뭐랄까……, 당시엔 부자나 가난뱅이나 큰 차이가 없었어요. 전쟁 때라 삶의 조건이 거의 비슷했던 것이죠."

말이 회상기지, 책장을 넘기면 열여섯 살 소년이 엄동설한에 광목의 배낭 하나를 달랑 메고 떠났던 피란길부터 시작해 곤궁한 피란 생활, 청주와 원주에서의 미군 부대 생활을 거쳐 다시 충주로 돌아오기까지의 이야기가 한 편의 소설처럼 홍미진진하게 펼쳐진다.

"연재를 할 당시에 글을 읽은 주위 사람들이 나더러 꼼꼼하게 옛 시절을 메모해놓지 않았냐고 묻더군요. 하지만 당장 내일이 어떻게 될지 모르는 전쟁통에 먼 훗날에 대비해 메모를 남긴다는 건 생각해볼 수도 없는 일이지요. 전쟁은 내 최초의 사회 경험이자 세계 경험이었고 충격적인 장면이 많아 세세한 것까지 기억에 남아 있어요."

열여섯 살 유종호의 문학적 감수성을 엿볼 수 있는 대목이지만 정작 무서운 것은 반세기 동안 '망각에 대한 기억의 투쟁'을 계속해온 그의 집념일 것이다.

"이 글을 쓰면서 독특한 쾌감을 맛보았지요. 지배당하고 번롱당하기만 했던 시절을 이제 내 쪽에서 지배하고 있는 듯한 환각이 주는 쾌감이지요. 피란 때 어른들이 '먼 훗날 이 고생을 옛 얘기할 날이 꼭 올 것이다.'라고 했는데 내가 그 먼 훗날에 당도한 것이지요. 이 책이 무기력한 망각에 저항하는 끈질긴 기억의 투쟁에 기여할 수 있다면 더 바랄 것이 없을 겁니다. 기왕에 펜을 들었으니 한국전쟁을 다룬 회상기 한 권을 더 채워 회상 에세이 3부작을 완결하고 싶어요."

반세기 전에 얼핏 스쳐간 사람들의 이름은 물론 체취와 음성까지도 생생하게 기억하고 있으니 그 세밀한 정도가 일기를 들여다보듯 촘촘하다 못해 입이 딱 벌어질 정도다. 예컨대 1953년 부산에서 치러진 서울대학교 입학시험 광경을 그는 이렇게 들려주었다.

"그때는 수원과 부산에서도 시험을 봤지요. 난 부산 동대신동에 있는 임시 교사에서 시험을 봤는데 내 수험 번호는 15번이었어요. 김우창 씨 부인이 13번, 그리고 목포에서 온 친구가 14번이었지요. 입학시험을 보는데 입시 감독이 변시민이라는 사회학과 교수였어요. 왼쪽 가슴에 노란 헝겊을 붙이고 감독했는데 이때 학생 한 명도 감독 보조로 들어왔는데, 그 사람이 나중에 가짜 김일성론으로 유명해진 성균관대 이명영 씨였어요. 그때는 수염을 기른 학생 신분이었는데 우리가 나중에 털보라고 불렀지요. 난 영문과를 지원했는데 시험 문제 중 '황해는 한국의 서쪽에 있다.'는 영어 문장을 주고 틀린 부분을 고치라는 거예요. 한 지원생이 손을 들더니 틀린 곳이 없으면 고치지 않아도 되냐고 문의하니까 변 교수가 '없으면 고칠 필요가 없지'라고 대답하는 바람에 엉겁결에 나도 답을 쓰지 않았는데 그게 실점을 했지요. 문제는 'Yellow sea lies in the west.'였는데 'Yellow sea lies to the west.'가 맞는 답이었지요. 또 프랑스 혁명 당시 루소, 볼테르, 몽테스키외는 어떤 계급을 대변했느냐는 문제가 나왔지요. 신흥 부르주아라고 썼는데 그 내용을 다 알고 썼다기보다는 그냥 사전처럼 외워서 쓴 것이죠. 모두 다섯 과목을 봤는데 전부 주관식이었어요. 404점이 최고 점수였는데 김재곤이라는 학생이었어요. 그는 원래 문학 지망생이었는데 대학교 3학년 때 국비 장학생으로 미국에 건너가 나중에 미국철학학회 회원이 될 정도로

수재였지요. 의예과에서도
404점 동점자가 나왔는데 나
는 영어 문제에서 오답을 하
는 바람에 그렇게까지는 점
수를 받지 못했지요. 김재곤
이 한번은 박목월의 시 「페
원」이 말라르메의 시와 비슷
하다고 하는 거예요. 물론 정
밀하게 비교한 건 아니지만
그만큼 문학적 소질이 있는
친구였지요."

유종호 씨는 충주중학교
다닐 때 이백하라는 담임 선
생님으로부터 총기가 좋은
학생이라며 칭찬을 받은 적

유종호의 자택 서재

이 있다고 들려주었다. 이야기는 더욱 무르익었다. 그리고 목이 말랐다.
그의 이야기는 기억의 샘에서 퍼올린 한 바가지 물이었음에도 나는 그게
벌컥벌컥 들이켤 수 없는 숭고한 물질처럼 느껴졌다. 육십 년 세월이라는
두툼한 필터에 걸러져 정갈하기 이를 데 없는 1급수였음에도, 벌컥거리는
게 미안한 마음이 들었던 것이다. 그리하여 목마른 자는 여전히 목이 마른
채 침을 삼켰으며 그는 이야기의 방향타를 자유자재로 움직였다.

"시인 고은의 동생으로 고태조라는 사람이 있었지요. 그이가 죽었을 때
나도 문상을 갔는데 '조'자는 일본식 이름이에요. 은행원으로 있다가 사망했
는데 고은은 은행원 동생을 둔 것을 철저히 숨겼지요. 시인과 은행원 동생과는
어딘지 어울리지 않았기 때문이라고 생각되는데 아무튼 철저히 비밀로

소설가 오상원

했지요. 고은은 중학교 중퇴 이후 무학자로 되어 있는데 아마도 원광대학교에 다녔을 거예요. 원형갑이라는 평론가와 말을 트는 사이였는데 그 사람과 고은의 연결고리가 있다면 원광대 동창생이라는 점 외에는 없을 거예요. 얼마나 친했냐면 고은의 제1시집 『피안감성』에 원래 원형갑 씨가 해설을 썼는데 나중에 분량이 많아서 싣지 못하게 됐다는 고은의 설명이 붙어 있지요. 동창생이 아니면 해설을 써주었겠어요? 고은은 에세이집 『1950년대』에서 손창섭과도 접촉한 것으로 써놓았는데 그럴 리가 없어요. 그때 손창섭은 대인기피증이 있는 데다 남들과 어울려 술을 먹는 체질도 아니었지요. 손창섭이 어떤 사람이냐면 오상원(1930-1985)이라는 소설가와 이런 일화가 있지요. 오상원이 먼저 시내에서 만나 냄비우동을 샀대요.

그런데 몇 달 지난 후 손창섭은 다시 오상원을 그 집에서 만나 냄비우동을 먹고 돈을 계산한 뒤 "자, 이제 오형, 이만 안녕!"하고 가버렸다는 거예요. 더도 덜도 아

단편집 『비 오는 날』에 서명한 손창섭 친필

니고 오직 냄비우동으로 빚을 갚는 철두철미한 성격의 소유자에요. 그의 원고를 봐도 알 수 있어요. 글씨가 단 한 자도 틀리지 않고 띄어쓰기도 정확하지요. 글씨체도 또박또박 박아 쓰는 타입인데 일종의 결벽증이 있는 사람이었지요.

내게도 일신사 판 단편집 『비 오는 날』을 보내왔는데 '유종호 선생 손창섭' 이라고 사인을 했더군요. 나하고는 나이 차가 13살이나 있는데 직접 사인을 해 보내준 걸로 미뤄보면 나를 꽤 괜찮은 평론가로 인정을 했다는 뜻이에요. 그땐 내가 이십 대 중반에 신문에 월평을 쓰곤 했는데 그래서 이름을 알았던가 봐요. 단편집 『비 오는 날』은 작품 외에는 '작가의 말'도 찾아볼 수 없어요. 단 한 자도 허튼소리를 하지 않고 자신을 드러내는 일도 하지 않았는데 고은이 부산 시절에 손창섭과 친교했을 리가 없어요. 고은은 당시 손창섭이 알아주지 않는 초심자에 불과했지요. 손창섭은 이미 우뚝 선 작가였지요. 그 앞에서는 모두들 쩔쩔맸는데 작품이 좋으니 할 수 없는 일이지요. 서기원도 오기 많기로 소문이 난 사람인데 손창섭에게 만큼은 쩔쩔맸지요."

여기서부터 잔뜩 기대를 하고 있던 손창섭에 관한 이야기가 흘러나왔다.

"그런데 손창섭 씨가 왜 일본으로 간 줄 아세요? 난 김신조 사건이 직접적인 계기라고 생각해요. 1968년 1월 북괴 무장 공비 김신조 일당이 청와대 뒷산까지 잠입한 사건 말이에요. 남한 정세의 불안과 적화에 대한 불안이 그를 도일케 한 것은 아닐까,

단편집 『비 오는 날』 표지

추측하고 있지요.

손창섭의 대표작이라 할 「신의 희작」에도 좌익 때문에 희생당한 가족이 등장하는데 주인공이 그 집에 가서 '나도 좌익 희생자 가족'이라며 밥을 얻어먹는 장면이 나오지요. 그게 작가의 심리를 반영하는 것인데 이북에 머물렀다고 해도 손창섭은 절대 인정받지 못했을 거예요. 1946년에 평양으로 가서 이 년 만에 내려온 그의 행적이 드러나지 않고 있지만 결국은 이북에서 인정받을 수 없기에 내려온 것이겠지요. 고향 땅에 발을 붙이지 못하는 환멸 같은 것도 작용했을 것이고 아무튼 김신조 사건 이후에 그가 발표한 소설이 「청사에 빛나리」예요. 계백 장군이 가족을 몰살하는 극적인 장면이 나오는데, 암튼 아마도 1967년에 썼다가 1968년에 발표한 『환관』과 김신조 사건 후에 쓴 「청사에 빛나리」는 기조가 다른 작품임을 알 수 있어요. 『환관』은 고려 시대의 얘기라는 것을 가정하여 권세와 재물의 획득을 위해서 거세의 고통을 사양치 않는 사람됨의 설움과 웃음을 마음껏 보여주는 작품이지요. 철저한 냉소와 인간 경멸의 사상은 이 작품의 일급 얘기이면서 동시에 그의 초기 작품의 연장선으로 볼 수 있어요. 그러나 「청사에 빛나리」는 조금 다르지요. 이 작품에서 손창섭은 계백(階伯)이라는 역사적 인물에 새로운 해석을 가하고 있어요. 세습 권력의 정당화를 위해 봉사해온, 그리고 봉건적·왕조적 이데올로기에 의해서 미화되어 온 황산벌의 결사대장 계백은 그 아내의 입을 통해 오히려 졸장부로 드러납니다.

「청사에 빛나리」에서 손창섭의 글쓰기는 달라집니다. 등장인물도 너무 근사하고 묘사도 근엄해지지요. 그건 계백 장군의 최후 24시간의 기록인데 자, 축, 인, 묘…… 등 12지간의 시로 나눈 고전 비극과 같은 작품이지요. 말하자면 소설가로는 전향 각서 같은 작품을 내놓은 것인데, 작품을 꼼꼼히 읽어보면 알 수 있어요. 손창섭 도일(渡日)의 열쇠는 「청사에 빛나리」에 있을 겁니다. 백제가 망하는 과정을 보면 박정희 정권 당시의 정체성과 김신조 사건과의 연관성이 있을 겁니다. 손창섭에 대한 또 하나의 에피소드는 시인 전봉건과 척을 진 사건입니다. 당시 전봉건 씨는 종합잡지『신세계』의 문학 담당 편집자였어요.『신세계』는 서울에서 발행된 잡지인데 과거 조병옥 씨가 부산에서 내던『자유세계』의 후신이기도 합니다. 소설가 김훈의 아버지 인 김광주 씨가「나는 너를 싫어한다」는 제목의 기고문을『자유세계』에 실었는데 그게 당시 이철원 공보부장관을 빗댄 글이어서 이 장관이 깡패를 사주해 김광주 씨에게 테러를 가하기도 했을 정도로 야당 성향의 잡지였어요. 아무튼 전봉건 씨가 문학을 담당하면서 문단 정치라는 야심을 가졌는데 천상병 시인을 시켜 곽종원 씨를 비판케 했고 김관식 시인에게는 시인 박봉우를 치라고 시켰답니다. 그런 전봉건이『신세계』에 무기명 기사로 '손창섭의「잉여인간」은 러시아 작가 고리키의『밤 주막』을 베낀 것'이라고 주장했다가 그 글을 읽은 손창섭이 분노해서 칼을 들고 쫓아다니는 바람에 전봉건 씨가 한동안 피신해 있기도 했어요. 그런 손창섭이 도일 이후 도쿄의 한국 대사관 정문에서 통곡을 하기도 했다는 소문을 나도 언젠가 들은 적이 있어요. 기독교를 믿기 시작해 직접 제작한 전단을 뿌리기도 한다고 하더군요.

하지만 종교에 귀의하면 소설가는 망가지고 말아요. 김승옥의 경우도 마찬가지지요. 그런데 소설을 쓰려면 재주가 승해서는 안 돼요. 관직이나 신문사 편집국장 등으로 살게 되면 글을 더 이상 나오지 않지요. 선우휘의 경우도 마찬가지예요. 사는 데 편리한 직책이 있는데 누가 고생고생해서 글을 쓰겠어요. 난 1960년대 초에 손창섭 씨를 현대문학사에서 만난 적이 있어요. 내가 이십 대 중반쯤이었는데 신문에 월평을 할 때라서 날더러 그러더군요. 유 선생은 나이도 어린데 어찌 그리 문학을 잘 아시오? 하더군요. 그게 나를 비꼬는 말은 아니었어요. 그날 만난 인연으로 내게 보낸 게 단편집 『비 오는 날』입니다. 그는 대쪽 같은 사람이에요. 문단 사람들과는 누구를 막론하고 밥도 잘 안 먹고 술은 절대 안 마셔요.

내가 이런 소소한 것까지 기억하고 있으나 이게 다 일종의 병일 겁니다. 사람은 잊어버려야 정신 건강에 좋은데 기억이 이렇게 생생하니 병은 병이지요. 염무웅 씨가 내게서 책을 세 권이나 가져갔는데 아직까지 돌려주지 않고 있지요. 임화의 『조선소설사』, 김동순의 『예술과 생활』, 그리고 무어의 『독자와 기분』 등 세 권인데 돌려주지 않아 섭섭한 마음이 들 정도죠.

혹시 일본에 가서 손창섭 씨를 찾으면 내게도 연락을 좀 주세요. 그이가 살아 있으면 여든일곱일 텐데, 혹시 돌아가셨을지도 모르지만 내 생각에는 틀림없이 살아 있을 겁니다. 그냥 죽을 양반이 아니에요. 맺힌 한이 있거든요. 좋은 소식 기대하겠습니다."

유종호 선생을 만나고 돌아와 그가 들려준 이야기를 천천히 복기해보았다. 그의 말대로 보기에 따라서는 1968년 1월 21일 손창섭에게 밀어닥친 김신조 사건의 파장은 실존 자체를 뒤흔든 중차대한 문제가 아닐 수 없었을 것이다. 북한 124군 부대원으로 구성된 무장공비의 타격을 받은 청와대의 위기의식은 손창섭에게도 고스란히 전도되어 미래에 대한 불확실성에 포획되었을 가능성이 있는 것이다.

보미 부인이 보기에도 화려했던 이 백제의 도읍이, 풍전등화의 위기에 놓여 있음은 부인할 수 없다. 문제는 다만 황음연락(荒淫宴樂)을 일삼고, 무능, 안일한 영신(佞臣)들에 둘러싸여, 정사(正邪)의 구별이 흐려진 왕이 어떠한 용단을 내릴 것이며, 따라서 중신 제장들이 어느 만큼의 탁월한 전략과 각오로 노도같이 밀려드는 나당(羅唐) 연합의 대군을 막아낼 수 있겠는가에 오로지 이 나라의 운명이 달려 있을 뿐이다. 그러나 지금의 왕과 군신들의 불분명한 동태로 보아 안심이 되질 않는다. ─「청사에 빛나리」 부분, 『손창섭 단편 전집 2』, 가람기획.

나는 '안심이 되질 않는다.'라는 대목에 방점을 찍는다. 문제는 1968년 1・21 사태 이후 1970년대 초로 이어지는 미묘한 정세로 이어진다. 1972년 박정희는 10월 유신을 선포한다. 1973년 8월 8일 오후 1시경, 도쿄 그랜드팰리스 호텔 2210호실에 김대중 씨가 중앙정보부 요원으로 보이는 사내들에게 납치되었다가 8월 13일 서울 동교동 자책 앞에서 발견되는 이른바 김대중 납치 사건이 발생한다.

손창섭을 무겁게 짓눌렀던 시국 문제는 김신조 일당의 내습으로 국가 안보의 존위가 우려되던 상황을 촉발시켰고 더구나 그의 도일 직전 1973년 8월 발생한 김대중 납치 사건 등은 정치적으로 그에게 환멸을 불러일으켰을 가능성이 있다.

이런 일련의 사건은 한국과 일본을 교차하며 살아왔던 손창섭에게 상당한 정치적 강박을 주었을 것이 분명하다. 시국에 대한 불안감은 그의 기질적 성향인 소외와 허무 의식을 부추겼을 것이다. 하지만 손창섭의 도일은 자신의 말이 없어 그 심증을 헤아릴 길이 없었다.

5. 히가시쿠루메 서민 아파트

— 2009년 2월 14일 토요일

신주쿠 아스카 호텔에서의 잠 못 이루던 하얀 밤도 먼동과 함께 지나가고 이제 2009년 2월 14일 오전 7시 30분이다. 나는 국철인 세이부이케부쿠로 라인을 타고 손창섭이 살고 있다는 히가시쿠루메(東久留米)로 향했다. 출발하기에 앞서 호텔에서 히가시쿠루메에 대한 정보를 인터넷으로 검색해보았다.

조용한 농촌 도시다. 도쿄도(東京都) 다마 지역(多摩地域)의 북동부, 무사시노 대지(武蔵野台地) 중앙부에 있다. 구로메 강(黑目川)이 시의 중심부를 흐른다. 북동쪽으로 사이타마 현(埼玉縣)과 접한다. 1889년 4월 1일 '쿠루메 촌(久留米村)'이 만들어졌고 1956년 정제(町制) 시행으로 쿠루메 정(久留米町)이 되었고, 1970년 시제(市制) 시행으로 히가시쿠루메 시(東久留米市)가 되었다.

하지만 이 전원도시에 밀려든 문명이라는 이름의 파도는 삶의 조건을 뒤바꿔버렸을 것이다. 전날 늦은 저녁을 먹으려고 숙소 부근에 나갔다. 젊은 데이트족들은 차를 몰고 드라이브를 하거나 복합 상영관에서 커플 팝콘을 씹거나 이도저도 아니면 하루 종일 문자를 하면서 엄지손가락을 '절단' 내고 있었다. 그들은 웰빙 족욕 카페에 가거나 놀이동산의 놀이기구를 타러 가기도 했다. 이런 시간의 풍경 속에서 손창섭이란 은둔 작가는 구십을 바라보는 나이에 무슨 일로 소일하고 있을까. 전날 밤, 일본 TV에서 본 것처럼 호호백발의 할아버지가 되어서도 늙은 부인에게 잘 보이기 위해 깜짝 이벤트라도 하는 것일까.

손창섭은 1936-1946년 사이 십여 년을 일본에서 살았다. 그는 일제강점기 도쿄의 휘황한 문화 속에 둥실 떠 있는 외딴 섬으로써 가난과 고독과 체념을 고스란히 몸속에 간직한 고독자였다. 그가 21세기에 진입해 과연 어떤 시대착오를 일으키고 있는지 궁금하지 않을 수 없었다.

1960년대에 아내 우에노 여사와 딸 도숙과 함께 창경궁의 벚꽃 놀이를 가서 사진을 찍었던 그가 아니던가. 사쿠라 피는 봄이라도 없었다면 그는 스스로 자신의 내부에 사쿠라 같은 불을 지폈을지도 모를 일이었다. 나는 손창섭의 현재를 향해 한 걸음씩 다가가고 있었다.

오전 9시. 박종채 선생이 사전에 연락해 약속을 한 히로키 씨가 쿠루메 역전으로 차를 갖고 나와 있었다. 히로키는 나의 먼 조카뻘 되는 사람으로 나와 같은 항렬의 그의 아버지는 일제강점기 당시 징용을 갔다가 일본에 정착했지만 이미 작고한 뒤라 나는 히로키라는 아들이 있다는 사실만 알고 있었을 뿐, 서로 연락을 주고받는 사이는 아니었다. 하지만 박 선생은 내 부친으로부터 히로키가 기왕에 도쿄 인근에 살고 있다는데 혹여 기회가 되면 한번 만나볼 것을 권유받아 전화를 넣었던 것이다. 히로키가 살고 있는 곳은 히가시쿠루메에서 그리 멀지 않아 흔쾌히 마중을 나오겠다고 해 성사된

손창섭의 주소를 입력시킨 내비게이션

만남이었다. 간단히 수인사를 나눈 후 주소가 적힌 종이를 내밀자 히로키는 운전석에 붙은 내비게이션에 주소를 입력했고 방향이 표시되었다.

목적지는 차로 30분 거리에 있었다. 2월의 햇볕이 주변의 논밭에 내리쬐는 가운데 차는 한적한 전원도시 속으로 진입했다. 사위는 밝고 평화로우면서도 다소 나른했으며 약간 촌스런 인상을 풍겼다. 일종의 판촉물인 만국기가 머리 위에서 흔들리는 대형 도매시장 앞에서 방향을 꺾자 5층짜리 서민아파트 단지가 나왔다.

단지 한 귀퉁이에 차를 세워두고 우리는 머리를 맞댔다. 당장 들어갈 것인가, 아니면 동네를 탐문할 것인가. 겨우 오전 9시를 조금 넘긴 시간이어서 아침나절에 낯선 사람이 집을 찾아가는 것은 예의가 아니라고 히로키가 말했다. 대신 동호수를 확인해볼 테니 잠깐 기다리라며 차에서 내렸다. 나 역시 앉아 있을 수 없었다. 단지 안에는 동네 노인들이 나와 서성이고 있었을 뿐 적막이 감돌았다. 삼삼오오 짝을 지어 벤치에 앉아 있는 노인들로

히가시쿠루메의 대형 도매시장

통역을 맡아준 박종채 선생(왼쪽)과 재일교포 2세 히로키 씨

미뤄 이 단지는 주로 노인이 기거하는 서민 아파트의 인상을 풍겼다. 내가 카메라를 어깨에 메고 뒤를 쫓아가자 히로키가 돌아서면서 말했다.

"어서 카메라를 치우세요. 지금 만나고자 하는 사람은 한국인 손창섭이지만 그 아내는 자신의 남편이 한국인임을 감추고 살았을 겁니다. 노인 세대에서 한국인과 결혼한 사람들은 동네 사람으로부터 이지메(따돌림)를 당하기 일쑤죠."

나는 카메라를 얼른 감추면서 이곳이 일본이라는 사실을 새삼 절감했다. 손창섭 부부가 팔순을 넘은 노인임을 감안한다면 아침나절에 방문객을 맞이하는 것은 내키지 않는 일이 분명할 것이다. 나는 208호 우편함에 손창섭의 아내의 성인 '우에노(上野)'라고 적힌 표식을 확인하는 것으로 일단 물러설 수밖에 없었다. 그렇지 않아도 동네 노인들은 아침부터 낯선 사람이 나타나자 시선을 떼지 않았다. 아파트 안으로 들어가 초인종을 누른다거나 하는 일은 너무도 조심스러운 일이었다. 히로키의 말대로 낯선 한국인이 느닷없이

자신의 집을 방문한 결과 우에노 여사가 이웃에게서 눈총을 받는다면 이 또한 낭패인 것이다.

히로키는 이 아파트에 정말 손창섭과 부인이 살고 있는지 아니면 이미 두 사람은 모두 작고하고 대신 그 자식이 살고 있는지는 알 수 없는 일이라고 한마디를 보탰다. 그러면서 내게 8촌 형뻘인 자신의 아버지는 이미 오래전에 사망해 그곳으로부터 1시간 거리에 있는 공동묘지에 묻혔다는 사실을 상기시켰다. 한국인 이주민 1세대는 이제 거의 작고했다는 것이다. 이민 1세대의 죽음이 히로키의 입에서 뇌까려지는 순간 나는 이주 1세대인 작가 손창섭의 안위가 더욱 궁금해졌다. 그는 살아 있을까.

우리는 차를 타고 시내 중심가로 들어갔다. 마침 일본 대입 시험이 치러지는 날이어서 호텔 방을 잡기 어려웠다. 히로키가 서너 군데에 전화를 걸어 확인한 결과 차로 20분 거리인 구미가와 쪽에 빈방이 하나 있다는 사실을 알아냈다. 우리는 여장도 풀 겸 아침 겸 점심을 먹어야 했으므로 일단 구미가와

쪽으로 이동했다. 점심을 먹으면서 히로키에게 손창섭이라는 인물에 대해 설명하자 호기심 가득한 눈으로 나를 쳐다보며 말했다.

"아무래도 오후 일정을 취소하고 제가 다시 안내를 맡아야 할 것 같군요."

점심을 먹은 뒤 다시 히로키의 차를 타고 아파트 단지에 도착한 것은 오후 1시쯤이었다. 히로키는 차 안에서 기다리고 있을 테니 서두르지 말라고 나를 안심시켰다. 도착은 했지만 발길이 떨어지지 않았다.

30여 년 은둔자가 쉽사리 문을 열어주겠는가. 문을 연다고 해도 한국에서 찾아온 낯선 방문객을 문전박대할 수도 있다. 집은 계단을 올라 2층에 있었다. 맞닥뜨릴 수밖에 다른 방도가 없었다. 이제 더 이상 주춤거린다는 것은 무의미했다.

문패는 '손창섭'이 아니라 '上野'(우에노)로 붙어 있었다. 마침내 초인종을 눌렀다. 안에서 인기척이 나더니 이내 문이 열렸다. 손창섭의 아내 우에노 지즈코(당시 84) 여사였다. 한국에서 찾아왔다는 말에 그는 헝클어진 흰

우에노 지즈코 여사

머리카락을 뒤로 넘기며 잠시 창망한 표정을 지었다.

"우에노 부인입니까?"

"내가 우에노입니다. 그런데 누구시죠?"

"손창섭 선생님을 뵈러 한국에서 온 사람입니다. 안에 계십니까?"

그는 안으로 들어오라면서도 옆집 사람이 들을지 모르니 한국말을 쓰지 말라고 당부했다. 일본 사회에서 한국인과 결혼해 산다는 게 간단치 않은 일임을 눈치 챌 수 있었다. 한국 사람이 집을 찾아온 건 거주한 지 삼십삼 년 만에 처음이라고 했다.

"그런데 손창섭 선생님은 집에 안 계시는지요? 어디 가셨나요?"

방 두 칸짜리 작은 아파트의 좁은 거실에 서로 우두커니 선 채 그렇게 물었을 때, 그의 눈에 물기가 촉촉해지더니

"폐에 물이 고여서……."

라며 말을 잇지 못했다.

"고비는 넘긴 것 같은데 의식이 왔다 갔다 해요. 입원한 지 반년이 다 되어가는데 어떤 때는 문병 간 나도 못 알아봐요. 아무래도 회복될 기미는 없는 것 같아요."

아뿔싸, 한발 늦은 것이다. 차일피일하다가 그렇게 된 게 내 탓인 것만 같았다. 일 년만 더 일찍 찾아왔더라면, 하는 후회감이 몰려왔다. 사람을 알아보지 못한다니, 그건 청천벽력 같은 말이었다. 억장이 무너지는 것 같았다.

내 실망한 낯빛을 감지한 박 선생이 작은 앉은뱅이 탁자 위에 가지고 간 돌김을 올려놓자 우에노 여사는 깜짝 놀라며 '이와노리 이와노리'라고 연거푸 발음했다.

"이렇게 많은 돌김은 처음입니다. 누추하지만 좀 앉으세요."

집은 비좁았다. 현관이래 봤자 신발 서너 개를 벗어놓으면 꽉 찰 정도였고

거실 겸 안방 그리고 건넛방까지 두 칸 방에는 다다미가 깔려 있었다. 방 하나가 육조 다다미였다. 11평이나 될까 말까 한 공간, 그곳에 우에노 여사가 혼자 집을 지키고 있었다.

"선생님은 여기서 멀지 않은 기요세 시(淸淑市) 바이엔(梅園) 노인 병원에 입원해 계십니다."

우에노 여사는 1925년생 여든네 살인데도 허리만 다소 아플 뿐 눈도 밝고 귀도 밝았다. 손 선생님을 문병하고 싶다고 하자 오늘은 절대 안 된다며 손을 가로저었다.

"왜 사전에 연락을 하지 않고 왔습니까? 미리 연락을 주었으면 내가 병원에 면회를 신청해 놓았을 텐데."

"저는 그저 번지수 하나만을 믿고 찾아왔을 뿐입니다. 선생님을 만나자고 하는 열망이 저를 여기까지 오게 했습니다. 괜찮으시면 내일 택시라도 불러 타고 병원으로 문병을 함께 갔으면 합니다."

손창섭이 입원 직전까지 기거했던 자택 실내

내 말을 들은 우에노 여사의 얼굴에 수심이 가득했다.

"내가 가도 못 알아볼 때가 있어요. 음식도 제대로 넘기지 못하죠. 제가 음식을 가져간다 해도 병원에서 준 음식밖에는 먹지 못하므로 늘 빈손으로 가는 게 안타깝지요. 이대로 죽을 수도 있다는 생각이 듭니다. 회복될 기미가 전혀 없지요."

그때 마침 지인으로부터 전화가 걸려왔다. 그는 "한국에서 손님이 찾아왔는데 아마도 출판 쪽 관계자 같다."고 상대방에게 말을 했다. 우에노 여사는 나를 출판 관계자로 인지하고 있는 듯했다. 아직 통성명은커녕 명함도 건네지 못한 상태였다.

그가 전화를 받는 사이에 방을 둘러보았다. 실내의 시간은 1970년대에 멈춰 서 있는 것 같았다. 장롱 위에는 군데군데 받침대가 세워진 채 천장을 떠받치고 있었다. 서너 권의 두툼한 앨범이 어른 키 높이의 선반 위에 꽂혀져 있었다. 그 가운데 한 권을 꺼내 넘겨보았다. 손창섭의 서울 시절인 1950~1960

년대 흑백사진이 빼곡하게 붙어 있었다. 그러다 사진은 컬러사진으로 바뀌었
다. 컬러사진은 전부 일본에 와서 찍은 것들이었다. 시간이 흑백에서 컬러로
바뀌고 있었다. 한 사람의 과거가 흑백과 컬러로 분리되어 있었다. 그러나
그 어느 쪽이든 손창섭이 살아온 자취임에 틀림없었다. 방안에는 달력 하나
붙어 있지 않았으므로 나는 시간을 혼동할 수밖에 없었다. 앨범 속 사진들은
분명 과거의 것이고 나 역시 과거로 시간 여행을 하는 느낌이었다.

팔십 노부부의 삶은 검약하기 이를 데 없었다. 세간 살림도 단출했다.
장롱문을 슬며시 열어보았으나 옷걸이에 걸린 옷도 몇 벌 되지 않았다.
모든 사물이 오래전에 그 자리에 놓인 이후 한 번도 이동하지 않은 것처럼
보였다. 전화를 끊은 우에노 여사가 차를 내오겠다고 말했으나 나는 완강히
거절하며 두 손을 붙잡아 주저앉혔다.

"손 선생님은 지난해 8월 숨이 가빠오고 호흡곤란을 일으켜 구급차에
실려 병원으로 후송되었지요. 급성 폐기종 판정을 받았는데 열흘 뒤 다소

안정을 되찾아 퇴원했으나 손발이 붓고 얼굴이 두 배나 커지는 등 신부전 증세를 보여 또다시 입원해야 했습니다. 기요세 시바이엔 병원에는 그때 입원한 거죠.

검약해 보이는 실내

벌써 다섯 달째 누워 있는데 의식이 오락가락하는 혼수 상태에서 하루하루를 넘기고 있습니다. 저는 일주일에 한 번 정도 문병을 갈 때마다 선생님이 살아서는 나올 수 없겠구나 하는 생각이 들더군요."

살림은 궁색해 보였으나 그건 가난하다는 말과는 다른 의미의 어떤 절제와 궁핍에 가까워 보였다. 그랬다. 궁핍이 흐르는 공간. 인생이 참으로 공허했다. 육조 다다미에 붙어 산 팔순 노부부. 이 좁은 공간에서 세끼 밥을 먹고 잠을 자고 글을 썼다는 사실이 믿기지 않았다.

"선생님은 일본에서는 글을 발표하지 않았습니까?"

"한번은 주간 <신조(新潮)>에 글을 썼다고 들었는데 잡지가 집에 남아 있지 않아 확인할 길이 없습니다. 선생님은 자신이 쓴 글을 집 안에 들여놓지 않았지요. 그건 서울에서도 마찬가지였습니다."

그는 거실 가운데에 펴놓은 교자상 위에 찻잔을 내려놓으면서 거실 한 귀퉁이를 가리켰다.

"손 선생은 이곳에 웅크리고 앉아 온종일 글을 쓰곤 했지요. 밥도 이 자리에서 먹고, 책도 이 자리에서 읽었지요."

겨우 엉덩이를 붙일까 말까 한 다다미 한 장에서 삼십 년 세월이었다.

손창섭이 사용한 앉은뱅이책상

그 자리에 앉아보았다. 한자리에 붙박여 삼십 년 세월이라니, 믿어지지 않았다. 평소 남에게 신세 지는 것을 죽기보다 싫어했던 사람, 좀체 곁을 내주지 않는 괴팍한 성격은 타인이 아니라 스스로에게 엄격하기 위한 하나의 습성이었을 것이다. 손창섭은 작가이기 전에 그만큼 철저하게 자신을 관리해 온 결백의 인간형이었다. 흔히 무슨 무슨 문학상을 받으려고 구걸에 가까운 작태를 보이는 게 작금 한국 문단의 현실이라 할 때 손창섭의 은둔은 이 시대에 문학인의 옷고름을 다시 한번 여미게 하기에 충분한 사건이었다.

도일 이후 <한국일보>에 원고지를 우편 송고해 연재하던 장편『유맹』(1976년 1월-10월)과『봉술랑』(1977년 6월-1978년 10월)도 이 자리에서 씌어진 것이었다.『유맹』은 재일 한국인 문제를 주제화한 것이고,『봉술랑』은 삼별초의 난이 실패로 끝난 뒤 원나라 지배하의 고려 시대를 배경으로 펼쳐지는 3부자녀(父子女) 이야기이다. 이는 손창섭이 도일 이후 민족 정체성 문제에 관심을 보여주었음을 반증하는 대목이다. 하지만『봉술랑』연재를 끝으로

벽에 붙은 책꽂이에 손창섭의 책은 한 권도 꽂혀있지 않았다

한국과 소식을 끊었으니 그의 단절은 삼십일 년에 이른다.

"참으로 별난 사람이지요. 평생 작가티를 내지 않았어요. 내가 한국에서 올 때 왜 그 많은 책을 버리고 왔냐고 속상해했지만 별난 사람이려거니 하고 이해할 수밖에요. 참으로 기인다운 삶을 살았지요."

욕망을 거의 완벽에 가깝게 통제한 작가가 손창섭이었다.

"궁핍한 생활에도 선생은 아무 불평도 하지 않았어요. 이주 초기엔 내가 한국에서 오는 약간의 인세와 서울 흑석동 집을 판 돈을 은행에 맡겨 그 이자로 꾸려나갔지요. 그나마 십여 년 전에 인세마저 끊겼는데 선생은 일본에서 활동하지 않은 까닭에 연금이 나오지 않아 병원에 입원시킬 때도 애를 먹었지요."

청춘의 빛을 잃은 우에노 여사의 초라한 모습에 마음이 짠했다. 그럼에도 우에노 여사는 낯선 방문객에게 싫은 티는 내지 않았다.

"내일 면회를 갈 수 있습니까?"

일본어 책만 꽂혀 있는 책장

"제가 전화로 면회 신청을 해 놓겠습니다. 내일 10시까지 준비하고 있을 테니 시간 맞춰 오세요."

"선생님이 말년에 교회에 다녔다는 소문이 있던데 그게 사실입니까?"

"정식으로 교회에 다닌 적은 없습니다. 집에 성경책이 있는 것은 사실이지만 교회에 다닌 적은 없어요."

그러고 보니 거실의 책장에 일본어 성경이 꽂혀 있었다. 그렇다고 해서 그가 기독교에 말년을 의탁했을 가능성은 희박했다. 피와 살을 붙들고 살았던 실존주의 작가가 영혼의 구원을 위해 종교에 구애한다는 것은 간단한 문제가 아닐 것이다. 소문으로 들리던 손창섭의 기독교로의 귀의는 우에노 여사의 증언으로 사실이 아닌 것으로 확인된 셈이다. 그러나 손창섭은 병원에 누워 최후를 앞두고 있다. 그는 죽어가고 있다. 그는 결국 인간 존재 하나만을 껴안고 누워 있는지도 모른다. 어쩌면 지식이든 교양이든 문학이든 혹은 한국인이든 일본인이든 하는 국적마저도 다 삭제해버리고 병상에서 투병하고 있는 것이다.

우에노 여사는 "허리가 아파 일주일에 두어 번 수영장에 다니고 있다."면서 "아직 눈도 밝고 귀도 밝아서 손 선생을 앞세워 묻고 갈 수 있을 것 같다."며 허망한 웃음을 지었다. 그 웃음 끝에 천장이 내려앉아 장롱 위에 군데군데

받침대를 세워둘 만큼 궁핍한 생활의 배반 같은 게 묻어 있었다. 그나마 손창섭이 기거했다는 옆방은 붙박이장을 빼면 다다미가 겨우 4장이었다. 가난이 찍찍 흐르는 공간. 인생이 참으로 공허할 만한데도 웅크리고 앉아 원고지를 메웠을 테니 손창섭의 천직은 작가일 수밖에 없는 것이다. 그는 돈도 명예도 심지어 글에서마저도 초연한 채 아주 평범한 인간으로 돌아와 병상에 누워 있는 것이다. 과연 그는 한국인도 일본인도 지식인도 문화인도 지워버렸던 것일까. 가족 관계에 대해 묻자 우에노 여사는 허탈한 표정을 지었다.

"한국전쟁 때 부산에서 고아 아이를 수양딸로 들였지요. 그때는 고아가 차고 넘쳐서 선생하고 나하고 의견 일치를 본 것인데 이름은 도숙이라고 지었고 서울에서 중학교 이 학년까지 다녔지요. 일본에 건너와 일어 때문에 다시 중학교 일 학년부터 다녔는데, 벌써 오래전에 결혼해 니가타에 살고 있지요. 도숙이도 이제 환갑 가까운 나이예요."

우에노 여사는 딸과 오가며 지내지 못하고 있다고 했다.

"저에게 돈이 좀 있어서 니가타에 땅을 좀 사두었는데 나중에 집을 짓고 딸과 함께 살려고 했지만 선생님이 니가타는 너무 추워서 살기에 적당하지 않은 곳이라고 거부해 집을 짓지 못했지요. 사위가 니가타 출신이거든요. 원래 도쿄에 직장이 있었는데 고향인 니가타로 발령이 나자 그곳으로 갔고 니가타에 집을 짓겠다는 제 말에 매우 고무해 있었지요. 그러나 선생님이 가지 않겠다고 하자 사위와의 관계가 틀어지고 말았습니다. 지금은 딸에게서 연락조차 없어요. 사위는 비위가 틀어져서 우리가 전화하는 것도 싫어하지요. 우리가 딸에게 연락을 했다는 사실을 알게 되면 부부 싸움이 벌어지곤 하니 딸도 아예 연락을 끊고 산 것이죠. 제 친정은 고베인데 지난 고베 대지진 때 친정 사람들이 크게 다쳤고 오빠도 그때 사망했지요. 지진 이후에 친정과는 연락이 닿지 않고 있어요. 도숙이도 육십이 다 된 나이인데 어떻게 살아가는

지인의 전화를 받고 있는 우에노 여사

지……."

우에노 여사는 차마 말을 잇지 못했지만 이 대목에서 "도숙 아버지가……"라고 한국어로 말하면서 옛 시절이 주마등같이 스쳐가는 듯 가끔 울컥거렸다.

"지금 소원은 내가 건강할 때 선생을 먼저 묻고 가는 것인데 그렇게만 된다면 선생의 복이지요, 내가 살아 있을 때 죽었으면 좋겠는데……. 병원에 갈 때마다 난 혼자 눈물을 흘리지요, 그런데 선생은 슬픔을 몰라요, 눈물도 없지요, 그 모습을 보면서 난 다시 눈물을 흘리고……. 고베 대지진 때 오빠가 죽고 내 친정은 엉망이 되어 연락까지 두절되었으니 선생과 나는 고아처럼 서로를 의지하고 살았어요."

손창섭 옆에 우에노 여사가 있었던 게 아니라 우에노 여사 옆에 손창섭이 있었다. 그가 도일한 이유는 여러 정황이 복합적으로 얽혀 있을 것이지만 어쩌면 한국에서의 문학적 성공보다 차라리 인생 그 자체를 택한 순애보적 부부애도 한몫을 했을 것이다. 대체적으로 우에노 여사는 남편을 극진하게 대했다는 것, 또 될수록 손창섭과 자신의 관계를 정상적으로 보이게 하려 애쓰고 있다는 느낌은 지울 수 없었다. 우에노 여사가 들려준 두 사람의 만남과 결혼 얘기는 손창섭이 「신의 희작: 자화상」에 쓴 내용과는 어느 정도 거리가 있었다. 「신의 희작」의 주인공 S가 고베에서 여학교에 다니던 지즈코를 겁탈한 뒤 지즈코가 보따리를 싸들고 나와 S와 살림을 시작했다느니, 먼저 한국으로 들어온 S를 쫓아 지즈코 역시 부산으로 건너온 후 생사를 알 수 없는 S를 기다리는 동안 여수에 살고 있는 남편 친구 집에 얹혀살다가 동거 비슷하게 되어버렸다는 소설 속 장면들에 대해 단도직입적으로 사실 여부를 물어볼 수는 없었다. 아무리 흘러간 과거지사라 해도 이런 소설적 정황들은 여전히 우에노 여사에게 세속적인 의미의 자존심과 명예에 관련된 것임에 틀림없었다. 그래서인지 그녀는 이런 소설적 정황에 대해 미리 쐐기를 박으려는 듯 "아, 나도 그 내용은 알고 있지만 어디까지나 그건 소설이 아니겠어요." 라는 말로 애매하게 대답했다. 그 말에서 일종의 자기방어 같은 게 느껴지긴 했다. 첫날의 만남은 이것으로 가름할 수밖에 없었다. 우에노 여사가 다소 피곤한 기색을 보인 데다 외출할 일이 있다며 내일을 기약하자고 했다.

6. 증발하는 손창섭
─ 2009년 2월 15일 일요일

구미가와 시내 중심가
의 작은 호텔에서 하룻밤
을 묵은 다음 날 아침, 나는
박 선생과 함께 택시를 타
고 다시 우에노 여사를 찾
아갔다. 초인종을 누르자
문이 열렸다. 정확히 오전
10시. 우에노 여사는 초록

전화로 예약한 택시

색 스웨터에 화장을 한 얼굴이었다.

"선생님을 만나는 날이라서 어젯밤 목욕을 하고 잤더니 기분이 개운하군
요."

미리 대기시켜놓은 택시에 올라 우리는 마침내 손창섭이 누워 있다는
병원으로 향했다. 전원도시 특유의 신선한 아침 공기를 폐부로 들이마시며
나는 가벼운 흥분을 억눌렀다. 병원까지 가는 동안 우리는 말이 없었다.
다만 물끄러미 창밖 풍경에 눈을 맞추며 각자의 상념에 사로잡혔을 것이다.

기요세 시(清淑市) 바이엔(梅園) 노인 병원

"이렇게 택시로 가는 건 처음이에요. 나이든 노인이나 거동이 불편한 사람들에게 이동 차량을 제공하는 복지 시스템이 있지요. 병원에 갈 때마다 그걸 이용하곤 했는데 이렇게 신세를 지는군요."

30분쯤 걸렸을까. 택시는 히가시쿠루메 시와 접한 기요세 시(清淑市) 바이엔 노인 병원 앞에 정차했다.

'우에노 창섭'(맨 왼쪽)이라고 적힌 입원실 팻말

병원은 지은 지 오래됐지만 관록이 있어 보였다. 인근에서 가장 유명한 요양 병원이라고 했다. 현관에서 의무실로 연결된 복도는 다소 어둑했다. 우에노 여사가 의무실에서 면

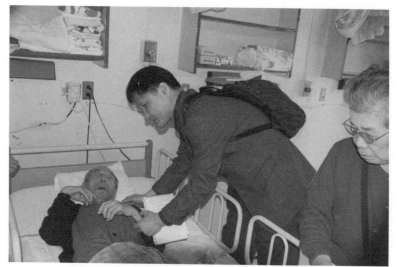

8인용 입원실의 침대에 누워있는 손창섭

회 접수 사실을 확인하자 간호사 한 명이 앞장을 서 엘리베이터로 안내했다. 간호사가 4층 버튼을 눌렀고 엘리베이터는 상승하기 시작했다. 다소 덜컹거리는 느낌을 뒤로 하고 문이 열렸다. 간호사는 성큼성큼 복도를 걸어서 한 병실로 들어갔다.

워낙 걸음이 빨라 우리는 한참 뒤떨어져 걸었는데 간호사가 종종걸음을 친 것은 환자의 상태나 이부자리 등의 청결 상태를 미리 체크하기 위해서였다. 병실은 8인실이었는데 환자는 단 한 명뿐이었다. 우리가 들어서자 간호사가 형광등을 켰다. 한 침대에 누군가 얄팍한 이불을 덮은 채 웅크리고 있는 게 눈에 들어왔다. 손창섭이었다.

그는 미동도 없이 눈을 꼭 감은 채 앙상한 몸체를 웅크리고 있었는데 어느 새 흘러나온 눈물이 눈곱으로 변해 눈가에 붙어 있었다. 인기척에 눈을 뜬 그가 낯선 방문객을 알아보고 어렵사리 몸을 가누려고 할 때 나는 그를 안아 상체를 일으키면서 체온을 교감할 수 있었다. 그건 식어가는

체온이었다. 손과 등짝을 문지르고 어깨를 주무르자 그는 서서히 원기를 회복하며 나와 눈을 맞췄다. 마치 천진무구한 아이의 그것처럼 평온한 표정을 지어보이던 그 순간, 손창섭은 내 아버지 세대가 겪어야 했던 일제와 광복, 그리고 한국전쟁에 이은 근대화 시대를 아무 항해술도 없이 표류한 한국 현대사의 증인이라는 사실에 저절로 전율이 느껴졌다. 손창섭을 앞에 두고 나는 내 아버지와 월북한 세 명의 백부들을 한자리에서 보는 것 같은 착각에 빠져들었다. 북한, 만주, 일본, 남한 그리고 다시 일본으로 이어지는 손창섭의 유랑은 내 아버지 세대의 인생유전과 다를 바 없었다. 실제로 4남 1녀 가운데 막내인 내 아버지가 남한에 뿌리를 박고 사는 동안 세 백부의 행적을 더듬으면 손창섭의 연대기와 마찬가지로 누군가는 일본에 있었고 누군가는 북한에 있었으며 누군가는 만주에 있었던 것이다. 어디에 체류하고 있든지 늘 뿌연 안개 속에 갇혀 살아왔을 손창섭의 삶은 내 아버지 세대의 운명적 속성을 상징적으로 보여주었다.

이미 노인성 치매로 인해 말을 잃어버린 상태였지만 그의 동공 뒤에서 넘어오는 또 다른 시선은 분명 자신을 찾아온 외부인인 '나'를 이성적으로 분별하고 있었으며 가끔 웃음을 지어보이는 온화한 얼굴엔 자신이 살아온 평생을 한순간에 반추하려는 빛이 어룽거리고 있었다.

바로 이 지점, 말을 잃어버렸다는 이 지점이야말로 그동안 어떻게 살아왔는지에 대해 끊임없이 설명을 요구하는 귀찮은 상황에서 서로를 벗어나게 해주었다. 한때 펜을 야무지게 쥐었을 그의 손은 힘없이 풀린 채 창백했는데, 쥐어보니 그 안의 뼈가 바스러질 것 같았다.

바스러지는 속성. 그것이 문학의 속성이자 인간의 속성일 것이다. 우리의 만남을 물끄러미 바라보던 간호사의 시선도 바스러질 것만 같았다.

그런 날이 있다. 한국에서 산다는 것, 그 가운데서도 서울에 산다는 것이 마치 북한산과 관악산이라는 거대한 중력의 돌산 가운데 끼어 압착되는 듯, 인간이 그 안에서 벌레처럼 꿈틀대는 것처럼 느껴지는 아침이면 붓기 어린 얼굴을 몇 번 쓱쓱 문지르면서 어느 한적한 시골로 돌아가는 사람의 뒷모습을 오래도록 상상하기도 한다. 돌아갈 곳이 있다는 것. 그 얼마나 푸근한 일인가. 하지만 손창섭의 마지막 연대기가 시사하는 것은 오래전 조국에 돌아왔으되, 다시 자발적으로 조국을 떠나 돌아오지 않았다는 '불귀'의 몸짓이었다.

그것은 비장함과 같은 것이다. 그는 왜 스스로 불귀의 운명을 선택했을까. 정작 이런 질문을 앞에 두면 병상의 그에게서 직접 해명을 들은 바가 없는 것이다. 그래서 질문은 계속되어야 한다. 아내인 우에노 여사가 도일 전후의 이야기를 들려주긴 했지만 남편의 진정한 속내를 대신할 정도의 것은 아니었을 것이다. 어떤 의미에서 손창섭이 건강하게 살고 있었다고 하더라도 내 질문에 또박또박 대답하지는 않았을 것이다. 딴은 그와 만나는 동안에도 '할 말이 별로 없다.'라든지, '우리는 만난 적이 없는 겁니다.'하고 나를

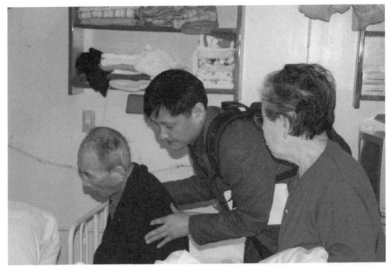

외면하는 환청이 끊임없이 귓전에 맴돌았던 게 사실이다. 그렇다면 내 앞에 있는 손창섭은 대체 누구란 말인가.

우에노 여사가 다가가 이불을 걷어내자 마침내 손창섭은 마치 고치 집속에 웅크린 누에가 꿈틀거리듯 미동을 했다. 손창섭의 몸은 너무 야위고 손등은 거무튀튀한 게 혈색을 찾아볼 수 없어 젊을 때의 모습을 상상하기 어려웠다. 인기척을 듣고 눈을 뜬다는 게 그나마 한쪽 눈꺼풀은 거의 붙어 있었다. 싸늘한 침상에서 화석이 되어가는 듯 보이던 그는 간호사의 도움으로 상체를 일으켰고 이어 팔과 다리를 주무르자 "이따이(아프다), 이따이(아프다)"를 연거푸 발음했다.

이때 우에노 여사의 표정이 밝아졌다.

"만져서 아프다면 감각이 살아나고 있다는 게 아니겠어요."

그러나 우에노 여사의 눈가는 이내 촉촉해져 왔다.

"원래 말이 없는 사람이지요. 고독한 분이지요. 그러나 나와는 대화를 했어요."

간호사와 함께 손창섭을 부축해 일으킨 뒤 휠체어에 옮겨 태우고 복도로 나오자 손창섭은 바닥에 닿은 발을 움직여 휠체어를 앞으로 밀고 나갔다. 손창섭이 신음하듯 발음한 '이따이, 이따이'라는 단어에 그가 이야기하고 싶은 모든 말이 함축되어 있는듯했다.

"아프다, 아파!"

아픔을 느낀다는 게 이토록 살아 있음의 조건으로 된다는 게 우연은 아니다. 그의 몸에는 일제강점기와

휠체어에 앉은 손창섭

한국전쟁이라는 지난 시대의 파경(破鏡)이 고스란히 새겨져 있는 것이다. 복도 끝에 있는 면회실로 들어가 우에노 여사가 손을 주무르며 "선생님, 선생님"이라고 몇 번 부르자 그는 불현듯 감긴 한쪽 눈을 마저 떴다. 우에노 여사는 손창섭을 평생 '선생'이라고 호칭했다고 했다. 이는 교사 출신인 손창섭에 대한 존경의 뜻을 담은 호칭이었다. 그는 침상에 누워 있을 때와는 달리 다소 원기를 회복한 표정이었으나 아무 말 없이 주변을 둘러볼 뿐이었다. 보다 못해 옆을 지키고 있던 우에노 여사가 과거를 회상하기 시작했다.

"1949년 시모노세키에서 만나 결혼을 약조했지요. 나하고는 고교 시절부터 아는 사이였어요. 제 위에 우에노 세이지(上野淸二)라고 오빠가 한 분 있었어요. 오빠는 손 선생과 교토 대학에 함께 입학해서 아는 사이인데 이듬해 두 사람이 니혼 대학 문학부로 나란히 옮겨갈 정도로 친했지요. 그래서 친정이 있는 고베 집에도 놀러오곤 했는데 제가 스물네 살 때 시모노세

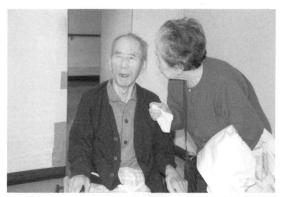
남편 곁에서 눈시울을 붉힌 우에노 여사

키에서 다시 만나 결혼 약조를 했지요. 미처 식도 올리지 못하고 손 선생은 당시 부산에 있는 중학교에 국어 교사로 자리를 얻어 귀국했고 그때는 어려운 시기라서 몇 년 뒤에 나도 손 선생을 따라 한국에 들어갔지요. 한국전쟁 중에 손 선생은 등단을 했고 서울로 이사를 가서 꼬박 삼십여 년을 살았지요. 그런데 오빠가 나더러 일본으로 건너오라는 거예요. 그때 흑석동에 집을 새로 지었는데 집을 팔아야 하는 문제로 선생은 이 년간 더 머물다 건너왔어요. 순전히 내 고집으로 건너온 것이죠."

손창섭은 빈손으로 일본에 왔다고 했다. 자신이 쓴 책은 물론 작품이 수록된 전집도 집 안에 들여놓지 않았으니 그의 기이한 행적은 청빈과 겸허의 자기 실천이랄 수밖에 없을 것이다. 이는 병원에서 만난 간호사의 입을 통해서도 확인되었다. 손창섭은 비록 중환 중임에도 의식이 돌아올 때는 간호사들에게 깍듯한 존대어로 말을 했다고 한다.

"선생은 직업을 갖지 않고 간간이 글을 썼지요. 그래서 내가 도쿄 메이지 기념 결혼식장 예식부에서 예순다섯 살까지 일을 했지요. 일본에 건너와 처음엔 이바라키 현, 미도구아다치 구로 거주지를 옮겨 한 삼 년쯤 살다 지금 사는 집을 분양받았어요. 그 집에서 꼬박 삼십 년을 살았지요."

그러나 정작 손창섭은 말이 없었다. 내가 확인한 것은 그가 아직 생존해 있고, 스스로 세상으로부터 잊혀지기를 원하고 있다는 사실이었다. 휠체어에

앉은 손창섭은 초점 없는 눈동자여서 어딘가를 응시한다고 느껴지지 않았다. 우에노 여사가 귀에 대고 서울에서 손님이 왔다고 말해주었지만 아무 표정이 없었다. 하지만 마침 준비해간 창비 발행의 『20세기 한국소설 16』을 꺼내 그 안에 들어 있는 손창섭 자신의 젊었을 적 사진을 보여주자 눈에 총기가 돌아왔다.

책장을 넘겨 아무것도 씌어지지 않은 백지를 펼친 뒤 사인을 부탁하며 손에 펜을 쥐어주었다. 어느 정도 마사지를 했으니 손의 감각이 돌아왔을지도 모를 일이었다. 그러나 굳은 손가락 사이에 펜이 끼워져 있을 뿐, 아무 움직임이 없었다. 우에노 여사가 다시 귀에 대고 말했다.

"사인을 해보세요, 사인을."

종이에 펜을 갖다 댄 채로 1분여. 그 시간은 엿가락처럼 늘어지고 휘어졌다. 그러나 재촉할 수도 없는 상황이었다. 지켜보던 우에노 여사가 답답한지 다시 귀에 대고 속삭였다.

애써 환한 웃음을 지어보이는 손창섭

"내 말이 들리세요?"

그때 펜이 움직거리기 시작했다. 그는 '손창섭'의 시옷 한 자를 꾹 눌러쓰면서 미소를 지어 보였다.

"손창섭 200九. 2. 15."

실로 얼마 만에 써본 한글이었을까. 손으로는 한글을 쓰고 입으로는 일본어를 말해야 하는 언어의 이중성에 손창섭의 정체성이 고스란히 잠겨 있었다. 게다가 '2009'도 아니고 '200九'로 쓰면서 한자와 아라비아 숫자를 혼동하고 있었다. 아니 혼동이야말로 그가 살아온 시대를 대변하는 상징 코드가 아니고 무엇이란 말인가. 자신이 쓴 모든 문학적 언어를 잃어버리고 텅 비어 있는 푸르뎅뎅한 그의 손이 쥐고 있는 건 펜이 아니라 어떤 구원의 도구처럼 느껴졌다. 병실 문패에는 부인의 성을 딴 귀화 이름인 '上野昌涉(우

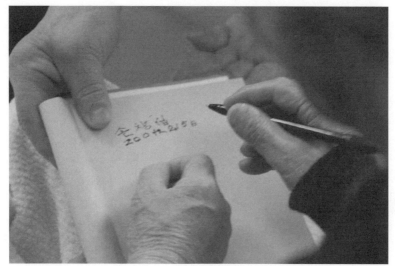

'손창섭 200九. 2. 15日'이라고 천천히 써내려간 손창섭

에노마사루)'라고 적혀 있었지만 그는 분명 '손창섭'이라고 한글로 적었다. 무의식중에 손의 움직임을 따라 쓴 것인지, 순간적으로 의식이 돌아온 것인지는 알 수 없되 그는 국적 변경이 자신의 뜻이 아니라는 듯 한글로 '손창섭' 세 글자를 적어 넣었던 것이다.

오랜만에 남편의 펜을 잡은 모습을 지켜본 우에노 여사는 우리가 선물로 건네준 한국산 돌김이 떠오른 듯 이와노리(돌김)라도 맛을 보았으면 좋으련만 병원에서 음식을 제한하고 있으니 정말 안타깝다고 말했다. 이름 석 자만 쓰고 사인을 하지 않은 것을 눈치 챈 우에노 여사가 다시

"사인을 하세요."

라며 귀에 대고 말하는 순간, 손창섭의 입이 열렸다.

"난 사인이 없는 사람이외다."

사인이 없는 사람. 그게 손창섭이었다. 아무 흔적을 남기고 싶지 않다는 듯 고국과 삼십여 년을 단절한 채 살아온 남편을 글썽이는 눈으로 지켜보던

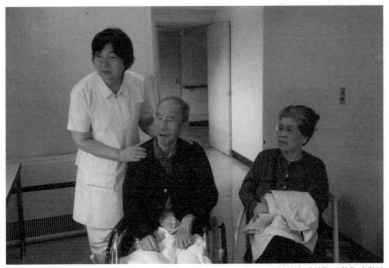

또렷하게 의식을 되찾은 손창섭

우에노 여사는 남편의 손을 꼭 감싸 쥐며 말했다.

"아마, 이 지상에 쓴 마지막 이름일 것입니다."

마침 점심시간이 되었는지 환자들이 복도 중간에 있는 작은 식당으로 이동하고 있었다. 식사 시간을 방해해서는 안 되었다. 간호사가 휠체어를 밀고 그를 식당으로 옮겼다. 그는 다른 환자들과 나란히 앉아 숟가락을 들고 식판에 담긴 음식을 천천히 입으로 가져갔다. 간호사는 다른 환자들을 감안해 우리를 식당 안으로 들이지 않았다. 나는 숟가락을 든 손창섭과 한 번이라도 더 눈을 마주치려고 유리창에 붙어 섰다. 그가 나를 향해 눈길을 주면서 가벼운 미소를 지어 보였다. 아니, 그 투명한 유리를 통해 어떤 이별의 몸짓이 굴절되어 반사되고 있었다. 우에노 여사가 먼저 걸음을 옮겨 엘리베이터 쪽으로 이동했다. 나는 그의 뒤를 따를 수밖에 없었다. 병원 앞에서 택시를 잡아타고 다시 아파트로 가다가 우에노 여사의 집 근처의 한 우동 가게에 들어가 점심을 먹었다. 간단하게 점심을 마친 후 나는 우에노 여사와 함께 다시 집 안으로 들어섰다.

우에노 여사는 겉옷을 벗어 장롱 속 옷걸이에 건 뒤 바로 그 장롱 위에 쌓아놓은 앨범들을 바닥으로 내려놓고 얼마든지 넘겨보라고 내게 권했다.

스물네 살에 시모노세키에서 결혼해 부산을 거쳐 서울 흑석동에 정착하기까지의 옛 시절이 흑백사진 속에 고스란히 남아 있었다.

"그래도 흑석동에서 살 때가 제일 행복했던 것 같아요. 한강이 내려다보이는 언덕 위에 집이 있었지요. 선생은 남들과 어울려 식당에도 가지 않았어요. 언제나 내가 끓인 김치찌개와 밥이 제일 맛있다며 손가락을 치켜세웠지요. 술과 담배도 안 하고 우아키(바람기)도 없는 강직하고 청결한 사람이었어요."

우에노 여사는 흑석동 시절의 사진을 한참 들여다보더니 '연못시장'을 기억해 냈다. 그곳에서 장을 봐 음식을 장만했다지만 또한 연못시장은 선술집이 즐비한 곳이 아니던가. 글줄이나 쓰는 문인치고 연못시장을 거쳐 가지

서울 흑석동 시절의 단란했던 손창섭 가족

1955년 12월 25일 크리스마스 날, 서울의 한 거리에서.
소매치기가 극성을 부리던 시절, 우에노 여사가 출판사
로부터 받은 인세를 냄비에 넣어 품에 안고 있다

않은 사람이 없을진대 손창섭은 그 흔한 선술집 문턱에 발을 들여놓지 않았던 것이다.

옛 사진에는 손창섭과 우에노 여사 사이에 강아지나 개가 꼭 끼어 있었다.

"생명이 붙은 건 다 좋아했는데 특히 강아지를 좋아해 셋집에 살 때도 늘 개를 키웠지요. 그런 사람이 요실금으로 기저귀를 차고 있으니 참……."

한순간, 그는 앨범 속 한 장의 흑백사진을 가리키며 환한 표정을 지었다. 행복했던 한 시절은 세월이 흘러도 빛이 바래지 않는 것일까. '1955년 12월 25일'이라고 써넣은 사진 속 손창섭 부부는 서울의 어느 거리에서 외투를 껴입고 다정하게 포즈를 취하고 있었다.

"이 사진은 정말 극적으로 찍은 것인데 이거 보세요. 내가 냄비를 품에 안고 있지요. 이 냄비 속에 무엇이 들어 있었는지 아세요? 크리스마스 날 출판사에서 보너스를 받아서 집으로 돌아가는 길인데 아마도 인세겠지요만 내가 냄비를 들고 따라갔지요. 어떤 출판사인지, 어떤 거리인지 지금은 기억나지 않지만 그때는 소매치기가 너무 많아서 한번은 선생이 인세를 받아오다가 소매치기에게 안창을 따여 돈을 몽땅 잃어버린 일이 있어요. 아마 그런 일이 있은 직후 같은데 내가 냄비를 들고 따라나섰지요. 마침 크리스마스여서 길거리에 카메라를 든 사람이 있었는데 사진을 찍어주겠다고 하더군요. 주소를 적어줬더니 나중에 우편으로 사진을 보냈더군요."

흑석동 자택에서 아내와 함께한 손창섭

우에노 여사는 흑석동에 살 때 미용사 자격증까지 딸 정도로 생활력이 강했다.

"아미모노(편물)를 배워서 내가 양말이고 스웨터고 다 짜서 선생에게 입혀드렸지요. 이 사진 좀 보세요. 선생이 내가 짠 양말을 신고 있잖아요. 여기 또 한 장의 사진이 있군요. 1959년 제4회 <동인문학상> 시상식 때 내가 따라가 함께 찍었지요."

연방 손수건으로 눈시울을 찍어내면서도 우에노 여사는 아주 슬프지만은 않은 표정이었다. 그것은 작가의 아내로 살아온 자부심 같은 것이었다.

손창섭 문학을 둘러싼 한국 문단의 오해는 그의 대표작인 「신의 희작」에서 비롯된다.

시시한 소설가로 통하는 S—좀 더 정확히 말해서 삼류 작가 손창섭 씨는 자기 자신에게 숙명적인 유머를 발견하고 있는 것이다. - 「신 서방」 부분, 『손창섭

흑석동 집에서 아내 우에노와 함께

단편 전집 2』, 가람기획.

첫 문장에서부터 그는 스스로 삼류 작가로 치부한다. 소설의 화자인
작가 S는 소년 시절, 어머니와 외간 남자와의 정사 장면을 목격한다.

야뇨증 때문에 거의 마를 날이 없이 지린내를 풍기는 얼룩진 요와 정부하고
나란히 목을 매고 죽어 늘어졌던 창녀의 모양이, 때로는 따로따로 때로는
뒤범벅이 되어서 어린 그의 머릿속과 눈앞을 혼란하게 하였다. - 「신의 희작」
부분, 『손창섭 단편 전집 2』, 가람기획.

이로써 손창섭은 자신의 개인사를 바탕으로 어머니의 외도와 그에 따른
자신의 정신 병리적인 현상을 스스럼없이 소재 삼으며 전후 혼란 시절의

날카로운 현실 인식과 실존적 세계관을 드러낸 것으로 평가되었다. 그러나 우에노 여사는 이런 평가를 일언지하에 잘못된 것이라고 잘라 말했다.

"선생은 세 살 때 아버지를 여의고 할머니 손에서 자랐지요. 그때 어머니는 스물댓 살쯤 되는 새파랗게 젊은 때여서 시어머니가 재혼하

작은 액자 속 '思 祖母叔母'는 할머니와 숙모를 잊지 못하는 손창섭의 효심을 상징적으로 보여준다

라고 자꾸 종용하는 바람에 다시 시집을 갔지요. 할머니와 어머니 모두 독실한 기독교인이라고 들었어요. 할머니는 농사를 짓고 살았는데 수확이 많지 않아 숙모의 도움을 받았다고 하더군요."

거실 장식장의 작은 액자 속 '思 祖母叔母'는 할머니와 숙모를 잊지 못하는 손창섭의 효심을 상징적으로 보여주는 친필이었다. 그것은 그 자신이 「신의 희작」에서 그려낸 주인공 S의 글씨는 아니었다. 평양의 한 유곽 거리에서 성장했고 야뇨증에 걸려 수시로 요를 적셨으며 어머니는 고무신 공장에 다니다 바람이 났다는 「신의 희작」 장면들을 떠올릴 때 손창섭이 아무 가공도 하지 않은 사실을 직설적으로 배설했다고 말할 수는 없을 것이다. 아니 글쓰기야말로 배출의 욕구, 배설의 욕구에서 비롯된다고 할 때, 그는 소설이라는 허구적 장치에 기대어 직설 화법의 배설 욕구를 채우고 있었던 것이다.

"나도 알고는 있어요. 「신의 희작」에 등장하는 S의 아내 이름은 내 이름과 같은 지즈코지요. 그러니까 세상 사람이 속을 수밖에요. 그러나 실제 삶은

소설 내용과는 전혀 달랐어요. 서울에 살 때도 주위 사람들이 내게 묻더군요. 소설을 읽어보면 남편은 성폭력은 물론 성도착 증세까지 보이는 포악하기 짝이 없는 사람인데 그런 사람과 어떻게 살고 있느냐, 무섭지 않느냐고 말이지요. 그때마다 나는 고개를 절레절레 흔들었지요. 소설과 실생활은 전혀 무관하지요. 지즈코는 선생이 만들어 낸 가공인물입니다."

우에노 여사는 "민나우소데스(전부 거짓말)."라고 말하면서 크게 웃었다. 그 말을 전적으로 믿을 수는 없겠지만 어찌 보면 손창섭은 세상을 완전히 속인 진짜 소설가였다는 것은 사실일 터이다. 그렇다면 「신의 희작」은 그야말로 '손(孫)의 희작'인 것인가. 제목도 희작이 아니던가. 그동안 한국 문학계는 소설 속 S와 손창섭을 동일시해 왔다. 하지만 어디까지가 사실이고 어디까지가 가공된 이야기인지 감별하는 것은 손창섭이 입을 다물고 있는 한 불가능한 일이다. 입을 다문다는 것. 말을 잃어버린다는 것. 어쩌면 이게 손창섭 문학의 마술인 것이다. 그렇기에 그의 소설은 오늘날에도 살아 있는 신화이며 전설이다.

히가시쿠루메 자택에서 외손자를 안고 있는 손창섭

"사람이 별나니까 작품도 좀 별난 데가 있었지요. 속 모르는 사람들은 우리 부부의 삶이 소설에서 그린 것과 닮아 있을 거라고 오해할 만하지요. 하지만 우린 결혼 직후부터 각방을 썼어요. 서울서도 다른 방에서 잤는걸요. 부부생활은 했지만 내 결함으로 아이를 낳지 못했어요. 서른세 살에 내가 자궁암에 걸려 자궁을 들어내는 바람에 임신할 수 없었어요. 수술 이전에도 그런 증상 때문에 각방을 쓴 것이죠."

우에노 여사는 손창섭의 만주 시절에 대해서도 언급했다. 지금까지 알려진 '손창섭 연보'에는 열네 살 때 어머니를 쫓아 만주로 간 것으로 알려져 있었다. 그러나 사실은 달랐다.

"할머니가 고생하니까 어머니가 돈을 벌려고 만주로 갔다고 들었어요. 그땐 만주를 개척한다고 인력을 대거 모집했지요. 아마 선생이 만주에 간 것도 그 시기와 일치할 겁니다. 선생은 1945년 해방 당시 평양에 머물고 있었어요. 평양에서도 학교 선생을 했는데 1948년 삼팔선이 닫힌다니까 내려온 것이죠. 할머니에게 같이 내려가자고 했지만 '나는 늙었으니 너나 가거라.' 하며 평양에 남았다더군요. 그 후에 전쟁이 터졌지요. 늘 혼자

아내와 외손자와 함께

남편의 책장에서 무언가를 찾고 있는 우에노 여사

뇌두고 온 할머니를 떠올리곤 했지요."

어쩌면 이것은 손창섭이 정상적인 상태라 해도 얻어들을 수 없는 내용이었을 것이다. 그는 젊었을 때나 병상에 누워 있는 지금이나 스스로 자신의 문학에 대한 후일담을 자분자분 들려주는 인간형은 아닌 것이다. 아내의 나라 일본 속의 조용한 은자(隱者)가 손창섭이었다. 그는 고국을 떠나 일본에 스며들 수밖에 없는 운명을 순순히 받아들인 것이다.

아니 손창섭은 이미 사라진 사람이었다. 그는 병원에서도 한국말을 한마디도 하지 않았다. 그건 그가 한국어를 아주 잊은 게 아니라 기왕에 귀화한 이상, 우에노 여사가 이지매를 당하지 않도록 철저하게 일본어만을 쓰면서 살아왔음을 유추케 한다. 그의 일본어 구사는 자신의 정체성보다는 아내의 정체성을 훼손하지 않기로 한 결단의 흔적이었을 것이다.

하지만 그는 책에 서명을 해줄 것을 요청하자 한국어로 이름을 적었다. 일본에서의 생존을 위해서는 우에노 마사루였지만 핏속에 흐르는 정체성은 손창섭이었다. 그의 한글 서명은 한국에서 온 방문객을 의식하고 자신이 쓰고 있던 가면을 벗어던진 행위나 다름없는 것이다. 그러므로 우에노 마사루는 손창섭인 것이다. 어쩌면 손창섭에게 본격적인 문학은 도일 그 자체로 종결된 것이나 다름없을 것이다.

그는 이미 「잉여인간」을 통해 전쟁으로 훼손된 현실과 개인사적 절망이 뒤엉킨 허무의 늪에서 어느 정도 빠져나온 뒤 「신의 희작」을 통하여 내부에 쌓여 있던 찌꺼기까지 토해내 버렸던 것은 아닐까. 손창섭은 문학을 통해 자신의 삶을 틀어쥐고 있던 절망과 허무로부터 풀려나 버린 것이다. 그러니 이렇게 말할 수 있다. 손창섭은 아무 곳에도 없는 작가다.

우에노 여사는 손 선생이 언젠가 주간 <신조>에 글을 기고한 적이 있다며 서가를 꼼꼼히 살폈으나 그의 글이 실렸다는 잡지는 찾지 못했다.

(한국에 돌아와 팩스와 전화를 이용, 주간 <신조> 편집장에게 1973년부터 현재까지 외부 필자 가운데 '손창섭' 혹은 '無石子' 혹은 '求道院 生'이라는 필명의 기고자가 있는지 문의했지만 대답은 '그런 필자를 찾을 수 없다.'는 것이었다. 이로써 손창섭 자신이 정철진에게 들려주었다는 '일본의 한 잡지사에서 글을 청탁해 왔고 그쪽 편집장이 자전거를 사가지고 와서 집 앞에 놓아두고 가기도 했다.'는 말의 진위는 현재로서는 여전히 미궁이라고 하겠다.)

우에노 여사에 따르면 손창섭이 입원한 노인 병원은 규정상 6개월 이상 머물지 못한다고 한다. 벌써 6개월째의 투병이라 다른 병원으로 옮겨가야 하는 문제로 히가시쿠루메 시에 민원을 넣고 대답을 기다리는 중이라는 것이다. 우에노 여사는 내게 손 선생의 서가에서 책 한 권을 기념으로 가져가라고 했다. 망설이다 한 권의 책을 뽑아들었다. 나카노 고지가 지은 『청빈의 사상』(1993)이었다. 서문의 한 구절에는 손창섭이 그은 밑줄이 선명하게 남아 있었다.

일본 내에서는 돈벌이라든지 물건을 만든다든지 하는 현세의 부귀와 영달을 추구하는 사람뿐만 아니라 그 외에도 간절하게도 마음의 세계를 중시하는 문화의 전통이 있다. 워즈워드의 낮게 살고 높게 생각한다는 시구처럼 현세에서 그 생존은 가능한 한 간소화하게 해서 마음의 아취를 느끼는 세계를 산다는 걸 인간으로서 가장 고상한 생존 방식이라고 하는 문화적 전통이 있었다. 그 전통이 청빈을 존귀하게 여기는 사상이라고 할 수 있겠다.

워즈워드의 시구처럼 '낮게 살고 높게 생각한다'는 말이 가슴에 사무치게 다가왔다. '현세에서 그 생존은 가능한 한 간소화하게 해서 마음의 아취를 느끼는 세계를 산다.'라는 말이야말로 일본에서 자신을 드러내지 않고 은둔하던 손창섭의 생존방식과 절묘하게 맞을 거라는 생각이 들었지만 그 생각이 나에게 어떤 위안도 될 수 없었다. 묻고 싶은 게 너무나 많았다. 「신의 희작」에 따르면 주인공 S는 지즈코와 아이까지 데리고 환국할 자신이 없어서 혼자 귀국했으며 S가 일본을 떠났을 때는 이미 지즈코의 배속에 제2의 생명이 깃들고 있었다. 나는 우에노 여사에게 그 자식들은 지금 어디에 어떻게 살고 있느냐고 묻고 싶었지만 도저히 입이 열리지 않았다. 그런 건 묻는 게 아니라는, 물어서는 안 된다는 자의식이 내 안에 완강하게 자리 잡고 있었다. 사실 인생에는 말로 다 곡절을 표현할 수 없는 슬픔이라는 암흑 물질이 가로놓여 있는 것이다. 내가 궁금했던 모든 것의 대답을 들었다 한들 그건 하나의 인과관계를 설명하는 단순한 사실에 불과할 뿐, 그것으로 한 사람의 생애 밑바닥에 깔린 필연과 우연, 격정과 고요, 이상과 좌절을 다 설명할 수는 없는 일이다. 나는 우에노 여사와 작별해야 할 시간이 왔음을 알고 있었다. 작별은 지체하지 않을수록 효과적이다. 나에게는 더 이상 물을 말도 없어야 했고 우에노 여사로서는 더 대답해야 할 이유도 없었을 것이다. 나는 문을 열고 밖으로 나왔다. 못내 섭섭한지 우에노 여사가 현관까지 나를 배웅했다. 현관까지인 줄 알았는데 내가 택시를 잡으려고 길가

쪽으로 걸어가자 우에노 여사가 두어 걸음 거리를 둔 채 조용히 뒤를 따라왔다.

나는 보도 위로 올라섰고 우에노 여사는 아파트 단지 안에 그렇게 선 채 우리는 '어서 들어가시라', '안녕히 가시라'라는 두 개의 눈빛을 서로 주고받았다. 세상엔 시간이 흘러도 해결되지 않는 문제가 있기 마련이다. 손창섭을 만나러 왔으나 나는 손창섭을 만나지 못했다. 다만 우에노 여사가 아직 건재해서 그나마 손창섭의 그림자라도 만나볼 수 있었던 게 다행

아파트 단지 입구까지 나와 배웅하는 우에노 여사

이라면 다행이었다. 반쯤 영혼이 휘발된 것 같은 손창섭의 또 다른 분신이 허공 어디쯤에서 나와 우에노 여사를 번갈아 지켜보는 것 같았다. 택시가 다가왔고 나는 우에노 여사에게 작별의 손을 흔들었다. 우에노 여사는 허리를 깊숙이 숙여 자신과 남편을 찾아온 손님에게 마지막 순간까지 예를 갖췄다. 허전했다. 몸이 가라앉는듯했다. 날이 좀 흐렸으면 싶었다. 빨리 어둠이 내렸으면 싶었다. 어둠은 인간의 슬픔을 어느 정도 가려주니까. 갈증이 일었다. 쓰디쓴 소주 한잔이 그리웠다.

7. 구리시의 한 과수원

— 2009년 2월 22일 노윤기 씨 인터뷰

2009년 2월 18일-20일까지 사흘에 걸쳐 <국민일보>를 통해 손창섭의 생존 사실과 투병생활에 대한 기사가 나간 뒤 많은 독자들의 이메일과 전화가 쇄도한 가운데 나는 2월 21일 오전 한 통의 전화를 받았다. 전화를 걸어온 사람은 손창섭의 평양 시절 제자인 노윤기(당시 81세, 구리시 토평동)라고 자신을 소개했다. 그는 손창섭이 1973년 12월 도일하기 전, 자신의 경기도 구리시 소재 과수원에서 일 년여 동안 기거를 했다며 손창섭 선생이 자신에게 주고 간 책 몇 권을 기증할 테니, 아무 때고 방문해달라고 했다. 당장 다음 날 만나자는 약속을 했다.

전철을 타고 구리시에서 내려 토평동 가는 버스에 올랐다. 버스는 구리시를 이내 벗어나 한 번도 가본 적 없는 시골길을 달렸다. 인연의 고리라는 게 이토록 끈질기고 무서운 것이다. 살아 있는 한 어디서든지 자신을 기억하는 누군가가 생존해 있기 마련이고 그래서 한 인간의 전기적인 삶은 외부인의 시선에 의해 첨삭이 가능한 것이다. 토평동에서 내려 마을 회관에 들어가 노윤기 씨 댁의 위치를 문의하자 "걸어서 5분 거리에 큰 농장이 있는데 바로 그 집"이라고 손가락으로 방향을 가리켰다.

손창섭의 평양 무성공업학교 시절의 제자 노윤기 씨

물이 고여 있는 웅덩이가 드문드문 있는 신작로 양옆으로 포플러 가로수가 높게 자라 있었다. 이 모든 게 손창섭이 그곳에서 살았다는 삼십여 년 전의 풍경과 별반 다르지 않을 거라는 생각이 들었다. 어떤 풍경은 평생 동안 잊혀지지 않는 법이다. 손창섭도 이 길을 걸어 외출을 했을 것이다. 포플러는 한 해 한 해 키를 높였을 것이고 그 밑을 걷는 인간 역시도 한 해 한 해 기억의 층계를 높일 것이다. 신작로를 걸으면서 마치 언젠가 와본 것 같은 기시감이 들기도 했는데 그건 그 신작로에서의 조망이 어디에나 있는 풍경이면서 단 하나밖에 없는 풍경이기에 그럴 것이라고 짐작을 해보았다. 마당 넓은 집은 대문을 열어둔 채였고 뒤편으로 과수원이 펼쳐져 있었다. 마당을 지나 안채에 이르러 인기척을 했다. 현관문이 열리더니 햇볕에 그을린 얼굴 하나가 나타났다. 거실로 들어가니 부인은 마른 옥수수 알갱이를 커다란 함지에 털고 있었다.

"내가 손창섭 선생의 평양 무성공업학교 시절 제자입니다. 무성학교는 이후 체신학교에 흡수 통합됐는데 손 선생은 1947년도에 잠깐 국어 교사로 재직했지요. 그때부터 알고 지냈는데 서울 사실 때에도 서로 연락을 했지요. 손 선생은 이 년 먼저 일본으로 간 우에노 지즈코 여사가 인보증을 선 일본 정부의 영주권 발급 문제가 지연되자 영주권이 나올 때까지 머물

수 있느냐고 물어
오셨지요. 당시 거
주하던 흑석동 집
을 판 연후여서 거
처할 데가 마땅치
않은 것 같아 과수
원에 딸린 별채 움
막을 내드렸지요."

노윤기 씨의 부인 지춘화 씨

그는 "손 선생은
도일 이후에도 인세 문제 등으로 두어 차례 귀국했을 때도 이 집에 들른
적이 있다."면서 "일본으로도 가끔 전화를 걸어 안부를 묻기도 했으나 십여
년 전부터 소식이 끊겼다."고 말했다.

개인적 사정으로 늦게 학교에 들어가는 바람에 선생과는 여섯 살밖에
차이가 나지 않는다는 그는 "무성공업학교는 해방 직후 신설된 학교인데
손 선생은 공산주의에 대해 상당히 비판적인 입장이었다."며 "수업 때에도
체제 비판적인 말을 자주 했던 손 선생은 사상적으로 이북사회와 맞지
않다고 판단해 월남한 것으로 알고 있다."고 말했다.

"손 선생은 무성공업학교가 체신학교로 통합되면서 황해도의 한 중학교로
자리를 옮겼으나 적응하지 못하고 이내 월남했지요."

노 씨의 부인 지춘화(당시 72세) 씨는 "당시 과수원에서 수확한 사과를
갖다 드릴 적마다 '돈도 안 줬는데 어떻게 먹느냐며 손사래를 치던 손 선생의
모습이 눈에 선하다, 너무 깐깐한 성격이라 기거하던 별채 내부에 한 번도
발을 들여놓지 못했다."고 말했다. 지 씨는 또 "손 선생이 과수원에 머물
때 구리시(당시 남양주군)에 정착하려고 인근 금곡에 짓고 있던 연립주택을
함께 보러 다닌 적도 있었다, 우에노 여사가 일본의 가족을 그리워해 먼저

1969년 대전의 한 파인애플 농장을 둘러보는 손창섭

출국하는 바람에 정착보다는 도일하는 것으로 결심을 굳힌 것으로 알고 있다."고 회고했다. 노 씨 부부는 "월남 이후 저명한 소설가로 변신한 손 선생에게 기거할 공간을 내준 게 평생 잊지 못할 추억이 되고 있다."면서 "과수원 시절에도 특별한 볼일이 아니면 외출을 삼가고 거의 집에 머무르며 은둔했다."고 입을 모았다.

손창섭이 노 씨의 집에서 일 년여를 머문 뒤에 도일한 게 1973년 12월이라면 흑석동 집을 판 시점은 1972년경이었을 것이다. 우에노 여사가 이 년 전에 일본으로 들어갔다면 손창섭은 적어도 1971년경부터 혼자 지냈다는 결론이 나온다. 손창섭은 <주간여성> 1969년 12월 20일부터 1970년 6월 24일까지 장편『삼부녀』(훗날 단행본으로 묶을 때『여자의 전부』로 개제) 연재를 끝으로 국내에서는 작품 활동을 전혀 하지 않았으니 아마도 1971년부터 도일 직전까지 삼 년 동안은 일본 이주 문제를 해결하는 데 전념했던 것이다. 그는 1962년 <동아일보>에 연재했다가 1963년 정음사에서 단행본으로 묶은『부부』를 1972년 삼중당에서 새로 출간할 때 직접 쓴 것으로 보이는 간략한 연보를 실었다. 그는 '파인애플 농장 경영'이라고 적고 있다. 일설에 의하면 그는 경기도 안양시 부근에서 파인애플 농장을 경영한 것으로 알려지고 있는데 1970년대 초만 해도 열대식물인 파인애플은 흔한 과일이 아니었고 비닐하우스 재배는 필수적인 일이었음을 상기할 때 그는 원고료로는 턱없는 살림을 꾸리기 위해 생활의 방편으로 농장을 경영했을 거라는 추측이 가능하다.

손창섭이 도일 직전까지 기거했던 구리시 과수원 움막

한편 노윤기 씨는 뜻밖에도 "손창섭 선생은 월남 직후, 연세대 뒷산에 움막을 짓고 평양체신학교 시절의 제자들과 함께 생활했다."고 들려주었다.

"1948년 서울의 한 거리에서 우연히 손 선생을 만나 따라갔더니 연세대 뒷산이더군요. 손 선생은 내 동창생인 나동섭, 이창욱 등과 함께 움막 생활을 하고 있었지요. 당시 제자들이 구두닦이나 넝마주이를 해서 식량을 구해 손 선생에게 갖다드렸는데 사제 간의 정은 그만큼 각별했지요."

그는 또 "손 선생은 움막 시절에도 웅크리고 앉아 글을 쓰고 있을 만큼 소설에 열정을 쏟았던 분"이라며 "해방 직후 남한으로 내려온 체신학교 시절의 동창 모임이 매년 열리고 있으나 손 선생은 성격이 매우 특이해 한 번도 참석한 적이 없다."고 덧붙였다.

나는 노윤기 씨의 안내를 받아 손창섭이 살았다는 과수원 별채를 둘러보았다. 겨울이어서 그런지 우듬지만 쭉쭉 뻗어 있는 과수들이 어딘지 모르게 쓸쓸해 보였다. 별채는 안채에서 이백 미터쯤 떨어진 외딴 곳에 있었다.

겨울 한파를 막으려고 비닐로 감싼 움막

그는 과수원 별채가 손 선생이 머물던 삼십육 년 전과 똑같은 모습이라고
했다.

"농번기 때는 인부들이 머물기도 했으나 농한기 땐 거의 비워두기 때문에
손 선생의 부탁을 받고 즉시 방을 내드렸지요."

별채는 당시 부엌 딸린 방 두 칸이었으나 지금은 중간 벽을 허물어 한
칸 방이었다. 그나마 노 씨가 십여 년 전에 이 농장을 팔아 지금은 주인이
바뀐 채 과수원을 대신 돌보는 칠십 대 농사꾼 부부가 살고 있었다. 어둑하고
침침하고 축축한 곳. 그곳에서 손창섭은 혼자 밥을 끓여 먹었다.

"이곳에 기거하던 당시엔 글을 쓰신 것 같지 않아요. 과수원이 넓어서
천천히 산책하면 한두 시간은 족히 걸리거든요. 산책하고 사색하고 책 읽고
하는 게 전부였어요. 일부러 찾아가지 않으면 만날 수 없을 정도로 눈에
띄지 않는 분이었지요."

손창섭이 움막에 들어온 건 1972년 가을. 단풍이 들고 바람이 제법 쌀쌀해지

던 무렵이었다고 한다. 찬바람이 숭숭 새어 들어오는 움막이었지만 그는 불평은커녕 제자 부부에게 늘 송구스런 마음을 내비치곤 했다고 한다.

"말소리도 아주 조용조용했지요. 흑석동에 사실 때 가끔 들려서 문안을 드렸는데 한번은 전화가 걸려왔더군요. '윤기야, 과수원집이 조용하고 공기도 좋은 것 같은데 얼마간 살 수 있겠냐?'고 묻더군요. 글쓰기에 적합한 곳이라고 생각했는지, 이곳에 정착했더라면 좋았을 것을……. 글 쓰는 사람에게는 독특한 에고이즘이 있는 모양이에요. 선생님은 여기서도 은둔 생활을한 것이나 다름없지요. 그런 대단한 분이 이런 시골에서 허허롭게 살고 있는 게 신기할 정도였지요. 그처럼 성품이 곧은 분은 없을 겁니다."

노 씨는 도일 직전 손창섭이 주고 간 장편소설 『길』(삼중당)을 꺼내 보여주었다. 제자에게 주는 책인데 사인도 작가명도 없이 '노윤기 군(君) 저자 증정'이 전부였다. 역시 손창섭은 사인이 없는 작가였다. 다른 책인 장편 『부부』에는 아무것도 적혀 있지 않았다. 자신의 흔적을 남기지 않으려는

부산 임시 수도 시절의 바라크를 연상시키는 과수원 움막

독특한 성격이랄 수밖에. 그의 심중을 헤아리기 어려웠다.

노 씨의 부인 지춘화 씨는 "손 선생은 전기 곤로로 따로 밥을 해먹었다. 한번은 우에노 여사가 이곳에 들렀을 때 음식에 생선가루를 넣는 법을 제게 가르쳐 주시기도 했다."는 기억을 끄집어냈다.

제자 노윤기 씨의 증언으로 확인된 해방 직후 연세대 뒷산의 움막과 구리시 과수원 움막은 손창섭이 현대 한국 소설사에서 가장 어둡고 을씨년스러운 공간을 창조해낸 작가임을 다시 한번 상기시킨다. 손창섭의 문학 세계는 '어두운 방, 뒷골목, 방황, 비 오는 길, 고아, 질병, 가난'으로 상징되기 때문이다. 바깥과 소통이 막힌 동굴이나 감옥, 또는 여기저기 파리똥 자국과 거미줄이 얽혀 있는 창 하나 없는 방, 아니면 대문은 물론 안방과 건넌방, 문짝과 마루에 이르기까지, 몸을 조금만 움직여도 삐걱거리는 밀폐된 공간이 손창섭의 문학 공간인 것이다. 게다가 그의 소설에서는 걸핏하면 비가 내리곤 한다.

비로 인한 눅눅한 느낌은 그의 소설을 한결 음습하고 무기력한 분위기로 밀어 넣는다. 게다가 이런 음습한 공간 속에서 서식하는 인간들은 한결같이 팔이나 다리가 없거나 폐병 환자, 간질 병자, 백치, 정신병자, 벙어리 등의 형태로 성하지가 않다. 실제로 이와 같은 불구나 온갖 병자는 전쟁이 휩쓸고 지나간 1950년대 한국 사회에서 흔히 눈에 띄던 인간 군상이었다. 이는 손창섭이 누구보다도 인간에 대한 관심이 많은 작가라는 사실을 환기시킨다. 그가 그리는 인간상은 '인간에 대한 환멸'과 '인간에 대한 냉소'로 일관되지만 이는 한국전쟁 체험과 피난 시절의 경험에서 기인한다.

특히나 부산 피난 시절 많은 사람이 임시로 지어진 가건물에서 생활할 수밖에 없었는데, 손창섭의 생활 또한 예외일 수 없었다. '바라크'라고 불리는 가건물에서의 생활은 오물 처리가 안 되는 것은 물론이고, 상수도 시설은 상상할 수조차 없는 공간이었다. 바라크에서는 어떤 인격적 생활도 불가능했으며, 극한적 상황에 내몰린 절박한 인간으로서의 생명 유지만이 가능했다. 손창섭은 이러한 극단적인 생활에 처한 인간을 적나라하게 묘사한 것이다.

제자가 내준 과수원 움막에 스스로를 가두고 자신의 움직임을 관찰자적 시선을 통해 들여다보고 있던 작가가 또한 손창섭이었던 것이다. 극한적인 상황에 놓인 인간이 드러내는 추한 면들이 작가의 냉소적 시각에 의해 낱낱이 폭로되고 있는 손창섭 문학의 일단을 그가 국내에서 마지막으로 깃들었던 과수원 별채에서 엿볼 수 있었다.

8. 남은 이야기

From: 김유림

Sent: 2009-03-28 (토) 오후 9:19

To: 정철훈

Subject: 안녕하세요.

기사를 보고 문의드립니다.

저희 어머니께서 손창섭 작가님의 조카 되시는데요.

외할아버지는 돌아가셨고, 가족 간에 문제가 생기셔서 화해를 못 하셨대요.

그래서 어머니께서 작은아버지를 꼭 찾고 싶으시다는데……, 혹시 연락처 알 수 있을까요?

외할아버지는 손창환이시고, 평양분 맞으세요. 어머니께서 기다리고 계시니 꼭 연락주세요.

부탁드립니다. 위중하시다고 하시니 더 만나 뵙고 싶으시대요.

From: 김유림

Sent: 2009-04-02 (목) 오전 9:44

To: 정철훈

Subject: RE: RE: 안녕하세요.

이제서야 답변을 드립니다. 어머니와 상의를 더 해봤는데 그분이 가족 맞으신 것 같대요. 생전에 줄곧 외할아버지께서 굉장히 애타게 그리워하시다 이산가족 찾기 당시에 손창섭 할아버지께서 흑석동에 살고 계시단 소식을 접하셨고 큰이모와 같이 가보셨대요.

외할아버지는 가난한 살림에 동생을 대신 공부시키시느라 무학이셨고, 동생이신 손창섭 할아버지는 형님 대신 학교 공부를 하셨는데 꽤나 우등생이셨다고 하시더군요. 일본으로 가서 더 열심히 공부해서 꼭 성공하여 돌아오겠다는 말만 남기고 홀로 가족을 떠나신 동생을 대신하여 가족들 뒷바라지를 하시느라 외할아버지께서 굉장히 고생을 많이 하셨다고 하더군요.

무학이셨지만 독학으로 한자와 일본어(일제강점기를 겪으신 분이라서 일본어 소통도 가능하셨다고 함)를 능숙하게 하셨는데, 흑석동 집을 방문하신 우리 할아버지가 굉장히 부담스러우셨던지, 우에노 여사님께서 손창섭 할아버지께 일어로 부정적인 반응을 보이셨다고 하네요. 일본어를 못 알아들으실 줄 알았나 봐요. 당시에도 부인께서 한국인 가족을 상당히 꺼리셔서 외할아버지께서 실망이 이만저만이 아니셨대요.

친일파나, 일본인이라면 치를 떠셨던 우리 외할아버지는 그 길로 바로 부산으로 내려오셨고 그 후로 연락을 끊으셨대요. 손창섭 할아버지는 어떻게 해서든지 이 상황을 잘 풀기 위해 여러 장의 편지와 소설책 등을 계속 보내셨지만, 외할아버지께서 완강하게 거부하셨대요.

외할아버지는 1982년 즈음해서 돌아가셨고 "한번은 찾아다오"라는 말씀을 남기셨다고 하시더라고요. 손창익, 손창환, 손정숙, 손창섭. 이렇게 사 남매이시라고 하시는데요, 아무래도 우에노 여사님이 한국인 가족들을 꺼리셔서 가족이 없는 걸로 나오는 게 아닌가 싶네요. 유언 때문에 어머니께서 맘에 많이 걸리시나 봐요.

그럼 좀 바쁘시겠지만 부탁드릴게요.

From: 정철훈

To: 김유림

Sent: 09-03-29 (일) 18:02:09

Subject: 안녕하세요.

손창섭 선생님이 어머니의 작은아버지 되십니까?

두 분 사이가 친형제이신가요. 제가 알고 있기론 손창섭 선생님은 외아들로 알고 있는데 그게 아닌 모양이지요? 가족 관계를 좀 더 구체적으로 알려주시기 바랍니다.

두 분 다 월남하셨을 텐데 남한에 사시면서도 서로 소식을 끊고 산 이유가 개인적인 가족사에 얽혀 있겠지만 손 선생님이 혈혈단신 월남한 것으로 알려져 있기에 드리는 말씀입니다.

보름 전 제가 우에노 여사와 통화를 했는데 손 선생님은 건강이 좀 더 악화된 상태고, 병원을 지난번보다 더 먼 곳으로 옮겼고 본인은 구청 직원이 편의를 봐줘서 한 달에 한 번 정도 차를 얻어 타고 면회를 가는 정도라며 임종이 가까웠다는 말만 되풀이했습니다.

제가 우리나라 한과를 한 상자 보내드렸는데 귀한 것이라 이웃들과 함께 나눠 먹겠다면서 두 번 다시는 그런 선물을 하지 말라고도 했습니다.

어쩌면 어머니께서는 피가 섞인 혈육이지만 지금 손 선생님은 부인도 알아보지 못하고 병원에서도 눈칫밥을 먹는 입장(일본에 귀화는 했지만 젊은 시절에 직업을 갖지 않아 노인 복지 혜택 면에서 최하위급으로 분류되어 있는 처지)이라서 만나보신다 해도 우에노 여사와만 대화를 할 수 있을 터인데…… 일어 소통 문제가 아니라 우에노 여사가 한국 쪽에서 사람이 건너와 문병을 간다는 문제에 대해 매우 민감하게 거부감을 갖고 있더군요.

이런저런 사정을 감안하셔서 어머니께 우선 설명을 해드리면 좋겠습니다.

우에노 여사는 집으로 한국 사람을 들이지 않는데 이건 일본 노인 사회에서는 보통 있는 일이며 자신이 한국인과 결혼해 산다는 게 알려지면 입장이 곤란해서 그나마 외롭게 살면서 사귄 현재의 이웃들과도 우정이 변할까봐 전전긍긍하고 있다는 사실도 함께 전해주시죠.

그래도 꼭 가셔야겠다면 나중에 답신을 받은 연후에 차차 의논해 보는 게 좋겠습니다.

그럼 이만 총총.

From: Hyen-seong Hwang

Sent: 2010-08-25 (수) 오후 9:23

To: 정철훈

Subject: 손창섭 작가 별세

안녕하세요. 저는 손창섭 작가의 조카입니다. 많은 사랑을 받고 있었는데 돌연 흑석동 자택에서 일본으로 가셨단 소식 외에 연락이 없었습니다.

정 기자님께서 돌아가시기 전 방문한 사진을 보고 황송한 생각에 눈물을 흘렸는데 돌아가셨다는 소식에 눈물이 앞섭니다. 저는 미국에 사는데 이번 한국 방문 때 삼촌 방문을 하려고 합니다. 저의 부친은 황선이 목사로 손 선생님 부인이 잘 알고요, 저의 형제들은 삼촌과 아주 가깝게 지냈습니다. 그러나 불같은 성격에 호랑이 삼촌이라고 불렀지요.

혹시 제가 일본 방문할 때 찾아갈 수 있게 도움을 주실 수 있나요.

저는 황현성입니다. 나이는 예순아홉이고요, 이메일로 연락 주시면 감사하겠습니다. 숙모님께서 저의 부친과 저를 잘 기억하실 것입니다. 안녕히 계십시오.

황현성 올림.

보낸 사람: 정철훈
받는 사람: Hyen-seong Hwang
보낸 시간: 2010-8-26 (목), 12:21:51 PM
제목: RE: 손창섭 작가 별세

저는 아마도 손창섭 선생님이 작고하기 전에 생전의 숨결 앞에서 어렵사리
병상 인터뷰를 했던 인연으로 선생님의 안위를 걱정하던 차에 별세하셨다는
소식에 접하고 한숨만 나오고 있는 형편입니다.

청주 쪽에 조카가 한 분 더 계시다는 것을 그 조카의 딸을 통해 알고
있습니다만, 미국에도 조카분이 있다는 것은 황 선생님을 통해 처음 알았습니
다. 부인인 우에노 여사는 6월 초까지 연락이 있었는데 아마 6월 23일 선생님이
작고하신 뒤에 이사를 간 모양입니다. 일본에 있는 제 지인이 집을 찾아갔으나
문패가 바뀌었다고 하더군요. 그러므로 최신 주소나 전화번호를 아는 분은
서울대 국문과 방민호 교수일 겁니다. 서울대로 직접 전화를 걸어보시기
바랍니다.

그는 인세 문제로 손창섭 선생과 접촉을 하던 중에 돌아가셨다는 소식을
도쿄에서 우에노 여사에게 직접 들은 모양이니, 방 교수가 자세한 걸 알고
있을 듯합니다. 9월 25일쯤 묘소가 조성된다고 하니, 그 날짜에 맞춰서
방일하는 것이 좋을 것 같군요.

암튼 손창섭 선생은 일본에 귀화했고 그런 관계로 인세 문제가 다소
복잡할 터로 짐작이 가는데 우에노 여사의 사는 형편도 아주 좋지 않습니다.
우에노 여사를 설득해서 일본과 한국에 문학비 같은 것을 세웠으면 하는데
조카의 신분으로 그걸 여쭤주셨으면 합니다. 그럼 다시 연락을 기다리며
이만 줄입니다.

정철훈 올림.

보낸 사람: 정철훈
받는 사람: Hyen-seong Hwang
보낸 시간: 2010-09-26 (일) 오후 4:30
제목: RE: 손창섭 작가 별세
황현성 선생님께

선생님, 요즘 저는 손창섭 선생의 타계 소식을 접한 이후, 그의 묘소가 언제 어떻게 꾸며지는지, 그리고 제대로 된 장례절차가 이루어질 것인지, 매우 궁금해 하고 있습니다. 혹시 선생님이 아시는 내용이 있으면 저에게 답장해주십시오. 그리고 우에노 여사와 연락이 되지 않는데 제가 가진 전화번호가 예전 것이라는 생각이 드는군요. 이사를 갔다고 들었는데 새 주소나 전화번호도 방 교수를 통해 알아낸 게 있다면 제게 알려주시면 고맙겠습니다.

또 한 가지 부탁 말씀은 손창섭 선생의 자세한 가족 관계를 알고 싶습니다. 조부, 조모, 아버지, 어머니, 그리고 형과 동생들을 포함한 가계도가 그려질 수 있도록 알려주십시오. 가계도를 통해 황현성 선생님과는 어떤 관계인지도 알고 싶고요. 가능하면 내일(월요일) 중에 답장을 주시면 고맙겠습니다. 멀리 미국에서 추석을 맞으셨을 줄로 압니다만 전통이란 게 가족 중심인 것이고 한 작가의 이력과 연보를 재구성하는 데도 필요한 일이니 꼭 답장을 주시기를 고대하고 있겠습니다. 장례식이 아직 열리지 않았다면 저도 참석하고 싶은데 정확한 날짜와 장지에 대해서도 알려주시기 바랍니다.

그럼, 연락을 기다리며
정철훈 올림.

From: Hyen-seong Hwang

Sent: 2010-08-26 (목) 오후 2:07

To: 정철훈

Subject: 답장: 손창섭 작가 별세

방금 방 교수와 전화통화 했습니다.

앞으로 메일로 연락하기로 했습니다. 진행되는 대로 알려드리겠습니다.

안녕히.

황현성 올림.

2부

손창섭 일대기의 재구성

자전소설과 우에노 여사의 진술을 바탕으로

들어가는 말

인생은 연극이다. 그것도 저속한 멜로드라마다. 인간이라는 배우는 살아가면서 무수한 가면을 쓰기 마련이다. 가면은 애초에 위선의 얼굴이지만 그렇다고 해서 그 가면에 한 인간이 살아온 습성화된 흔적과 자취가 남아 있지 않다고 잘라 말할 수 없다. 가면은 맨 얼굴로는 차마 드러내지 못하는 또다른 자기고백, 자기표현의 한 방식이기 때문이다.

손창섭의 자전소설인 「모자도」(1955), 「낙서족」(1959), 「신의 희작」(1961) 등을 읽을 때마다 중국의 전통적인 기예인 변복술을 연상하게 된다. 얼굴에 쓴 가면을 단박에 바꾸어버리는 저 변복술이야말로 바로 앞에서 그것을 바라보고 있는 관객들을 기만한 채 가면 바꾸기의 최고 진수를 보여준다. 한 인간의 얼굴에도 수많은 가면이 씌워졌다가 벗겨진다. 아니, 죽은 직후에 망자의 얼굴에서 떼어낸 데스마스크조차도 그 사람의 마지막 맨 얼굴이 담겼다고 보기는 어려울 것 같다. 데스마스크마저도 한 인간의 마지막 변복술일 것이다.

손창섭의 대표작이라 할 「신의 희작」의 변복술은 S라는 가면을 쓰고 있다. 자화상이라는 부제의 「신의 희작」은 그가 발표한 거의 마지막 시기의 단편이라는 점에서 손창섭 변복술의 절정에 해당하는 작품일 것이다. 그는 등단 이후 「모자도」의 '성기', 「낙서족」의 '도현'에게 자신이 발명한 변복술을 실험한 후 마지막으로 「신의 희작」의 S를 통해 그 변복술의 마지막 공연을 마쳤던 것이다. 우리는 「모자도」의 성기, 「낙서족」의 도현, 「신의 희작」의 S가 과연 손창섭과 동일 인물인가 하는 질문에 대해서는 여전히 대답을 유보할 수밖에 없다. 손창섭은 이들 작품 안에 갖가지 복선을 깔아놓았기 때문에 이 작품들은 자전소설이지 진정한 자서전은 아닌 것이다. 그렇지만 이들 자전소설의 주인공들이 작가의 분신이라는 점에서는 이의가 없을 것이다. 따라서 지금으로서는 그의 일대기를 복원하는 데 불가결한 요소는 그가 남긴 자전소설의 주인공들을 통해 그의 생애를 역 추적해 볼 수밖에 없을 것이다.

손창섭은 결벽의 작가이다. 그는 생전에 혈혈단신 월남한 작가로 알려져 있었다. 그나마 3남 1녀의 형제 가운데 막내로 태어났다는 진술을 최근에 확보함으로써 그에게도 형제가 있었다는 것을 알게 된 것은 다행스런 일이다. 그는 작가의 일대기를 재구성하는 데 있어서 필수적인 일기조차 남겨 놓지 않았지만 '자화상'이라는 부제의 「신의 희작」을 위시해 자전적 요소가 짙게 배어 있는 「모자도」, 「낙서족」, 「생활적」 등의 단편과 『유맹』, 『인간교실』 등 장편, 그리고 「나의 작가 수업」 등 그가 남긴 신변잡기식 에세이를 통해 거칠게나마 그의 일대기를 어림해볼 수는 있을 것이다. 또 하나는 우에노 여사의 진술이다. 물론 우에노 여사가 구태여 밝히고 싶지 않은 부분에 대해서는 에둘러 넘어갔을 것임을 감안하더라도 그 진술은 원재료가 되기에 충분할 것이다. 마지막으로 손창섭의 평양 시절 제자 노윤기의 진술은 도일 직전에 손창섭이 어떤 환경 속에서 외롭게 생활했는지를 추측할 수 있게 해주었다. 그럼에도 불구하고 이 글은 온전한 형태의 손창섭 일대기는 아닐 것이다. 다만 손창섭의 자전소설에 나오는 주인공들을 작가의 분신이라고 전제할 때, 그 분신들이 처한 상황과 입장을 통해 손창섭과 그의 시대를 들여다보고 싶었다.

연대기적 분류는 손창섭이 장편『유맹』19장 '가재 사냥'에 쓴 다음의 진술을 준거로 삼았음을 밝혀둔다.

보통학교 6년을 졸업할 때까지는 평양서, 그 뒤 만주의 봉천 주변서 2년, 일본 교토에서 4년, 도쿄에서 6년, 해방 직후 서울서 1년, 평양서 2년여, 피난 시와 그 뒤의 전거(轉居)들을 합치면 부산서 근 5년, 환도 후는 주욱 서울서 살았지만 해마다 이리저리 셋방을 전전하다 흑석동 한구석에 초라한 살림집을 장만하고 17년간 살았다. 그것이 나의 생애를 통해 가장 안정된 시기였을지 모른다. 그런 만큼 흑석동은 잊을 수 없는 고장이기도 하다. -『유맹』부분, 실천문학 사, 2005.

1. 평양 유곽 거리

'자화상'이라는 부제가 달린 「신의 희작」에 따르면 손창섭의 분신이라 할 S는 1922년 평양의 유곽 거리에서 태어났다. 손창섭의 또 다른 분신이라 할 「낙서족」의 주인공 박도현 역시 평양 출신이다. 이 두 작중인물을 통해 우리는 손창섭의 유년 시절에 어느 정도 접근할 수 있다. 「낙서족」에 따르면 박도현은 평양에서도 망나니패로 유명한 서성리 바닥에서 자랐다. 그의 가족 관계에 대해서는 정확히 알려진 바는 없지만 손창섭의 조카 손녀인 김유미 씨가 손창섭의 친형이자 자신의 외할아버지인 손창환으로부터 전해 들은 바에 따르면 S는 위로 큰형 손창익, 작은형 손창환, 누나 손정숙 등이 있었으며 3남 1녀 가운데 막내로 태어났다.

반면 「신의 희작」의 S로 다시 돌아오면 S의 평양 시절의 가족 관계는 "어머니 외에는 할머니와 단 세 식구뿐이었다."라고 진술되어 있다. 이로 미뤄 S와 나이 터울이 꽤 있는 형과 누나는 일찌감치 타지에 있는 학교에 다녔기 때문에 집에 머물지 않았을 것으로 추측할 수 있다. 손창섭의 어린 시절은 외로웠다. 형과 누나가 있었지만 한 지붕 밑에서 살지 않았고 살붙이라 고는 할머니와 어머니뿐이었다. S가 태어난 직후 아버지는 독립운동을 위해

상하이에 가 있어 소식이 끊긴 상태였기에 S는 아버지의 얼굴을 모르고 성장했고 어머니는 생계를 잇기 위해 공장에 다니고 있었다. S는 나이보다 훨씬 남녀 관계에 조숙한 편이었는데 그건 환경 탓이었다. 소학교 1학년까지 S는 유곽 거리에서 자랐다. 고무 공장 직공이었던 어머니가 밥 대거리를 하는 날이면, 으레 조모가 저녁밥을 보자기에 싸들고 공장까지 날라주었다. 그동안 S는 혼자 남아서 동네 색시들의 귀염둥이 노릇을 하는 것이었다.

하루는 학교에서 돌아와 보니 대문이 안으로 잠겨 있었다. 판장 울타리 사이로 기어들어 가니 이번엔 방문도 안으로 걸려 있었다. "엄마 문 열어."라고 소리를 지르려는데, 안에서 먼저 해들거리는 웃음소리가 났다. 이상해서 문틈으로 들여다보니, 대낮인데도 방바닥에는 이불이 펴 있었다. 어머니와 낯선 남자가 한 덩어리로 얽혀 있었다. "엄마, 문 열어." 볼멘소리로 외치고 사잇문을 덜컹덜컹 흔들자 낯선 사내는 황급히 옷을 주워 입고 도망치듯 달아나버렸고 모친은 S의 머리를 세차게 쥐어박았다.

"칵, 뒈져라, 뒈져, 요 망종아."

어머니와 외간 남자의 섹스 장면과 '칵 뒈져라'라는 친모의 저주는 십 대의 그로 하여금 최초의 자살 미수극을 벌이게 한다. S는 모친이 그 남자와 동침하기 위해서는 정말 '나'를 죽일지도 모른다는 무서운 생각에 시달렸던 것이다. 게다가 S는 어머니와 한 이불을 덮고 잘 때 사타구니에 별안간 어머니의 손길이 와 닿는 걸 느낀다. 이 수치감은 마침내 어머니의 동침 사건과 결부되어 까닭 모를 공모 의식 같은 것으로 변하면서 그의 심중에 번져나갔다. '엄마, 내가 칵 죽어버릴게' '칵 죽어버리고 싶다'는 자살 충동의 원인은 매우 복잡한 심리에서 기인한다.

남자와 부둥켜안고 있는 어머니의 모양, 증오에 찬 어머니의 눈, 자기 오줌에 젖은 얼룩진 요, 어머니의 손맛을 향락하던 자기 고간의 돌출부, 목매달고 정사한 창부의 시체, 아들 없는 며느리에게 얹혀 지내기가 괴로워 자주 일가 집으로 신세 한탄하러 다니는 할머니의 초라한 모습, 이러한 영상들이 혹은 박쥐 모양을 하고 혹은 도깨비나 귀신의 형상이 되어 눈앞을 와글거리며 떠나지 않았다. - 「신의 희작」 부분.

S의 성장기는 이 같은 악몽으로 가위눌린 나날이었다. 어쩌면 기구한 운명이랄 수 있는데, 인격 형성의 가장 중요한 시기에 인간 말종의 장면들을 목도하면서 S는 이미 자신의 운명이 금가 버린 사발처럼 누수되고 있다는 것을 어린 나이에 알아차리고도 남았던 것이다. 여기서 손창섭 자신의 진술을 들어보자.

따뜻한 가정과 사랑이란 것을 모르고 어려서부터 거칠고 냉혹한 현실의 물결 속에 던져져야 했던 나는, 어떻게 해서든지 살아야 한다는 발악과 함께 육체와 정신은 건전한 발육을 가져오지 못하고, 나날이 위축되고 야위어가고 일그러져만 갔다. 진부한 말이지만 이렇듯 기구한 운명과 역경 속에서 인간 형성의 가장 중요한 소년기와 청년기를 보내온 내가 비로소 자신을 자각했을 때, 나의 눈앞에 초라하게 떠오른 나의 인간상은, 부모도 형제도 고향도 집도 나라도 돈도 생일도 없는, 완전한 영양실조에 걸린 '육신과 정신의 고아'였다. 이것이 어처구니없게도 처음으로 발견한 '나'였던 것이다. (중략) 이렇듯 나와의 공존과 공감을 허용하려 하지 않는 기성 사회, 기성 권위에 대한, 억압된 나의 인간적 자기 발산이 문학 형태로 나타난 것이 말하자면 나의 소설이라 하겠다. - 「나의 자전적 소설론: 아마추어 작가의 변」, 『사상계』 1965년 7월.

확실히 그의 성장기는 정상적인 환경이 아니었다. 왜 그가 평양의 유곽 거리에서 자라야 했는지에 대해서는 다른 증언이 없는 지금으로선 규명하기 힘들다. 다만 손창섭이 등단 직후에 쓴 글을 통해 그의 유년시절을 어림짐작해 볼 수는 있을 것이다.

유소시(幼少時)부터 현금(現今)에 이르기까지의 나의 노력의 대부분은 의식주를 해결하기 위해서만 제공되어 왔다. 소학교 오 학년 때 모친이 개가하자부터 칠순이 가까운 조모를 모시고 나는 자력으로 생활을 개척해 나가지 않을 수 없었던 것이다. 그 중 밭은 친척이라고는 고모, 이모, 외숙들을 비롯해서 칠촌, 팔촌들이 있기는 했지만, 쌀 한 말 보태주는 일이라곤 거의 없었다. 열세 살 먹은 나는 그 시기에 이미 냉엄한 현실과 정면으로 대결하지 않을 수 없었던 것이다. 비록 사지(死地)에 빠지더라도 세상에 나를 건져줄 사람은 없다는 것을 깨달았다. – 「나의 작가수업」 부분, 『현대문학』 1955년 9월.

「신의 희작」엔 어머니가 공장에 나가 품팔이를 하느라 늘 집을 비웠고 할머니는 자신의 신세를 한탄하러 친척집에 가기 일쑤였다고 쓰고 있지만 실제로 손창섭의 어머니는 그가 소학교 5학년 때 개가해 딴 집 살림을 하고 있었고 어린 손창섭은 칠순 조모의 보살핌을 받으며 성장했던 것이다. 친척들도 제법 벌쭉해서 고모도, 이모도, 외숙들도 가까이 살고 있었으나 어린 손창섭을 들여다보지 않았던 모양이다. 「신의 희작」의 S가 스스로를 육신과 정신의 고아라고 생각하기에 이른 것은 이런 실제 성장 시절의 반영이 아닐 수 없다. S는 발육하다가 만 쭉정이 같은 존재였고 유곽의 창녀들이 목을 매달고 자살하는 거리에서 S는 생의 바닥을 곱씹어야만 했다. 하긴 「신의 희작」에도 어머니가 개가했다는 암시가 나오긴 하지만 무엇보다도 아버지에 대한 언급은 거의 찾아볼 수 없다. 아버지의 자리가 늘 비어 있었기에 손창섭의 소설엔 혈연과 관계없는 공동체가 가족을 대신하는 일종의 유사 가족이 빈번하게 등장하기도 한다. 다만 「낙서족」에는 독립투사인 아버지에 대한 언급이 있다. 하지만 그게 사실인지, 혹은 사라진 아버지에게 독립투사라는 그럴듯한 사회적 지위를 가상으로 붙여줌으로써 아버지 부재로 인한 왜곡된 성장기의 결핍을 보상받고자 했던 것인지 우리는 알 수 없다. S는 마침내 자살을 하기로 마음먹는다.

곧장 부엌에 들어가 나뭇단을 묶어둔 새끼 오라기를 끌렀다. 그리고 부뚜막에 올라서서 발돋움을 해가며 엉성한 서까래에 단단히 비끄러맸다. 마지막으로 S는 그 줄을 팽팽히 잡아당겨 목에다 감아 매고, 인제는 정말 어머니 말대로 칵 뒈져버리는 것이라고, 기묘한 승리감에 도취하며 발끝을 부뚜막에서 떼어버린 것이다. 순간 그는 목이 끊어져나가는 것 같은 충격을 느끼며, 숨이 탁 막히고 머리가 아찔해서 정신없이 팔다리를 허우적거리기 시작했다. - 「신의 희작」 부분.

자살 기도 이후 S를 대하는 가족과 주위 사람들의 반응은 경악 그 자체였다. 마침내 어머니는 말끝마다 "난 꼭 재 손에 죽을 거야."라고 되뇌며 겁에 떨다가 이내 그 멧돼지 같은 남자와 함께 만주로 도망쳐버리고 만다.

이러한 성장 과정의 기형성은 성장기나 철든 이후에도 S가 늘 스스로를 겁내온 생리적 결함이라 할 야뇨증으로 귀결되었다. 야뇨증은 소학교 시절뿐만 아니라 이후 일본 유학 시절로 이어졌고 수치심을 참을 수 없어 열아홉 살에 또다시 자살을 시도하지만, 결과는 실패로 끝난다. 야뇨증은 성인이 되어서 여자와 동침을 할 때도 계속될 만큼 그에게 있어 질환적이며 고질적인 증세가 되고 만다. S는 결국 자신의 성기를 학대하기에 이르는데 아무도 없는 곳에서 고간의 돌출부를 내놓고 학대를 하는가 하면 증오에 찬 시선으로 성기를 들여다보며 손가락으로 때리기도 하고 손톱으로 꼬집기도 한다. 애기 오줌과 달리 역한 지린내를 풍기는 요를 햇볕 잘 드는 울바자에 내다 널 때마다 S는 더욱 굴욕감을 느꼈는데 그로 인해 동네 아이들로부터 "오줌싸개, 똥싸개."라는 놀림을 받는다. 그 놀림에 대해 S는 눈에 살기를 띠고 상대에게 대들었는데 그것은 단순한 아이들 싸움이라고 볼 수 없을 만큼 소름 끼치는 잔인한 전투였다. 그것은 자신을 이렇듯 어이없는 존재로 창조해준 조물주에 대한 필사적인 도전이기도 했다. S가 소학교 시절부터 중학교를 마칠 때까지 '갱카도리(싸움닭)'란 별명으로 거의 하루도 무사한 날이 없을 만큼 싸움을 일삼아온 것도 따지고 보면 야뇨증이라는 생리적 결함에 근본적 이유가 있었던 것이다.

S는 거의 절망하고 있었다. 자신의 야뇨증을 그는 간질병처럼 숙명적인 불치의 고질로 생각하고 있었다. 더욱 우스운 것은, 그것이 생리적 결함이라기보다도 정신박약증 비슷한, 어떤 정신적 불구성 혹은 기형성에 기인한 것으로 단정하고 있었다. 그렇기 때문에 그는 자신의 장래 운명에 대해서 더욱 암담한 결론으로만 흐를 수밖에 없었던 것이다. ─「신의 희작」, 부분.

손창섭의 소년 시절을 규정짓는 키워드는 어머니의 불륜 장면을 목격한 이후 자신을 이렇듯 어이없는 존재로 창조해준 조물주에 대한 필사적인 도전이라 할 자살 시도와 야뇨증으로 압축된다. 그는 훗날 작가가 되어 그토록 암울하게 압축된 자신의 심리를 풀어놓지만 문제는 그의 자술 고백을 듣는 우리의 입장을 암담하게 몰고 간다는 점에서 이중의 고통을 안겨준다.

어떤 의미에서 손창섭은 '자전소설'이라고 만천하에 공표해 놓고서 기술적인 측면에서 자전소설의 범주를 넘어서 버린 것이다. 무엇을 어느 수준에서 드러내야 하는가에 대한 질문이 자전소설의 밀도를 결정한다고 할 때조차, 자신의 치부와 모순 덩어리는 되도록 감추기 마련인데 반해 손창섭은 자랄 때 누구의 영향을 받았고 어떻게 해서 철이 들었는가 등 성장기 문제의식의 범주를 훨씬 뛰어넘어 이미 타락한 세상에 대한 모방이라는 소설 원론에 접근하고 있는 것이다. 그는 우리가 흔히 알고 있는 자전소설의 범주를 뛰어넘고도 "이것은 자전소설이다."라고 우기고 있는 격이다. 바로 이 지점, 소설 원론에의 탐구로 나아가기가 손창섭의 자전소설에 들어 있는 비밀이라고 할 것이다.

이 시절에 대해 손창섭은 또 다른 진술을 남겨놓고 있다.

孫昌燮: 저는 다른 길을 버리고 온 것 같아요. 어릴 때부터 고생만하여 제 가슴엔 혼자서는 감당하기 어려운 큰 구멍이 뻥하니 뚫렸어요. 이 상처가, 소설을 읽는데서, 나와 같은 경우, 또는 나보다 더 어려운 경우가 있는 것을 발견하고는, 그리고는 공감하여 어떻게 메꾸어질 수가 있었던 것 같아요. 말하자면 '인간이나 인생에 대한 구체적인 관심'에서 시작된 것 같아요. -
손창섭 외, 「신세대를 말하는 신진작가 좌담회」, 『현대문학』 1956년 7월.

손창섭의 자전소설은 출생에 대한 부채 의식에서 시작해 온통 저주와 환멸의 구조로 일관되고 있다. 더욱이 「신의 희작」은 손창섭의 생애에 관한 가장 상세한 주석인 것이다. 구태여 자화상이라는 전제를 달지 않더라도 약간의 추리적 상상력을 구비하고 있는 독자라면 족히 상상할 수 있는 작가의 비밀이 공식적으로 드러나 있는 것이다.

'시시한 소설가로 통하는 S는ㅡ 좀 더 정확히 말해서 삼류 작가 손창섭 씨'라는 「신의 희작」 도입부에서 알 수 있듯, 보통 사람 같으면 오히려 언급을 회피하려고 했을 것만 골라가면서 드러내고 있는 「신의 희작」은 우리 문학에서 유례를 찾기 힘들 만큼 고백적이다.

그의 소설에서 거의 드러나지 않는 아버지의 자취는 「낙서족」에 드문드문 진술되어 있을 뿐이다. 주인공 박도현이 일본에 건너와 도쿄의 중심지에 숙소를 정한 지 일주일 만에 형사가 들이닥쳐 박도현을 연행해 간 뒤 취조하는 장면이 그것이다.

지금 부친이 어디 계시지? 자네 대장의 주소 말이야. (중략) 가만 있자, 지금두 상해에 계시던가? 그렇지 않으문 연안인가? 오옳지, 연안엔 네 숙부가 계시지? 그럼 숙부 주소는 알겠구먼? - 「낙서족」 부분.

그러나 박도현은 아버지가 독립운동을 위해 중국에 머물고 있다는 것만 어렴풋이 알고 있었을 뿐, 주소나 구체적인 행방에 대해서는 전혀 아는 바가 없었던 것이다. 다만 우리는 도현이 짝사랑하던 조선인 여학생 상희와의 대화에서나마 부친에 관한 이야기를 얻어들을 수 있을 뿐이다.

"그럼 도현 씨는 아버지의 모습두 기억 못 하시겠군요?"
"어렴풋이는 기억하고 있습니다. 제가 다섯 살 땐가 여섯 살 때에 국내로 침입해 오신 부친을 꼭 한 번 뵈온 일이 있거든요."
도현은 상희의 적극적인 관심에 호응해서 그때 일을 생각나는 대로 들려주었다. 추석을 며칠 앞둔 어느 날 일이었다. 모친은 아침 일찍이 상복으로 갈아입고 할아버지 산소에 간다고 하며 도현을 데리고 집을 나섰다. 모친은 한 손에 조그만 음식 채롱을 보자기에 싸서 들고 있었다. 약 이 년 전에 세상을 떠난 할아버지의 산소는 평양에서 북쪽으로 이십 리가량 떨어진 선산에 있었다. 중낮이 훨씬 지나서야 그들 모자는 선산에 닿았다. 소나무 숲을 헤치고 산소 가까이 올라갔더니 웬 시골 아저씨 한 분이 먼저 와서 벌초를 하고 있었다. 모친과 그 아저씨는 두어 간 떨어진 거리에 마주 선 채 잠시 서로 바라만 보고 있었다. 마침내 시골 아저씨는 와락 달려들어 모친을 끌어 앉히었다. 모친은 쓰러지듯이 전신으로 아저씨의 가슴을 떠받으며 주저앉았다. 그때 모친과 그 아저씨가 무슨 말을 했는지는 통 기억에 없다. 다만 모친이 "이게 도현이에요." 그러면서 도현을 끌어다가 그 아저씨 무릎 위에 앉혀 주던 일만은 기억하고 있다. - 「낙서족」 부분.

대여섯 살 때 할아버지 기일을 맞아 선산에 갔을 때 조우했던 낯선 아저씨가 도현의 아버지였던 것이지만 모친은 도현이 소학교 육 학년에 올라가서야 그 아저씨가 부친이라는 사실을 알려주었을 정도로 아버지의 존재를 극비에 붙이고 있었다. 아버지 얘기를 발설했다가는 도현이까지도 순사에게 잡혀가 죽는다고 단단히 일러주던 어머니의 표정이 얼마나 비장했는지는 짐작이 가고도 남는다. 다시 「신의 희작」으로 돌아오면 S의 소년 시절은 어머니와 의붓아버지와의 만주행으로 끝을 맺는데 이는 S가 소학교를 졸업한 것과 때를 같이한다.

급기야 S는 "나는 부모도 형제도 집도 돈도 고향도 나라도 없는 놈이다."라고 허공에다 대고 소리치기에 이르는데 이는 너무도 처절하기에 희극적인 면모까지 읽혀지지만 이것이야말로 손창섭 문학의 핵심을 드러내는 단말마적 절규인 것이다. 어릴 때 어머니의 부정을 목격한 뒤 보복 심리, 인간 혐오증, 거세 공포증, 야뇨증 등에 시달리는 S의 심리적 콤플렉스는 이후 자살 미수, 섹스 콤플렉스, 동료들에 대한 폭력적 행위로 전이되고 있으며 그 과정은 훗날 한국전쟁으로 훼손된 폐허의 현실과 개인사적 절망이 뒤엉킨 허무의 늪에서 어떻게든 빠져나오려고 몸부림치는 S의 성인으로서의 모습과 연계되어 전후 세대의 보편적인 고뇌를 엿보게 한다.

「신의 희작」을 통해 손창섭은 자신의 내부에 쌓여 있던 삶의 찌꺼기를 토해냈을지언정 그 토사물을 지켜봐야 했던 당대의 독자들은 참기 어려운 악취와 거기 섞여 있는 소화되지 않은 음식 찌꺼기를 대신 삼키는 것 같은 불쾌감으로 인해 고통의 독서를 감내할 수밖에 없었다. 실로 손창섭이 들고 나온 것은 이토록 처절한 고백의 문학이었다.

그런데 「신의 희작」에 앞서 손창섭의 초기 단편인 「모자도(母子道)」에서도 주인공의 어머니가 외간 남자와 불륜을 저지르다가 결국 재가를 하게 되는 장면이 거의 판박이처럼 반복되고 있음을 발견하게 된다.

「모자도」는 1955년 7월 29일부터 8월 7일 동안 9회에 걸쳐 당시 부산에서 발행되던 <중앙일보>에 연재되었다. 「모자도」는 성적 모티브들이 보다 원형적인 형태로 등장하며, 「광야」, 「미스테이크」, 「신의 희작」, 『길』, 『유맹』 등으로 이어지는 자전소설 계보의 맨 앞에 위치한다는 점에서 중요한 의미를 갖는다. 또한 모친과 아들의 근친상간적 관계, 의붓아버지에 대한 적개심, 거세에 앞선 아이의 불안 등 오이디푸스 콤플렉스에서 나타나는 감정들이 강렬하게 기록되어 있다.

아직 인천에 있을 때 일이다. 모친이 다니는 고무 공장의 감독이 모친더러 자신의 첩이 되어 달라고 교섭해 왔다. 물론 모친은 한마디로 거절했던 것이다. 그러자 며칠이 못 가서 모친은 그 공장을 쫓겨나고 말았던 것이다. 그날 저녁에 모친은 성기를 끌어안고 미친 사람처럼. 우리끼리 살자! 죽을 때까지 단둘이서 만 살다 죽자! 그렇게 뇌까리며 밤이 깊도록 울었던 것이다. 낮에는 그처럼 신경질을 부리고 골을 잘 내는 모친이 밤만 되면 불안해질 정도로 상냥해지는 수가 있다. 여태 모친과 한 이불 속에서 자는 성기의 발가벗은 몸둥이를 가슴이 터지도록 꼭 껴안고 엉뎅이를 쓰다듬으며 소근소근 옛날 얘기를 들려주는 일도 있는 것이었다. 어쨌든 혼담이 한 번 지나가고 나면 모친은 변하는 것이었다. 그러기에 모친에게 혼담이 생길 적마다 성기는 몹시 불안한 것이다. 그러나 이상하게도 어디를 가든 모친에게는 그런 이야기가 꼬리를 물고 찾아드는 것이었다. - 「모자도」, <중앙일보> 1955. 7. 30.

주인공은 소학교에 다니는 성기(成基)이고 공간적 배경은 인천 고무 공장에서 일자리가 떨어진 모친이 아는 사람의 소개로 흘러든 영등포의 어느 피복 공장 근처의 살림집이다. 살림집 이래 봤자 공장 가까이에 있는 하꼬방 비슷한 방 한 칸이다. 모친은 새벽에 일어나서 조반을 지은 후 잠 속에 있는 성기를 두들겨 깨워서 모자가 마주앉아 말 한마디 없이 식사를 끝내고 나면, 그제야 날이 훤해 오는 것이다. 모친이 새벽에 출근하고 나면 성기는 떨려오는 손끝을 입김으로 호호 녹여가며 설거지를 끝낸 뒤 썰렁한 방 안에 혼자 있기가 싫어서 이내 학교로 달려간다. 저녁에 먼저 집에 돌아오는 것은 물론 성기이다. 그는 집에 돌아오는 길로 우선 물부터 두 바께쓰를 길어다 놓아야 한다. 우물터에 모이는 여인들은 성기를 이상한 눈으로 바라본다. 살기 없이 **빼빼** 마른 성기의 몸뚱이가 흥미를 끄는 모양이다. 성기는 자기에게 집중되는 그러한 눈길이 불쾌하다. 그래서 될 수 있는 대로 사람이 없는 틈을 타서 물을 길어온다. 그리고는 휑한 방 안에 죽치고 들어앉아 모친이 얼른 돌아오기만을 기다린다. 그런 가난하고도 권태로운 생활이 반복되던 어느 날 모친은 고등어를 구워 혼자 저녁을 먹으라고 일러놓고 외출을 한다. 모친의 야간 외출은 점점 잦아진다. 그럴 때마다 모친은 맛난 반찬을 차려놓고 나간다. 어느 날 키가 작달막한 배뚱뚱이 신사가 모친을 찾아온다. 모친은 그날도 배뚱뚱이와 함께 외출했다가 밤늦게 돌아온다. 급기야 모친은 배뚱뚱이가 자본을 대서 찻집을 꾸민다며 둘의 만남을 정당화 시킨다. 그런 모친을 두고 우물터 여인들은 "그 남자가 너희 집에서 늘 자고가지?"라며 꼬치꼬치 성기에게 캐묻는다. 무더운 여름날, 학교에서 돌아와 가방을 내팽개치고 가까운 강가로 놀러 나가려고 집에 들어온 성기는 못 볼 광경을 보고 만다.

어른이, 그것도 남자면 남자끼리 여자면 여자끼리라면 또 모르겠는데 남자와 여자가 수건 하나 가리지 아니한 알몸으로 나라니 누어있는 꼴을 성기는 일찍이 본 적도 없거니와 상상조차 할 수 없는 일이었다. 희멀건 두 몸둥이를 들여다보는 성기는 눈이 자연 휘둥그레질 수밖애 없었다. 성기는 숨이 막히는 것 같았다. 시뻘건 두 몸둥이가 누구인지를 얼른 깨달을 수가 없었다. 옆에 벗어 놓았던 옷과 담요로 몸둥이들을 가리며 두 벌거숭이는 황겁히 일어나 앉는 것이다. '닫어, 닫어, 냉큼 문 못 닫어!'

그 소리를 듣고서야 성기는 비로소 모친과 배뚱뚱이였다는 것을 명확히 깨달은 것이다. 성기는 터질듯이 가슴이 울렁거렸다. 동시에 전신이 와들와들 떨리기 시작하는 것이었다. 성기의 가느다란 몸이 비즈거리며 툇돌을 내려섰다. '큰일 났다!'하는 생각이 성기의 머리 속을 전류처럼 지나갔다. 무엇이 큰일 났는지 딱히는 알 수가 없었다. 남녀가 알몸으로 나라니 누어있다는 사실이 무엇을 의미하는 것인지도 정확히 인식하지는 못하는 것이다. 그러면서도 그러한 행위가 인간에게 있어서 무섭게 중대한 일인 것만 같았다. 더구나 그것이 모친과 배뚱뚱이 사이임에랴. 얼결에 성기는 대문께로 뛰어나갔다. 힘껏 발길로 대문을 찼다.

대문은 걸려 있었다. 성기는 정신없이 대문 고리를 벗기고 행길로 달려 나갔다. 길가에서 그는 방향을 못 잡아 잠시 주춤하고 섰다. 그러자 '정말 큰일 났구나!'하는 생각이 다시 머리를 파고들었다. 뒤이어 이러고만 있어선 안 되겠다는 초조와 불안감이 전신을 휩쌌다. 다음 순간 성기는 행길을 달리기 시작한 것이다. - 「모자도」, <중앙일보> 1955. 8. 4.

그렇게 내달리던 성기는 문득 담임 선생님의 얼굴을 떠올리며 학교로 향하지만 정작 담임선생님 앞에서 자신의 복잡한 심정을 하소연하지도 못한 채 벽에 얼굴을 파묻고 흐느끼고 만다. 모친은 이제 공장에 다니지 않게 되었지만 살림은 윤택해진다. 그럴수록 성기의 마음은 심란하고 불안스러워 견딜 수 없다.

마침내 모친이 재가하는 날이 오고 만다. 성기는 미장원에 간 어머니 대신 콧등이 종종 얽은 아주머니의 손에 이끌려 산허리에 있는 절간에서 열린 결혼식에 참석한 후 버스로 손님들과 함께 신랑 집에 도착한다. 성기는 손님들이 신랑 집 안으로 들어간 뒤에도 한동안 대문 밖에 우두커니 서 있다가 다시 아주머니에게 이끌려 집 안에 발을 들여놓는다. 방 한구석에서 점심을 얻어먹은 성기에게 모친은 백 환권 한 장을 쥐어준 뒤 곧 자기 방으로 돌아가 버린다.

성기는 돈을 손에 쥐고 말없이 밖으로 나왔다. 아무것도 먹고 싶은 생각은 나지 않았다. 다만 자기가 불쌍한 아이라는 생각만이 들었다. 그는 어두운 거리를 무턱대고 걸었다. 오랫동안 올듯올듯 하면서 버티어 오던 비가 와르르 쏟아지기 시작했다. 성기는 비도 무섭지 않았다. 모친과 배뚱뚱이가 있는 집에는 죽어도 돌아가지 않으리라 생각하고 비에 젖으며 무작정 걸었다. 얼마만에 성기는 낯익은 판자 대문 앞에 와 서있는 자신을 발견했다. 그것은 오늘 아침까지 모친과 단둘이 살아온 집이었다. 그는 방 안에 들어가 보았다. 어두운 방에는 아무것도 없었다. 매카한 봉당 내에 섞이어 모친과 자기의 살냄새만이 배어 있는 것 같았다. 성기는 이 집에서 혼자 살리라고 생각하는 것이다. 모친이 준 돈으로 신문 장사를 해서라도 혼자 여기서 살리라 결심하는 것이다. 앞으로는 영 혼자 살아야 한다고 생각하니 불현듯 모친과 둘이 살아온 과거가 그리워지는 것이다. 성기는 갑자기 견딜 수없이 외로운 심정으로, '어머니! 어머니!' 하고, 떼를 쓰듯 불러보는 것이다. -「모자도」, <중앙일보> 1955. 8. 7.

「모자도」는 이렇게 종지부를 찍지만 손창섭은 성기의 분신, 혹은 자신의 분신이라 할 애처롭기 짝이 없는 소년상을 「신의 희작」의 S에게 재부여하여 모친의 불륜 장면을 재현해놓고 있는 것이다. 손창섭이 1955년에 발표한 「모자도」의 성기와 「신의 희작」의 S는 거의 판박이에 가깝다고 할 것이다. 그럼에도 손창섭이 비슷한 인물의 성장기를 육 년이라는 세월을 사이에 두고 반복적으로 그린 것은 그 상거의 시간 속에서 체득한 '고백'이라는 방식의 처절함'을 바탕으로 자신의 불우를 다시 한번 낱낱이 폭로할 필요성이 있었기 때문일 것이다. 그 폭로의 욕구에 대해 손창섭은 이렇게 진술한다.

내게 있어 작품이란 일단 써서 발표해버리고 나면 그만이다. 다시 읽어보고 싶지도 않고 남들의 평도 듣고 싶지도 않다……. 소설이 되어도 좋고 안 되어도 좋다. 허공을 향해서라도 나 자신을 발산해버리면 그것으로 만족한다……. 내 작품은 소설의 형식을 빌린 작가의 정신적 수기요 도회(韜晦) 형식을 띤 자기 고백의 과장된 기록이다. - 「나의 자전적 소설론: 아마츄어 작가의 변」 부분, 『사상계』 1965년 7월.

2. 만주 봉천 주변에서 2년

평양을 배경으로 혹은 인천이라는 심상의 도시를 배경으로 한 이런 어린 시절을 뒤로 하고 소년 손창섭은 만주 봉천으로 건너간다. 장편 『유맹』(1975)엔 작중 화자가 소년 시절에 겪은 만주 체험이 진술되어 있다.

내가 보통학교를 나온 직후 만주에 가 있을 때다. 세수를 하고 난 물을 버리려고 하면 옆에 있던 중국인이 아깝게 그걸 왜 버리느냐면서 대야를 뺏어놓고는 소매를 걷어 올리고 그 물에 그대로 낯을 씻었다. 그러면 이번엔 그 옆에 있던 딴 중국인이 그 물에 또 세수를 한다. 이런 식으로 너댓 명이나 차례차례 돌아가며 같은 물에 얼굴을 씻는 것이다. 그러고 나면 그 물이 구정물처럼 시꺼매진다. 그것을 보고 나는 구역질을 참지 못했었다. 그 당시 그곳 중국인을 내가 더럽게 보았듯이 일인이 한국인을 그렇게 보는 것도 무리는 아닐지 모른다. 여기 와서 유심히 눈여겨보지만, 변소에서 나오면서 손을 씻지 않는 일인이란 극히 드물다. 목간도 대개가 매일 아니면 하루 걸러 한 번은 한다. - 『유맹』 부분.

이러한 만주 체험에 대한 기록은 손창섭의 단편 「광야」와도 일맥상통한다. 「광야」는 1956년 『현대문학』에 실린 단편소설로, 만주 장자워프 부락 동쪽에 정착하여 아편 밀매업으로 살아가는 한국인 창규의 의붓아들인 승두의 이야기를 그리고 있다. 그 결말은 승두의 어머니와 의붓아버지가 중국인 일꾼인 노왕의 손에 죽임을 당한 후 승두가 만주를 떠나는 것으로 되어 있다. 이 역시 열네 살에 만주로 가서 어머니와 함께 살았던 작가 자신의 체험을 반영하고 있다. 하지만 「광야」의 결말대로 손창섭의 어머니가 의붓아버지인 창규와 함께 중국인 노왕 패거리에게 죽임을 당했을 리는 만무하다. 소설의 핵심은 손창섭이 승두라는 소년을 내세워 증오의 대상이라 할 의붓아버지와 어머니를 죽음에 이르게 한 부분이 아니라 오히려 두 사람의 죽음 이후에도 승두가 중국인 소년 소녀와 더불어 스스로 생을 개척해나가려는 의지를 보이고 있는 부분일 것이다.

눈 덮인 망망한 벌판 위에는 또 하루의 해가 저물기 시작했다. 대륙의 일모(日暮)란 황혼이 지극히 짧았다. 대지에 빗겼던 석양이 가시기가 바쁘게 그대로 어둠이 내리깔리고 마는 것 같았다. 장자워프 부락은 지금 마악 황혼이 싸이는 순간이었다. 어둠은 인제 단박 황혼을 덮어버리고 말 것이다. 집집에서는 급히 방 등에 불들을 밝혔다. 부락 동쪽에 치우쳐 있는 아편 밀매상인 한국인 집에도 불이 켜졌다. 희미한 등불 밑에서는 꺼칠한 중독자들이 가로 세로 지렁이처럼 길게 누워서 아편에 취하고 있을 것이다. 거기서 네댓 간 상거에 있는 조그만 토막집 창문에도 뿌여니 불이 비쳤다. 그 안에는 언제나처럼 세 명의 인간이 침묵을 지키고 있는 것이다. 푸른 호복을 단정하게 입은 해사한 청년 둥우(東五), 귀뿌리에 은고리를 단 귀염성 있게 생긴 소녀 춘화(春華), 한복인지 호복인지 분별할 수 없는 바지저고리를 입고 있는 한국 소년 승두(承斗)였다. 그들은 거의 날마다 퇴락한 이 토막집에 모여 지냈다. - 「광야」, 『현대문학』

1956년 4월.

만주 장자워프를 배경으로 한 이 소설의 등장인물 둥우와 춘화는 중국인이고 승두는 한국인 소년이다. 소학교 교원을 지낸 지식인이라 할 둥우는 아무 희망 없는 일제 치하의 시름에서 벗어나는 방편으로, 아편 담배를 말아 피우기 위해 승두의 계부가 운영하는 아편 가게를 찾는다. 둥우는 이곳에서 승두의 계부인 창규가 부리고 있는 중국인 노왕의 벙어리 딸 춘화와 승두와 붙어살다시피 한다. 승두 모친은 아편쟁이의 팔뚝에 주사기를 찔러주는데 모친은 승두의 생부가 한국에서 사망한 직후 돈 벌러 간다면서 만주로 건너왔고 이후 승두 혼자서 모친을 찾아갔을 때, 계부와 살림을 차리고 있었던 것이다. 승두는 생부가 숨을 거두기 전에 내뱉은 말을 꿈속에서 되풀이해 듣는다. 창규가 자기를 죽이고 달아났으니 얼른 쫓아가 원수를 갚아달라고 호소하는 목소리였다. 만주로 떠나온 어머니가 아버지의 친구인 창규와 재혼하여 젖먹이 아들 만수까지 낳아 살고 있음을 알게 된 열다섯 살 승두는 비로소 상상할 수 없는 어른들의 세계를 엿본 것 같았다. 승두는 병석에 있던 부친이 창규가 오는 것을 몹시 꺼릴 뿐 아니라, 자신에게 외출하는 모친을 미행시킨 이유를 그제야 깨달을 수 있었다. 창규는 주위 사람들에게 자신을 친부로 말해줄 것을 부탁하지만 승두는 계부와 어울리지 못한다. 승두는 대개 한구석에 웅크리고 앉아서 음흉한 빛이 어린 시선으로 계부를 훔쳐보곤 했고 계부나 모친 편에서도 무시로 승두의 눈치를 살핀다.

모친으로부터 깊은 배신감을 느낀 승두는 그들에게 마음을 열지 못하고 광막한 벌판에 자기만이 혼자 버려져 있는 것 같은 설움에 사로잡혀 있다. 그러던 어느 날 밤, 승두의 집에 도둑이 든 사건이 생겼다. 이날 도둑을 잡으려고 몽둥이를 든 계부의 사나운 얼굴과 마주치는 순간, 승두는 그 몽둥이가 자기의 머리통을 내리갈길 것 같은 착각에 비명을 질렀고, 그들은 더욱 깊은 불화의 늪으로 빠져든다.

장자워프에서 승두가 하는 집안일이란, 간혹 두 살짜리 동생 만수를 업어주는 일과 S부락에 가서 소포로 부쳐온 아편 뭉치를 찾아오는 일뿐이었다. 승두는 그중에서 우편국에 다녀오는 일을 자진해 맡았는데, 지평선만이 아득히 가라앉은 눈 쌓인 들판을 걸어가노라면 가슴이 후련해지기 때문이었다. 한번은 S부락의 우편국에 가서 한참을 기다려 소포 꾸러미를 받아들고 돌아오는 길에 거세게 불어닥치는 눈보라 속에서 길을 잃었고, 이때 자기를 찾아 나선 계부를 만난다. 그러나 승두는 안도의 마음보다는 계부의 손에, 며칠 전 도둑이 들었을 때 들었던 그 굵직한 몽둥이가 들려 있는 것을 보고 공포에 사로잡힌다.

그들은 팽팽한 신경전을 벌이며 집에 돌아오지만 밤새 계부는 잠을 이루지 못하고, 승두는 앓는 소리를 한다. 그 뒤부터 두 사람의 눈에는 증오와 공포 외에, 어떤 불길한 예감까지 더하기 시작한다.

승두는 장자워프의 유복한 세력가 자제인 둥우를 처음에는 께름칙하게 여겼으나 차츰 친근감을 품게 되고, 자기 아버지가 계부라는 비밀을 털어놓는다. 그의 괴로운 심정을 들은 둥우는 바람을 쐬고 오자며 승두와 춘화를 재촉하여 눈 깔린 벌판을 헤맸고, 자주 하늘을 보며 "메이파즈(할 수 있나)!"라고 중얼거리는데 그 한마디는 이상하게도 승두의 가슴속 깊이 스며든다. 외국에 있는 선배나 친구들로부터 자극을 받은 둥우는 봉천에서 반일(反日) 동지들과 어떤 일을 계획하다가 일본 관헌에 붙들려 극심한 고생을 했고, 이에 그의 집안에서는 둥우를 붙잡아두려고 하지만 일본의 세력이 서서히 뿌리 깊게 파고들어 옴에 따라, 둥우는 승두에게 함께 상하이로 가자고 제안한다.

그런데 이날 큰 사건이 벌어진다. 춘화의 아비 노왕이 창규에게 불만을 품은 몇몇 패거리들을 선동하여 폭동을 일으킨 것이었다. 노왕의 패거리들은 승두의 계부와 친모를 살해하고 재산을 털어 사라져 버린다. 승두는 살해의 현장에서 발견한 젖먹이 동생 만수를 데리고 새 삶을 시작하기 위해 장자워프를 떠난다.

장자워프 부락의 한국인 아편 밀매상 부처가 피살당한 뒤에도 거기에서 네댓 간 상거에 있는 토막집에는 여전히 둥우와 춘화와 승두가 날마다 모여 지냈다. 변한 것이 있다면 어린 식구 하나가 더 는 것뿐이었다. 그것은 물론 승두의 동생 만수였다. 춘화는 사건 발행 직후 부친에게 끌려 일시 자취를 감추었다가 그날 저녁 어스름해서 되돌아왔던 것이다. 말을 못하는 춘화는 아무런 설명도 하지 않았다. 그저 승두와 둥우에게 매달려 섧게 울었을 뿐이다. 헛간 같은 토막집에서 그 뒤에도 달포 이상이나 그들 네 사람이 모여 살았다. 날마다 어둠처럼 지리한 침묵이 방에 괴어 있는 것도 전과 같았다. 간혹 어린애 울음소리가 흘러나오는 것이 다를 뿐이었다.

해토(解土)를 앞둔 어느 날, 각양각색의 그들 네 식구는 마침내 장자워프 부락에서 종적을 감추어버리고 만 것이다. 그러나 누구 하나 떠나가는 그들의 모양을 직접 본 사람이라곤 없었다. 그와 비슷한 패가 50리 나 떨어져 있는 정거장에서 기차 타는 것을 보았다는 풍문이 장자워프 부락까지 흘러온 것은 얼마 뒤의 일이었다. ─「광야」 부분.

소설의 무대인 만주 장자워프는 이태준(1904-1970?)이 1939년 『문장』에 발표한 「농군」의 무대이기도 하다. 이태준의 경험과 손창섭의 경험은 서로 상이하지만 장자워프라는 하나의 공간에서 일어난 일을 배경으로 하고 있다는 점에서 흥미롭다.

장자워프(姜家窩棚)─

눈이 모자라게 찾아보아야 한두 집, 두세 집, 서로 눈이 모자랄 거리로 드러난다. 이런 어느 두세 집이 중심이 되어 장자워프란 동네 이름이 생겼는지 알 수 없다. 산은커녕 소 등허리만 한 언덕도 없다. 여기 와 개간권 운동을 해가지고 황무지를 사기 시작하는 조선 사람들도 처음에는 어디를 중심으로 하고 집을 지어야 할지 몰랐으나 차차 자기네의 소유지가 생기자 그 땅 한쪽에 흙을 좀 돋우고 돌 하나 없는 바닥에다 주춧돌 하나 없이 청인에게서 백양목 따위 생나무를 사다가 네 귀 기둥만 세우고 흙으로 쌓아 올린 것이 근 30호 늘어앉게 된 것이다. 그래서 이제는 장자워프라면 이 조선 사람들 동네가 중심이 되었다. ─「농군」부분,『이태준 단편전집』2, 가람기획.

장자워프는 중국 길림성 만보산 가까이에 있는 조선 이주민 밀집촌인데 「농군」은 이태준이 현장을 지켜보지 않고는 도저히 형상화할 수 없는 실증주의에 입각한 작품이기도 하다. 이태준이 삼십 대 중반에 장자워프를 찾아갔다면 손창섭은 열네 살 무렵 장자워프에서 살고 있었던 것이다. 그 시기는 1936-1938년으로 추정되는데 어쩌면 이태준과 손창섭이 장자워프에서 어깨를 스쳤을지도 모를 일이다. 보따리를 지고 인 채 새로운 삶의 터전을 찾아서 열차 편으로 만주를 향해 가는 무수한 이주민 가운데 소년 손창섭도 끼어 있었으니 이태준은 이주 열차의 실상을 「농군」의 도입부에서 이렇게 그리고 있다.

봉천행 보통 급행 삼등실 내리는 사람보다 타는 사람이 더 많다. 세면소에는 물도 떨어졌거니와 거기도 기대고, 쭈크리고 모두 자기 체중에 피로한 사람들로 빼곡하다. 쳐다보면 시렁도 그뜩, 가죽 가방, 헝겊 보따리, 신문지에 꾸린 것, 새끼에 얽힌 소반 바가지 쪽, 어떤 것은 중심이 시렁 끝에 겨우 걸치어 급한 커브나 돌아간다면 밑엣사람 정수리를 내리치기 알맞다.

차는 사리원을 지나 시뻘건 진흙 평야를 달린다. 한쪽 창에는 해가 뜨겁다. 북으로 달릴수록 벌써 초겨울의 풍경이긴 하나 훅훅 찌는 사람 내 속에 종일 앉았는 얼굴엔 햇볕까지 받기에 진땀이 난다. 개다리소반 바가지 쪽들이 차가 쿵쿵거리는 대로 들썩거리는 시렁 밑이다. -「농군」부분.

이태준은 일제 말기 '만주개척문학'을 쓸 것을 요구받던 상황에서 '만주국' 건설 이전의 사건인 1931년의 '만보산사건'을 소재로 「농군」을 발표한다. 「농군」은 만주 지역 조선 농민들의 고난을 좀 더 포괄적이고 극적으로 드러낸 작품이지만 실제로 만주로 이주한 조선인들은 오랜 실업 상태에서 벗어나지 못해 집단적으로 타락해갔다.

이들 조선인 실업자가 한번쯤은 누구나 신세를 지게 되는 촌일정 시영 직업소개소를 넘겨다보면 현재 800여 명의 조선인은 시내 공원 혹은 공지에 야숙을 하고 작금은 천기가 좋았던 관계로 간이숙박소에 입소한 자 또는 취직의뢰자는 대개 없고 낮에는 화투나 치고 있는 이들 부랑자는 대개 20세 전후의 장년들로 모두 만연히 도만(渡滿) 혹은 찾아왔던 동무가 룸펜으로 결국 지참해온 돈을 전부 소비한 후 소개소의 알선으로 취직해도 악우(惡友)와 섞여 결국에는 흥미를 느끼지 못해 실업자로 다시 돌아가 끝내 죄악의 길로 전락해가는 것이 그들의 정도(定道)로 되어 있다. -「一定한 宿所에 收容코 行商시켜 自立에 誘導」, <만선일보> 1940. 8. 3.; 김경일 외 『동아시아의 민족이산과 도시』, 역사비평사, 2004에서 재인용.

봉천시에 거주하는 조선인들 대부분은 직업 없이 떠도는 부초와 같았으며 운이 좋아 직업을 구했더라도 뜨내기 속성을 버리지 못함으로써 부랑자 생활에서 쉽게 벗어나지 못했다. 조선인은 봉천에 거주하는 1등 국민인 일본인과 2등 국민인 중국인에 비해 3등 국민에 해당하는 열악한 삶을 꾸려갈 수밖에 없었다. 또 하나의 기록은 봉천시 서탑(옛지명 花木洞) 뒷골목의 조선인 부락의 위생 문제에 대해 이렇게 묘사하고 있다.

> 도로에는 '아스팔트' 한 조각 깔리지 못했고 게다가 하수도 하나 시설되지 못한 곳, 한 시간쯤만 비가 와도 감탕물이 문턱까지 철렁철렁해서 발을 벗지 않고는 도저히 헤어날 수 없는 현실이고, 문만 나서면 이 골목 저 골목에 되는 대로 던져진 배설물, 풀썩풀썩 썩어서 구더기가 난(亂)을 짓고 이곳저곳 조금 오목한 곳에는 구정물을 내던져 물은 흘러서 혹은 말라서 없어지고 남은 밥알 부스러기, 콩나물, 김치 쪽들이 산적해서 파리군의 연회장을 만들어 주고 있다.……
>
> 열차를 타고…… 차창으로 내밀어보면…… 열차와 한 10미터쯤 떨어져 북쪽으로 연선 일대의 조선 서민부락의 밀집 풍경은 객의 눈초리를 사양없이 끌어당기는데, 처참한 가옥의 내부가 휑 들여다보이는 건물에 조롱조롱 붙여놓은 형형의 간판과 이토(泥土) 개무친 저군(猪群), 심하게 말하면 선로를 등지고 함부로 대소변을 보는 풍경 등 난잡절정(亂雜絕頂)의 추태만상은 과연 광대봉천의 명예를 손상시키지는 않는가. ─원변생(봉천지사), 「도시의 면목을 유지하라」, <만선일보> 1940. 9. 1.; 김경일 외 『동아시아의 민족이산과 도시』, 역사비평사, 2004에서 재인용.

소년 손창섭이 거주했던 장자워프는 봉천시보다 더 열악한 환경이었음은 두말할 나위가 없을 것이다. 이와 관련해서 손창섭이 1966년 『신동아』에 '장편(掌篇)소설'이라는 타이틀을 붙여 발표한 7편의 에세이 가운데 봉천시의 어두운 뒷골목 풍경을 적나라하게 소개하고 있어서 눈길을 끈다. 열네 살 손창섭이 만주 봉천 부근에서 목격한 아편 중독자에 관한 인상기가 그것이다.

늦가을의 동녘 하늘이 훤히 트기 시작할 무렵, 당시의 봉천시의 어느 호젓한 뒷골목에서다.

40 전후의 중년 남자가 길바닥에 꼼짝 않고 누워서, 빛을 잃은 휑한 눈으로 아침 하늘을 쳐다보고 있다. 쳐다보고 있는 것이 아니라 그냥 향하고 있을 뿐이다. 가슴이 발락발락하는 것으로 보아 아직도 숨이 붙어 있는 모양이다.

필시 심한 마약 중독자의 말로일 것이다. 중독자치고는 청색 저고리나 바지가 비교적 성한 편이다. 팔다리를 땅바닥에 내던진 채 미동도 하지 않은 것으로 보아 목숨이 경각에 달려 있는 게 분명하다.

그때 50이 다 되었을 꺼칠한 한 사내가 골목 어귀에 들어섰다. 주척주척 걸어오다가 길바닥에 누워 있는 남자를 발견하고 그는 걸음을 멈추었다. 물론 놀라는 기색이란 추호도 없다.

꺼칠한 사내는 상반신을 굽혀 죽어가는 사람을 들여다보았다. 사람을 들여다보기보다는 그가 입고 있는 옷을 점검하고 있는 것인지 모른다.

꺼칠한 사내는 뒤를 한번 돌아보고 나서, 빈사 상태에 있는 사람의 옷을 벗기려고 상의에부터 손을 댔다. 그러자 죽은 듯이 누워 있던 남자가 간신히 입술을 움직였다. 그 입술과 입술 사이에서 들릴락말락한 소리가 새어나왔다.

"만만디 만만디⋯⋯."

기다리라는 뜻이다. 안 된다는 것이 아니라, 기다렸다가 완전히 숨이 끊어진 뒤에 벗겨 가라는 것이다. (중략)

꺼칠한 사내는 마침내 죽어가는 사람의 바지까지 벗겼다. 팬츠도 입고 있지 않아서 남자는 그대로 아랫도리마저 완전히 노출되었다. 제법 무성한 거웃 속에 오그라든 성기는 초라하기 짝이 없었다. 꺼칠한 사내는 벗긴 옷을 둘둘 말아서 옆에 끼고 이내 그곳을 떠났다. ─「탈의범(奪衣犯)」 부분.

이제 「낙서족」의 박도현을 통해 만주 시절 이후 손창섭의 행적을 추적해볼 차례다. 만주에서 평양으로 돌아온 도현은 중학교 사 학년에 진급한 어느 봄날 오후 동네 약국으로 친구를 찾아갔다가 세상을 한창 들썩하게 하던 소위 독립단원의 얘기를 듣게 된다. 신출귀몰한 그 독립단원은 자금 조달 차 감쪽같이 국내에 잠입해왔다는 소문이 그것인데 도현은 그 말을 듣는 순간, 할아버지 산소에서 딱 한 번 본 적이 있는 부친을 떠올리며 일경을 골려줄 작정을 하기에 이른다.

도현은 친구의 승낙을 얻고 가게에 있는 전화로 조선은행 평양지점에 전화를 건 것이다. "나는 자금 조달의 밀명을 받고 고국에 파견되어 온 독립단원이다. 앞으로 한 시간 이후 두 시간 이내에 귀신같이 너이 은행에 나타날 터이니, 현찰 일만 원을 푸댓자루에 넣어서 묶어놓고 기다려라. 만일 경찰에 알리거나 명령을 어기면 너이 은행의 중역들은 몰살을 당하고 말 것이다" 어마어마한 협박이었다. - 「낙서족」 부분.

이 사건으로 인해 다음 날 새벽, 집에서 잠을 자고 있다가 경찰에 연행되어 가던 도현은 옆에 따라오던 형사를 박치기로 넘어뜨리고 도망치다가 다시 붙들려 까무러치도록 두들겨 맞는다. 그렇지 않아도 망명투사의 아들이요, 공산당원의 조카라고 해서 암암리에 주목받아온 그였으니 약국집 친구가 일주일 만에 석방된 데 비해 도현은 반년 가까이 형무소에 갇혀 지내야 했다. 그는 비록 석방되었지만 학교에서는 이미 퇴학 처리되어 있었고 친구들 도 자신 때문에 경찰에 끌려가 문초를 받았으니 그는 조선에 붙어 있을 수가 없었던 것이다. 질식할 것 같은 도현은 또다시 만주로 탈출하려 하지만 실패하고 만다. 그런 연후에 집안 어른들이 머리를 맞댄 끝에 내린 결론은 일본으로의 밀항이었다.

애초엔 진남포에서 배를 타려 했으나 뜻대로 되지 않았다. 그래서 원산 이모네 집을 찾아갔다. 직업상 이모부는 뱃사람과 밀접한 관계를 맺고 있었다. 그 이모부의 주선으로 어선을 타고 그리 힘들지 않게 밀항에 성공했던 것이다.

– 「낙서족」 부분.

도현은 남들처럼 도항증을 내서 일본에 건너올 수 없었다. 아버지가 중국 상하이에서 독립운동을, 숙부가 옌안에서 공산주의 운동을 하고 있었으니 밀항밖에는 선택의 여지가 없었던 것이다. 그가 아버지의 얼굴을 본 것은 보통학교에 들어가기 전인 까마득한 옛날 일이었다. 「낙서족」에는 「광야」의 결말과는 달리 주인공 도현의 어머니가 도현과 만주에서 평양으로 돌아오는 것으로 되어 있다. 어머니는 하나밖에 없는 혈육인 도현의 학비를 벌기 위해 평양의 미국인 선교사 집에서 보모로 일하고 있었던 처지였다.

3. 교토에서 4년

『낙서족』 표지

1938년 2월, 일본으로의 밀항에 성공한 「낙서족」의 도현은 경찰의 눈을 피하기 위해 일부러 도쿄의 번화가에 숙소를 정한다.

박도현이 일본에 건너와 처음으로 숙소를 정한 곳은 도쿄의 한 중심지였다. 생소한 고장이라 아무래도 시내 복판에 자릴 잡아야 나다니기에 편리하리라는 것도 이유의 하나였다. 그러나 사실은 그보다도 신변의 안전을 위해서였다. 인구가 가장 밀집해 있는 도심 지대에 틀어박혀 당국의 눈을 교묘히 피할 수 있으리라는 속심에서였다. - 「낙서족」 부분.

손창섭의 분신이라 할 도현은 고향에 있는 중학교 동창 임덕기에게 도일에 성공하였노라고 편지를 띄운다. 하지만 도현의 행적은 이미 평양에서의 은행 협박 사건으로 인해 일경의 감시하에 있었다. 더욱이 부친과 숙부가 각기 중국 상하이와 만주 옌안에서 독립운동에 투신하고 있는 독립투사인지라 그는 끊임없이 미행을 당한다. 그러던 어느 날 도현은 경찰에 연행되고 만다. 경찰은 그에게 누구와 접촉하러 왔느냐고 다그치고 그는 사실대로 공부하러 왔노라고 얘기하지만 경찰은 그의 말을 믿을 리 만무했다. 얼마간 시달림을 당한 끝에 풀려나기는 했으나 그때부터 그는 완전히 마음의 자유를 잃어버리고 만다. 그는 여러 차례 하숙집을 옮겨 경찰의 눈길을 피하려 한다.

한편 「신의 희작」에서 S의 진술에 따르면 S는 당시 오 년제 중학교를 졸업하기까지 무려 네 군데의 학교를 거친다. S는 툭하면 사람을 치는 불량학생으로 간주되었고 그때마다 퇴학을 당했는데 어딜 가나 '겡카도리'라는 별명으로 통할 만큼 문제적 학생이었다.

일본에서의 S의 중학교 시절은 그야말로 난센스의 연속이었다. 처음에는 운이 좋아서 이류 중학교에 거뜬히 입학을 했다. 거기서 퇴학을 맞고 좀 놀다가 삼류 중학교를 뚫고 들어갔다. 이번에는 상급생을 까눕히고 학교를 자진 중단한 다음 빈둥빈둥 놀다가 사류 중학교에 기어들어 갔다. 여기서 또 퇴학 처분을 당하게 되어 적잖게 풀이 죽어 지내다가 간신히 다른 사류 중학교에 편입할 수 있었다. 이렇게 중학교를 네 군데나 거쳐야 한 것만으로도 알조다. – 「신의 희작」 부분.

S가 거쳐 간 네 군데의 중학교에 대해서는 알려진 바가 없다. 그러나 이 네 군데 가운데 이류와 삼류라고 명명된 두 군데의 중학교는 도쿄에 있는 것으로 추정되며 사류라고 명명된 나머지 두 군데는 교토로 추측된다. S가 도쿄에서 교토로 전학을 한 것은 일인 학생 폭력 사건으로 퇴학을 당했기 때문인데 S의 폭력성 뒤에는 뜻밖의 의협심도 감춰져 있었다. S가

중학교 삼 학년 때, 이 학년의 조선인 학생 한 명이 억울하게 퇴학을 당한 사건을 계기로 조선인 상급생이 S를 찾아와 전교의 조선인 학생의 동맹 휴학과 일인 학생에 대한 등교 방해 행동에 참가해달라는 요청을 받고 S는 일인 학생들에게 폭력을 휘두른다. 조선인 주동학생의 한 명으로 끼어 으슥한 하숙집에서 비밀 대책회의를 하고 있던 S는 학교 당국의 신고로 출동한 경찰에게 붙들려 십 여 일간 유치장 생활을 해야 했다. 하지만 S는 경찰의 피습 당시 헤딩으로 경관의 이를 두 개나 부러뜨리는 강력한 저항 끝에 어깨가 탈구되어 석방 직후 조선인 학생들이 모아준 성금으로 병원에 입원하기도 한다. S의 의협심은 일제 치하 암울한 현실 속에서 독립투사의 아들이라는 부채 의식을 걸머진 S의 심리적 강박을 보여주는 대목이기도 하다.

이제 교토의 J중학교 사 학년에 편입이 확정된 도현은 도쿄의 하숙집을 옮긴 지 얼마 후 옆방에 있는 하숙생과 사귀게 된다. 그는 한상혁이라는 스물두 살의 조선인 미술학도였는데 이 친구는 밤마다 카페 여급을 불러들여 정사를 벌이곤 한다. 비록 벽이 있다고는 하나 숨소리까지 또렷이 들리는지라 도현의 마음도 뒤숭숭해진다.

얼마 후 도현은 상혁의 여동생인 상희를 알게 된다. 눈에 띄는 미인인 그녀는 오빠에게 본국의 어머니가 부쳐준 일주일 치의 생활비를 전하러 방문했던 것이다. 그러나 상혁은 여동생을 유난히 쌀쌀하게 대하였다. 고함을 쳐서 여동생을 쫓아버린 상혁은 도현에게 자기 대신 상희를 찾아가 쪽지를 전해달라고 부탁한다. 상희의 하숙을 찾아간 도현이 상희를 이상적인 여성으로 느끼게 되는 장면은 이렇게 묘사된다.

도현은 제일 먼저 여자의 향기를 맡았다고 생각했다. 한쪽에 치우쳐 책상이 있고, 그 위에 빨간 칠을 한 예쁘장한 경대와 조그만 책꽂이가 나란히 놓여 있었다. 경대 앞에는 가죽 뚜껑을 한 성경책이 한 권. 책상 뒷벽에는 예수의 사진이 붙어 있었다. 도현은 어떤 신성한 기분에 눌리어 오금을 못 펴고 한구석에 웅크리고 앉았다. - 「낙서족」 부분.

성경책과 예수의 사진은 도현에게 묘한 위안감과 함께 어머니에 대한 기억을 상기시키는데 그것은 본국에 있는 어머니 역시 교회에 다녔다는 사실과 무관하지 않다.

문득 고국에 계신 모친이 생각이 났다. 젊어서나 지금이나 낙을 모르고 지내시는 모친이었다. 위안이 있다면 주일마다 교회에 나가는 일뿐일 것이다. 외로운 운명의 여인인 모친은 지금도 천식으로 다 돌아가시게 된 할머니 한 분을 모시고 아들만을 생각하고 살아가실 것이다. (중략) 아들을 위해서 조금이라도 밴밴한 물건은 모조리 팔아 비용을 마련해 주시던 모친. 현재도 모친은 얼마 안 되는 수입 중에서 매달 절반을 떼어 도현에게 보내오고 있었다. 그러한 모친의 야윈 모습을 생각할 때 도현은 무거운 부담을 의식했다. - 「낙서족」 부분.

이 대목과 관련해서, 손창섭이 도일 이후 말년을 보내고 있던 히가시쿠르메 시의 서민 아파트에 십자가 하나가 놓여 있었다는 점을 상기할 필요가 있을 것이다. 그럼에도 여기서 되짚어볼 점은 도현이 진술하는 어머니란 실상 그가 어렸을 때 외간 남자와 바람이 나서 만주로 도주한 어머니와 같은 인물일까, 라는 의구심이다. 두 가지 점을 짚어볼 수 있을 것이다. 만주에서 평양으로 돌아온 어머니가 과거의 불륜을 깨끗이 청산하고 교회를 다니기 시작했을 가능성과 애초에 어머니의 불륜은 픽션에 불과했을 가능성이 그것이다. 어느 쪽이든 「낙서족」에서 진술되는 어머니상은 '외로운 운명의 여안'이자 '젊어서나 지금이나 낙을 모르고 지내는 여안'인 것이다. 우리는 어느 쪽을 믿어야 할지 망설일 수밖에 없지만 「신의 희작」에 등장하는 S의 어머니에 대한 진술을 상기해보면 어린 아들의 사타구니를 주무르며 색기를 억누르지 못하던 어머니가 만주 시절을 끝으로 개과천선한 뒤 교회에 다니며 오로지 아들 뒷바라지 모드로 전환했다고는 쉽사리 믿어지지 않는다. 그렇다면 손창섭은 자화상이라고 스스로 명명한 「신의 희작」에서 독자들을 보기 좋게 따돌리며 그야말로 '손창섭의 희작'을 탄생시켰단 말인가. 그럴 개연성이 없지 않다. 사실 「낙서족」은 1959년 『사상계』에 발표한 손창섭의 첫 장편으로 그해 일신사에서 단행본으로 출간되었고 「신의 희작」은 이 년 후인 1961년 『현대문학』에 발표되었다. 「낙서족」과 「신의 희작」은 자매 편이랄 수 있을 것이다. 어느 쪽의 내용이 진실에 가까울까, 라는 질문 앞에서 우리는, 「낙서족」이 독립투사의 아들 도현을 내세운 절반쯤의 픽션이 라면 「신의 희작」은 그 픽션 부분을 정정하여 좀 더 사실에 가깝게 진술했다고 추론할 수 있을 것이다. 어찌됐든 「낙서족」의 도현을 더 따라가 보자. 며칠 뒤 관할파출소의 순사가 도현을 찾아와 질문 공세를 퍼붓는다.

순사는 그러면 생활은 어떻게 해나가고 도현의 학비는 누가 대느냐고 쓸데없 는 걱정까지 했다. 도현은 모친이 번다고 했다. 무엇을 해서 버냐기에 미국인 선교사 집에서 보모 노릇을 한다고 솔직히 대답했다. —「낙서족」 부분.

「신의 희작」에서 평양의 고무 공장에 다니던 S의 어머니는 「낙서족」에서 미국인 선교사 집에서 보모 노릇을 하고 있는 도현의 어머니로 변신한다. 여기서 '솔직히'라는 단어에 방점을 찍을 필요가 있다. 추론이기는 하지만 「낙서족」에 등장하는 어머니상이 더 사실에 가깝다고 할 수 있을 터인데 손창섭의 부인 우에노 여사 역시 시어머니 되는 분이 독실한 기독교인이라고 남편에게 들어서 알고 있다고 진술한 내용과도 일맥상통한다고 할 수 있다.

또 하나의 논점은 배설 욕구에 관한 것인데 「신의 희작」에서 아비 없이 성장한 S에게는 어렸을 때부터 배설의 쾌감이 있었다고 적고 있다. 이 배설의 쾌감은 「낙서족」의 도현이 형사로 보이는 웬 사내의 눈초리를 피해 골목길로 들어와서 요의를 느끼는 장면과 겹쳐진다.

도현은 목재더미에 다가가서 사타구니의 단추를 따고 온기가 통하는 짤막한 호스를 내놓았다. 약간 노르끄름한 액체가 호스 끝에서 이내 줄기차게 내뻗었다. 배설의 쾌감. 도현은 한 손으로 호스 끝을 조종해서 땅바닥에 글자를 쓰기 시작했다. 어려서부터의 버릇이다. 그것은 정신적 배설작용의 핍색에서 오는 습관인지도 모른다. '개 같은 놈'이라고 쓰려고 했다지만 '은'자를 끝마치지 못한 채 오줌발이 끊어지고 말았다. - 「낙서족」 부분.

정신적 배설작용의 핍색에서 오는 습관이라는 말은 일종의 자기변명일 수 있겠지만 이러한 도현의 배설 욕구는 훗날 손창섭 자신의 글쓰기 욕구로 환치되었다고 볼 수 있을 것이다.

그런데 도현은 자신이 감시를 받고 있다는 사실로 인해 질식할 것 같은 느낌을 받을 때마다 상희를 찾곤 한다. 어느 날 도현은 상희에게 자신의 아버지와 숙부가 독립운동을 하고 있다는 사실을 털어놓는다. 그러자 상희는 무척 감동을 받은 표정을 지으며 자신의 아버지도 3·1 운동 때 만세를 부르다가 학살당했노라고 말한다. 동류의식을 느낀 그들은 더욱 가까워지고, 도현은 우쭐한 기분에 자신이 무엇인가 해야 하겠다고 생각하게 된다. 그 즈음 다시 그는 경찰에 불려간다. 이번엔 담당 형사가 도현의 모친이 미국 선교사 집에서 일하고 있다는 사실을 문제 삼는다.

넓은 만주와 지나 땅에두 구석구석까지 미국 선교사가 침투해 있것다. (중략) 상해에 있는 부친과 모친이 양쪽 선교사를 통해 늘 연락을 취하구 있는 사실을 아 자네가 모른다구 해서 말이 되느냐 말야. -「낙서족」부분.

그날 저녁 풀려난 도현은 한상희를 찾아가 위로를 받고 다시 하숙집을 옮긴다. 이사한 하숙집은 퇴락해 가는 이층집이었다. 그 집에 사는 스무 살 가량의 딸 노리코에게 접근한 도현은 일경, 아니 나아가 일본인 전체에 대한 저항감으로 어느 날 노리코를 범하고 만다. 그전에 도현을 육체적 욕망으로 들끓게 한 일이 있었는데, 친구 상혁이 여동생 상희를 모델로 그림을 그릴 때였다. 원피스를 입고 자세를 취한 상희를 본 도현은 성욕에 이끌린다. 그녀를 정신적으로 사랑하는 것을 넘어 육체적으로 사랑하고픈 욕망에 부딪히지만 그녀는 도저히 범할 수 있는 여자가 아니었다. 그래서 상희에 대한 욕구를 노리코를 통해 해소한 것이다. 상희를 갖고 싶다는 저급한 욕망의 해소를 위해 도현은 노리코의 육체를 자주 탐한다.

이후 도현은 자신과 같은 고향인 평양에 잠시 갔다 온 상희로부터 놀랄 만한 소식을 듣는다. 상혁이 모친의 지시로 인해 조선에 들어가게 되고 대신 상혁에게 들어갔던 모든 교육비가 도현에게 돌아갈 것이라는 게 그것이다. 이유인 즉 상희가 도현 모친을 자신의 모친에게 소개해주었다는 것이다. 같이 독립투사 남편을 둔 여인들끼리 말이 통한 나머지 상혁은 조선에 두고 큰 재목감인 도현의 뒤를 밀어주겠다는 결심을 모친이 했다는 것이다. 도현은 점차 새로운 책임감에 눈뜨게 된다.

하지만 노리코의 임신 사실을 알게 된 도현은 빼도 박도 못하는 신세가 된다. 동맹 휴학 사건으로 그를 추종하는 조선인 학생도 생겼는데 일본인 여성과 결혼을 해야 한다니 기가 막힐 노릇이다. 도현은 노리코를 매정하게 밀쳐내지만 노리코의 계부가 도현을 붙잡고 책임을 추궁한다. 도현은 자신의 길을 가로막는 사내의 얼굴에 머리를 박아버리고 다시 경찰에 잡혀간다. 그는 자신을 따르는 조선인 학생들에게 노리코의 임신이 일본을 향한 도전이자 공격이라고 얼버무린다. 상희는 차제에 중국으로 건너가 독립운동을 하는 것이 어떠냐고 의향을 묻는다.

설상가상으로 도현은 부친이 조선에 들어왔다가 수사망에 걸려 상하이로 돌아가지 못했다는 소식을 전해 듣는다. 안절부절못하는 도현에게 상희는 모종의 제안을 한다. 중국에 건너가서 독립 투쟁을 준비하라는 것이다. 며칠 후 노리코의 자살 소식을 들은 도현은 더 이상 일본에 머물 수 없음을 인지하고 중국행을 서두른다. 자신을 따르던 조선 학생의 아버지가 배편을 주선하고 도현은 따르는 벗들의 전송을 받으며 항구로 향한다. 「낙서족」은 "제발 무사히 목적지까지 도착해주었으면 좋으련만."이라는 상희의 독백으로 마침표를 찍는다.

「낙서족」의 어느 부분이 사실이고 어느 부분이 허구인지 감별하기는 쉽지 않다. 그것은 붓 가는 대로 가필을 하고 덧칠을 한 낙서의 벽화 속에 숨겨놓은 그림(사실)에 해당하지만 그럼에도 불구하고 「낙서족」의 도현에게서 우리는 피해망상과 복수 심리와 폭력적 성 충동, 그리고 비분강개를 일삼은 젊은 시절의 손창섭을 발견하게 된다.

「낙서족」은 도현이 중국 상하이를 향해 떠나감으로써 종지부를 찍지만 사실인즉 청년 손창섭은 교토의 사류 중학교로 간신히 전학했던 것이다.

일본 경도(京都)서 중학 때 나는 일 년 이상 우유 배달을 했다. 그 집 주인은 예비역 대위였지만 군인이나 정치가보다도 문학자를 더 존경하는 사람이었다. 그 집에는 세계문학전집을 위시해서 수백 권의 문학 서적이 있었다. 그 집에 있는 일 년 반 동안에 나는 그 책을 거의 다 독파할 수 있었다. 물론 제대로 이해하지 못하고 있는 것이 많았다. 그 많은 책 가운데서도 도스또예프스키,

필립, 체홉의 작품들, 그 중에서도 특히 「뷰뷰. 더 몬파르나스」나 「죄와 벌」이나, 「아뉴-타」를 읽고는 흥분해서 밤을 새웠던 것이다. 「뷰뷰. 더 몬파르나스」를 독파한 다음 날, 새벽에 우유병을 잔뜩 실은 자전거 위에서 건들건들 졸다가 전신주를 들이받았다. 자전거 앞바퀴가 비틀어지고 우유병은 반수 이상이 박살이 났다. 이상하게도 그 기억은 오늘날까지도 생생하다. – 「나의 작가 수업」 부분, 『현대문학』 1955년 5월.

이제 사고뭉치였던 도쿄 시절의 도현은 교토에서 문학도가 되어 있다. 그는 일 년 이상 우유 배달을 하면서 주인집에 있는 세계문학전집을 위시해 수백 권의 문학서적을 닥치는 대로 독파한다. 그의 독서취향은 어떠했을까. 우선 그가 읽었다는 「뷔뷔 드 몽파르나스(Bubu de Montparnasse)」는 프랑스의 민중 작가 C. L. 필리프가 1901년에 발표한 중편소설로 대략적인 줄거리는 다음과 같다.

주인공 피에르 알리는 동부 프랑스에서 파리로 나온 지 불과 6개월밖에 안 되는 나이 스물의 젊은 청년이다. 그는 도안 기사로서 월급 150프랑을 받는 어느 철도 회사에 근무하고 있었다. 7월 14일(프랑스혁명기념일) 다음 날, 피에르는 거리에서 한 소녀를 알게 된다. 이 소녀가 곧 여주인공으로 등장하는 베르트 메테니에인데 그녀는 매춘부였다. 베르트에게는 뷔뷔 드 몽파르나스라는 별명을 가진 모리스 베뤼라는 정부(情夫)가 있었다. 뷔뷔는 베르트로 하여금 매음을 시키고 그 자신은 무위도식하는 사람이다.

하지만 여자를 몰랐던 순진하고 고독한 피에르는 비록 매춘부이나마 천사와도 같은 베르트를 마음으로 사랑했고 그녀를 악의 구렁텅이에서 구하려고 애쓰지만, 가난한 피에르로서는 어찌할 길이 없다. 피에르가 베르트를 알게 되기 이전에 그가 파리에서 만난 친구 루이 뷔송만이 그의 유일한 안식처이다. 루이는 그보다 다섯 살 위였고, 그가 일하는 사무실 설계 기사였는데, 확고한 인생관을 지닌 그는 피에르에게 적지 않은 영향력을 끼친다.

처음엔 모리스도 착실하게 살아왔지만, 그의 아버지가 죽고 적잖은 유산을 손에 넣게 되자 사람이 비뚤어져 버린 것이다. 그가 하는 일이란 계집질과 술타령, 그리고 주먹질이 고작이었다. 피에르는 베르트가 입원한 것을 알게 되지만 매독 때문이라는 것을 몰랐는데, 루이의 이야기를 듣고 비로소 그녀의 병을 알게 된다. 하지만 베르트는 피에르에게서 매독이 옮았다고 주장한다. 피에르는 너무 어이없어한다. 모리스는 베르트가 입원하고 수입이 없게 되자 굶주리다 못해 강도 행각을 하다가 체포된다. 퇴원한 베르트는 동생 집에 기거하면서 다시금 밤거리의 여인이 된다. 그녀에겐 희망도 사랑도 없다. 오직 절망과 자포자기와 기아만이 전부다.

피에르는 이러한 베르트를 구하려고 루이의 도움을 받아 그녀의 생활 전환을 적극 권한다. 그러나 다시 불행은 겹쳐 베르트의 아버지인 장 메테니가 죽는다. 아버지의 죽음을 계기로 베르트는 갱생하고 공장 직공으로 취직한다. 그리고는 피에르와 결혼하여 행복한 가정을 꾸밀 것을 약속하지만 모리스의 출옥으로 이러한 두 사람의 계획은 산산이 깨지고 만다.

나약하고 가난한 사람들의 사랑과 파리 뒷거리의 정취가 어우러진 「뷔뷔 드 몽파르나스」는 필리프의 출세작이다. 갓 스무 살 청년의 육체적 갈망은 수음으로는 해결되지 않는 쾌락적 환상의 유혹이 있기 마련인데 책에 푹 빠져 있던 청년 손창섭은 「뷔뷔 드 몽파르나스」에서 대리 만족을 느끼고도 남았을 것이다.

손창섭이 「뷔뷔 드 몽파르나스」를 읽던 시절은 「낙서족」의 시절과 겹쳐져 있다. 「나의 작가 수업」에 따르면 손창섭은 학비와 생활비를 벌기 위해 수많은 아르바이트를 전전하였고 또한 문학 서적에 빠져 밤을 꼬박 새며 독서를 하기에도 시간이 모자랐던 것이다. 이런 실제의 일상을 전제로 할 때 「낙서족」의 진술 내용은 어디까지가 허구이고 어디까지가 사실인지

구분하기 어렵다. 하지만 그의 작품을 그의 자전으로 재구성해서 읽으면 그의 전기적인 면모가 드러나는데, "이 자전(自傳)을 읽고 나면 손창섭의 중요 작품이 사실은 변형된 자전임을 비교적 정확히 지적할 수 있다."고 말한 것은 문학 평론가 유종호이다.

손창섭 문학의 역설은 그가 삶을 신의 희작이라고 보고 또 낙서라고 보면서도 그 나름의 진지함을 끈질기게 추구하고 있다는 점이다. 그는 인간의 이상에 관해서 보다 나은 삶의 양식에 관해서, 질환적인 삶이 아니라 사랑으로 엮어질지도 모르는 공동체에 관해서 단 한 번의 공상도 해본 적이 없다. 삶을 낙서라고까지 하면서도 그는 삶의 기록, 자기 삶의 부끄러움과 괴로움의 반영일 터인 문학은 결코 낙서로 처리하지 않았다. 그는 저 1950년대의 오문(誤文)과 악문(惡文)의 범람 시대에 자기 스타일을 마련하여 문학의 위의(威儀) 수립에 기여한 소수의 문학자의 한 사람인 것이다. - 「소외와 허무: 손창섭론」, 『손창섭 단편 전집 1』, 가람기획, 2005.

사실 「신의 희작」과 「낙서족」이라는 자전적 소설의 자장 안에서 손창섭 생애에 관한 긴 이야기는 시작되고 종결될지도 모른다. 「낙서족」이 주인공 도현의 일본 유학 시절 불령선인(不逞鮮人)의 처지에서 쫓기는 자의 반일 감정과 그로 인한 돈키호테 기질의 싸움꾼 모습에 주안점을 둔 연대기적 진술이라면 「신의 희작」은 주인공 S의 왜곡된 성장 과정에서 배태된 야뇨증의 수치로 말미암은 자기모멸과 여성에 대한 어처구니없는 복수 행위에 중점을 둔 내면적인 진술이라는 점에서 서로 보완관계에 놓여 있다고 할 것이다. '나는 이렇게 살았다'가 「낙서족」의 진술 형태라면 '나는 왜 이렇게 살았는가'에 해당하는 자기 해명의 진술이 「신의 희작」인 것이다.

「신의 희작」에 따르면 S는 번번이 사고를 일으켜 퇴학을 당하거나 스스로 중퇴한다. 포근한 애정에 굶주렸던 그는 야뇨증으로 전전긍긍하다가 자살 미수극을 벌이기도 한다.

공연한 반항심으로 영어 교사의 미움을 사고 이에 대한 복수로 교사의 젊은 딸을 강간한다. 사랑에 주렸던 그는 입원실에서 어떤 일본인 모녀가 보여준 동정을 사랑으로 착각해 상대방을 진정 놀라게 하기도 한다. 그에게 있어 성욕과 폭력은 늘 결부되어 나타난다. 성 충동과 폭력적 충동의 상관성에 대한 S의 실토는 심리학적 정당성을 얻고 있기도 하다.

범속한 사람들 사이에 있어서 흔히 인륜대사라고 호칭되는 짝 찾기도 그에게 있어서는 훨씬 예외적으로 이루어진다. 여기서의 '예외적'이란 말은 그 실상보다는 거기에 수반되는 감정과 의식(儀式)상의 진행이 무척 당돌하다는 것이지, 그 자체가 예외적이란 뜻은 아니다. 오히려 거기 따르는 의식은 이 폭력성을 은폐하기 위한 허위의식의 소산일지도 모른다. 이 허위의식은 어디에서 온 것일까.

나는 도스또예프스키, 필립, 체홉의 작품을 통해서 나보다 더 괴롭고 불행한 사람들을 발견했다. 자신이 가장 괴롭고 불행한 사람이라고 생각하고 있던 당시의 나에게 그것은 적지 아니한 경이(驚異)였다. 나는 좀 더 여러 작가의 작품을 읽는 동시에 차츰 냉정한 눈으로 주위를 관찰하기 시작했다. 그제야 비로소 나와 같이 혹은 나 이상으로 불행한 사람이 세상에 꽉 차 있다는 사실을 깨달았다.

그때까지 모든 사람에게 반감과 적의를 가지고 대해 오던 내 태도가 차차 달라지기 시작했다. 시간 여유만 있으면 나는 빈민굴이나 유곽의 밤거리를 혼자 헤매이면서 그 세계의 주인이라고 생각되는 사람을 아무나 붙잡고는 '인생은 괴로운 것입니다. 당신의 괴로움을 나는 잘 압니다. 나도 괴로운 사람이니까요.' 또는 '당신을 나는 누이로 불러도 좋습니다. 매음 생활을 당신은 결코 욕되게만 생각지는 마십시오.' 하는 식으로 미친놈처럼 함부로 수작을 걸었던 것이다. - 「나의 작가 수업」 부분.

짐작컨대 손창섭이 「낙서족」이나 「신의 희작」에 진술해놓은 여성에 대한 폭력적 성 충동은 실제 상황일 수도 있겠지만 '빈민굴이나 유곽의 밤거리를 혼자 헤매이면서' 창녀들에게 다가가 돈키호테식으로 수작을 거는 이심전심의 확장일 가능성도 배제할 수 없다. 더구나 '인생은 괴로운 것입니다. 당신의 괴로움을 나는 잘 압니다. 나도 괴로운 사람이니까요.'라거나 또는 '당신을 나는 누이로 불러도 좋습니다. 매음 생활을 당신은 결코 욕되게만 생각지는 마십시오.' 등의 표현은 문학적이기까지 하다.

나는 현실에서 또는 작품 속에서 나보다 더 괴로운 사람, 불행한 사람들을 찾아내려고 애썼고 한편 그들과 친해지기를 원했다. 따라서 자연 나의 독서 경향은 일방적으로 흐를 수밖에 없었다. 아무리 문단적으로나 문학적으로 고평(高評)인 작품일지라도 화려하고, 행복스러운 이야기가 중심 내용으로 전개된 작품이면 얼굴을 찡그리고 집어 던졌다. - 「나의 작가수업」 부분.

교토에서 중학교 사 학년에 편입한 손창섭은 열병처럼 문학을 앓았던 문청(文靑)이었으며 그의 관심사는 빈민가나 유곽 거리에서 만날 수 있는 하류 인생이었다. 그렇다고 그는 습관적으로 유곽에서 돈으로 여자를 사서 쾌락을 향유하는 쪽도 아니었을 것이다. 그럴 만큼 경제적인 여유가 있는 것도 아니었다. 생활비를 절약해 책을 사보기에도 급급했던 그가 돈으로 여자를 살 수 없는 까닭에 주변의 여자들을 강제로 겁탈했다고 볼 수는 없을 것이다. 더구나 손창섭의 중학교 오 년제 시절의 생활은 고학으로 점철되어 여러 종류의 직업을 전전해야 했고, 이로 인해 그는 학업을 중단했을 정도로 성실한 아르바이트 학생이었다.

그때 이래(以來) 만주, 일본, 각지(各地)로 유랑(流浪)하며 십여 년간의 고학(苦學) 생활을 연속하는 동안, 나는 다음과 같은 여러 종류의 직업을 경험하게 되었던 것이다. 신문 배달, 목공소 견습공, 아편도매상급사(阿片都賣商給仕), 서적상 점원, 우유 배달, 명함 외교원(名銜外交員), 토목 인부(노가다), 매약 행상, '요나키 소바야', 육양 작업부(陸揚作業夫), 전신기 제작회사공원, 영인조수, 장(醬)공장잡역부 등등. 이상과 같은 각종 직업을 대개는 학교에 다니면서 혹은 방학 때를 이용해서, 일시는 학업을 중단하고서 전전해왔던 것이다.
– 「나의 작가수업」 부분.

이제 네 군데나 전전한 끝에 중학교를 어렵사리 졸업한 도현은 교토의 한 대학에 진학한다. 교토 시절로 추정되는 회상의 단초는 일본 유학을 와서도 계속된 야뇨증의 수치에서 시작되는데 「낙서족」의 도현은 「신의 희작」의 S에게 이야기의 바통을 넘겨주면서 열아홉 살 봄에 있었던 어처구니없는 실수를 일생 최대의 사건이라며 이렇게 진술한다.

또 한 번은 해방 이듬해였다. S는 아직 귀국하지 않고 일본에 남아 있었다. 어떤 밸 풀이로 지금의 아내인 지즈코를 어른들 몰래 건드려놓고 말썽이 생겼다. 지즈코는 일인 친구의 누이동생이었다. 그런데 어찌된 판국인지 지즈코가 집을 탈출해 나와서 그를 찾아왔다. 다시는 집에 돌아가지 않겠다는 것이다. 그들은 아무 준비도 없이 어느 집 2층의 단칸방을 빌려 엉터리로 살림을 차렸다.
그런 지 수 일 후에 그는 또 실수를 해버린 것이다. 이번은 혼자가 아니라 여자와 동침 중이었으니 꼴은 더욱 말이 아니었다. 그가 질겁을 해서 눈을 뜬 것과, 지즈코가 놀라서 그를 흔들어 깨운 것은 거의 동시였다. 요의 중간 부분이 흥건히 젖어 있었다. - 「신의 희작」 부분.

그렇다면 지즈코는 어떻게 알게 된 사람인가.

　지즈코의 오빠와는 가까이 지내는 사이였기 때문에 S는 자주 그의 집을 찾아갔다. 그런 관계로 지즈코와도 오래전부터 안면이 있었다. 2차 대전 말기, 지즈코의 오빠가 징집되어 군대에 나간 지 1년 반쯤 지나서, 일본은 무조건 항복을 했다. S는 지즈코의 오빠의 생환 여부가 궁금해서 오래간만에 그의 집을 찾아가 보았다. 지즈코가 몰라보게 어른이 되어 있었다. 그도 그럴 것이 그동안 여학교를 졸업하고 어머니 없는 집에서 주부의 역할을 하고 있었던 것이다. 지즈코는 예쁘지는 못해도 무척 상냥했다. S는 그 후로도 지즈코의 오빠가 무사히 돌아왔나 알아보러 자주 찾아가곤 했다. 이러한 그를 지즈코의 부친은 딸을 꾀어내려 오는 줄로 알고 노골적으로 경계하기 시작했다. 억울한 오해였다. 지즈코의 부친은 마침내 S와는 이유 여하를 막론하고 절대로 만나지 말라고 딸에게 엄명을 내리는 한편, S에게 대해서도 엄격히 내방을 거절해버렸다. - 「신의 희작」 부분.

S의 고백은 다음의 진술을 참고로 할 때 전후 관계가 더욱 명확해진다.

　나하고는 고교 시절부터 아는 사이였어요. 제 위에 우에노 세이지(上野淸二)라고 오빠가 한 분 있었어요. 오빠는 남편과 교토 대학에 함께 입학해서 아는 사이인데 이듬해 두 사람이 니혼 대학 문학부로 나란히 옮겨갈 정도로 친했지요. 그래서 친정이 있는 고베 집에도 놀러오곤 했지요. - 우에노 여사의 진술.

「신의 회작」의 대담한 고백성은 손창섭 자신의 아내인 우에노 지즈코의 실명을 그대로 소설에 등장시키고 있는 데서도 확인되는데 지즈코의 오빠 우에노 세이지와 S가 어떤 계기로 가까워졌는지에 대해서는 자세히 알 수 없다. 다만 우에노 여사의 진술로 미뤄볼 때 그녀의 오빠와 손창섭은 교토 대학에 함께 입학한 동창생이었고 단짝이었다. S는 입대한 일본인 친구의 안부를 묻기 위해 찾아갔다가 그의 부친이 내린 출입금지령에 대한 반발로 그의 딸을 폭력적으로 범하는 성적 충동자로 그려진다. S는 지즈코의 부친이 출근하고 없는 시간에 지즈코를 찾아간다. 집 앞에서 지즈코의 동생이 동네 애들과 떠들고 있어 눈치 채지 않게 살그머니 현관으로 들어서면 지즈코는 불편한 표정을 짓는다. 그러나 S는 2층으로 올라가 지즈코를 안은 채 방바닥에 드러눕고 만다. 그리고 몇 달이 지났다.

어느 날 뜻밖에도 지즈코가 S의 숙소로 찾아온 것이다. 조그만 보따리를 들고 있었다. 죽어도 집에는 안 돌아간다면서 S를 보자 무릎에 엎드려 울었다. 앞서 잠깐 적은 바와 같이 둘이는 살림을 시작했다. 한 달 이상 지나서야 지즈코의 배가 부른 걸 알았다. 살림을 차린 지 반년 좀 지나서 사내애를 분만했다.

패전 직후의 일본은 사회상의 혼란이 말이 아니었다. 극심한 생존경쟁으로 아비규환을 이루고 있었다. 그들도 어린애까지 생기고 보니, 생활에 더욱 심한 위협을 느끼기 시작했다.

마침내 S도 수많은 동포와 함께 귀국할 것을 결심했다. 그 동기는 단순한 생활난에만 기인한 것이 아니었다. 해방된 조국은 일꾼을 부른다고 흥분했기 때문이다. 해방된 조국의 벅찬 감동과 찬란한 희망은, 치욕적이요, 불구적인 그 어두운 요소들을 감싸주면서 위대한 일꾼을 만들어줄지도 모른다는 터무니 없는 착각에 빠졌던 것이다.

당장 지즈코와 아이까지 데리고 환국할 자신은 도무지 서지 않아서, 우선 혼자 귀국하기로 했다. 1년 이내에 반드시 자리를 잡고 데려가겠노라고 지즈코를 간신히 타일러놓고 그가 일본을 떠났을 때는 이미 지즈코의 뱃속에 제2의 생명이 깃들고 있었던 것이다. -「신의 희작」부분.

S의 교토 시절에 대한 이 같은 진술은 장편『유맹』의 19장인 '가재 사냥'에도 잠깐 등장한다.

교토란 우리 내외에게 있어서는 잊을 수 없는 곳이요, 지금은 터부시되는 고장이기도 하다. 거기에는 우리 사이에 태어난 한 생명이, 우리와 상관없이 이미 청년으로 성장해 있는 것이다. 내 나이 이십을 조금 넘었고 아내는 이십이 채 되기 전이다. 나와의 결합을 반대하는 가족과 싸우고 아내는 집을 나와버렸다. 우리는 교토에 있는 아내의 이종사촌 언니네 집에 숨어 지냈다. 그들 내외는 처음부터 우리 두 사람의 처지를 이해하고 감싸주고 돌봐주었다.
해방이 되자 나는 한시바삐 귀국하고 싶었지만, 임신 중인 아내를 데리고 갈 수도 없었다. 고향인 평양은 38선이 막혔었고, 목적하는 남한은 아는 사람 하나 없는 객지였기 때문이다. 해방 이듬해 초봄에 아내는 사내애를 낳았다. 고생을 각오하고 귀국하는 길에 핏덩이를 데리고 갈 수도 없었다. 마침 이종사촌 부부에게는 아이가 없었다. 그들의 희망에 따라 우리는 첫 아기를 그들 앞으로 입적시켜주었다. -『유맹』부분.

『유맹』의 화자인 '나'는 한국을 잠시 방문하는 귀국길에 교토를 지나치면서 이렇게 회상하고 있다. 『유맹』도 역시 상당히 밀도 높은 자전적 기록이라는 점에서 아내와 '나' 사이에서 태어난 갓난 아들을 아내의 친척집에 입적시키고 자신은 일단 귀국할 수밖에 없었다는 진술 역시 사실일 것이다. 앞으로도 살펴보겠지만 『유맹』은 손창섭의 문학을 '전후문학'이라는 협소한 울타리에 가둬놓고 한국전쟁 이후의 혼란, 폐허, 가난, 부조리를 대변하는 문학으로 협소하게 이해된 한계를 뛰어넘어 손창섭의 세대적 위치를 확연하게 드러내 보여주는 동시에 그의 문학을 사회역사적, 문화적 지형으로 확장시키는 중요한 작품이라고 할 것이다.

4. 도쿄에서 6년

손창섭은 교토 대학을 중퇴하고 도쿄의 니혼 대학으로 편입한다. 니혼 대학 시절의 일화를 그는 이렇게 들려준다.

　동경에서 대학교 재학 시절 당시 서울 모(某) 여전(女專)에 있는 고종매(姑從妹)와 한 달에 두세 번씩은 의례 서신 왕래를 했다. 그 장문(長文)의 문장은 그대로 나의 인생론이었고, 문학론이었고, 또한 연애편지이기도 했다. 마치 창작을 하듯이 나는 온 정열을 기울여 편지를 썼고 언제나 중량이 초과되어 우표 두 장씩을 붙여 보냈다. - 「나의 작가수업」 부분.

그와 서신 왕래를 했다는 '서울 모 여전에 있는 고종매'는 「낙서족」에 등장하는 한상희를 연상케 한다. 한상희는 「낙서족」의 도현에게 이상적인 여인상이기도 하다.

좌충우돌형의 도현 곁에서 늘 마음의 중심을 잡아주는 여인이 한상희인 것이다. 도현이 이상적인 여성상으로 그리고 있는 상희는 어떤 인물인가. 상희는 비판적인 눈으로 도현을 바라보며 삶의 방법을 제시해준다. 처음에는 학업에 전념하여 실력을 쌓을 것을 권유하다가, 도현이 퇴학을 당함으로써 상급학교에 진학할 길이 막히게 되자 일본을 떠나 미국이나 중국으로 탈출하여 자신을 아껴두라고 설득한다.

사실 도현은 처음에 상희의 제의를 받아들이지 않고 적극적 투쟁 방법을 선택한다. 하지만 강간죄로 연행되었던 이후 경찰의 감시가 더욱 심해지자 상희의 일본 탈출이라는 제안은 도현의 마음을 움직인다. 그 제안에 도현은 새로운 희망을 가지고 일본을 떠나는 것이다. 그런 상희가 가공인물일 수도 있겠지만 기왕에 손창섭이 「나의 작가수업」에서 들려준 것처럼 문학론, 인생론, 그리고 연애 감정을 주고받던 서울의 고종매(姑從妹)에게서 하나의 이상적인 여성상을 느끼며 상희라는 인물을 만들어냈을 가능성도 배제할 수 없다. 반면 상희의 오빠 상혁은 손창섭이 「나의 작가 수업」에서 진술한 '자기만이 제일인 듯이 우쭐거리는 부류'의 전형적인 존재이다.

독실한 기독교 신자이며 포목점을 경영하는 홀어머니와 식민지 조국에 대한 안타까운 마음을 지닌 한상희가 방탕아로 진단한 한상혁은 당시 '자기만이 제일인 듯 우쭐거리는' 조선 유학생을 비판적으로 지켜보던 손창섭이 만들어낸 인물일 가능성이 높다. 반면 한상희는 성스럽고, 현실적이며 합리적 존재로 묘사되고 있다. 하지만 결국 그녀는 도현과 사랑의 결실을 맺기보다는 계속 동경의 대상으로 남아 있게 된다.

반면, 노리코는 복수와 성욕의 대상이다. 도현은 상희를 가지지 못하는 욕구를 노리코를 통해 충족하고 이를 '일본에 대한 복수심'에 의한 것이라고 자기 합리화한다. 특히 노리코가 도현의 아이를 임신했을 때도 그는 그녀가 단지 일본 여자였기 때문에 범했을 뿐이라는 말을 남긴다. 그러나 노리코와의 관계가 거듭될수록 도현은 노리코에게서 따뜻함을 느끼게 된다.

이렇듯 도현은 소설 속에서 두 명의 여성을 통해 정신적, 육체적인 면을 충족시킨다. 상희를 사랑하지만 상희를 육체적 대상으로 여기게 되는 자신의 모습에 죄책감을 느끼고 더 이상 다가가지 못하지만 노리코는 일본 경찰에 대한 모욕감을 표출하는 대상일 뿐이라는 것이다. 결국 그녀가 일본인이라는 점 때문에 노리코의 사랑은 받아들여지지 않고, 그녀가 자살함으로써 정신적 사랑과 육체적 사랑이 결합될 가능성은 더욱 사라지고 만다.

이렇게 볼 때 「낙서족」에 담긴 작가적 의도는 등장인물들의 가공 여부를 떠나서 육체적 사랑과 정신적 사랑을 동시에 갈구하는 작가 자신의 내면을 반영하고 있는데 손창섭의 경우 그 내면도 너무나 음산하다.

대부분의 딴 작품을 쓸 때와 마찬가지로 「유실몽」에 있어서도 작가가 의도한 근본적인 목표는 의미의 분산 작용에 의한 무의미에의 가치 부여에 있었음에 다름이 없다. 현대처럼 누구나가 모든 사실에서 무슨 심각한 의미를 추출해내려고 광분하는 시대도 드물 것이다. 더구나 인간을 대상으로 해서 즉, 인간 그 자체와 인간의 온갖 행위에서 무엇이든 그럴듯한 의미를 발굴해보려고 사정없이 파헤치는 바람에 점차로 인간의 내면에는 음산한 공동(空洞)과 그 표면에는 삭막한 버럭더미만이 늘어가고 있는지 모른다.

인간이란 것이 반드시 고가(高價)한 의미만을 다량으로 매장하고 있는 광산일 수는 없을 것이다. 인간의 생활이 결코 관념적인 의미의 퇴적이나 연결로만 일관될 수는 없다는 것이다. 보다 더 무의미한 면의 누적임을 우리는 발견하기 어렵지 않을 것이다. -「작업여적」 부분, 『한국전후문제작품집』, 신구문화사, 1960.

물론 이것은 「유실몽」(1956)에 대한 언급이지만 손창섭의 보편적인 문학관을 보여준다는 점에서 우리가 자전소설로 알고 있는 「낙서족」이나 「신의 희작」도 얼마든지 가공될 수 있음을 추론케 한다. 실제로 손창섭은 그의 소설이 갖는 문학적 의의보다도 그 자신이 지닌 독특한 인간적인 면에 의해서 더욱 많은 관심을 유발해온 것이 사실이다. 그렇다면 도쿄 니혼 대학 시절의 실제 생활은 어떠했을까.

대학교 시절은 비교적 경제적으로 무난한 시기였다고 할 수 있다. '요나끼소바' 혹은 '시나소바'나 '완땅야'라고 하면 동경 밤거리의 명물의 하나였다. 국수 구루마를 끌고 피리를 불며, 이슥한 밤거리를 돌아다니면서 '시나소바'나 '완땅'을 파는 것이다. 몸은 고단했지만 낮에는 학교에 가기가 편리했고, 수입이 좋아서 탐나는 책들을 어느 정도 구해 읽을 수가 있었다. 그러나 나는 문학하는 친구들과 사귀지도 않았고, 어떠한 문학 그룹에도 섞이지 않았다. 시간의 여유도 없었지만 갖은 수단으로 집에서 돈을 뽑아내다가 물 쓰듯 하는 일방(一方), 문학서를 끼고 밀려다니며 자기만이 제일인 듯이 우쭐거리는 부류를 나는 의식적으로 타기(唾棄)했다. 나는 언제나 혼자서 책을 읽었고 실생활 속에서만 인생의 의미를 발굴하려고 애썼다. 그것은 나 자신이 작가가 되려는 명확한 의식이 없었기 때문이기도 하다. 나는 다만 문학을 인생학(?)이라 생각하고 관심을 기울여 왔을 뿐이었다. 그 무렵 루쏘와 니체에게 도취되어 나는 열병환자처럼 된 적이 있었다. 특히 루쏘에게는 더 심하게 경도되었다. 루쏘의 한 마디 한 마디는 전부 내가 하고 싶던 말 같았고 그의 행동 하나하나 그대로 내가 원해온 행동이었다. 나도 루쏘처럼 10세나 연상의 여인과 연애를 해야겠다고 생각했다. - 「나의 작가수업」 부분.

루쏘의 문학뿐만 아니라 루쏘의 삶까지도 닮고자 했던 손창섭의 염원은 루쏘가 자식을 낳고도 자신의 호적에 올리지 않고 고아원에 맡겨버린 비정과도 맞물리는데 이런 루쏘의 삶은 공교롭게도 손창섭의 운명과도 우연의 일치일 정도로 들어맞는다.

5. 서울에서 근 2년

　　이제 니혼 대학을 중퇴한 손창섭은 우에노 지즈코와 시모노세키에서 혼인신고를 하고 동거하다가 조국 해방 소식에 접한 이듬해인 1946년 관부연락선을 타고 부산에 도착한다. 물론 아내와 두 아이는 처가에 맡겨놓은 상태였다. 10여 년 만에 조국이라고 찾아와 보니 도무지 말이 아니었다. 모든 게 엉망진창이었다. 때는 해방 직후의 미 군정 시기였다. 객관적 조건도 그에게는 불리했다. 일단 거처를 서울로 잡았으나 서울은 그에게 이질적인 장소나 마찬가지였다. 애초부터 비벼댈 언덕이나 그루터기란 있을 턱이 없었다. 여기서부터 그는 벌거숭이 인간의 최소한의 생존 가능성을 경험하기 시작한다. 그 경험은 「신의 희작」의 S를 통해 이렇게 진술된다.

　　잠은 서울역 대합실에서 잤다. 잘 곳 없는 사람들로 대합실은 언제나 미어지게 초만원이었다. 걸상은 하루쯤 노리고 있어야 어쩌다가 차례가 온다. 언제나 콘크리트 바닥에 무릎을 세우고 쪼그리고 앉아서 잤다. 편히 다리를 펴기는 고사하고, 고쳐 앉을 여유도 없을 만큼 대합실은 걸상이나 땅바닥이나 할 것 없이 사람으로 꽉 차 있었다. 거의 다 만주나 일본 등지에서 해방된 조국에 찾아 돌아와 의지할 데 없는 사람들이었다. - 「신의 희작」 부분.

S는 급기야 "나는 부모도 형제도 집도 돈도 고향도 조국도 없는 놈이다."라
고 허공에 대고 포효하듯 토해놓는다. 파출소 앞에서도 그렇게 짐승처럼
울부짖는다. 말없이 그를 바라보던 순경이 쫓아 나와 실랑이가 벌어지자
그는 오랜만에 헤딩 솜씨를 시험하기도 한다. 그러면 파출소 안으로 끌려들어
가 밤이 새도록 지드럭거리며 난롯불을 쬐는 혜택도 입었다.

　도리어 그러한 인간 몰락의 종점에서 그는 일종의 미묘한 쾌감조차 향락하는
것이었다. 그것은 변태적인 인간에게서만 찾아볼 수 있는 현저한 정신적 마조히
즘이었다. 그의 내부는 이렇듯 사치한 불행감이나 절망감이 쉽사리 좀먹지
못하는 대신, 그의 육체는 점점 파리해졌다. 제대로 먹지 못하기 때문이다.
- 「신의 희작」 부분.

S는 귀국한 첫해의 기나긴 겨울을 서울역 대합실에서 나고 봄을 맞이한다.
봄맞이 행사의 하나가 이를 잡는 일이다. 낡은 의복이며 봉두난발 속을
파고들어 알을 까놓는 이를 잡기 위해 S는 한강가로 나가 두꺼운 백지를
펴놓은 채 겉옷은 다 벗어놓는다. 내복 바람으로 한참동안 움직이지 않고
있으면 이 부대가 스멀거리며 출동하는 것인데 이때를 놓치지 않고 번개같이
내복을 벗어 종이에 털어놓는다. 백지 위에 무려 300마리 이상의 포로 부대가
생길 때가 있었다는 「신의 희작」의 진술은 아마도 거짓이 아닐 것이다.
사람도 먹을 게 없어서 도둑질을 해야 하는 극빈의 생활 속에서 이에게
피를 먹여 기르는 것처럼 억울한 일도 없을 것이다. 이와의 전쟁으로 봄
여름을 난 S는 이제 누군가에게 얻어들었던 엿장수의 길을 뚫어보기 위해
인천으로 찾아든다. 인천엔 걸어서 간다. 그러나 며칠 동안 인천 거리를

빙빙 떠돌지만 엿을 고고 켜고 해본 경험이 없으면 안 된다는 말을 듣고 쓸쓸히 돌아선다. 그나마 인천역 대합실에서 한 무리 가족이 들고 있던 큼직한 음식 보따리를 훔쳐 배를 채운 도둑질엔 추호의 죄의식도 없다. 다시 상경한 S는 이제 본격적인 앵벌이 집단의 일원이 된다.

귀국한 지 1년 반이 지나서야 S는 만주와 일본에서 돌아와 아사(餓死) 선상을 헤매고 있는 해방 따라지들과 공동으로 운명을 타개해나갈 방략에 가담할 수 있었다. 10여 명의 청년이 주동이 되어 '자활건설대'라는 그럴듯한 단체를 조직한 것이다. 연줄 연줄로 아는 사람까지 모여서, 용산 역전의 조그마한 적산 가옥에 초라한 간판을 내걸고 발족을 했을 당시는 정대원만 꼭 20명이었다. 그러나 그들이 거느린 가족 수까지 합치면 100명 가까이 되는 대식솔이었다. 이러한 대세대가 공동생활을 시작한 것이다. -「신의 희작」 부분.

그러나 이 생활도 얼마 가지 못한다. 적산 가옥 하나를 통째로 징발해 집단 세력의 완력으로 점유하려던 이들 앞에 경찰이 단속을 나와 건물을 비워주라는 명도령(明渡令)을 내릴 때 S는 또다시 주먹다짐으로 경찰관을 넘어뜨린 뒤 서울을 벗어난다. S는 초만원인 삼등 객차를 타고 목포로 향한다. 이렇게 해서 약 삼 개월에 걸친 기묘한 유랑 생활이 시작되는데, 목포의 어느 읍이나 면에서 좌익 인사를 방문해 시국에 대한 과격한 언사의 기염을 토하면 일주일 정도 식객 노릇을 할 수 있었다. 그건 대합실 거렁뱅이 신세에 비해 호사스런 유랑이었다. S는 그러던 중 여수에 사는 백기택이라는 친구를 찾아간다. 백기택은 일본에서 중학 시절에 사귄 친구였고 S가 일본에서 떠나기 직전까지 서신 왕래가 있었기에 지즈코도 그의 집 주소를 알고 있을 정도로 교분이 두터운 사람이었다. 백기택에게 가니 지즈코의 편지가 세 통이나 와 있었다. 더구나 두 어린 것을 안고 찍어 보낸 지즈코의 사진을 보는 순간, S는 가슴이 그대로 꽉 메어버리고 마는 것이다.

"언제든지 네가 생활 토대만 잡는다면, 지즈코 상을 데려오는 건 내가 책임지지."

친구는 풀이 죽은 S를 위로한다.

하지만 다시 서울로 되돌아온 그는 자활건설대의 일원으로 거리를 배회하다가 어떤 시비 끝에 공무 집행중인 미군 부대 통역관을 받아넘기고, 군정 재판에 걸려 서대문형무소에서 한 달간 복역하게 된다. 세상과 격리된 형무소의 풍경을 손창섭은 이렇게 그리고 있다.

동굴 속같이만 느껴지는 방이다. 그래도 송장보다는 좀 나은 인간이 10여 명이나 무릎을 맞대고들 앉아 있는 것이다. 꼭 같이들 푸른 옷으로 몸을 감고 있는 것이다. 밤이 되어도 자라는 명령이 떨어지기 전에는 누구 하나 멋대로 드러누울 수 없는 것이다. 밤중에 자지 않고 일어나 앉아 있어도 안 되는 것이다. 앉거나, 서거나, 눕거나 할 자유조차 박탈당한 그들에게는 먹고, 배설하고, 자는 일만이 허용되어 있을 뿐이다. 나머지 시간은 그냥 주체스럽기만 한 것이다. (중략)

이 안에서는 누구나 내의를 입지 못하게 되어 있는 것이다. 알몸뚱이에 고름 없는 여름 두루마기 같은 수의를 걸치고 있을 뿐이다. 수의자락만 들치면 그대로 맨살이다. 그러기에 주사장은 손쉽게 양담배의 엉덩짝을 어루만질 수가 있는 것이다. 양담배는 기분 나빴지만 처음에는 가만히 있었다. 그러자 주사장은 양담배의 옷자락을 훌렁 걷어 올리더니 누운 채로 등 뒤에서 꼭 끌어안으며 이상한 짓을 하려 드는 것이다. 그제야 양담배는 좀 당황했다. 이 자가 미쳤나 싶었다. 아무리 잠결이라 쳐도 남녀를 식별하지 못하랴 싶었다. 양담배는 징그러웠다. 그는 얼른 자기의 수의 자락을 내려 아랫도리를 꽁꽁 감싸듯이 한 것이다. 또 얼마가 지나서다. 양담배가 이번에도 잠이 들락말락하는데, 도로 옷자락이 헝클어지더니, 뒤에서 주사장이 꽉 끌어안는 것이었다. 항문에 불쾌한 압박감을 느끼는 순간, "왜 이럽니까?" 하고, 양담배는 후다닥 뛰어 일어나려고 했다. 그러나 주사장의 억센 팔뚝은 양담배의 허리를 껴안은 채 놓아주지 않았다. "가만히 있어 이 자식아!" 그래도 양담배가 버둥거리니까 "잠자쿠 있지 않으문 모가질 비틀 테다!" 하는 것이다. -「인간동물원초」부분.

교정을 목적으로 한 교도소의 존립 자체가 동물원 수준으로 전락하는 현장을 한편으로 유머스럽게 한편으로는 쓴웃음이 지어지게 그려나간 손창섭의 필치는 감방 안에서 인간은 별명으로만 불리는 번역된 동물이나 마찬가지라는 점에 초점을 맞춰나간다. 여고생 다섯 명을 농락한 끝에, 초등학교 다니는 소녀에게까지 상처를 입히고 들어와 하루에 한 번씩 빈혈증을 일으키는 핑핑이, 미군 부대 인부로 일하다가 양담배 한 보루를 사서 숨겨서 나오다가 발각된 양담배, 임질병이니, 옴쟁이니, 전차 운전사니 하고 부르는 것도, 당사자의 직업에서 온 별명인 것인데, 가끔 변기 위에 올라서서 창밖으로 맞은쪽 감방을 건너다보며 영어로 무어라고 지껄이는 통역관까지 합치면 세상의 괴질과 저질을 다 모아놓은 인간 범죄의 축소판이 따로 없는 것이다. 그중에서도 별명의 압권은 핑핑이인데 그는 "아아, 머리가 돈다, 머리가 핑핑 돈다, 지구가 핑핑 돈다."라며 눈을 감고 머리를 몇 번 내젓다가 그 자리에 푹 꼬꾸라지는 것이다.

한번은 핑핑이가 슬며시 다가앉더니, 양담배에게 웃으며 이런 귀뜸을 해주는 것이었다. "인제 한 달만 겪어봐, 너두 머리가 핑핑 돌다가 쓰러지군 할 테니." 그럴더라도 할 수 없다고 양담배는 각오한 것이다. 애초부터 이런 데 들어오게 된 것이 불운이라고 생각하였다. 양담배 한 보루 샀던 일이 새삼스레 후회되는 것이다. 지금 와서는 후회해도 소용없는 것이다. 만기가 되어 여기를 나가기만

하면 병원부터 가봐야겠다고 생각하는 것이다. 항문이, 그리고 내장이 썩기 전에 병원에 달려가서 보아달래야겠다고 벼르는 것이다. - 「인간동물원초」 부분

감방 안의 동성애로 인한 항문 탈장은 딱히 양담배만의 체험은 아닐 것이다. 그건 수감인이라면 거개가 겪을 수밖에 없는 통과의례일진대 이 인간 말종의 동굴 속 풍경이야말로 미 군정 치하에서 폭력과 매음과 소매치기가 날뛰는 해방 정국의 한 단면을 고스란히 보여주고도 남는다.

6. 평양에서 근 2년

복역을 마치고 석방된 S는 1948년 삼팔선을 넘어 고향인 평양을 찾아간다. 마침 남북한에 걸쳐 콜레라가 창궐하여 교통망이 두절되었던 여름이라, S는 서울서 함흥까지 노숙을 하며 꼬박 십구 일이나 걸었다. 함흥에선 기차 편으로 평양에 닿았다. 고향에서는 소학교 시절의 동창들이 있어서 간신히 비벼댈 수는 있었지만, 그곳은 도저히 자리를 잡을 곳이 못 되었다. 「신의 희작」의 S는 '거기서 이 년간을 그는 끽소리도 못하고 죽어지냈다.'며 이렇게 진술한다.

장기인 대갈짓 발길짓도 전혀 소용에 닿지 않았다. 방자한 그의 인간성이 결코 뿌리박을 수 없는 불모의 지역임을 깊이 깨달은 것이다. 마침내 어떤 사건으로 반동분자의 낙인이 찍히게 되자, 그는 겁을 집어먹고 도로 삼팔선을 뚫고 월남해버리고 만 것이다. - 「신의 희작」 부분

한 증언에 의하면 당시 손창섭은 평북 어딘가에서 교사 생활을 하며 지낸다.

50년대 전반기를 대표하는 신인 소설가 한 사람을 꼽자면 여러 말이 필요 없이 손창섭인데, 그의 인간 됨됨이부터, 독특한 세계를 지녔던 그의 일련의 소설들, 모두가 50년대적이었다. 황금찬이가 그이에게서 직접 들은 바에 의하면, 해방 직후 일본에서 돌아온 손창섭은 평북 어디선가 여학교 교직을 맡았었다던 가. 그런 어느 날, 아이들 앞에서 몇 마디 한 것이 당국에 걸려 한바탕 소란을 벌인 뒤, 하숙방으로 돌아와 혼자서 화를 삭이지 못하고 있는데, 문득 바깥으로 난 유리 창문이 와장창 깨지며 돌덩이 하나가 날아 들어오더란다. '이놈들이 기어이 이런 식으로 테러를 해오는구나' 싶어 심란하게 그 돌덩이를 보니, 조금 수상쩍었다. 비로소 돌덩이에 동여맨 쪽지를 헤쳤다. 거기에는 '선생님, 오늘밤 안으로 급히 떠나십시오. (중략) 그렇게 월남한 손창섭은 50년대 전반기 에 일련의 중·단편으로 그야말로 피를 토하듯이 울분을 토하다가, 이 '썩어빠 진' 남한 땅에서도 못살고, 저주 저주 끝에, 아예 증발하듯 70년대 초에 일본으로 건너가 버렸다. —이호철, 『문단골 사람들』 부분, 프리미엄북스, 1997.

때는 해방 이후 소련 군정 치하의 평양이다. 황금찬이 들었다는 '평북 어디선가 여학교 교직을 맡았다.'는 말은 손창섭의 평양 시절 제자 노윤기의 증언에 의해 더욱 구체화된다.

손창섭 선생은 1947년 평양 무성공업학교(이후 체신학교에 흡수 통합) 국어 교사로 재임하셨어요. 제가 개인적 사정으로 늦게 학교에 들어가는 바람에 선생과는 여섯 살밖에 차이가 나지 않지요. 해방 직후 신설된 무성공업학교 시절, 손 선생은 공산주의에 대해 상당히 비판적인 입장이었지요. 수업 때도 체제 비판적인 말을 자주 했던 것으로 기억하는데, 손 선생은 사상적으로 이북 사회와 맞지 않다고 판단해 월남한 것으로 알고 있습니다. 월남하기 직전, 손 선생은 무성공업학교가 체신학교로 통합되자 황해도의 한 중학교로 자리를 옮겼으나 그곳에서도 적응하지 못했다고 들었지요. - 노윤기의 증언.

노 씨에 다르면 손창섭은 월남 직후, 연세대 뒷산에 움막을 짓고 평양 체신학교 시절의 제자들과 함께 생활했다. 그는 또 '손 선생은 움막 시절에도 웅크리고 앉아 글을 쓰고 있을 만큼 소설에 열정을 쏟았던 분'이라며 '해방 직후 남한으로 내려온 체신학교 시절의 동창 모임이 매년 열리고 있으나 손 선생은 국내에 거주할 당시에도 한 번도 참석한 적이 없다.'고 덧붙였다.

이 증언 가운데 손창섭이 움막 시절에도 웅크리고 앉아 글을 쓰고 있을 만큼 소설에 열정을 쏟았다는 대목은 손창섭 연보에서 엿볼 수 있는 '1949년 부산에서 발행하는 <연합신문>에 독자 투고로 발표한 단편 「얄구진 비」'와 맞물려 검토해볼 수 있다. 「얄구진 비」는 1949년 3월 29~30일 두 번에 걸쳐 독자 투고란에 연재됐다. 그는 해방 이후 귀국해서 갖은 하류 인생을 전전하며 연명하면서도 창작에 열정을 불태우고 있었다.

단순히 인생이라고 생각하고 문학에 관심을 가졌던 내가 문학의 가치와 의의를 정정당당하게 인식하고 본격으로 문학 공부를 해야겠다고 서둘기 시작한 것은 바로 해방 이듬해 귀국하고 나서부터였다. 그러나 그나마도 여의치 않았다. 귀국 이래 근 10년간에 일시일시(一時一時)는 군밤 장사, 넝마 장사, 참외 장사까지 해서 연명했고, 차츰 자리가 잡히면서 중·고등학교 교원, 잡지사 기자, 출판사 편집원 등의 직업을 거쳐 오는 동안 제대로 문학 공부를 좀 해보려던 환국(還國) 당초의 뜻도 역시 지지부진한 가운데 한결같이 의식주에 시달리는 생활만을 오늘날까지 계속해 왔을 뿐이다. 내가 그처럼 생활의 위협을 면치 못하는 것은 비위에 맞지 않는 직장이면 금을 준대도 배겨나지 못하는 괴벽(怪癖)한 성격에 기인하는 바가 많다. - 「나의 작가수업」 부분.

평양으로 간 손창섭이 무성공업학교와 황해도의 한 중학교 교사로 재직하는 동안 어떤 일을 겪었는지에 대해선 알려진 바가 없다. 그러나 노윤기의 증언대로 그는 토지 개혁과 사회주의 일체감을 통해 획일화된 공산 사회를 건설하던 북한 체제에 비판적이었다고 하니, 평양도 그가 살 곳은 되지 못했을 게 분명하다. 손창섭은 이 시절에 대한 작품을 전혀 남겨놓지 않았으니 그 내밀한 속사정을 지금으로선 전혀 알 수 없다. 「신의 희작」에서 한 진술은 이런 저간의 상황에 대한 간략한 설명이라고 말할 수 있다.

서울서의 고달픈 부랑인의 생활이 또다시 계속되는 동안 대한민국이 서고, 차츰 질서가 잡히면서부터, 그도 하찮은 직장을 구해 비로소 '생활'의 기초적인 형태나마 겨우 갖추게 되었다. 그러자 뒤 이어 돌발한 6·25 사변, 부산의 피난살이로 그의 생활의 첫 단계는 도로 무너져버리고 만 것이다. - 「신의 희작」 부분.

'서울서의 고달픈 부랑인의 생활'이란 북한에서 다시 월남해 평양 무성고등학교 졸업생들과 연세대 뒷산에 움막을 짓고 살던 넝마주이 시절을 의미할 터이다. 그러나 뒤이어 돌발한 한국전쟁으로 인해 그의 생활의 첫 단계는 도로 무너져버리고 만다.

7. 부산에서 근 5년

1) 지즈코와의 극적인 해후

등단 무렵인 1953년 3월의 손창섭과 22세 우에노의 모습

부산 피난살이 과정에서 손창섭은 교토에 남겨놓고 온 아내 지즈코와 극적이고도 운명적인 해후를 한다.

그것은 뜻밖에도, 정말 너무나 뜻밖에도 부산 거리에서의 지즈코와의 해후다.

초라한 모습으로 길가에 마주 서 있던 S와 지즈코는 서로 자기의 눈을 의심하며 한참 동안이나 말을 못하고 바라만 보고 있었다. 나중 지즈코가 한국에 건너오게 된 경위와 그 뒤에 겪은 파란을 들었을 때 S는 몹시 감동하였다.

S의 소식을 몰라 애태우던 지즈코에게, 한국에 건너만 오면 S를 만나게 해줄 터이니 그렇게 하라는 권유의 편지가 백기택에게서 보내졌다는 것이다. 그 편지를 받아본 지즈코는 다소 망설였으나 드디어 어린것들을 친정에 맡긴 다음, 기택이가 주선해 보낸 선편으로 단신 여수항에 도착했던 것이다. 그러나 한 달이 가고 두 달이 지나도 S와의 만날 길은 막연하기만 했다. 기택은 S의 행방을 탐지하느라고 처음 얼마동안은 무척 고심하는 모양이었으나, 차츰 지쳐버렸는지 미안하다고 사과하면서 S쪽에서 연락이 있을 때까지 좀 더 기다려보라는 말을 되풀이할 뿐이었다. 지즈코는 당황하여 일단 일본에 돌아가서 소식을 기다리려 했으나, 이왕 건너온 김에 좀 더 참고 기다려보자고 달래며, 좀처럼 보내주려고도 하지 않았다. 그러는 동안에 처자가 있는 기택은 마침내 강제로 지즈코를 범하고 만 것이다. 이 나라 언어와 풍토와 풍습에 서투른 지즈코는, 그 뒤 꼼짝 못하고 기택에게 잡혀 지내는 수밖에 없었다.

마침 그런지 수개월 뒤에, 의외에도 여수 순천 반란 사건이 폭발하게 되었고, 그 통에 기택은 빨갱이에게 피살되고 말았다. 지즈코는 망연했다. 일본서 건너올 때 약간 준비해가지고 왔던 귀금속류를 팔아서 부산에 당도했다. 거기서 일인 수용소에 정식으로 귀국 신청 수속을 밟아놓고, 어느 피복 공장의 임시 여공으로 있으면서 송환되는 날만을 기다리고 있었던 참인 것이다.

만수사(萬壽寺)가 있는 뒷산에 올라가 그런 얘기를 마치고 난 지즈코는, 인제는 차라리 일본에도 돌아가지 않고 이대로 죽어버리고 싶다고 하면서 자꾸만 울었다. 이처럼 통속소설 같은 인연으로 다시 만나게 된 그들은, 이제까지의 모든 것을 과거의 악몽으로 돌려버리고, 그야말로 '새로운 생활'을 위한 약속과 설계 밑에 재출발했던 것이다. (중략)

어느 날 지즈코는 기쁨을 감추지 못하며 그에게 임신의 징조를 알렸다. 그는 몹시 당황했다.

"새낀 필요 없어. 당장 가서 떼버리고 와."

아내는 영문을 몰라 S의 얼굴을 쳐다보며,

"왜요?"

근심스레 물었다.

"난 새끼를 기를 자신이 없어. 단둘이 먹고 살기도 벅찬데, 무얼 해서 새끼를 먹이구 입히구 학교에 보낸단 말야. 난 과거의 반생을 제대로 먹지도 입지도 못하고 살아온 사람야. 나머지 반생마저 새끼를 위해서 착취당하고 희생되구 싶진 않아." - 「신의 희작」부분.

S의 이런 괴팍한 성격이며 새끼 따위는 거추장스러운 것으로 취급하는 냉정함은 가히 '피로 쓴 선언'과도 같다. 그런데 S가 그런 성격을 가지게 된 데는 선천적인 부분과 후천적인 부분이 겹쳐 있을 것이다. '선천적인 부분'은 「신의 희작」에서 어린 시절의 S가 어머니의 불륜과 자신의 성기를 한밤중에 주무르던 어머니의 욕설인 "요, 배라먹을 놈의 종자가……"라는 저주에서 비롯됐을 가능성이 높다. 자식을 낳아봤자 배라먹을 종자에 불과할 뿐인 데다 '언제나 무엇에 도취하듯 자신 있게 저질러버릴 수 있는 가능성'을 염두에 둔다면 전란으로 폐허가 된 이 땅에서 자식을 낳는다는 것은 미친 짓이자 허무라는 사실을 그는 스스로에게 주입시키고 있었던 것이다.

이에 비해 '후천적 부분'은 그가 읽은 루소의 영향일 터이다. 근대적 의미의 첫 지식인으로 평가되는 장 자크 루소는 평생 '인간 회복'을 외친 계몽주의 철학자였다. 하지만 그는 세탁부 출신의 여인 테레즈 르바쇠르와의 사이에서 태어난 다섯 명의 아이들을 고아원에 내다버렸다. 첫 아이를 고아원에 갖다버릴 때 루소는 아이의 옷에 숫자를 적은 카드를 넣었을 뿐, 나머지 네 명의 아이들에게는 카드를 넣어주지도 않았다. 그는 아이 다섯 명의 생년월일도 기록하지 않았고 그 아이들이 어떻게 됐는지에 대해 관심을 갖지도 않았다. 1761년에 딱 한 번, 테레즈가 죽어가고 있을 때 마지못해 맏아이의 행방을 찾으려고 숫자 카드를 활용하기는 했으나 그마저도 포기하고 말했다. 그는 말년의 저서 『고백록』에서조차 이 문제에 대해 변명으로 일관했다.

집안일과 아이가 내는 소음으로 내 다락방이 가득 차 있는 상황에서 어떻게 내가 일을 하는 데 필수적인 마음의 평온을 얻을 수 있겠는가? 그 어떤 아버지도 내가 아이들에게 해줄 수 있을 만큼 자애롭지는 않을 것임을 나는 너무나 잘 알고 있다. ―폴 존슨, 『지식인의 두 얼굴』 을유문화사, 2005에서 재인용.

「신의 희작」에 따르면 S의 어린 시절, 아버지는 일찌감치 집을 나가 돌아오지 않았고 바람난 어머니는 동네 골목길에서 실성한 듯 남자들에게 꼬리를 치며 아들을 개만도 못한 놈이라고 학대했지 않았던가. 생일은커녕 생일상을 차려먹은 적도 없는 S는 야뇨증에 걸려 요에 노란 오줌을 질질 흘리기 일쑤였다. 모정 결핍으로 인한 정신적 외상은 평생 그를 괴롭혔을 것이다. 「신의 희작」에는 이런 정신적 외상에 대해 상세한 진술이 등장하지만 문제는 그로 말미암아 후손에 대한 무의미성, 즉 자식에 대한 환멸로 그 트라우마가 확대되었다는 점에 있다. 다시 말해 「신의 희작」의 주인공 S를 손창섭과 동일시할 때 환멸이라는 단어는 더욱 생동감을 얻게 된다.

한편 「신의 희작」에 앞서 손창섭이 등단 직후인 1954년 『현대공론』에 발표한 단편 「생활적」에도 지즈코와의 극적인 해후를 연상시키는 대목이 있어 흥미롭다.

말하자면 부산 시절, 손창섭 자신의 실생활을 적나라하게 드러낸 게 제목에서부터 그 적나라함이 묻어나는 단편 「생활적」인 것이다. 「생활적」에서 주인공 동주와 함께 하코방 집에 사는 봉수가 판자 너머로 동주의 동거녀 춘자를 "미세스 하루코상" 하고 부르면서 자신이 우동 가게를 내려고 하는데 기왕이면 일본 여자를 소개해달라고 청을 넣는 장면이나 "기쓰네 우동, 카레 우동, 고모쿠 우동 같은 것을 만들

1953년 11월의 손창섭

자면 아무래도 일본 여자라야 하지 않겠냐."라는 봉수의 말은 아주 지어낸 일은 아닌 것이다. 실제로 우에노 여사가 일본인 출신이고 생활력이 강하다는 사실을 감안하면 손창섭은 생계를 위해 아내에게 우동 가게를 하는 게 어떻겠냐고 넌지시 속마음을 떠봤다 해도 과언은 아닐 것이다.

그런지 2~3일 뒤에 동주는 거리에서 뜻밖에도 춘자를 만났던 것이다. 춘자 편에서 먼저 걸음을 멈추고 동주를 빤히 쳐다보았다. 동주도 춘자를 마주 보았다. 어디서 본 듯한 얼굴이긴 한데 누군지가 기억에 얼핏 떠오르지 않았다. 춘자가 먼저 말을 걸었다. "저 실례지만 교토(京都) 히가시야마 중학교 다니지 않았어요?" 어딘가 발음이 이상했다. 동주가 그렇다고 하니까, 그러면 '미야다 도시오'를 알겠느냐고 물었다. 그제서야 동주는 앞에 서 있는 여자의 얼굴에서 중학 동창인 '미야다 도시오'의 어린 여동생의 모습을 발견할 수가 있었다. 그러면 당신은 '미야다'의 여동생이 아니냐고 그제서야 놀랐다. 여자는 이번에는 일본말로 자기는 '미야다'의 누이동생인 '하루코'라고 했다. 그러고는 대뜸 눈물이 글썽글썽해지는 것이었다. 춘자는 도리어 제 편에서 동주를 가까운

중국음식점으로 끌고 들어갔다. 거기서 춘자는 자기가 겪어온 파란중첩한 과거를 눈물 섞어 이야기하는 것이었다. 해방되던 해 봄에 한국 청년과 결혼해 가지고 해방이 되자 곧 남편을 따라 한국에 나왔다는 것이다. 남편의 고향인 전라도에 가 살다가 여수·순천 반란 사건 통에 경찰에서 일보던 남편은 학살당했다. 그 뒤 일본에 돌아가려고 부산에 오기는 했으나, 호적 초본이 있어야 외무부에 정식 수속을 밟을 수 있는데, 친정과 연락이 취해지지 않아서 여태 돌아가지 못하고 있노라는 것이었다. 부산에 와서 3년 이상 아는 사람 하나 없는 낯선 고장에서 약한 여자의 몸으로 목숨을 이어오기가 얼마나 고달팠는지 모른다는 것이었다. 현재는 어떤 피복 공장에 다니며 간신히 입에 풀칠을 해간다고 했다. 춘자는 동주를 오빠라고 불렀다. 이런 데서 오빠를 만나게 되니 물에 빠진 사람이 배를 만난 것같이 든든하다는 것이었다. 동주는 솔직히 지금의 자기 처지를 말하고 나서 힘이 되어주지 못해 유감이노라고 했다. 춘자의 얼굴에는 일시 실망의 빛이 어렸으나, 자기는 무슨 물질적인 조력을 바라는 것이 아니니 정신적으로나마 극력 붙들어달라는 부탁이었다. 동주는 할 말이 없었다. 요즘은 줄어서 열두 관 얼마밖에 안 나가는 자기의 육체 속에서 도대체 얼마만한 정신적 알맹이가 들어 있을까를 생각해보는 것이었다. – 「생활적」 부분, 『현대공론』 1954년 11월.

동주와 극적으로 해후한 교토 출신 춘자의 진술로 미뤄보건대 춘자는 바로 손창섭의 아내인 우에노 지즈코의 변형된 인격체임이 거의 틀림없다. 게다가 동주가 춘자의 오빠와 함께 교토의 히가시야마 중학교 동창이라는 것도 사실에 가깝다고 할 때, 이 장면은 지즈코와 S의 극적인 해후 과정을 「신의 희작」에 앞서 세세하게 그려낸 것에 다름 아니다. 「생활적」의 또 다른 장면은 부산 시절에 일본인 아내와 동거하던 당시, 주변의 따가운 시선과 비아냥거림으로 인해 손창섭이 상당히 곤혹을 치렀음을 보여준다.

"일본 네펜넨 대리구 사는 맛이 아주 기가 맥히대디? 제미씨, 누가 나한테 일본 년 하나 붙에주디 않나. 그렇대문 내 한 밑천 듬뿍 줴주갔는데……" 그러고는 꾸룩꾸룩 이상한 소리로 웃어넘기는 것이다. 오늘도 그러한 봉수의 웃음소리를 들으며 동주는 왜 자기가 이처럼 천대를 받아야 하는가를 연구해보는 것이다. - 「생활적」 부분.

또한 일본인인 춘자의 소설적 진술을 살펴보면 실제로 우에노 여사가 손창섭에게 어떤 호칭을 사용했는지 유추케 하는 대목도 있다.

"몸이가 좀좀 나빠만 가지 않아요." 춘자는 결코 저희 나라 말을 쓰지 않았다. 반드시 발음이 어색한 국어만을 쓰는 것이다. 춘자는 그것이 한국 사람에 대한 자기의 정성이라고 생각하고 있는 모양이었다. 그는 또 어쩐 일인지 동주를 '오빠', '단신', '선산님'으로 때에 따라 구별해 불렀다. 자기 신세타령을 하거나 고향 이야기를 할 때에는 으레 '오빠'다. 밤에 잠자리에서나 그 밖에 대개는 '단신'이라 불렀다. 어떤 문제에 대해서 의견을 물을 때는 정해놓고 '선산님은 오또케 생각하세요?' 했다. 그것은 일종의 우울한 공식이었다. - 「생활적」 부분.

「생활적」에는 춘자가 동주를 만나기까지 여러 남자를 거쳐 왔으며 방세를 못 내서 쫓겨난 뒤 고리짝 하나를 지고 굴러왔다는 둥, 여순 사건 때 죽은 첫 번째 남편과 서른 가까운 대학생인 두 번째 남편, 그리고 키가 작달막하고 통통한 무역 브로커인 세 번째 남편에 대한 이야기를 아무 거리낌 없이 동주에게 들려주는 대목이 있다. 문제는 여러 남자를 거쳐 온 춘자를 동주가 순순히 받아주는 태도에 있는데 그게 가능했던 것은 시체가 널브러진 전쟁의 상황에서 목숨만 부지할 수 있었다면 나머지는 여하한 사정이 있었다 해도 다 용서받을 수 있었던 절박한 인간의 심리를 반영하고 있다는 점이다. 아니 누가 누구를 단죄하고 용서할 처지에 있는 것도 아니었다. 「생활적」은 손창섭의 등단 직후 작품임을 감안할 때, 지즈코와의 만남이라는 팩트를 소설적 재제로 가져와 팩트에 허구의 옷을 입혀 과장된 이야기를 삽입했을 가능성도 배제할 수 없다. 「생활적」의 한 에피소드인 물 소동에서도 손창섭과 지즈코가 함께 살았던 부산의 하코방 시절을 어림해볼 수 있다.

춘자가 공장에서 돌아오기 전에 동주는 바께쓰로 물을 길어다 놓아야 하는 것이다. 물 마른 부산, 가뜩이나 이런 산꼭대기에서는 그게 결코 용이한 일이 아니었다. 샘터까지는 15분 이상 걸렸다. 판잣집과 판잣집 사이의 좁은 길을 빠져나가면 산허리에 간신히 알아볼 정도로 발이 붙지 않는 비탈길이 있다. 그 길을 얼마간 돌아 올라가면 범 형상을 한 바위 밑이라서 범 바위 우물이라는 샘이 있다. 그리로 통하는 길 언저리는 맨 똥이다. 거기뿐 아니라 이 부근 일대는 도대체가 똥오줌 천지였다. 공기마저 구린내에 절어 있는 것이었다. 이곳 하코방들에는 변소가 없었다. ─「생활적」 부분.

그런가 하면 단편 「피해자」의 주인공 병준의 직업은 한국전쟁 직후 몇 달째 봉급을 타지 못해 굶주리고 있는 출판사 직원이다. 이는 피난지 부산에서 출판사 직원을 위시해 수많은 직업을 전전하며 생계를 유지해왔다는 손창섭 자신의 진술을 감안할 때 출판일을 하는 동안에 알게 된 한 에피소드를 소설로 쓴 것으로 보인다.

병준은 맨땅에 누운 채로, 사장이 이번 월말 수금을 해서는 월급을 주겠다는 말을 신음 소리처럼 몇 번이나 되풀이하는 것이었다. 그러면 월말까지 한

번 더 속아보기로 하자고 투덜거리며, 할 수 없다는 듯이 장인과 아내는 그대로 병준을 부축하고 돌아왔다. 다음 날 그는 출근하는 길로 사장에게, 월말에는 틀림없이 월급을 청산해달라고 애걸하듯 몇 번이나 당부해두었다. 만일 이번 월말에도 월급을 못 타게 된다면 수면제를 먹지 않더라도 자기는 죽는 수밖에 딴 도리가 없을 것이라고 그는 생각하는 것이다. – 「피해자」 부분, 『신태양』 1955년 3월.

피난지 부산에서는 누구나 가난했다. 「피해자」의 주인공 병준처럼 마흔이 다된 나이에 장가도 못 간 노총각이 수두룩했다. 꼽추처럼 등이 굽은 병준에게 동네 애꾸눈 반장이 접근해오더니 중매를 서겠다고 한다. 게다가 상대 여자가 미인이라는 말에 우격다짐으로 선을 보기는 했지만 나중에 알고 보니 여자는 두 살짜리 계집아이가 딸린 과부로 세 번째 결혼이었고 반장은 여자의 아버지였다. 반장은 생계를 꾸리려고 병준을 머슴처럼 부리기 위해 수작을 건 것인데 병준은 쥐꼬리만 한 월급으로 식솔을 거느린 가장이 되어 착취당하고 만다. 독신 시절에 장만한 오버, 시계, 우산, 심지어 겨울 내의까지 팔아먹은 병준은 급기야 폐병이 도져 죽고 만다. 꼽추, 애꾸눈, 과부 등 하류 인생이 넘쳐나는 피난지 부산에서 손창섭도 지즈코와 함께 어려운 생활고를 겪었던 것이다.

2) 교사 시절

손창섭은 부산 시절에 여중학교 교사 생활을 한 것으로 알려지고 있으나 학교명을 비롯해 그 시절에 대한 정확한 정보는 남아 있지 않다. 다만 1957년 『현대문학』 7월호에 발표한 단편 「소년」 등은 그 시절의 체험을 바탕으로 한 작품이다. 「소년」의 주인공은 여선생 구남영이다. 학교에 부임한 지 얼마 되지 않은 남영은 담임을 맡은 반의 문제아 한 명 때문에 골치를 썩인다. 이름은 창훈이다. 어느 비 오는 날, 일직을 하고 숙직 선생을 기다리며 책을 읽던 남영은 갑자기 창밖을 내다본다. 아이들의 싸우는 소리가 들렸기 때문이다.

> 남영은 나가서 아이들을 데리고 들어왔다. 사내아이는 마침 남영이가 담임한 4학년 '다'반의 이창훈이었다. 계집아이는 그의 누나 5학년의 창숙이었다. 옷주제들은 말이 아니었다. 장난꾸러기가 되어 그런지 창훈의 옷은 더욱 심했다. 거지애나 다름이 없었다. 비에 젖은 오뉘의 몸에서는 지린내 비슷한 악취가 푹푹 끼쳤다. 남영은 그들을 걸상에 앉히고 나서 수건으로 두 애의 얼굴이랑 머리랑 닦아주며 부드럽게 물어보았다. "왜들 그러니?" "얘가 집에 안 간대요."
>
> ─「소년」 부분.

창숙이는 집에 가기 싫어하는 창훈을 달래고 있던 중이었다. 남영은 창훈의 집안에 대해 물어보고 싶은 말이 많았지만 창숙이가 꺼려하는 모습을 보고 더 이상 물어볼 수 없었다. 교실을 나오기 전에 남영은 벽에 붙어 있는 아이들의 그림과 글씨를 한번 훑어보았다. 그 가운데는 남영이 감탄해 마지않는 그림과 글씨가 여러 장 붙어 있었는데, 그것은 한결같이 창훈의 작품이었다. 특히 여남은 살 되었을 사내애와 계집애의 나체화는 남영을 놀라게 해주었다. 그 그림은 한 쌍의 소년 소녀가 알몸으로 나란히 뒷짐을 짚고 서 있는 뒷모양이었다. 배경 전체는 암흑 일색이다. 전면을 새까맣게 칠해 버린 바탕 한가운데, 아이들의 불그스름한 살색만이 유난히 빛나 보였다. 크레용으로 이만큼 효과적인 색깔과 생동하는 실감을 나타낸 그림을 남영은 일찍이 본 기억이 없었다. 그러나 남영이 더욱 놀라지 않을 수 없는 이유는

딴 데 있었다. 그 그림이 풍기고 있는 섹슈얼한 매력인 것이다. 서로 닿을락
말락한 어깨와 툭 불거진 엉덩이의 선도 선이려니와, 똑같이 뒷짐을 짚고
서 있는 두 아이의 손가락 끝이 금시라도 서로 꼭 쥐어질 것만 같이 느껴졌다.
물론 어느 외국 잡지 같은 데서 보고 그린 것이겠지만, 남영은 이 그림을
대할 적마다 가슴이 울렁거린다.

　장면은 바뀌어 이번엔 점심시간이다. 남영은 별 일 없이 교실에 들렀다.
교실에는 아이들이 몰려 무언가를 보고 있었다. 창훈이 아이들에게 뭔가를
보여주고 있었다. 남영은 창훈에게 사진을 내놓으라고 말했지만 창훈은
쉽사리 내놓지 않았다. 그 자리에 버티고 서서 움직이지 않으려는 창훈을
남영은 살살 달래어 숙직실로 데리고 갔다.

　남영이 사진을 빼앗지 않는다는 조건하에 창훈은 사진을 남영에게 보여
주었다. 사진을 집어 드는 순간, 남영은 얼굴이 확 달아올랐다. 하마터면
비명을 지를 뻔했다. 남영은 얼른 그 사진을 책상 위에 엎어놓았다. 그것은
춘화였다. 그러한 남영을 쳐다보며 창훈은 비죽이 웃었다. 용서를 비는
비굴한 웃음같이도 보였지만, 한편 남영을 조롱하는 웃음같이 느껴지기도
했다. 창훈의 따귀를 힘껏 갈겨 주고 싶은 충동을 남영은 꾹 참았다.

　"너, 이 사진 어디서 났니?"

　"우리 집에 술 먹으러 온 손님 아저씨가 빌려줬어요. 이 사진하고 꼭같이
한 장 그려 주문 미제 크레용 사준댔어요."

　남영은 창훈의 담임이었던 백 선생으로부터 창훈의 가정 내력에 대해
얻어듣는다. 창훈네 집은 보통 술집이 아니라 사창굴이라고 했다. 그리고
창훈의 어머니도 창훈의 생모가 아니라는 소리도 했다. 그래서 그 어머니가
창훈을 구박하고 못살게 군다고 했다.

　그날 밤 남영은 집에 돌아와서도 좀처럼 잠을 이룰 수가 없었다. 자신
역시 어려운 어린 시절을 삼 남매와 더불어 살아왔기 때문이었다.

"창훈의 앞길을 가로막는 검은 운명의 손길과 힘껏 싸워 보자!"

남영은 속으로 그렇게 중얼거리며, 잠을 청하는 것이었다.

며칠 뒤의 일이었다. 수수한 몸차림을 한 중년 부인이 교무실에 나타나 자신의 아이에 대한 상담을 청해왔다.

"저희 아이가 며칠 전에 어떤 사내애가 대꼬챙이로 찔렀다고 하며, 피를 흘리구 돌아왔대요. 하부예요. 말씀드리기 부끄럽습니다!"

순간 남영은 정신이 펄쩍 들었다. 가슴에 따끔 짚이는 데가 있었다. 남영은 부인에게 사과를 한 뒤 창훈을 찾는다.

명자에게 상처를 입힌 소년은 남영의 예감대로 창훈이었다. 방과 후 남영은 양 선생과 함께 창훈네를 가정 방문한다. 창훈의 어머니를 만난 남영은 기가 질릴 수밖에 없었다. 창훈의 이야기를 하자마자 창훈의 어머니는 창훈을 두들겨 패기 시작하는 것이었다. 창훈은 두 손으로 머리를 꼭 싸안고 바들바들 떨면서 "누나야! 누나야!"라고 악을 쓰며 불러대었다. 구원을 청하는 절규인 것이다. 어느 틈에 쫓아왔는지 창숙은 저도 소리 내 울면서 어머니 팔에 매달려 필사적으로 뜯어말리기 시작했다.

다음 날 창훈은 오지 않았다. 창숙을 불러 물어보았더니 어머니가 오늘부터 학교를 그만두라고 했다는 것이었다. 남영은 의분 같은 것을 느낀다. 어느 날, 남영은 집에서 나온 창훈을 발견하고 집에 데리고 간다. 저녁을 같이 먹고 퍽 부드럽게 대해 주지만, 창훈은 불안한 듯이 입을 다문 채 남영과 남영의 여동생 남희의 거동을 쉬지 않고 지켜본다. 이튿날 아침, 조반을 짓기 위해서 남영은 어슬해서 일어나 부엌에서 쌀을 씻고 있으려니까 별안간 비명에 가까운 남희의 음성이 방에서 흘러나온다. 남희는 자신이 자고 있노라니까 갑자기 하복부가 서물서물하더니, 창훈의 손이 주저 없이 드로즈 속으로 쑥 기어들어 오더라는 것이다.

그러나 남영은 겉으로는 놀라는 태도를 보이지 않았다. 그러면서 남영은 태연히 웃고, 창훈더러 어서 밖에 나가 양치질이랑 세수를 하라고 일렀다. 그러고 나서 쌀을 일고 있는 남영의 손끝이 자꾸만 떨리었다. 그런 연후에 창훈은 보이지 않는다. 학교에도 나타나지 않는다.

대부분의 직원들도 돌아간 뒤 남영은 자기의 담임반 교실에 혼자 올라가 보았다. 거기에는 물론 아무도 없었다. 벽에 붙어 있는 창훈의 그림만이 유난히 남영의 눈을 끌었다. 다가가서 그 그림들을 언제까지 바라보고 있는 남영의 시선이 차츰 흐리기 시작했다. 남영은 창훈의 그림을 모조리 떼어서 곱게 말았다. 집에 가져다 보관하기 위해서였다. 그것만은 창훈의 구김 없는 자기표현이었기 때문이다. 그것은 창훈이 남겨주고 간, 가시 돋은 기념품이기도 했다.

이 웃지 못 할 에피소드의 주인공인 구남영 선생은 손창섭의 분신이랄 수 있을 것이다. 피난지 부산에서의 교사 시절에 창훈이와 같은 문제아들은 부지기수였을 것이다. 이 에피소드는 손창섭이 직접 경험했을 수도, 같은 학교에 재직 중이던 교사에게 얻어들었을 수도 있겠다. 어쩌면 성장기 아이들의 성적 공격성에 대한 치유의 가능성 내지 그들에 대한 사회의 관심을 촉구하는 손창섭의 소년소설류는 이 작품에서 출발하고 있다고 볼 수 있을 것이다. 그의 소년소설인 「심부름」(1957)과 「싸움동무」(1959), 「싸우는 아이」(1960-1962, 추정) 등은 아이들이 강자가 되는 과정을 다루고 있는 동시에 수모를 당하는 데서 오는 공격성을 적절히 통제하게 되면 더 큰 얻음이 있을 것이라는 계몽적인 작품이다. 어쩌면 손창섭 자신이 「신의 희작」 등에서 털어놓은 십 대 시절에 싸움꾼으로 살았던 자신의 성장 시절에 빗대 아이들에게 교훈을 주기 위한 작품인 것이다. 「소년」 등은 1950년대 말 비일비재했던 문제적 청소년들의 초상과 그 해결책을 사회에 직간접적으로 호소하는 일종의 교양소설로 읽히기도 한다.

한편 손창섭의 교사 시절을 연상시키는 장면은 다음 에피소드에서도 포착된다.

신미(信美)여자 중·고등학교의 넓은 교정에서는 엄숙히 장례식이 거행되고
있다. 신미학원의 재단 이사장 겸 동교의 교장이었던 양자겸 선생의 장례식인
것이다. (중략) 이러한 조사에 운동장을 둘러막은 담 밖의 언덕 위에서도 네댓
살짜리 사내아이의 손목을 잡고 연방 흘러내리는 눈물을 손수건으로 훔치기에
바쁜 젊고 예쁜 한 여인이 있었다. 여자는 고별식장을 내려다보다가는 눈물을
닦고 또 닦고 하였다. - 「장례식」 부분.

손창섭이 1966년 『신동아』 1월호에 발표한 7편의 장편(掌篇)소설 가운데
한 작품인 이 에피소드는 아마도 부산 교사 시절의 체험이 바탕이 되었을
것이다. 사회적으로 덕망이 높았던 윤 교장의 장례식은 윤 교장을 쏙 빼닮은
사내아이의 손목을 붙잡은 여자의 출현으로 말미암아 블랙코미디로 변해버
린다. 우연히 그 여자와 눈이 마주친 여중·고교 동창 혜영이 다른 친구들과
장례식장에 들어가 고인의 사진을 찬찬히 들여다보며 나누는 대화는 아무리
장편(掌篇)소설일망정, 손창섭이 그 에피소드를 상상에 의해 빚어낸 것은
아닐 것이다.

"나두 참 이상하다 생각하면서 이리로 들어왔는데, 저기 상주가 들고 있는
고인의 사진을 보고 깜짝 놀랐어. 그 사내아이 얼굴이 돌아가신 교장 선생님
모습 그대로야. 어쩌문 고렇게도 쏙 뺐겠니, 글쎄." (중략) "이제 생각하니까
짐작이 가는 일이 있어. 미숙이가 가난하니까, 교장 선생님이 그때 학빌 대줬지
않아, 나중에 생활까지 돌봐준댔어." "옳아, 그러다가 그렇게 그렇게 된 거로구
나." - 「장례식」 부분.

3) 등단 시절

출판사 직원과 교사 생활을 전전하던 손 창섭은 1949년 3월 부산의 <연합신문>에 단편 「얄구진 비」를 독자 투고로 게재한다. 하지만 정식 등단은 1952년 단편 「공휴일」 을 김동리의 추천으로 『문예』에 1회 추천을 받아 발표한 이듬해 다시 단편 「사연기」를 『문예』에 2회 추천으로 발표하고 등단 완료 한 1953년으로 보아야 할 것이다. 손창섭의

소설가 허윤석

문단 데뷔와 관련해 하나의 코멘트가 흥미로운 단서를 제공한다.

뇌일혈로 투병생활을 계속하고 있는 원로작가 허윤석 씨(65)가 10여 년 만에 자신의 문학 세계를 종합한 장편소설 『구관조』를 완성, 단행본으로 펴냈다. 문단 데뷔 34년 만에 펴낸 그의 첫 장편소설은 모두 3부작으로 꾸민 연작소설의 형식을 빌고 있다. (중략) 50년대 소설가 손창섭 씨를 문단에 데뷔케 했다는 허 씨는 34년간의 기구한 문학 활동을 장편 『구관조』로 집대성, 23년의 투병 생활을 결산한 것이다. -<경향신문> 1979. 11. 13.

"1950년대 소설가 손창섭 씨를 문단에 데뷔케 했다."라는 것은 허윤석 (1914-1995) 자신의 말이다. 경기도 김포에서 태어나 열일곱 살 때까지 음악 공부를 하던 허 씨는 1935년 단편 「사라진 무지개 오뉘」를 『조선문 단』에 발표하며 작품 활동을 시작했다. 허윤석은 다음 해인 1936년 김혜숙 이라는 필명으로 <동아일보> 신춘문예에 시 「밀밭 없는 동리」, 1937년 <매일신보>에 시 「파초」가 당선됐으며 1938년에는 단편 「마적」이 『조선문

단』에 수석 당선됐으나 일제의 검열로 햇볕을 못보고 이 사건으로『조선문단』이 폐간됐다. 허윤석은 이때부터 작가 황순원, 계용묵과 함께 작품 활동을 펴왔으며 뇌일혈로 쓰러지던 1956년 이전까지 「수국의 생리(生理)」, 「문화사대계」, 「옛마을」, 「해녀」, 「길주막」 등의 단편과 「감각파」, 「하일(夏日)」 등의 시, 그리고 평론 「천재의 반성」 등을 발표했다. 그런 허윤석이 어떻게 손창섭과 알게 되었는지는 정확히 알려지지 않았다.

『문예』는 1949년 8월에 창간된 월간 순수 종합 문예지이다. 순수문학을 옹호하며 신인 추천제를 두어 역량 있는 이를 문단에 배출하였으나 1954년 3월 통권 21호로 종간되었다. 발행인에 모윤숙(毛允淑), 편집인에 김동리(金東里)였다가, 2권 5호부터 조연현(趙演鉉)이 편집인이 되고 실무를 홍구범(洪九範)이 담당하였다.

허윤석은『문예』창간호에 염상섭, 최정희, 김광주, 황순원, 최태응, 홍구범과 함께 소설을 발표하고 있는 것으로 미뤄 김동리(1913-1995)와 문단 활동을 같이 해온 막역한 사이였을 것이다. 그런 그가 김동리에게 손창섭을 천거했고 김동리는 1952년『문예』5·6월호 합본호에 단편 「공휴일」을 추천해 문단에 데뷔시킨 것으로 보인다.『문예』를 통해 추천된 소설가로는 손창섭을 비롯해 강신재, 권선근, 임상순, 장용학, 곽학송, 최일남, 박상지, 서근배 등이 있으며, 시인으로는 손동인, 이동주, 송욱, 전봉건, 최인희, 이철균, 이형기, 박재삼, 황금찬, 한성기 등이 있고, 평론가로는 천상병, 김양수 등이 있다.

통권 12호 발행 직전 한국전쟁이 발발하자 문예사는 비상구국 선전대를 조직하기도 했다. 이후 결호를 많이 내다가 1952년 봄 환도하여 잡지 편집을 재개하였고, 1953년에는 신년호와 5·6호를 발간하였으나 1954년 3월 통권 21호로써 종간되었다.

손창섭의 등단작 「공휴일」이나 「사연기」의 등장인물을 보면 부산 피난 시절에도 비록 다 스러져가는 바라크 문화이긴 하지만 친인척과 동창들끼리 작은 소사이어티를 형성하고 있었음을 유추해볼 수 있다.

「공휴일」의 주요 등장인물은 결혼 적령기에 이른 도일과 여동생 도숙이다. 도숙은 공교롭게도 손창섭이 부산 피난 시절에 길에서 우연히 만나 입양한 딸의 이름과 같다.

6·25전쟁 때 부산 길거리에서 우연히 만난 고아 아이를 수양딸로 들였지요. 그때는 고아가 차고 넘쳐서 선생하고 나하고 의견일치를 본 것인데 이름은 도숙이라고 서울서 중학교 2학년까지 다녔지요. - 우에노 여사의 인터뷰.

이제 「공휴일」에서 도숙은 오빠인 도일과 약혼 말이 있었던 여자의 결혼 청첩장을 도일에게 건넨다. 청첩장을 들여다보는 도일의 감정은 보통 사람의 그것처럼 질투나 애증이 아니다. 그는 청첩장을 청춘의 부고장으로 생각하는 것이다.

사망신고서나 부고와 마찬가지로 조금도 감정이 풍겨지지 아니하는, 빡빡한 그 문면을 도일은 다시 한 번 읽어보고 나서, 어제 저녁 때와 다름이 없이 공식적인 구식 문구가 가져다주는 권태에 한가히 관심을 기울여보는 것이다.

右兩人華燭之典擧行 玆敢奉邀(우량인화촉지전거행 자감봉요)
尊駕幸賜 光臨之榮專此敬望 (존가행사 광림지영전차경망)
主禮者(주례자) ○○○
請牒人(청첩인) ○○○

청춘을 묻어버리는 한 구절의 장송문 그것은 고래로, 이 남녀의 결혼의 내용을 암시해주는 청춘의 비문이 아닐까? 그들은 진실로 그 무미건조한 비문 앞에 준비되어 있는 초라한 생활의 무덤 속에, 행복이라는 것이 있다고 믿는 것일까? 도일에게서는 좀체 사랑의 단물이 우러나지 않는다고 해서 아미는 영리하게도 이미 미국 유학의 장래가 약속되어 있다고 하는, 모 미국 기관에 봉직 중인 청년에게로 나비 모양 날아가버리고 만 것이었다. - 「공휴일」 부분.

右兩人華燭之典擧行 玆敢奉邀(다음 두 사람이 결혼을 거행하니 이에 감히 오십사 청하오니)라든가 尊駕幸賜 光臨之榮專此敬望(존가께서 바라건대 찾아 주시는 영광을 주시길 이에 삼가 바라옵니다.)이라는 구태의연한 문장은 차라리 청춘의 비문이나 마찬가지인 부고장이라는 것이 도일의 해석일진대 도일은 청첩장을 부고장으로 이해하는 역설의 인간인 것이다. 그런데 손창섭의 전기적인 일생을 구성하는 데 있어서 더욱 흥미로운 것은 「공휴일」의 소재가 청첩장이라는 사실에 있다. 이로 미뤄 손창섭은 실제로 부산 피난 시절에도 지인들의 청첩장을 여러 차례 받았을 가능성이 있으며 그때마다 여러 사람들을 불러놓고 결혼식을 올리는 그 형식주의에 모욕당하는 것 같은 역겨운 감정을 느꼈을 수도 있다.

어쩌다가 아내가 친정 부친의 생일이나, 일본에 두고 온 아이들의 생일을 입 밖에 낼 양이면, 그는 인간 최대의 모욕이나 당한 듯이 벌컥 화를 내는 것이다. 물론 그는 명절이라는 것도 아예 묵살해버리고 만다. 설이니, 추석이니, 크리스마스니 하는 날을 그는 아내에게마저, 염두에조차 두지 못하게 한다. 이런 투의 S이고 보니, 결혼식이나 장례식에도 거의 가는 일이 없다. 어쩌다가 그런 데 참석하는 경우는 처세를 생각하는 아내의 교묘한 계략에 넘어가서다. 결혼이란, 둘이 맘에 맞아서 붙어살고 싶거든 살면 그만이지, 무슨 씨름 대회나 권투 시합이라도 벌리듯, 야단스레 관중을 청해놓고 구경을 시킬 필요는 없다는 것이다. 장례식도 그렇다. 진심으로 슬퍼지는 사람까지 모여서, 송장을 태워버리든 묻어버리든 하고 유족을 위로하면 그만이다. - 「신의 희작」 부분.

손창섭은 무슨 '식'이란 것에 본능적으로 거부감을 갖고 있는 괴팍한 성격의 소유자지만 따지고 보면 그건 괴팍의 문제가 아니라 취향의 문제요, 세상을 살아가는 다른 철학의 발로인 것이다. 급기야 S는 이렇게 고백하고 있다.

S가 어쩔 수 없는 내면적 욕구와 생활을 위해서 문학을 하면서도, 문학이나 문학하는 사람을 싫어하는 연유가 이런 데도 있는 것이다. 껄렁껄렁한 시나, 소설이나, 평론 줄을 끼적거린다고 해서 그게 뭐 대단한 것처럼 우쭐대는 신민 의식. 된 글이건 안 된 글이건, 필자의 이름을 달아서 여러 번 발표하노라면, 자연 같잖은 명성이 따르게 마련인 문학이라는 것의 사회적 특성. 이것이 그에게는 아주 난처하기만 하다. 그는 행여나 유명해질까 봐 겁이 나는 것이다. (중략) 문학을 하는 그의 고충의 하나는 조금이라도 이름이 알려진다는 데 있다. 그러기에 시나, 소설이나, 평론은 물론, 그 밖의 어떠한 문장이든, 절대로 필자의 성명을 붙여서 발표하면 안 된다는 법률을 제정하는 수는 없을까 하고 그는 진지하게 공상하는 것이다. 신문 기사처럼, 독자는 필자가 누군지를 모르는 것이 좋다. 그러면 악폐의 부작용이 없을뿐더러, 진정 글을 쓰지 않고는 배길 수 없는 사람 외에는 글을 쓰지 않을 테니까. - 「신의 희작」 부분.

이러한 외골수의 성격이었던 손창섭이기에 등단을 전후해 또는 습작기에도 문단의 어떤 인맥과 관련을 맺었다고 생각하기 어렵다. 등단 이후 손창섭도 무슨 결혼식이니, 졸업식이니, 축하회니, 수상식이니, 기념회니 하는 식전(式典)이나 집회에 초청을 받을 위치에는 있었으나 아내의 교묘한 전략에 넘어간 경우를 **빼**놓고는 딱 질색이라고 밝혀놓은 바에야 부산 시절에도 그는 문화계 인사들과 교류할 수 있는 기회마저 마다했을 것이다.

흥미로운 것은 손창섭이 전통적인 인간이나 유교적인 인간의 개념을 해체하는 대항 서사의 개념을 등단작 「공휴일」에서부터 꾸준히 밀고 나가고 있다는 점이다. 그의 육성을 들어보자.

돌, 나무, 염소, 개, 돼지, 두더지, 노루 것들의 어느 하나로 나는 태어나지 않았는지 모르겠다. 하고많은 '물건' 가운데서 어쩌자고 하필 '인간'으로 생겨났는지 모르겠다. 일찍이 나는 인간 행세를 할 수 있다는 것에 조금도 자랑을 느껴본 적인 없었다.

사람은 모두들 저 잘난 멋에 산다지만 나는 한 번도 자신을 잘났다고 기억해 본 일조차 없다. 따라서 누구를 잘났다고 부러워해 본 적도 없다.

몇 천 년, 몇 만 년이 경과한 뒤, 지구가 냉각해져서 지각(地殼)에 생물이 살 수 없게 되면, 최후로 땅속에 남아 있던 지렁이란 놈이 셰익스피어나 미켈란젤로의 예술을 비웃을 것이라는 말을, 서양의 누군가가 했다. 그러나 기실 지구가 냉각해지기 전에 예술은 지렁이에게 조소(嘲笑)를 받게 될지도 모를 일이다. 아니, 유인맹(類人猛)의 말예(末裔)들이 그렇게 대견히 여기는 예술은 이미 지렁이에게 유감없이 냉소를 당하고 있는지도 모르겠다. 예술이란 자기네만도 못한 인간들의 배설물에 불과하다고 지렁이란 놈은 차라리 병신스러운 견해를 품고 있을지도 모르기 때문이다.

사람의 면상을 유심히 들여다볼 때마다 나는 그만 무심중 실소해버린다. 털 한 올 나지 않은 민숭민숭한 그 낯짝이라니……. 거기에는 무수히 잔금 간 유리 조각처럼, 부질없는 감성의 세선이 얽히어, 언제 바삭바삭 부서져 버릴지도 모르는 것이다. 이러한 인간의 상판보다는 월등히 품이 있고 점잖은 얼굴의 주인공인 염소나, 개나, 말이나, 소 앞에서 나는 가끔 무안을 당하곤 한다. 인간보다 얼마나 안심하고 사귈 수 있는 유려한 그 풍모들이냐.

진정 나는 염소이고 싶다. 노루이고 싶다. 두더지이고 싶다. 그나마 분에 넘치는 원이 있다면 차라리 나는 목석이로다. 나의 문학은 목석의 노래다. 목석의 울음이다. 목석의 절규다. 목석에게도 환희와 비애가 있었고, 개탄과 절규는 있었다. 목석은 목석대로의 어쩔 수 없는 제 기쁨과 슬픔과 부르짖음을 터뜨려야만 했다. – 「당선소감: 인간에의 배신」, 『문예』 1953년 6월.

부산 피난 시절 혹은 등단 시절의 손창섭이 누구와 교유하고 있었는지를 유추해볼 수 있는 작품이 또한 등단 완료작인 「사연기(死緣記)」이다. 그런데 제목이 우리 상식을 벗어나는 사연기이다. 죽음의 연원을 밝히는 손창섭식 '사자의 서(死者의 書)'인 것이다. 주요 등장인물인 동식은 학교 선생이다. 동식은 친구인 성규네 집 2층에 기숙한다. 성규는 폐결핵 말기의 환자라 죽음을 앞두고 있다. 성규의 아내 정숙은 실은 평양에서 동식과 먼저 사귀었던 첫사랑이기도 하다. 배경은 임시 수도 부산이다. 그런데 「사연기」에서 손창섭의 평양 시절이 얼핏 후렴처럼 박혀 있는 것을 보게 된다.

동식이가 중학교 3학년에 진급하는 해 봄에 정숙은 여학교 1학년에 입학하였다. 당시 평양까지 기차 통학하던 동식은 역시 평양 어느 여학교의 합격 발표를 보고 돌아오는 정숙이와 같은 차를 탔다. 둘이는 자리를 잡지 못한 채 출입구 근처에 나란히 서 있었다. 동식도 비교적 말이 적은 편이라 둘이는 묵묵히 서 있었다. 정숙은 창에다 이마를 대듯이 하고, 밖을 내다보다가 자주 동식을 돌아보며 행복스러운 미소를 보냈다. 그러나 동식은 창밖 풍경 같은 데는 관심이 가지 않았다. 그는 정숙의 오른편 귓바퀴의 기미를 내려다보며 혼자만의 비밀을 즐기고 있었다. 그러다가 동식은 연필 끝으로 고 새까만 기미를 건드려 보았다. 정숙은 간지러운지 한 손으로 귀를 털었다. 동식은 한 번 더 연필 끝으로 기미를 꼭 찔러보았다. 정숙은 이번에도 귀를 털고 얼굴을 돌리며 다정하게 해죽이 웃었다. ─「사연기」 부분.

우리는 이 장면이 사실인지, 가공인지 알지 못한다. 그러나 평양 근교에서 태어나고 성장한 손창섭 역시 평양으로 기차를 타고 통학했을 것이라는 통념에서 본다면 평양의 한 중학교로 기차 통학을 하는 소년 손창섭을 얼마든지 떠올릴 수 있다. 통학 기차에서 남학생과 여학생은 서로 친교하기 마련인데, 그 대열에 동식이라는 손창섭의 분신이 끼어 있는 것이다. '아야, 하는 정숙의 가느다란 비명을 들은 동식이 창피한 나머지 재빨리 기차에서 뛰어내려 어둑어둑해오는 밀밭 길을 무턱대고 달렸다.'라는 후속 문장은 그래서 허구가 아니라 손창섭의 실제 경험으로 읽히는 것이다. 그런데 둘 사이에 끼어든 성규 역시 통학 열차의 멤버다. 중학 시절을 끝으로 둘은 헤어졌지만 8·15광복 이후 학도병으로 나갔던 동식이 무사히 고향에 돌아올 때까지만 해도 동네에서는 둘이 혼인할 거라는 데 이의를 달지 않았다. 정숙은 동식의 부재 시절에 군수공장에 다니면서도 동식 모친을 자주 찾아뵙고 제 마음은 동식과 정혼한 관계임을 슬며시 드러내기도 한다. 하지만 징집된 성규 역시 무사히 돌아왔고 사단은 벌어진다. 성규가 돌아온 뒤 동식의 부친은 돌연 린치를 당하고 동식도 끌려가 두드려 맞고 나온다. 동식의 부친은 일주일 만에 세상을 뜨고 그렇게 정신없이 3~4개월이 흐르고 보니 정숙은 성규의 아내가 되어 있다. 당시엔 좌익 청년 사이에서 성규의 세력이 어지간했고 동식 역시 유치장에서 풀려나온 것도 실은 성규 덕이었다. 「사연기」의 귀결은 성규가 폐결핵으로 죽고, 그 직후 정숙 역시 약을 먹고 자살한 후 동식에게 써놓은 편지에서 성규와의 사이에서 태어난 것으로 알려진 첫 아들이 실은 동식의 씨임을 알리는 태생의 비밀을 폭로하는 것으로 마무리된다. 이런 귀결이 손창섭의 실제 상황과 무관하다고 할지라도 우리는 이 장면이 한국전쟁으로 야기된 인간 폐허의 시대상을 반영하고 있음을 부정하지 못한다.

「사연기」는 손창섭의 평양 성장기 시절에서 피난 생활로 이어지는 실제 상황과 소설적 상상력이 결합한 또 하나의 강력한 사실주의 작품인 것이다. 그 사실주의가 사진에 가깝게 인화된 작품이 손창섭의 직접 경험이 녹아 있는 단편 「비 오는 날」(1953)이다. 1959년 일신사(日新社)에서 간행된 손창섭 단편집의 표제가 된 작품이기도 한 소설의 무대는 한국전쟁 당시의 부산이고 주인공은 어렵게 살아가는 피난민들이다.

비 오는 날인 데다가 창문까지 거적대기로 가리어서 방 안은 굴속같이 침침했다. 다다미 여덟 장 깔리는 방안은 다다미 위에다 시멘트 종이로 장판 바른 듯한 것이었다. 한편 천장에서는 쉴 사이 없이 빗물이 떨어졌다. 빗물 떨어지는 자리에 바께쓰가 놓여 있었다. 촐랑촐랑 쪼르륵 촐랑, 빗물은 이와 같은 연속적인 음향을 남기며 바께쓰 안에 가 떨어지는 것이었다. 무덤 속 같은 이 방안의 어둠을 조금이라도 구해주는 것은 그래도 빗물 소리뿐이었다. 그러나 그 빗물 소리마저 바께쓰에 차츰 물이 늘어갈수록 우울한 음향으로 변해가는 것이었다.

동욱은 별로 원구와 동옥을 인사시키거나 소개하려 하지 않았다. 동욱은 젖은 옷을 벗어서 걸고 런닝셔츠와 팬츠바람으로 식사준비를 할 테니 잠깐만 앉아 있으라고 하고 부엌으로 나가는 것이었다. 부엌이라야 따로 있는 것이 아니라 비어 있는 옆방이었다. 다다미는 걷어서 벽 한구석에 기대어 놓아, 판장뿐인 실내에는 여기저기 빗물이 오줌발처럼 쏟아졌다. 거기에는 취사도구가 너저분하니 널려 있는 것이었다. 연기가 들어간다고 사잇문을 닫아버리고 나서, 동욱은 풍로에 불을 피우노라고 부채질을 하며 야단이었다. 열 시가 조금 지난 회중시계를 사잇문 틈으로 꺼내 보이며 도대체 조반이냐 점심이냐는

『비 오는 날』 표지

원구의 질문에, 동욱은 닝글닝글하며 자기들에게는 삼시의 구별이 없다고 했다. 언제든 배고프면 밥을 끓여 먹고 밥 생각이 없는 날은 종일이라도 굶고 지낸다는 것이었다. -「비 오는 날」 부분.

「비 오는 날」에 등장하는 전쟁고아인 남매는 다 쓰러져가는 집에서 어렵게 살아간다. 그 음울하고 스산한 풍경은 바라크촌의 보편적인 삶을 대변한다.

비 오는 날이면 원구(元求)의 마음은 무거워진다. 동욱(東旭) 남매의 음산한 생활 풍경이 생각나기 때문이다. 원구와 동욱은 소학교부터 대학까지 같이 다닌 친구로, 어려서는 매일 집으로 놀러 다닐 정도로 친하게 지낸 사이이다. 어느 날 두 사람은 길거리에서 만나 저녁을 함께하게 된다. 동욱은 미군부대를 찾아다니며 미군 병사들로부터 초상화 그리는 일감을 얻어 오는 일을 하고 있다고 한다. 어려서부터 그림을 잘 그리던 여동생이 초상화를 그려 주면 그 값을 받아 생활한다는 것이다. 원구도 어려서 보았던 그의 여동생 동옥(東玉)을 기억한다.

긴 장마가 시작되는 날, 원구는 동욱이 그려 준 약도를 들고 동래 전차 종점에 내린다. 인가가 모여 있는 곳에서 한창 떨어진 외딴곳의 다 허물어져가는 낡은 집이 동욱이 약도로 그려준 집이었다. 현관문에는 깨진 유리 대신 가마니가 쳐져 있다. 동욱을 찾자 한참만에야 가마니를 들치고 하얀 종이에 검은 붓으로 그려놓은 듯한 얼굴이 나타난다. 동옥이었다. 동옥은 한쪽 발이 불구였다. 그런 동옥이 안쓰러워 원구는 자주 그 집에 다니게 된다. 처음에는 웃지도 않던 동옥이 차츰 마음을 열고 대화에 끼기도 하고, 어쩌다 미소를 짓는 것을 보는 원구는 여간 마음이 흐뭇한 게 아니었다.

그러던 어느 날, 원구가 다시 동욱의 집을 찾아가니 동욱이 담요를 뒤집어쓰고 누운 채 꼼짝도 하지 않는다. 동욱 말에 의하면, 동욱이 옆방의 주인 노파에게 2만 원이라는 큰돈을 빌려줬는데, 노파가 어느 날 집까지 팔고 감쪽같이 사라져 버렸다는 것이다. 그런 사실도 새로 집을 샀다는 사람이 나타나 방을 비워 달래서 겨우 알았다는 것이다. 며칠 후 다시 찾아가니 남매는 보이지 않고 낯선 사내가 나와 동욱은 집을 나간 지 열흘쯤 되었고, 동욱은

고은 시인

며칠 전 밤중에 어머니를 부르며 울기에 나무랐더니 그 다음날 저녁에 어디론가 나가버렸다고 한다. 혼자말로 '어디 가 자살하거나 굶어죽지는 않았는지' 하는 원구의 등에다 대고 사내는, '입을 만한 옷가지는 챙겨가지고 간 걸 보면 자살할 것 같지는 않으며 병신이지만 그만한 인물이면 몸이라도 팔아서 살 수 있을 것'이라고 말한다.

「비 오는 날」은 한국전쟁 직후의 절망적 상황 속에서 황폐해지고 불구가 된 개인의 삶과 전쟁의 충격으로 왜곡된 한국 사회의 모순을 적나라하게 드러낸다. 여기서 고은 시인의 말을 들어본다.

1950년대의 문학은 전쟁과 관련된 후방의 피난민 사회와 그것을 지난 뒤의 전후 폐허로부터 강요받고 있었다. 그것은 한 작가가 전부 강요받을 수 없기 때문에 선우휘의 전쟁, 손창섭의 바라크로 문학적 특허가 나왔고 그 밖의 젊은 작가들에 의해서 전후문학의 몫이 배당되었다. 하나는 전쟁의 극한을 통해서 인간을 옹호하고 전쟁으로부터 역사를 확대시키려는 문학과 행동을

동일시하는 문제의식, 하나는 피난 생활을 통한 집요한 인간의 굴절을 인간이라는 말을 남용하면서 모멸하고 그것의 패배적인 국부를 진열하는 황량한 소재 소설로 부각시켰다. 이런 두 가지 문학의 기술 방식은 시가 예술과 언어 자체로서 말해질 때, 소설이 언어를 인간과 분리시킴으로써 인간이라는 항구적인 주제를 파악하는 도구로 설정함으로써 같은 차원에 두어진다. - 고은, 『1950년대: 그 폐허의 문학과 인간』 부분, 향연, 2005.

고은의 『1950년대』는 당대 문인들을 둘러싼 온갖 활극과 고난의 풍경을 적나라하게 기록한 문단 보고서다. 1971년 『세대』에 일 년간 연재한 글을 모아 1973년 민음사에서 처음 출간됐고, 1989년 청아출판사가 『고은 전집』의 하나로 펴낸 바 있었으나 첫 출간한 지 삼십삼 년 만인 2005년에 재출간되었다.

고은의 눈에 비친 1950년대는 '전쟁이 만들고 전쟁이 버린 고아의 시대'이자 '역사가 인간을 버리고, 예술 자체가 인간을 버린 유기의 시대'이다. 이 폐허의 공간에서 시인은 날카로운 직관으로 전쟁과 인간, 문학과 작가의 본질을 꿰뚫는다. 책에는 사형을 받고 시체로 실려 가던 중 기적적으로 살아난 김팔봉, 에덴다방에서 시작된 오상순의 다방철학, 자기 해체적 자학과 순정의 화가 이중섭, 방랑구걸 기인 천상병 등 1950년대 거의 모든 작가들의 삶의 행적이 실려 있다.

초판 서문에서 '비극 가운데서 더 많은 정신적 질료들을 찾아낼 의무로 책을 썼다.'고 적었던 그는 삼십삼 년이 지난 시점에서 '이제 와서 이런 슬픈 풍경이 무슨 역할을 장담하겠는가.'라고 푸념 섞인 고백을 들려준다. 하지만 그의 말마따나 다른 세대들에겐 '기이한 동물들의 생태학'처럼 낯선 1950년대의 풍경을 온몸으로 통과한 작가가 또한 손창섭이다.

손창섭만큼 전후 한국 사회의 정서와 분위기를 절실하게 표현한 작가는 드물다. 고은 시인이 특유의 수사법으로 1950년대를 '아아 50년대!'라고 명명했듯 '모든 논리를 등지고 불치의 감탄사로써 말하지 않으면' 안 되는 시대, 그것은 한마디로 해결 불가능한 절망과 전망 부재한 허무의 늪에 빠져 허우적거리던 시대였다.

손창섭은 바로 전후 한국인, 특히 지식인이 느꼈던 해결 불가능한 절망과 전망 부재한 허무 그 자체를 소설의 주제로 삼았던 작가였다. 1952년 「공휴일」이라는 작품을 들고 문단에 나온 그는 전쟁으로 망가지고 뒤틀린 한국 사회의 현실과 이런 현실 속에 함부로 내팽개쳐진 인간의 무가치성, 모멸감, 허무를 압축해 보여주며 이내 1950년대를 자신의 연대로 평정해버린다. 그만큼 손창섭은 현대 한국 소설사에서 가장 어둡고 을씨년스러운 공간을 창조해낸 작가인 것이다. 손창섭의 소설에는 바깥과 소통이 막힌 동굴이나 감옥, 또는 여기저기 파리똥과 거미줄이 얽혀 있는 창 하나 없는 방, 아니면 대문은 물론 안방과 건넌방, 문짝과 마루에 이르기까지, 몸을 조금만 움직여도 삐걱거리는 밀폐된 공간이 자주 나온다. 그의 소설에서는 걸핏하면 비가 내린다. 눅눅한 느낌은 그의 소설 주인공들을 한결 음습하고 무기력한 분위기로 밀어 넣는다. 게다가 이런 음습한 공간 속에서 서식하는 인간들은 한결같이 팔이나 다리가 없거나 폐병 환자, 간질 병자, 백치, 정신병자, 벙어리 등의 형태로 성치 않다. 실제로 이와 같은 불구나 온갖 병자는 전쟁이 휩쓸고 지나간 1950년대 한국 사회에서 흔히 눈에 띄던 인간 군상이기는 하다.

그런 만큼 손창섭은 인간에 대한 관심이 많은 작가이다. 그런데 그가 그리는 인간상은 '인간에 대한 환멸'과 '인간 자체에 대해 냉소'로 일관된다. 그는 작품에 등장하는 인물을 '먹고 배설하는' 인간 이하의 존재로 그림으로써 인간을 동물적 존재로 전락시킨다.

손창섭 소설의 인물들은 동물원 우리 속에 갇힌 동물을 보고 있는 듯한 관찰자적 시선을 통해 희화화되고 있다. 손창섭 소설은 특히 당대의 젊은 세대에게 인기가 있었는데, 그것은 작품 속에 드러나 있는 우중충하고 암울한 분위기, 절망적이고 무기력한 인물들의 심리 상태, 불구적인 인물들이 드러내는 자조 의식과 자기모멸의 감정 등이 전후의 젊은이들의 심리 상태를 대변해주었기 때문이다. 당시 젊은 세대들은 손창섭 소설의 인물들에게서 자조적인 모습을 발견할 수 있었으며, 그 인물들을 통해 자기 연민의 감정까지 느낄 수 있었던 것이다.

한편 고은은 손창섭을 이렇게 기억한다.

> 그(공초: 인용자)는 명동 서라벌 다방과 그 뒤의 청동 다방에 상근하며 남녀 대학생 약간 명과 다른 다방 반골의 후배 문인이 이따금 들르면 함께 담소하는 것을 하루같이 이어가고 있었다. '흠흠 반갑고 고맙다'라는 것이 공초의 환영 인사였다. 그런 다음 그 당시로는 꽤나 화려한 양장본의 두꺼운 모조지 제본의 노트를 슬그머니 내민다. 거기에 즉흥시든지 철학적인 어떤 경구나 서투른 사설 따위를 제멋대로 쓰거나 그림도 그려 넣거나 하는 것이었다. 나는 그곳에서 명동 같은 데 전혀 나오지 않는 소설가 손창섭을 만날 수 있었다. 그와 몇 마디 주고받았는데 문학에 대한 의견이 맞지 않았다. 그가 나에 대한 감정 때문에 공초한테 인사도 하지 않고 나가버렸다. 나더러 "중이 건방지군!"이라는 말만 남겨놓은 채. 훨씬 뒤로 조연현이 손창섭의 소설 「비 오는 날」을 가지고 공초한테 들러서 차를 대접할 때 공초와 나는 "흐흐 오늘은 건방진 말 하지 말아야지" "비 올지도 모르고 왔더니 비 오는 날입니다"하고 웃어댔다. – 고은, 「나의 산하 나의 삶」 부분, <경향신문> 1992. 8. 21.

1950년대 중반 서울로 거처를 옮긴 손창섭은 가끔 명동에 들러 문인들과 최소한이나마 교류를 했음을 알 수 있다. 고은이 열 살 이상의 선배인 손창섭에게 무언가 섭섭하게 대했을 때 '건방지군'이라는 말을 뒤로 하고 다방을 나와 버린 것도 특유의 결벽증에 해당할 것이다. 고은의 회고는 이어진다.

이런 일(착복식: 인용자)은 공초 오상순 영감도 마찬가지였다. 그는 모윤숙
김광섭, 이헌구, 이무영 등 자유문협 문인들이 한푼 두푼 거둬 새 양복 한
벌을 맞춰서 공초 선생 착복식을 베풀 때 거기서 술을 입에 대기도 하지만
공초가 있는 명동 서라벌 다방에는 한국문협 사람들도 이따금 드나들었다.
심지어 어디서 사는지도 모르는 50년대 소설의 상징적 허무주의 작가 손창섭
조차도 난데없이 한번쯤은 공초의 담배연기에 감싸여 앉았다가 사라지는
것이었다. - 고은, 「나의 산하 나의 삶」 부분, <경향신문> 1993. 7. 17.

한편 소설가이자 동서문화사 발행인인 고정일의 회고는 당시 문단 풍토를
짐작케 한다.

전쟁 포화 속에서도 유일하게 발행된 『문예』는 발행인 모윤숙, 편집인 김동리
가 이끈 1949년 창간한 순수 문예지로, 피란지 부산에서도 생명을 이어갔으나
1954년 통권 21호로 종간되고 만다. 그즈음 서울신문사 『신천지』가 속간되고
북한 출신 박남수와 오영진 등이 만들어낸 『주간 문학예술』, 조병옥과 임긍재의
『자유공론』, 종군 작가단의 『전선문학』, 김종완의 『희망』, 황준성의 『신태양』
등이 앞 다투어 창간된다. 아울러 부산에 적을 둔 『문예신문』, 마산의 조향이
주도한 동인지 『낭만파』도 가녀린 문학의 불꽃을 피워 올렸다.
1953년 4월 장준하 주재로 월간 『사상계』가 창간된다. 민족통일 촉진과
민주사상 함양, 경제발전의 연구, 새 문화 창조를 편집지표로 삼았던 『사상계』는
1955년 김동인을 기려 <동인문학상>을 제정하고 이듬해부터 시상을 시작하였
다. 첫해 수상작으로 김성한의 「바비도」가 선정되었다.

손창섭은 1959년 「잉여인간」으로 『사상계』 주관의 제4회 <동인문학상>을

수상한다.

『사상계』사에서 해마다 시행하는 <동인문학상> 제4회 수상 작품은 손창섭 작 「잉여인간」(『사상계』)으로 결정되었다. 그동안 사계(斯界)의 권위자와 심사 위원(김동리, 백철, 안수길, 최정희, 황순원 제씨)들이 추천한 작품 중에서 지난달 12일 심의 결선 투표에서 「잉여인간」이 3표(서기원 작 「음모」가 2표)로 당선이 결정된 것이다. 그리고 시상식은 오는 19일 서울대학교 교수회관에서 열릴 것이라 하며 상금은 30만 환이다. -<동아일보> 1959. 9. 2.

제4회 <동인문학상> 수상식은 예정대로 서울대학교 교수회관에서 개최되 었는데 주최 측인 『사상계』 사장 장준하 씨의 인사말에 이어 김동리 씨의 작품 심사 경과 보고가 있었고 수상자에 대한 기념품 증정이 있었다. 또 고 김동인 씨의 장남이 손창섭에게 꽃다발을 증정해 한층 자리를 빛내었다.

신문 연재를 마치고 저녁식사 자리에서의 손창섭(맨 왼쪽)

내빈축사에는 문단의 중진인 김동명, 양주동, 미국 대사관 핸더슨의 축사에 이어 수상자 손창섭의 답사로 폐회하고 다과회로 성황을 이루었다. 김성한이 1956년 제1회 <동인문학상>을 수상했을 때 손창섭은 단편 「혈서」로 그해 <현대문학상>을 수상했으니 그의 필력은 이미 1950년 중반부터 문단에서 정평이 나 있었다.

실제로 1955년 한국 문단의 수확은 과거 어느 때보다 풍성했다. 손창섭이라는 이름을 언론에서 주목한 것도 그가 1955년 『현대문학』 1월 창간호에 「혈서」를 발표한 직후의 일이다. 평론가 임긍재(1918-1962)가 1955년 2월 <동아일보>에 기고한 「신예들의 정진」에 「혈서」를 언급한 게 먼저 눈길을 끈다.

임긍재는 손창섭의 「혈서」에 대해 기교의 우수성, 특징을 가진 인간형의 창조, 개개 인물의 인간상 부각 등을 높이 사면서 장용학의 「그늘지는 사탑」과 함께 백미의 가작이라고 상찬하고 있다. 그는 이렇게 부언한다.

> 끝으로 1월 달의 발표된 창작들을 읽고 느낀 것은 작가의 현실에 대한 관찰력과 또한 현실에 대한 비판력이 박약하다는 것이다. '발짝'이 그의 소설 『인간희극』을 말하며, 거기에는 '사회의 역사와 비판, 해악의 분탁(分柝), 그 원리의 검토' 등이 있다고 하였는데, 그러한 '발짝'의 말을 인용하지는 않는다고 하드래도, 작금 '리터리츄어·앙카쥬'(사회참획(參劃)의 문학)가 논의되는 이 마당에 있어서, 현실도피나 초현실주의문학을 안일한 지대에서 해보겠다는 문학관은 포기할 시기가 왔다고 생각한다. —임긍재, 「신예들의 정진」 부분, <동아일보> 1955. 2. 2.

임긍재는 발자크의 소설 『인간희극』을 인용하면서 거기에 들어 있는 사회의 역사와 비판, 해악의 분탁, 그 원리의 검토할 때 우리 문학도 '사회참획

평론가 곽종원

(參劃)의 문학'으로 방향을 틀어야 한다며 지적하고 있다. 문학에 있어서의 감동이란 현실을 어떻게 깊이 파고들어 가느냐에 따라서 획득되어진다는 사회 참획, 즉 사회 참여의 한 가능성을 그는 손창섭에게서 발견하고 있다고 해도 과언은 아닐 것이다.

손창섭의 「혈서」는 확실히 당시 문단의 화제를 불러온 문제작이었다. 사실 임긍재는 해방 공간, 그리고 전후문학 연구자들에게 낯선 이름이 아니다. 이른바 인간주의적인 순수문학을 옹호했던 그는 예의 독설적인 문장으로 마르크스주의 문학론과 거기에 입각하여 창작된 문학 작품들, 그리고 기회주의적이거나 사적 욕망을 추구하는 당시 문학의 행태를 비판했다. 임긍재는 현실 정치에 깊이 관여하기도 했는데, 조병옥과 돈독한 관계를 유지했던 인물이다.

「혈서」에 대해 언급한 또 다른 문학 평론가는 곽종원(1915-2001)이다.

손창섭 씨의 「혈서」는 씨의 전(前) 작품들과 같이 특수 인물들을 등장시키고 그 인물들을 하나하나 살림으로써 성공한 작품이다. 나는 언젠가 손 씨에 대해서 요령을 얻은 작가라고 말한 적이 있었는데 그것은 작중인물로서 간질 병자나 폐병 환자나 반신불수나 정신병자나 백치 같은 인물이다. 또는 극도에 달한 가난뱅이이나 거지나 이런 인물들을 등장시켜서 특수하게 강한 인상을 주고 그로 인해서 작품을 성공의 길로 끌어올리기 때문에 한 말이었다. 그렇다고 해서 이 요령이 이 작가에게나 다 통용이 될 수 있느냐? 하면 그런 것은 아니다. 손 씨가 여사(如斯)한 특수 인물들을 등장시켜서 거기에 성격을 부여하고 그 인물들을 살릴 수 있다는 것은 씨의 노오트 속에 담겨지는 노력의 결정이 아닐 수 없는 것이다.

언제나 피동인물로서 끌려다니는 달수의 흐리멍텅한 성격이나 무식하면서
도 입심과 어깨를 부려서 다른 사람을 지배하려는 준석이나 휴메니티가 넘쳐흐
르는 규홍 같은 타잎이나 작품 전편을 통해서 한마디도 말을 들어볼 수 없는
창애의 침울한 표정이나 이 모두가 제대로 살아 있는 것이다. 다리 짤라진
준석이가 창애에게 아이 배게한 것이 탄로되어 그것을 폭로했다는 보복으로
달수로 하여금 단지를 하여 혈서로써 군문(軍門)에 지원하게 하는 협박 장면은
지나친 과정을 감지하게 하는 바 없지 않으나 이것이 다 전후의 복선이 있고
현실에 즉한 현실에 뿌리박힐 수 있는 이야기라면 그리 험될 것도 없을 것이다.
- 곽종원, 「세태묘사의 경향」.(하), <경향신문> 1955. 4. 16.

곽종원은 이 글에서 "손 씨가 여사(如斯)한 특수 인물들을 등장시켜서
거기에 성격을 부여하고 그 인물들을 살릴 수 있다는 것은 씨의 노오트
속에 담겨지는 노력의 결정이 아닐 수 없는 것"이라며 인물 묘사를 위해
취재 노트를 절실하게 써내려간 작가적 성실성을 높이 사고 있다. 그는
특히 손창섭에 대해 '요령을 얻은 작가'라고 단언함으로써 그의 작품에
대해 신뢰감을 표하고 있다. 또 작중인물로 간질 병자, 폐병 환자, 반신불수,
정신병자, 백치 같은 특수 인물들을 등장시켜 특수한 인상을 주는 것도
작품의 개성을 환기시키는 주요한 장점이라고 지적하고 있다.

이렇듯 1955년은 손창섭에게 있어서도 한국문학사에 있어서도 대단히
상징적인 해였다. 어떤 점에서 보자면 1955년은 한국문학사에 있어서 또
한 차례의 주기가 열리는 분기점이기도 했다.

평론가 류보선은 「근대문학 이후를 향한 현대문학의 욕망」(『현대문학』
2008년 10월)에서 근대 이후부터 이루어졌던 문학사의 한 주기가 끝나고
새로운 주기가 시작된 해가 바로 1955년이라면서 1955년경 한 무리의 신예

작가들이 대거 등장한다며 신예 작가들의 이름을 나열하고 있다. 그는 손창섭, 장용학, 박경리, 이범선, 서기원, 이호철 등이 이른바 '전후소설'을 들고 출현했으며 이들의 전후문학은 전쟁 전 세대의 '전후문학'과 다르다고 지적하고 있다. 또 이들 소설은 그저 하나같이 부자유, 미완성, 추문, 죽음의 현장, 파괴된 육체 등을 '그것의 일반적인 연관성에서부터 떼어놓는' 채로, 그러니까 전쟁이 가져온 파괴의 잔해들을 그야말로 비유기적으로, 무형적인 파편 조각으로 펼쳐놓는다면서 한순간에 근대적인 상징 규율을 근본적으로 해체하고 탈영토화 시켜버리는 폭발력을 발휘한다고 하고 있다. 특히 그는 전후세대의 전후소설은 그러한 국가의 이데올로기적 호명에 응대하지 않는다면서 이들이 들고 나온 문학은 이른바 우익 문학도 좌익 문학도 아닌 한국전쟁 이후 우리 사회의 살풍경 그 자체를 가감 없이 드러냄으로써 이전의 어떤 상징 규율에서도 자유로운 새로운 시대를 열어 제꼈다고 강조하고 있다. 류보선은 과거의 모든 상징 규율을 전복시키며 반플라톤주의에 대응하는 신플라톤주의의 수호자라는 평가를 받고 있는 프랑스 철학자 알랭 바디우에 빗대, 이들 신예 작가의 출현을 바디우적 사건이라고 명명하고 있다. 그만큼 1955년은 한국문학사에서 과거를 단절시킨 채 조용한 변이를 이룩해낸 해였다. 손창섭의 「혈서」는 바로 그 지점에 놓여 있는 것이다. 특히 「혈서」가 『현대문학』에 발표되었다는 측면에서 그는 이렇게 부언하고 있다.

이렇듯 손창섭의 「혈서血書」 등은 한국전쟁에 대한 실재적 표현을 통해 근대적 정치 기술이 초래한 살풍경을 민감하게 포착할 뿐만 아니라 근대 형성기 이후 감행되었던 한 차례의 근대적 기획들이 한국전쟁과 더불어 끝났음 (또는 끝나야 함)을 정확하게 감지해내는 엄청난 파괴력을 안고 있는 소설들이다. 이 「병자들의 노래」 속에 담긴 이 의미를 기민하게 읽어내고 그것을 제도 안으로 포획해낸 것은 다름 아닌 『현대문학』이다. '전후세대'의 '전후소설'에 대한 『현대문학』의 공감은 대단한 것이었다. 『현대문학』은 그들 세대의 작품 수록이나 비평적 맥락화 정도를 넘어 <현대문학상>이라는 제도로 그들을 포획해낸다.

그렇다면 「혈서血書」 등이 압도적인 비중을 차지하며 『현대문학상 수상 작품집』의 제일 앞자리에 위치하고 있다는 사실은 결코 우연이랄 수 없다. 그것은 매우 상징적이다. 그것은 우선 『현대문학』이 바로 '근대문학 이후'를 매우 강렬하게 열망하고 있었음을 알려준다. 동시에 그것은 「혈서血書」 등이 1955년 이후 한국문학의 앞자리일 수 있었던 것은 그들 작품 스스로의 파괴력도 파괴력이지만 그 파괴력을 발견하고 호명해준 『현대문학』의 의지가 관철되었 다는 점도 보여준다. 이렇게 '전후세대'의 '전후소설'과 『현대문학』이 <현대문 학상>을 통해 조우했고, 그러자 한국문학의 새로운 주기가 열렸다. 이전과는 전혀 다른 '1955년 세대'의 문학이 시작된 것이다. – 류보선, 「근대문학 이후를 향한 현대문학의 욕망」, 『현대문학』 2008년 10월.

손창섭은 『현대문학』 창간호부터 가장 촉망받는 신인으로 초대되었고 전후 한국소설을 대표할 만한 많은 작품을 이 잡지에 발표했다. 1955년 「혈서」(『현대문학』 1월)와 「미해결의 장: 군소리의 의미」(『현대문학』 6월) 를 필두로 「사제한」, 「광야」, 「소년」, 「고독한 영웅」, 「인간시세」, 「포말의 의지」, 「신의 희작」 등이 『현대문학』에 발표되었는데, 그것들은 모두 인간 주체(자의식)의 숙명적인 고독과 실존적인 허무에의 탐구였다. 특히 송하춘 은 「혈서」에 대해 언급하면서 "손창섭은 또한 이상-손창섭-김승옥으로 이어지는 우리나라 니힐리즘의 계보 가운데 한 특징인 실존적 허무주의 작가로 평가되기도 하며 그의 실존적 허무주의란 말하자면 인간 존재의 확인이기도 하다."라고 지적하고 있다.

8. 세검정 시절

한국전쟁 와중에 부산에서 극적으로 아내와 만난 손창섭은 환도 후 이 년가량을 자하문 밖 세검정 거처에서 지낸다.

환도 이후 두 여름을 자하문 밖에서 났다. 교통이 좀 불편하긴 하지만 주변의 경치가 마음에 들었다. 서울 근교치고 이만치 가까운 거리에서 시골 정취를 흠뻑 맛볼 수 있는 데도 드물 것이다. 효자동 종점에서 뻐쓰나 전차를 내려 스적스적 걸어서 십오 분이면 창의문 고개 마루에 다달은다. 좌우에 빽빽히 둘러선 산줄기가 좀 답답은 하지만 그래도 번대머리 산은 면하고 있으니 다행이다. 겨울의 설경도 나쁘지 않고 봄 가을의 다감한 맛도 좋으나 역시 세검정 일대의 풍치란 여름이 으뜸일 것이다. 제법 녹음이 출렁이는 산골짜기로 맑게 흐르는 개천을 끼고 뻗어나간 길을 따라 걸으면 시가에서 덮어쓴 먼지와 땀이 일시에 가시고 마음마저 가라앉는 것이다. 자두와 능금이 한창 익을 철만 되면 마치 장터처럼 길이 꽉 메어서 문안 사람들이 밀리어 나온다.

집에 있는 날이면 나는 감나무 밑에 침대를 내다 놓고 내의 바람으로 누웠다 일어났다 하며 해를 보냈다. 시끄러울 정도로 울어대는 매미 소리를 들으며 누워서 책을 읽노라면 어느새 소르르 잠이 들기가 일수였다. 혹은 침대에 엎드려 원고를 쓰기도 했다. 그러다 머리가 피로해져서 고개를 들면 담박 시원하게 피로가 가시어 버리었다. 주위가 온통 뚝뚝 흐르는 것 같은 녹색으로 물들어 있었기 때문이다. 산도 밭도 채뚝도 푸르고 하늘도 공기도 푸르렀다. 그 속에서는 사람들의 피부 빛깔마저 푸르게 보였다. 태양이 강렬히 내려 쪼이는 대낮일수록 나무 잎에서는 정말 푸른 물이 뚝뚝 드는 것 같았다. 그런 때 나는 의례 점심에는 상추쌈을 먹었다. 구미에도 당겼지만 새파란 상추잎에 흰밥을 싸서 볼이 미어지게 틀어막는 맛이란 미각이 문제가 아닐 정도로 시각과 기분에서 오는 맛만으로도 충분히 포식할 수 있었기 때문이다.

한강 건너로 이사 와서 처음 맞는 올 여름이 나는 벌써부터 불만스럽다. 예만 해도 물론 시내와는 판이하게 다르지만 그래도 자하문 밖의 여름 경치에 비길 바가 아니다. 강이 있기는 하나 수목 없는 강변이 너무 살풍경해서 그닥 마음이 당기지 않는다. 그러기 나는 일요일만 되면 짙은 녹음을 찾아 멀찍이 교외로 나가곤 한다. 아무래도 나는 강보다 산을 좋아하는 편이다. 금년 여름에 는 관악산이나 북한산성을 자주 찾아갈 심산이다. 특히 북한산은 육이오 때 그 품속 깊이 숨었다가 적구(赤狗)에게 발각되어 죽을 뻔했던 인연이 있어 더욱 잊을 수 없는 곳이기도 하다. 틈을 타 산야의 싱싱한 녹음을 찾는 일은 결코 도시인의 사치만은 아닐 것이다. 오히려 각박한 현실에 쪼들린 메마른 심령들이 잠시나마 자연의 정기 속에 마음의 상처를 씻어보자는 생명의 절실한 욕구에서가 아닐까. - 손창섭, 「생명의 욕구에서」, <경향신문> 1956. 6. 28.

대한민국 정부가 임시 수도 부산에서 서울로 환도한 게 1953년 7월 27일 휴전협정 체결 직후이니 손창섭이 세검정으로 옮겨온 것은 빨라야 1954년 이후로 보인다. 그곳에서 두 번의 여름을 났다고 했으니 추측건대 1954년

여름부터 1955년 여름에 이르는 어간
이었을 가능성이 크다. <경향신문>의
청탁을 받아 「생명에의 욕구에서」를
쓴 것은 그가 세검정을 떠나 한강 건너
흑석동으로 옮겨온 이후일 것이다. 이
는 손창섭 스스로가 '흑석동에서만 십
칠 년'이라고 말한 대목을 참고할 때도
어느 정도 일치된다.

남산에서 서울 시내 전경을 바라보고 있는 손창섭

그런데 1부에서 전술한 것처럼 손창
섭이 『신동아』 1966년 1월호에 '장편
(掌篇)소설집'이라는 문패를 달고 발
표한 7편의 에세이 가운데 「신서방」에는 "벌써 십여 년 전 일이지만 유산으로
물려받은 집을 팔아치우고 시 변두리로 나와서 새로 주택을 지을 때의
일이었다."라는 대목이 있다. 여기서 "유산으로 물려받은 집을 팔아치우고"
라는 구절을 유념해 볼 때 세검정에 마련했다는 거처는 바로 유산으로
물려받은 집일 가능성이 크다. 유산은 부모로부터 물려받은 재산일터. 손녀뻘
되는 김유림의 이메일에 따르면 김유림의 외할아버지(손창환)는 오래전
돌아가셨으나 그동안 가족 간에 문제가 생겨서 손창섭과 화해를 하지 못했다.
손창섭의 형제는 전술한 바대로 손창익, 손창환, 손정숙, 손창섭 등 사 남매였
고 손창섭은 이 가운데 막내였다. 손창섭이 유산으로 세검정 집을 물려받았다
는 말인즉, 부모의 유산이 남한에도 있었으며 그걸 형제들이 분배해 가졌고
그 가운데 세검정 집이 막내인 손창섭 몫으로 돌아갔을 개연성이 있다.

문맥으로 보아 손창섭의 세검정 시절은 매우 행복했던 것으로 보인다.
효자동 종점에서 내려 녹음이 우거진 길을 십오 분 걸어 집에 도착하면
서울 중심가와는 달리 시원한 바람이 그의 얼굴을 먼저 반기고 녹음 짙은

손창섭과 절친했던 소설가 곽학송

산골짜기에서 흐르는 시냇물 소리에 제법 오감이 청량해졌을 것이다. 자두와 능금이 익는 가을이면 문안 사람들이 자하문 쪽으로 밀려나와 장터를 방불케 한 녹색 공간 가운데 그의 거처가 있었다.

그는 세검정 집에서 "시끄러울 정도로 울어대는 매미소리를 들으며 누워서 책을 읽노라면 어느 새 소르르 잠이 들기가 일수였다."라거나 "혹은 침대에 엎드려 원고를 쓰기도 했다."라고 일상을 실토하고 있다. 그가 썼다는 원고는 1955년 7월 29일부터 8월 7일까지 9회에 걸쳐 당시 부산의 <중앙일보>에 연재한 단편「모자도(母子道)」일 가능성이 있다. 한편 환도 후, 세검정 시절의 손창섭에 대해 소설가 곽학송은 이렇게 들려준다.

환도 후 년여(年餘) 동안 문인들은 주로 '문예살롱'과 '동방살롱'에 모여서 웅성거리다가 명동의 싸구려 술집에서 '주식(酒式)'으로 목구멍을 축이고 헤어지곤 했는데 문예살롱쪽 주식회사(酒式會社) 사장은 으레 김동리 선생이었다. 밥도 옷도 안 되는 문학 객담을 참으로 문학청년식으로 주고받으며, 더러는 '창가시간(唱歌時間)'도 마련해가며 전후의 착잡한 마음들을 달랜 듯싶다.

그의 주회(酒會)에의 참석 성적이 가장 나쁜 축의 대표가 조연현 선생이며 단 한 번도 참석한 적이 없는 사람이 손창섭 형이었다. (중략) 그래도 나는 직업이나마 갖고 있었지만 출판사 편집사원에서 양계업으로 전환하였던 손창섭 형은 여간 어렵지 않았다. 시내로 나와도 외딴 다방에서 살짝 나를 불러내었고 우리는 여학생들이 선배나 스승의 시선을 피하여 가락국수나 햄버그를 사먹는 그런 식으로 도란도란 하루해를 보내곤 했다. 계란 값의 폭락으로 더욱더 어렵게 된 손창섭 형의 처지를 알게 된 김동리 선생이 당시 유일한 『현대공론』의 편집장인 이종환(李鍾桓) 선생에게 부탁해서 작품 하나가 발표케 되었다. 그것이 손 형의 추천을 마친 후 타지에 발표한 첫 작품이자, 역작 중 역작인 「생활적」이다. 물론 원고와 원고료 운반은 내가 맡았다. 손 형은 도무지 문인들이 많이 모이는 곳이 싫다는 것이다.

그러던 어느 날 오후 조연현 선생이 곧 문예지가 나오게 되니 작품 하나 준비하라고 말씀하셨다. 그 곧 나온다는 문예지가 1955년 1월에 창간된 『현대문학』임은 말할 나위도 없다.

그때 조 선생은 창작란의 작가 선택에 여간 신경을 쓰지 않는 것 같았다. 아직도 분명히 기억하고 있지만 창간호에 김동리의 「흥남철수」와 함께 손창섭 형의 「혈서」가 게재되었다. (중략) 손 형과 나는 적어도 1년에 두 편은 역작을 골라서 『현대문학』에 내보자고 약속하였던 것인데 외도가 심하였던 나는 이행치 못하였고 손창섭 형은 붓을 놓을 때까지 대체로 지킨 것으로 알고 있다. - 곽학송, 창간 20주년 기념 특집 「나와 현대문학지: 손창섭 형을 생각하며」, 『현대문학』 1975년 1월.

손창섭은 「모자도」 연재를 끝으로 세검정 집을 떠나 흑석동으로 거처를 옮긴다.

9. 흑석동 시절

1) 손창섭의 일상

장편 『인간교실』은 흑석동 시절 손창섭의 일상과 동선을 구체적으로 들여다볼 수 있는 단서가 숨겨져 있어 눈길을 끈다.

1963년 4월 22일부터 1964년 1월 10일까지 <경향신문>에 연재

흑석동 시절의 손창섭

되었던 장편 『인간교실』은 당대의 시대적 상황을 솔직 담백한 문체로 그려낸 통속소설로 흑석동에 대한 묘사가 적지 않다. 우선 도입 부분에서부터 손창섭의 흑석동 자택이라고 추정할 수 있는 공간에 대한 묘사가 나온다.

한강이 눈 아래 굽어 보이고 여름이면 아카시아 숲이 우거지는 속에 아늑히 자리 잡고 있다. 70평 남짓한 대지에 빨간 벽돌로 벽을 두껍게 쌓아올리고 특수한 청록색 기와를 얹은 건평 25평짜리의 제법 아담한 문화주택인 것이다. (중략) 더군다나 인가와 뚝 떨어진 장소여서 적적하기도 하기 때문에 뒤쪽에 붙은 조용한 방을 남에게 빌려주기로 한 것이다. 일단 복덕방에 내놓기 시작하니, 와보는 사람마다 첫눈에 환경이나 방이 마음에 들어서 놓치지 않으려고 졸라댔지만, 북적북적 시끄러운 것도 질색이기에 식구가 적고 인품도 좋은 사람을 골라 두느라고 도리어 이쪽에서 애를 먹을 지경이었다. 그러나 세를 들이는 것도 배필을 정하는 것과 비슷해서 지나치게 고르다 보면 도리어 잘못 걸리기가 쉬운 모양인지, 불과 1년 미만에 세 차례나 갈아들여야 할 만큼 들어오는 사람마다 모두들 복잡한 인생 내막과 사정을 지니고 있는 데는 적이 놀랐다.

– 『인간교실』 부분, 예옥출판사, 2008.

『인간교실』의 주인공 주인갑의 외동딸은 태생적으로 다리를 저는 불구자로 이름은 '광숙'이다. 이 이름은 훗날 손창섭이 도일해 1976년 <한국일보>에 연재했던 『유맹』의 주인공인 '나'의 딸 이름이 '종숙'이라는 점과 연관 지어볼 때 손창섭은 소설 속 주인공 이름을 작명할 때 자신의 딸 '도숙'의 이름 가운데 한 자만을 변형했다는 것을 유추해볼 수 있다. 또한 『인간교실』에서나 『유맹』에서나 주인공의 아내는 미장원에 출근하고 있다는 점이 유사하다. 예컨대 『인간교실』에서는 "외딸 광숙은 학교에 가고 아내는 미장원에 출근한 뒤라 아무도 없는 방에 혼자 앉아서 조간신문을 뒤적거리고 있는 주인갑 씨는"이라고 묘사되는가 하면 『유맹』에서는 "미용사 자격을 갖고 있는 아내는, 그 방면의 사람들과 접촉하는 일이 잦았고 특히 봄가을의 한창 바쁜 철이면, 결혼식장의 미용실 같은 데 임시로 한두 달씩 나가서 거드는 일도 있다."라고 적고 있다. 이는 손창섭의 실제 생활상을 그대로

반영한 것이라고 해도 과언은 아닐
것이다. 『인간교실』의 경우, 주인공
주인갑의 동선을 따라가다 보면 여지
없이 세를 놓기 위해 흑석동 자택을
수리하는 손창섭의 모습을 발견할 수
있는 것이다.

도일 직전 흑석동 자택에서의 손창섭

그러고는 한강 인도교 부근이나
노량진 쪽에서도 단박 눈에 확 띄도록
새뜻하고 이채로운 외풍을 갖추어야
한다면서 굳이 선혈색 빨간 벽돌 벽에
일부러 특수한 청록색 기와를 주문해
다가 지붕을 넣었던 것이다. 그러고는 현관 양쪽에 하얀 돌기둥을 세우고,
멋진 베란다를 만들고, 문틀에는 돌아가며 눈이 부시도록 하얀 페인트를 칠하고
창문마다 화려한 색깔과 무늬의 커튼을 드리우게 했던 것이다. - 『인간교실』
부분.

물론 남의 눈에 잘 띄라고 '선혈색 빨간 벽돌 벽에 청록색 기와를 얹은
지붕'을 올렸다거나 '현관에 하얀 돌기둥을 세우고 문틀에 하얀 페인트를
칠'을 했다는 주인공 주인갑의 모습은 어디까지 소설적 전개를 위한 허구이겠
지만 원고료 수입에 의지해 살아가는 손창섭의 쪼들리는 생활고를 감안하면
실제로 세를 놓기 위해 집을 새로 고쳤을 가능성이 높다고 할 것이다. '한강
인도교 부근이나 노량진 쪽에서도 단박에 눈에 확 띨' 만큼 손창섭의 흑석동
자택은 가장 높은 언덕인 산4번지 능선에 자리 잡고 있었다.

여름철만 되면 한강에는 무수히 놀잇배가 뜨고 그 속에서는 놈팡이들이 작부를 끼고 술을 마시면서 젓가락으로 식탁을 두드리고 손바닥으로는 뱃전을 치며 고성방가로 밤을 지새다시피 하는 도대체 저게 무슨 재밀까를 주인갑 씨는 도저히 이해가 가지 않을뿐더러 일종의 미친 짓으로밖에는 보이지 않는 것이었다. - 『인간교실』 부분.

언덕배기집에서는 한강이 훤히 내다보이는 것은 물론 강변 가까이 놀잇배가 다가오면 그 안의 행락객들의 고성방가까지 들린다는 것 역시 집의 위치를 어림케 한다. 한강변이 내다보이는 언덕배기에 나무나 수풀이 우거지지 않았기에 그만한 시야가 확보됐을 터인데 1960년대만 해도 서울 변두리의 녹화 사업은 형편없었음을 상기할 때 이 역시 실제 풍경의 반영이라고 볼 수 있을 것이다.

방금 외출해서 돌아온 주인갑 씨는 땀이 흥건히 밴 속옷들을 벗어부치고 시원하게 찬물로 얼굴과 발을 씻고 머리까지 감고 나서 사방의 문을 활짝 열어젖힌 마루방에 나와 앉아 담배를 피워 물고 우거진 아카시아 숲 사이사이로 노량진 쪽 거리를 내려다보고 있으려니까 몸은 날아갈 듯 개운했지만 마음은 걷잡을 수 없이 무겁기만 했다. - 『인간교실』 부분.

또한 '광숙이와 보순을 데리고 수박이라도 한 덩이 사올 겸 노량진까지 바람을 쐬러 갔었다.'라거나 '광숙의 팔을 양쪽에서 하나씩 잡고 노량진까지 내려가 한길을 전차 정류장 쪽으로 스적스적 걸어가다.' 등의 문장을 통해 드러난 작중 화자의 심상에 그려진 산책로는 실상 손창섭이 평소에 산책 다니던 코스를 연상케 한다. 흑석동을 중심으로 남서쪽으로는 노량진 일대와 북동쪽으로는 국군묘지(지금의 국립현충원)에 이르는 지형도가 그려지고도 남는 것이다.

종점이 바로 국군묘지인데 병풍처럼 둘러막은 산에는 제법 수목이 우거지고, 앞으로는 한강이 굽이쳐 흐르는 품이 공원으로서는 더할 나위 없이 좋았다. 딴 공원처럼 난삽하지 않고 어딘가 엄숙한 기분이 감돌아서 주 씨는 혼자서나 광숙을 데리고 곧잘 놀러 오는 곳이었다. — 『인간교실』 부분.

한강 인도교를 건너 지금의 동부이촌동 어간의 한강 변 모래사장에 으레 열리곤 하는 낯익은 풍경도 가감 없이 손창섭의 눈에 비친 사실 그대로 그려지고 있다.

이윽고 인도교를 완전히 건너 선 애들(광숙과 보순)은 오른쪽으로 꺾이어 모래사장으로 향하는 것이었는데, 웬일인지 수많은 남녀노소가 줄을 지어 그리고 밀려가고 있었다. 그 행렬 속에 휩쓸려 걷는 애들을 놓치지 않으려고 정신을 차리고 따라가는 주 씨는 곧 모든 것을 이해할 수 있었다. 넓은 모래사장 한쪽에는 수십 개로 보이는 천막을 둘러친 임시 집회소를 만들어놓고 기독교 계통의 특별부흥회가 열리고 있었는데, 꼬리를 이어 몰려드는 군중들은 모두 성경과 찬송가책을 들고 그곳을 찾아가는 기독교 신자들이었다. 기적을 행하느 니 병을 고치느니 하는 유명한 목사지 장론지 하는 사람이 친히 집회를 인도하여 많은 사람이 와서 은혜를 받으라는 내용의 포스터를 씨도 얼핏 본 기억이 있었고, 또한 그 목사라나 장로라나 하는 분은 정말 병을 고친다거니 거짓말이라 거니 하는 소문이 항간에 자자하게 떠돌고 있는 것도 씨 역시 귓결에 들어 알고 있는 일이었다. — 『인간교실』 부분.

흑석동은 한강의 놀이객들의 움직임과 한강 건너 백사장의 풍경까지

1965년 7월의 손창섭

조망할 수 있는 적소이기도 하다. 이 적소에서 손창섭은 마치 이방인의 시선으로 1960년대의 시대상과 세태를 조망했던 것이다.

『인간교실』은 무엇보다 1960년대라는 시대적 상황을 배경으로 인간 현상에 대한 재인식과 재평가를 시도하고 있는 소설이다. 이 작품에 등장하는 인물들은 동성애, 페티시즘, 훔쳐보기, 몰래카메라 등의 만화경 같은 성 풍속도를 연출하고 있는데, 이를 통해서 손창섭이 보여주고자 한 것은 '숭고'를 표방하는 이념, 즉 '인간 개조'나 '인간 혁명' 같은 1960년대 '혁명' 주도 세력의 통치 이념과는 다른 방식으로 살아가는 인간들의 모습이다.

손창섭은 전후의 폐허와 죽음과 소외의식을 빼어난 단편소설로 드러냈을 뿐만 아니라 5 · 16 쿠데타 이후 전개된 1960년대 한국 사회를 상대로 외로운 대화를 시도한 장편소설 작가이기도 했다.

다만 손창섭의 『인간교실』은 정신적 엄숙성과 과제 의식을 떠안은 인간형에 초점을 맞춘 게 아니라, 육체와 정신의 괴리 속에서 번민하면서 살아가는 인간의 모습을 다중적인 애정 갈등의 형태로 제시한다.

주인공 '주인갑'은 자유당 말기 개인 사업에 실패한 중년의 실직자다. 내성적인 그의 성격과는 달리 미장원을 운영하는 아내는 활달하고 진취적이어서 원만치 못한 부부 관계를 이어가고 있다. 그는 방 한 칸을 '황 여인'이라는 여인에게 세를 놓았고, 그녀의 은근한 매력에 빠져든다. 황 여인은 폭력 남편을 피해 젊은 남자와 도망쳐 나온 처지였으며, 주인갑은 황 여인을 사모하는 마음에 이혼 문제를 돕게 된다. 그러나 황 여인과 주인갑의 아내인 '남 여사'가 동성애에 빠져들면서 이들은 묘한 삼각관계를 이루게 된다. 한편 황 여인이 거처를 옮긴 후 새로운 세입자로, 두 명의 여대생이 들어온다. 그중 '윤'이라는 여대생은 고급 창녀로서, 3인조를 구성하여 부패하고 타락한 저명인사들의 돈을 뜯어내는 사업을 전개한다. '윤'이 그들을 상대로 성관계하는 장면을 사진으로 찍어 협박하는 방식이다. 그들은 사회악을 응징하는 동시에 그들에게서 걷어 들인 돈으로 공익사업을 하겠다는 목적을 밝힌 후 주인갑에게 협조를 부탁하지만, 그는 그 방식이 불법적이며 폭력적이라며 협조를 거부한다. 결국 '윤' 패거리는 점점 강압적인 방식으로 주인갑을 옥죄기 시작하고 급기야 아내까지 합세하면서 더욱 궁지에 몰아넣는다.

『인간교실』은 1960년대 이야기이지만 지금 여기서 일어나는 일들이라 해도 이상할 것이 없을 만큼 시간적 격차가 드러나지 않는다. 특히 진취적인 성 도덕이나 굴절된 윤리성이 두드러지는데, 정신적으로나 육체적으로나 남성에 비해 훨씬 자유로운 상태에 도달한 여성에 대한 묘사라든가 일상에 만연한 부조리와 그에 대한 폭력적 대응 방식은 오늘날의 현실과도 상통한다.

『인간교실』은 단편소설 중심의 '전후' 세대 작가라는 매너리즘적 평판에 가려져 있던 손창섭의 작가 의식을 장편소설의 영역에서 새롭게 펼쳐 보인 작품이기도 하다. 한편 흑석동 시절의 손창섭을 지근거리에서 지켜본 윤탁헌의 증언이 눈길을 끈다.

孫昌涉과 나

사람들은 孫 先生을 가리켜 '作家'라고 한다. 선생이 소설을 쓰는 분이니까 당연한 얘기다. 그러나 나는 한 번도 선생이 작가라는 생각을 염두에 두고 대해 본 적이 없다. 이 엉뚱한 表現은 세상이 흔히 선생을 가리켜, '괴짜'라고 하는 말과 묘한 대조를 이루는 것 같다. 십여 년을 한 지붕 밑에서 살아오시다시피 한 내가 이런 말을 하는 까닭을 解明할 수만 있다면 내가 아는 '孫昌涉'은 전부 드러낸 게 될 것이다. (그러나 불행히도 이것은 불가능에 가깝다.)

선생은 스스로 소설을 쓰면서도 선생 자신의 것은 물론 다른 사람의 작품도 그리 탐탁해하질 않는다. 도대체 예술(문학)이란 남자가 매달릴 일이 못 된다는 것이다. 내가 돈에 쪼들리면 선생은 현상금이 많은 신문이나 방송 등에 투고해서 '돈'을 얻어 쓰라고 권한다. 하긴 몇 년 전 어느 잡지사가 무슨 문학상을 준다고 했을 때에도 시상식에 참석할 생각은 않으면서도 몇 푼 안 되는 부상엔 솔직한 구미를 돋구던 분이긴 하다. 이러한 선생에게 문학은 영원히 하나의 부업일 수밖에 없다. 자신의 작품에 관심을 쏟지 않으니까 평론가나 주위 사람들의 얘기엔 애당초 귀를 기울이지 않는다. 나도 예외일 수는 없어 지금까지 단 한 번도 선생의 작품에 대해 함께 얘기를 나눠본 적이 없다.

선생은 술, 담배를 안 한다. 꼭 필요한 경우가 아니면 한 달이고 두 달이고 외출도 안 한다. 따라서 대인 관계는 극히 한산하고 주소는 물론 비밀이다. 어쩌다 세상에 주소가 알려지자 선생은 겸사겸사 아끼던 집마저 두고 멀리 바다가 보이는 곳으로 훌쩍 떠나갔다. 손수 먹으로 써달았던 문패가 퇴색하고 흐려져 스산하기 이를 데 없다.

십 년을 자식처럼 기르던 셰퍼드가 늙고 병들어 비슬거림을 보고 안타까워하더니 선생은 몇 달 후 상경했을 때 개에게 수면제를 먹여 곱게 잠들게 한 후 뒷간 아늑한 곳에 다져 묻어주었다. 이를 데 없이 검소하고 천성적으로 서민적인 기질을 갖고 있으면서도 모처럼 외출을 하면 서울 시내 어느 한 곳 입에 맞는 음식이 없어 걱정이라던 선생의 성격은 이렇게 가슴이 섬뜩하도록 앞뒤가 선명한 것이다.

너무도 명확해서 선생은 애꾸눈만 모인 세상에 성한 눈을 갖고 들어선 사람처럼 어이없이 곡해되고 있는지도 모른다.

선생은 신문을 보지 않을 뿐 아니라 극장 같은 데에도 잘 가지 않는다. 심지어 선생 자신의 작품이 영화화되어도 일부러 보러 가지 않는다. 연전에 억지로 국전을 관람할 기회가 있었을 때에도 선생은 두어 치짜리 붕어 한 수를 올릴 때보다 더 큰 감흥을 느끼진 않는 듯했다.

선생은 마치 강한 의지로 뭉쳐진 듯 단단하면서도 한편 따뜻한 인정과 눈물을 가득히 지니고 있다. 언젠가 선생은 "엄마 엄마 이리와…… 병아리 때 뽕뽕뽕 놀고 간 뒤에……"라는 동요를 불렀다. 노래라면 애국가도 끝까지 못 부른다던 분이 웬일인가 했더니 이 노

손창섭이 흑석동 자택에서 기르던 셰퍼드

래의 가사는 선생이 동경에서 고학하던 중학 시절 '高文求'라는 필명으로 고국 어느 소년 잡지에 투고했던 것이라 했다. 선생 자신은 해방 후 귀국해서 실의와 고난 속에서 방황하다가 우연히 길가에서 애들로부터 이 노래 소리를 들었던 것이다.

선생이 어린이를 좋아하고 지금도 소년처럼 꾸밈없는 몸가짐을 버리지 않는 다정다감한 성품을 갖고 있음은 결코 우연한 일이 아닌 듯하다.

선생의 모든 작품 속에서는 숨 막힐 듯 강렬한 개성이 발산하는 독특한 생리와 기질이 고루 용해되어 있다. 그러나 나는 웬일인지 '인간 손창섭'과 이 분의 작품 사이에서 어떤 연결점을 찾지 못하고 있다. 그리고 선생을 가리켜 '괴짜'(비록 호의에서일망정)라고 하는 오해(誤解)에는 이의(異議)일뿐 아니라 일말의 안타까움마저 느끼고 있다.

그러나 선생은 분명히 말한다.

"나를 괴짜라고 하는 세상 사람들이나 그렇지 않다고 하는 당신의 말은 다 같이 옳다." 그러고 보면 선생에 관한 한 나는 당초부터 이런 류의 글을

쓸 자격이 없는 사람이었는지도 모른다. – 윤탁헌, 「손창섭과 나」, 『현대한국문학전집 월보 1』, 신구문화사, 1965.

윤탁헌이 손창섭과 어떤 관계인지는 명확히 알 수 없다. 그러나 윤탁헌은 손창섭의 흑석동 집에 십여 년간 세 들어 살던 작가 내지 작가 지망생이라는 것을 문맥을 통해 어림할 수 있다. 그는 흑석동 시절 손창섭의 일상을 훤히 꿰뚫고 있는 것은 물론 집에서 기르던 셰퍼드를 묻을 때도 함께 있었을 만큼 가까이 지냈다. 일본에서 만난 우에노 여사가 보여준 앨범에는 손창섭이 흑석동 자택 마당에서 셰퍼드와 함께 찍은 사진도 있었다.

한편 홍주영에 따르면 손창섭은 '高文求'라는 이름으로 『아이생활』 1936년 6월호에 노래 「봄」을 투고했다. 이 잡지는 독자로부터 '동화, 동요, 작문, 일기'를 투고받았다. 「봄」은 7·5조에 평안도 사투리로 되어 있다.

노래 <봄>

　高文求

엄마엄마 이리와
요거보세요
병아리떼 삐용삐용
놀고간뒤에
미나리 파란싹이
돋아났세요

엄마엄마 요기좀

바라보아요

노랑나비 호랑나비

춤추는 밑에

문들레 예쁜꽃이

피어났세요.

  – 高文求, 노래 「봄」, 『아이생활』 13권 6호, 조선주일학교연합회, 1938; 홍주영, 『근대서지』

제5호, 2012에서 재인용.

  홍주영에 따르면 이 동시는 동요 작곡가 박재훈에 의해 곡이 붙였는데 노랫말은 개작되었고, 한국음악저작권협회에서 1970년의 저작권 신청 서류를 찾을 수 있었다는 것이다. 특히 '고문구'라는 인물이 있어서 실제로 저작권을 등록했는지는 분명치 않으나 서명이 되어 있어야 할 자리에 '고문구'라는 싸구려 목도장이 뒤집혀 찍혀 있는 점은 특기할 만하다고 홍주영은 썼다.

  <봄> ①

    고문구 작사 / 박재훈 작곡

엄마엄마 이리와 요거보세요.

병아리떼 **뿅뿅뿅뿅** 놀고간 뒤에

미나리 파란쌌이 돋아났어요.

미나리 파란쌌이 돋아났어요.

  윤탁헌의 증언에서 알 수 있듯 동요 「봄」의 작사가는 '고문구'라는 필명으로 조선주일학교연합회가 발행하던 『아이생활』에 투고를 했던 손창섭인 것이다. 더구나 1970년 한국음악저작권협회에 '고문구'라는 이름으로 저작권 신청을 하고 '고문구'라는 싸구려 목도장을 찍은 장본인을 손창섭 자신으로 상정해볼 때 손창섭은 도쿄에서 고학하던 중학 시절의 필명인 '高文求'를 작사가로 고집할 만큼 최초 기고자의 정체성을 정확히 해두고자 한 것으로 보인다. 남들이 보기엔 괴짜였을망정, 속내는 '어린이를 좋아하고 소년처럼 꾸밈없는 몸가짐을 버리지 않는 다정다감한 성품'의 소유자가 손창섭이었다.

기왕에 윤탁헌이 언급한 "연전에 억지로 국전을 관람할 기회가 있었을 때에도 선생은 두어 치짜리 붕어 한 수를 올릴 때보다 더 큰 감흥을 느끼진 않는 듯했다."는 구절과 관련, 1965년 여름쯤으로 추정되는 또 하나의 장면 속 손창섭의 행적이 눈길을 끈다.

나는 금년 한여름을 삼랑진 하양동이라는 데서 났다. 부산서 마산행이나 진주선을 타면 삼랑진 다음 역이 낙동강역이다. 거기가 바로 하양동인데 준급(準急)마저도 묵살하고 지나는 간이역 비슷한 소역이다. 불과 20평 남짓한 역사(驛舍)지만 현대식으로 새로 지어서 아담한 맛은 있다.

차가 닿아도 많을 때라야 고작 10여 명, 적을 때는 겨우 두세 명의 손님이 내리고 오르는 한산한 역이다. 어떤 때는 내리고 오르는 손님보다도 구경꾼의 수가 더 많다. 구경꾼의 대부분은 좀 떨어진 동네의 아이들이다. 그 아이들의 태반은 영양실조로 팔다리가 거미의 발처럼 가늘고 길기만 하다. 대개들 땀과 먼지와 때에 절은 러닝셔츠에, 비슷한 팬츠만 걸치고 있었다. 팬츠 하나만인 아이도 있다. 볕에 그을러서 얼굴이나 팔다리가 모두 새까맣다. 목덜미와 겨드랑이에는 때가 돌이끼처럼 끼어 있는 아이도 있다. 거의가 열 살 내외짜리지만 그만이나 한 것이 시퍼런 코를 훌쩍거리며 낯선 사람을 보면 괜히 히죽거리거나 겁에 질려 눈이 휘둥그레지는 백치 같은 아이도 많다. (중략) 내가 강변에서 낚시를 넣고 앉아 있으면 아이들은 몰려와서 구경을 한다. 모두들 낚시대가

도일 직전의 손창섭

근사하다고 감탄들을 한다. 그중에는 용감한 놈이 있어서 "징게미 잡는기요?" 물어오기도 한다. 그곳 일대는 가재만 한 새우가 있어서 낚시에 곧잘 물려 올라온다. 거기서들은 그놈을 징게미라고 하는데 맛이 또한 진미여서, 아이들뿐 아니라, 한가할 땐 어른들도 그걸 전문으로 잡는 사람이 있다.

"난, 징게미보다도 송어(붕어)를 노리고 있다." 하니까, "그라문 예긴 파이요." 모두들 그런다. 그러면 이 근처에 송어가 낚이는 곳은 없느냐고 물었더니 상류로 올라가서 뒤께미라는 델 가든지, 아니면 다리 건너편에 있는 이무기 못에를 가보라는 것이다.

내가 방을 얻어 들고 있는 집에서 4, 5분 거리에 낙동강 철교와 인도교가 있다. 인도교는 준공된 지가 오래지 않았는데 본시 철교였던 뼈대에다 콘크리트만 깔았기 때문에 폭은 좁고 길기만 하다. 걸어서 꼭 10분이 걸린다. (중략)

여기서 첫날은 대여섯 치짜리 붕어 대여섯 마리와 서울 근처에서는 본 일이 없는 이름도 모를 잡어를 20여 수 낚았다. 그 뒤로 나는 거의 매일같이 이무기 못에 낚시질을 다녔다. 고기가 잘 물리는 편은 아니었지만 그래도 강보다는 나았고, 바람이 불어도 강처럼 물결이 일지 않고 잔잔해서 좋았다. 게다가 딴 낚시꾼도 밀려들지 않았고 동네에서 뚝 떨어진 곳이라 구경꾼이나 방해꾼도 없어서 조용히 하루를 보내기는 십상이었다. - 「다리에서 만난 여인」 부분.

원래 『신동아』 1966년 1월호에 장편소설집(掌篇小說集)이라는 문패를 내

걸고 실린 일곱 편의 에세이들을 대표하는 제목은 「다리에서 만난 여인」이다. 이 에세이의 초점은 손창섭이 어느 여름, 서울에서 삼랑진 하양동으로 내려가 낚시로 소일하던 중에 다리 중간쯤에서 만난 여인에 대한 인상기에 맞춰져 있지만 한편으로 손창섭의 취미가 낚시였음을 은연중에 보여준다. '서울 근처에서는 본 일이 없는 이름도 모를 잡어 20여 수'가 그걸 증명하는데, 그는 경부선을 타고 부산에 내려와 다시 마산행이나 진주선을 갈아타고 낚시를 다닐 만큼 낚시광이었음을 짐작케 한다.

흑석동 시절의 손창섭은 1967년 장편소설 『이성연구』(동양출판사)를 출간한 뒤 1968년 「환관」(『신동아』 1월), 「청사에 빛나리: 계백의 처」(『월간중앙』 5월), 『길』(<동아일보> 1968. 7. 29-1969. 5. 22.)을 잇달아 발표한다. 1969년엔 「흑야」(『월간문학』 11월), 「삼부녀」(『주간여성』 1969. 12. 30-1970. 6. 24.)에 이어 장편 『길』(동양출판사)과 『여자의 전부』(국민문고사)를 출간했으며 이듬해인 1970년 『손창섭 대표작 전집』(예문관)을 출간한 것을 끝으로 일단 펜을 내려놓는다. 우에노 여사와 자신의 거취 문제로 한참 심각했던 상황이 전개된 것은 앞서 말한 것처럼 둘째 형의 흑석동 방문이 계기가 된 것으로 보인다.

손창섭은 국내에서의 작품 활동을 거의 접을 당시인 1971년 자신의 창작 비밀을 이렇게 들려준다.

낙동강 역

낙동강 철교

나를 괴팍한 사람으로 보는 이가 있는 모양이다. 아마도 사람들과 잘 어울리지 않고 술, 담배를 입에 대지 않고, 넥타이를 매는 일도 없고, 집에 누가 찾아오는 걸 질색하고 남을 찾아가기를 꺼리기 때문인가 보다. 그러나 따지고 보면 이건 별로 이상할 것도 괴팍한 일도 아니다.

비위에 맞지 않는 사람과는 어울려 돌아가도 재미가 없으니까, 아니 재미가 없을 정도가 아니라 잘못하면 불쾌한 일이 있기 예사니까 널리 접촉을 않는 것이다. 술, 담배는 일리(一利)도 없으면서 맵고 쓰기만 하니까 처음부터 배울 생각도 먹을 필요도 없었던 것이다. 넥타이란 건 소, 말에 고삐 매듯 목을 잔뜩 졸라매는 물건이라 갑갑하고 불편하니까 매지 않는 것이다. 이쪽 형편이나 사정은 생각하지 않고 예고도 없이 누가 불쑥 찾아오면 이쪽의 프라이버시가 침해당하기 쉬우니까 질색할밖에. 남의 집을 왕방(往訪)하는 일도, 미리 일시를 정해 상대방의 양해를 구해놔야 하고, 적당한 선물을 준비해야 하고, 찾아가서는 낯간지러운 형식적인 인사와 장단이 맞는 대화를 교환해야 하는 등 번거롭기 짝이 없는 데다가, 결과가 자칫하면 상대방에게는 폐가 되고, 이쪽은 피로하기 일쑤이니 안 가는 것이다. 이런 것은 도리어 당연한 일이지 추호도 괴이한 일이 아니다. 그러므로 나 자신이 보기에는 나라는 인간은 지극히 평범한 사람인 것이다. 반대로 나 같지 않은 사람들이 솔직하지 못하거나 무례하거나 이상한 사람들이다.

이렇듯 나란 존재가 평범한 됨됨이고 보니, 원고를 쓰는 일이나, 그 밖의 어떤 행동에도 괴벽이나 기벽 같은 게 있을 리 없다. 대부분의 사람과 마찬가지로 책상에 달라붙어서 둔한 머리를 짜내어 한 칸 한 칸 원고지를 메워나갈 뿐이다.

그러나 사람마다 말투라든지 걸음걸이라든지, 그 동작에 어떤 특징과 버릇이 있듯이, 원고를 쓸 때의 나의 태도에도 괴벽이라 할 것까지는 없지만 몇 가지의 습벽은 있다.

예를 들면 소설을 쓸 때, 으레 머릿속에 비 나리는 풍경을 그려보며 그러한 심상에 후줄그레 젖어서 한 방울 한 방울 떨어지는 빗물을 받아 옮기듯 한 자 한 자 원고지의 간살을 채워나가는 버릇 따위다. 작품을 써나가는 동안, 나의 마음속에는 언제나 비가 내리고 있고, 장마철의 우중충한 뒷골목이라든지, 패연(沛然)히 호우(豪雨)가 내리갈기는 속을 잡다한 군상이 밀려 넘치는 도심지의 포도(鋪道)라든지, 자욱이 운무에 덮인 산야의 스산한 우경(雨景)이라든지가 펼쳐지는 가운데, 세차게 혹은 약하게 빗물 떨어지는 소리가 시계의 초침 소리처럼 나의 사고의 맥박을 새겨주는 것이다. 이러한 이미지를 통해서만 작품 밑바닥에서 내가 바라는 무드를 깔아나갈 수 있고, 문장 속에 나의 체취를 배게 할 수 있는 것이다.

현실적으로도 나는 비 나리는 날을, 비 나리는 풍경을 좋아한다. 비 속에 잠긴 가로(街路)나 촌도(村道)를 호젓이 혼자 거닐면, 마음이 차분히 가라앉으며 가장 격에 맞는 내 인생의 풍경화가 된다.

그러기에 그 내용이나 형식에서 온갖 영상을 던져주는 숱한 한자(漢字) 가운데 으뜸으로 내 마음을 끌어당기는 자(字)도 첫째 '우(雨)'요, 다음은 '석(石)' 과 '야(野)'다. 아마도 내게 풍류 취미가 있어서 아호를 갖는다면 필시 '우석(雨石)'이라고 했을 것이다. 나는 항상 개성(改姓), 개명(改名)이 소원이지만 현실적 (법적)으로 가능하다면 당장 '야우석(野雨石)'이라 하겠다. 이렇듯 나는 남달리 비에 끌리는 탓으로 원고지를 향할 때도 으레 마음 구석에 비 소리를 듣고 비에 젖어야 하는 것이다.

다음은 문장의 정정(訂正)과 추고(椎敲)에 대한 신경질적인 결백성이다. 원고를 써나가다가 오자(誤字), 오구(誤句)를 비롯해서 마땅치 않은 대목(문장) 을 고치게 될 때, 흔히 남들처럼 간단히 부욱북 줄을 그어 지우고 그 옆에 고쳐 써넣는 것이 아니라 아예 그 장을 찢어버리고 새 장에다 첫 자부터 또박또박 새로 옮겨 써야 직성이 풀리는 것이다.

그러므로 백 장짜리 원고 한 편을 쓰자면 적어도 이백 장 이상의 원고지를 소모해야 하고 시간도 마찬가지로 배(倍)나 낭비하게 마련이다. 악습이라 고치려고 애쓰지만 잘 되지 않는다. 그 대신 비교적 원고는 깨끗한 편이다.

또 한 가지, 누구든 옆에 사람이 있으면 나는 원고를 못 쓴다. 어떤 이는 사람이 북적대는 다방, 기차 안, 선실(船室) 속, 심지어는 총알이 빗발치는 듯하는 전쟁터에서까지 거침없이 원고를 술술 써내는 모양이지만, 나로선 감히 흉내도 못 낼 일이다. 남은 고사하고 가족이 옆에 있어도 한 줄도 못 쓴다. 그래서 원고를 쓰려면 반드시 서재에 혼자 처박혀야 한다. 정신력이 강인하지 못한 탓인지도 모른다.

이밖에도 고약한 버릇이 있다. 이건 버릇이라기보다 기질이나 능력에 속하는 문제일 것이다. 나는 딴사람에 비해 집필 속도가 형편없이 느리다. 단편 하나를 쓰자면 보통 한 달 가까이나 주물럭거려야 한다. 사무실이나 다방 구석에서도 단숨에 수십 장을 써 갈기고 하룻밤에 백 장, 이백 장짜리 단편을 거뜬히 써내는 속필의 작가들을 생각할 때 나는 자신이 늘 팔아먹는 직업에 부적(不適)하다는 사실을 통감한다.

현대는 모든 면에서 스피이드와 능률을 요구하는 시대다. 이에 뒤지면 당연히 선진 대열에서 밀려나고 낙후하게 마련이다. 그래서 나는 감히 문학을 업으로 삼을 생각을 못 하는 것이다. 직업 아닌 일에는 아무래도 정열과 재능과 노력을 통째로 쏟기 어렵고 또 영속성도 없다. 자신과 가족의 생활을 지탱해주는 생업에 더 주력할 수밖에 없기 때문이다. 그러니 자연, 문학 작업 따위는 취미에 머물게 되고 여가 선용에 그치게 되는 것이다.

이러한 경우의 집필 태도란 원고지에 펜대를 움직이는 행위 이전에, 문학에 대한 자세부터가 이미 이벽(異癖)인지 모른다. 그러나 내 마음속에서 우경이 지워지고, 비 내리는 소리가 그치지 않는 한, 이러한 이벽 속에서나마 비록 잡초일지라도 나의 풀은 돋아나주기를 아주 멈추지는 않을 것이다. - 「나의

집필 괴벽: 우경(雨景)에 젖어서」, 『월간문학』 1971년 9월.

2) 손창섭과 『현대문학』

손창섭은 1955년 1월 대한교과서주식회사 김기오 사장이 서울 서초구 잠원동에 문을 연 월간 『현대문학』 창간호에 단편 「혈서」를 발표한다. 염상섭의 장편 연재 1회 「지평선」을 필두로 박영준의 「모독」, 최정희의 「수난의 장」, 김동리의 「홍남철수」와 더불어 창간호를 장식한 것이다. 창간호에는 이밖에도 박종화, 조지훈, 최남선, 계용묵의 산문, 그리고 서정주, 유치환, 김현승, 박목월의 시가 실렸으니 이른바 문학 권력이라 할 남한 문단의 거물급 인사들 틈에 끼어 손창섭도 당당하게 이름을 올려놓고 있다.

이어 손창섭은 1956년 5월 22일 오후 2시, 월간 『현대문학』이 현대문학사 회의실에서 진행한 '신세대를 말하는 신진작가 좌담회'에 참석한다. 『현대문학』이 내세운 평론가 조연현(사회), 오영수, 박재삼이 주최 측 인사였다면 이날 초청된 신진작가로는 손창섭을 비롯해 소설가 곽학송, 시인 최인희, 이형기, 희곡작가 오상원, 임희재, 신진 평론가 최일수, 김양수, 정창범, 홍사중, 천상병 등 열한 명이나 되었다. 사회자는 먼저 문학을 하게 된 동기에 대해 물으면서 "가장 연령이 많은 손창섭 씨부터 먼저……."라고 운을 떼었다. 이에 손창섭은 "뭐 특별한 목적의식이라는 건 처음부터 가졌던 건 아니죠. 동기라고 한다면, 글쎄요, 어쩌다 보니까 그저 문학하는 길에 들어섰구만요."라고 다소 관망하듯 대답한 데 그친다. 얼마 후 다시 발언 기회가 주어지자 그는 좀 더 구체적으로 설명한다.

저는 다른 길을 버리고 온 것 같아요. 어릴 때부터 고생만 하여 제 가슴엔

혼자서는 감당하기 어려운 큰 구
멍이 뻥하니 뚫렸어요. 이 상처
가, 소설을 읽는 데서, 나와 같은
경우, 또는 나보다 더 어려운 경
우가 있는 것을 발견하고, 그리고
는 공감하여 어떻게 메꾸어질 수
가 있었던 것 같아요. 말하자면
'인간이나 인생에 대한 구체적인
관심'에서부터 시작된 것 같아
요. -『현대문학』 1956년 7월.

1962년 남산에서 친구 윤봉선과 함께

이후 그는 상당 시간 진행된
좌담에서 겨우 한 대목을 받아
"요컨대 오늘날은 인간의 생리 자체도 변했어요."라고 발언한 게 전부이다.
사회자가 "문학에 나오기까지의 이야기를 좀 해볼까요. 일테면 그동안의
수업 과정이라든지 고생한 이야기라든자"라고 운을 뗐지만 그는 "『현대문
학』의 「나의 작가 수업」에서 썼습니다."라고 답변한 뒤부터 일체 입을 다물었
던 것이다. 참석자 가운데 가장 나이가 많은 탓도 있지만 손창섭의 이런
과묵함과 겸손함은 촉망받는 신인에게는 찾아볼 수 없는 미덕이 아닐 수
없다. 『현대문학』 창간호에 이어 6월호에도 「미해결의 장」을 발표한 것을
보면 편집진들이 그의 작품성을 인정했다는 증거일 것이다. 그리고 그해
9월호 수필 코너에 실은 게 「나의 작가 수업」이란 산문이었다. 그러니까
그는 좌담회에서 「나의 작가 수업」에 이미 썼으니 따로 말할 게 없다면서
방담 중에 입을 다물었던 것이다. 신진이라고 해도 모두들 문학을 전공한
소장 학자급 지식을 갖춘 참석자의 면면을 볼 때, 어찌 보면 화려한 수사를

동원한 그들의 발언을 듣는 편이 나을 것이라고도 생각할 수 있겠지만 달리 보면 '말없음'은 화려한 수사를 뛰어넘는 그만의 처신이었던 것은 아닐까. 그는 문학을 전공한 것도 아니요, 문단 내에 이렇다 할 인맥도 없었으니 경계 너머에서 어느 한 순간, 이입된 이방인적 존재임을 늘 의식했을 수밖에 없었을 것이다.

손창섭은 1956년에 제정된 제1회 <현대문학상>을 수상하기에 이르는데, 수상작은 「혈서」, 「미해결의 장」, 「인간동물원초」 등 세 편이었다. 2013년 4월로 통권 700호를 맞은 월간 『현대문학』 주관의 <현대문학상> 58년 역사의 첫 테이프를 손창섭이 끊은 이래 이 상은 김광식(2회), 박경리(3회), 이범선(4회), 서기원(5회), 오유권(6회), 이호철(7회), 권태웅(8회), 한말숙(9회), 이문희(10회)를 거쳐 2012년 전성태(57회), 2013년 김숨(58회)으로 이어져 내려온다.
기라성 같은 후보자를 제끼고 제1회 <현대문학상>을 수상한 손창섭은 이런 수상 소감을 남기고 있다.

나를 가르켜 '괴짜'라고 하는 사람이 많다.
나의 사고방식이나 생활 태도가 보통 사람보다 엉뚱하다는 것이다. 나는 가능한 한 내 멋대로 살고 싶다. 그럼으로 해서 처세상(處世上) 불소(不少)한 손실을 입더라도 무가내(無可奈)다. 남에게 폐해(弊害)를 끼치지 아니하는 범위 내에서 나는 어디까지나 내 멋대로 살고 싶은 것이다. 아무러한 인습이나 형식이나 체면에도 구속받고 싶지 않다. 이러한 나의 사고와 생활이 자연 주위에 '괴짜'라는 인상을 주는 모양이다.
본래 나는 '상'이라는 것과는 인연이 먼 사람이다. 한 번도 무슨 상(賞) 같은 것을 타본 예가 없다. 애당초 그런 것을 바라지부터 않았다. 앞으로도 영원히 그러리라고 자인(自認)하고 있었다. 나의 상식으로는 상이란 어떠한 행위의 모범적인 성과에 대해서나, 그렇지 않으면 요행수(僥倖數)로 차례에 오게 되는 것이라고 생각하고 있었기 때문이다.

도저히 나는 무엇으로나 모범적일 수는 없었다. 인간도, 작품도 그랬다. 왼갖 모범적인 요소를 차라리 나는 경계해온 편이다. 모범적인 인간이나 행위 이외에서, 도리어 모범적인 것 이상의 어떤 진가(眞假)를 발견할 수 있으리라는 무한한 가능성에 나는 도취해왔다. 그 어떤 진가라는 것을, 가령 '본질적 가치'라고 해도 좋을 것이다. 이와 같이 현실적인 보편타당성을 논리적으로가 아니라 생리적으로 거부해오다시피 한 나는, 언제나 수상권(受賞圈) 밖에서 유유자적할 수 있다는 데 괴벽한 만족을 느껴왔는지도 모르겠다. 일방(一方) 기박한 반생(半生)을 걸어온 나로서는 요행수란 더구나 바랄 수조차 없는 일이었다.

이처럼 상을 탐낼 줄도 모르고 따라서 평생 그런 것을 탈 수 없으리라고 자신해온 나에게 뜻밖에도 제1회 현대문학사 상(現代文學社 賞)이 결정된 것이다. 우선 나는 적지 아니 당황할 수밖에 없었다. 상당한 시간이 경과한 뒤에야 솔직히 기뻐해도 좋은 일이라고, 비로소 나는 안심할 수 있었다. 왜냐하면 그것은 현 문단의 권위지(權威誌)에서 신용할 수 있는 심사위원 제씨의 진지한 토의를 거쳐 결정한 사실임을 믿기 때문이다. 이로써 나는 자신을 응시해야 할 또 하나의 새로운 계기에 직면한 셈이다. ―「괴짜의 변: 수상 소감」, 『현대문학』 1956년 4월.

손창섭은 월간 『현대문학』 1955년 1월호에 발표한 「혈서」를 필두로 1961년 5월호의 「신의 희작」에 이르기까지 육 년 동안 『현대문학』에 모두 십여 편의 작품을 발표했으며 좌담회에도 참석하고 산문도 게재했다. 그 작품 목록을 보면 다음과 같다.

「혈서」, 1955. 1.

「미해결의 장」, 1955. 6.

「나의 작가수업」, 1955. 9.

「광야」, 1956. 5.

「사제한」, 1956. 10.

「소년」, 1957. 7.

「고독한 영웅」, 1958. 1.

「인간시세」, 1958. 11.

「포말의 의지」, 1959. 11.

「신의 희작」, 1961. 5.

한편 김구용(1922-2001)은 1957년 일신사에서 출간된 손창섭의 첫 창작집 『비 오는 날』에 대해 이런 신간 평을 남겼다.

씨(氏)의 작품은 이것이 우리에게 8 · 15 해방 이전의 우리나라 소설들과 비교할 때 뚜렷한 차질(差質)을 보여준다. 이것이 우리에게 친밀감을 주는 농도인 것이다. 씨의 작품에 나타나는 특수한 장면들은 이 나라 많은 사람들의 생활과 혈연되어 있다. 심각한 주위 환경에서 가난하고 무능력한 성인들 사이에 일어나는 희비극은 일점(一點)의 허식도 없다. 씨의 진솔한 대결을 보여준다. 그리고 난해한 현대를 해부하되 항상 독자를 웃기면서 가혹하리만큼 눈물을 보여주는 지성은 항상 씨의 인간미를 이 나라 동포로서 공감케 한다. 과거의 위대한 문인들이 현실에 있어서 곤궁하였듯이 씨의 문학은 씨의 겪어온 과거의 많은 고난에서 확고한 기초를 이루고 있다. 씨는 너무나 인간적 본질에 입각하여 타협을 모르는 까닭에 그 성격은 고난 속에서 자기 문학의 무성할 수 있는 비옥한 터전을 마련하였다. 이는 씨가 문학할 수 있는 천부의 재능과 연결되어 우리가 앞으로 씨의 문학을 얼마든지 신뢰할 수 있는 씨의 체질을 이루고 있다. 앞으로 소설 문학이 당면한 여러 가지 문제를 극복코자 노력하는 많은 작가들과 더불어 명확한 특색과 호흡을 제시한 씨의 창작집이야말로 우리의 기대하던 바라 하겠다. -김구용, 「희망하던 책」, 『현대문학』 1958년 2월.

전봉건

손창섭이 소설 부문으로 본상인 제1회 <현대문학상>을 수상할 때 김구용은 <신인문학상>을 받았으니 두 사람은 막역한 사이였다. 한편 유종호는 이렇게 들려준다.

학생 때인 1955년에 『현대문학』이 나왔다. 창간호에 손창섭의 「혈서」가 실려 있었다. 단연 돋보이는 작품이었고 매료되었다. 그 후 새 『현대문학』을 펴볼 때마다 그의 작품이 실려 있는가, 유심히 살펴보곤 했다. 과작이라 시간 간격이 길기는 했지만 「미해결의 장: 군소리의 의미」, 「광야」, 「소년」 등의 작품이 연이어 『현대문학』에 발표되었는데 책을 구해서 제일 먼저 읽어본 것이 손창섭 단편이었다. 예외적인 경우가 아니고 당시 젊은 독자치고 손창섭의 팬 아닌 사람은 없다시피 했다. 단시일 내에 새로운 별이란 비평적 합의를 본 흔치 않은 사례가 아니었나 생각한다. -유종호, 손창섭 추모 특집 「나는 나라도 집도 없단다」, 『현대문학』 2010년 10월.

뿐만 아니라 유종호의 비상한 기억력에 힘입어 오늘에 복원되는 에피소드 또한 흥미롭다.

전봉건은 손창섭의 단편 「인간동물원초」가 고리키의 『밤주막』을 표절한 모작이라고 하며 공격을 가했다. 이를 안 손창섭이 격분하여 칼을 품고 전봉건을 찾아다녀 전봉건이 한때 피신하곤 했다는 소문이 나돌았다. 그 소문의 진위는 확인할 길이 없지만 여러 가지 정황 증거로 보아 사실이라고 생각한다. 누구에게도 자기 주소를 가르쳐주지 않았다는 손창섭은 갖가지 일화를 남겨놓은 기인이지만 누구에게도 폐를 끼치지 않았고 작품에 대한 태도만큼은 지극정성이었다고 알려져 있다. 그의 원고는 한 자도 고친 흔적이 없이 정서(正書)되어 있었다는데 고칠 데가 생기면 그 장은 처음부터 다시 새로 썼기 때문이다. 그의 첫 작품집 『비 오는 날』의 증정본이 지금도 수중에 남아 있어 지극히 반듯하고 단정한 그의 모범생 글씨를 확인할 수 있다.

그런 그가 남의 작품을 표절한다는 것은 생각할 수 없는 일이고 두 작품을 검토해보아도 가당치 않은 비방이라고 생각하게 된다. 러시아문학을 공부한 함대훈(咸大勳)이 『밤주막』이라고 번역해서 그리 알려진 희곡의 원제목은 「밑바닥」이다. 그야말로 밑바닥 사람들의 생활을 다룬 것인데 해방 직후 유치장 상황을 그린 「인간동물원초」가 그것을 베낀 것이라고 속단한 것이다. 작은 유사점만 보고 큰 차이점은 안 보는 것이 오해나 착각의 주요 원인이 되지만 전봉건의 경우는 기성 문단에 대한 성급한 공격 충동이 가세해서 빚어진 무책임한 발설이었다고 생각한다. – 유종호, 「안개는 피어서 강으로: 어느 옛 문서에 부쳐」, 『현대문학』 2010년 4월.

한편 소설가 곽학송이 손창섭에 대해 쓴 인물평도 눈길을 끈다.

환도 다음 해 봄 — 그러니까 오 년 전이다. '문예싸롱'에서 나는 어느 선배로부터 외모가 지극히 휘지그레한 친구를 소개받았다. 우선 나는 어깨가 좀 펴졌다. 가난뱅이 문인이라고 하지만 제법 말쑥한 '료마니'를 걸친 선배들이 점잖게 앉아 있는 그 속에서 유독 철도 제복을 걸치고 있던 나는 나보다 더 외모가 남루한 친구를 발견하였기 때문이다.

그가 손창섭이었다. 우리는 대뜸 구면처럼 슬그머니 '문예싸롱'을 빠져나가 낯설은 사람만이 있는 곳을 찾아가 문학담을 교환하였다. 같은 잡지에, 같은 선배의 추천으로, 같은 해에 이른바 문단에 데뷔한 탓도 있고 또 그 무렵에 그의 「비 오는 날」과 나의 「독목교」가 역시(亦是) 동일한 잡지에 한 달을 격하고 발표되기도 한 탓도 있어 면접 전에 서로 친밀감을 느끼기도 하였겠지만 분명 의복으로 인한 일종의 수치심 같은 것도 섞여 있는 상 싶다.

솔직히 말해서 그와의 대화는 따분하다. 선배동료의 사람 평은 물론 작품 평까지도 일절 삼가기 때문이다. 누구는 어쩌구 누구의 작품은 어쩌구, 속사포식으로 토하는 나를 바라보며 그는 벙어리처럼 말이 없다. 웃지도 않는다. 오히려 불쾌한 표정조차 짓는다. 그러나 좀처럼 외출을 않는 그가 한 달에 한 번쯤은 의례 나를 찾아주는 것이다. 그와 앉아 있으면 무엇인지 마음이 놓이는 나처럼 그럴 수는 없을 테고 아마도 그는 나를 철없는 장난꾸러기로 여기는 아량으로써인지도 모른다.

최근 수년간 기성, 신인을 통털어 손창섭만치 역작을 연발한 작가는 드물다고 나는 생각한다. 주로 북구(北歐) 작가를 좋아한 그는 작품마다에 또스트옙쓰키적인 우울한 분위기를 묘하게 조작하여왔지만 역시 그가 관심하는 근저는 현대의 생리요, 현대의 비극임을 나는 그의 최근작에서 확인하였다. 격류처럼 서둘지 말고 대하(大河)처럼 서서히 몽땅 밀어가자고 가끔 그렇게 말하는 손창섭은 여러 사람들의 피상적 관찰과는 달리 실은 욕심쟁이기에 앞으로 대사회소설 같은 것을 내놓지 않을까?

오 년 전이나 지금이나 비슷한 차림으로 의례 큼직한 가죽 가방을 드는 손창섭은 신중하면서도 고지식하여 긍정의 세계가 기대된다는 평가(評家)들의 충동질에 때로 자신의 피부를 조금씩 뜯어먹고 있음은 노상 나의 기우(杞憂)만은 아닐 것 같소! 하고 나는 내일 오후 삼시(三時)의 약속 시간에 또 한 번 장난을 칠 생각이다. ─ 곽학송, 「벙어리처럼 말 없는 손창섭」, 『현대문학』 1958년 5월.

곽학송과 손창섭은 1958년『현대문학』 5월호에서 상대방에 대한 인상평을 주거니 받거니 한다. 그게 다 현대문학사의 기획 솜씨 덕분이지만 두 사람의 문학적 취향 내지 삶의 취향은 상반된 것임에도 서로 속내를 털어놓을 수 있는 문우로서 친교했음을 알 수 있다. 손창섭은 곽학송에 대해 이런 인물평을 남겼다.

어떤 의미에서건 곽학송 씨는 '스캔들'의 명수다. 한 달에 한두 번밖에 외출하지 않는 내 귀로도, 나갈 때마다 씨에 대한 여러 가지 멋진 풍문이 날아든다. 어쩌면 씨는 항시 가지가지의 애교 있는 '스캔들'을 꽃잎 날리듯 뿌려놓고, 그 속을 일부러 휘젓고 다니며, 거기에 대한 주위의 반응을 즐기고 있는지도 모른다. 그것은 언뜻 보면 씨의 충동이 어딘가 좀 무신경하고, 주책 없고 비위 좋아 보이는 인상을 주는 소이에서다. 나처럼 병적으로 신경이 과민하고, 주변성 없고, 소심한 위인에게는 씨의 그러한 일면이 부럽기 짝이 없다. 그러기 때문에 가끔 가다 씨의 어떤 '오바 액숀'을 노정하는 경우에도 불쾌감 대신에 일종의 애교로서 받아들일 수 있는 것이다. 이러한 씨는 자연 서민적일 수바께 없다. 아주 대조적인 성격의 탓으로 씨의 태도가 어쩌다가 신경에 걸리는 일이 있드라도 변함없는 친밀감을 갖고 내가 씨를 대할 수 있는 것은 씨의 그 도저한 서민성 때문이다. 이와 같이 인간 자세의 가장 기본적인 면에서 우리는 서로 깊이 통할 수 있었던 것이다.

씨는 몸치레에 영 무관심한 편이다. 대개는 싸구려 기성복 같은 허주레한 차림새다. 그런 점으로 씨는 마치 어느 두메산골의 면서기 격이다. 화려한 명동이나 종로 거리에는 아무래도 어울리지 않는다. 이러한 외양만으로는 문학이라는 독하도록 진하고 강렬한 정신 작업에 종사하고 있는 현대의 '참피온'으로는 얼른 믿어지지 않는다. 그러나 씨의 내부에는 언제나 불장 선수의 패기와 자신이 넘쳐흐르고 있다. 너무나 선병질적(腺病質的)인 문학 선수 틈에 끼어 수수히 '스타트'에 설 때, 씨는 틀림없이 자신이 우승하리라는 확신을 갖는다. 그만큼 씨는 회의와 준순(逡巡)과 자조를 거의 모르는 작가이기도 하다.

씨에게는 또한 자기 일을 젖혀 놓고 남의 치다꺼리에 분망할만한 친절과 성의도 있다. 내가 처음으로 문단에 발을 걸었을 무렵, 씨는 자청해서 곧잘 내 원고를 들고 팔아주려 쫓아다니었다. 그렇듯 붙임성 있는 씨는 아무 하고나 잘 사귀었고 따라서 각 방면에 발이 넓었다.

텁텁한 씨의 인간성은 그 문학 활동에 있어서도 여실히 반영되고 있다. 순수소설에서부터 소위 중간소설, 대중소설, 실명소설 할 것 없이 닥치는 대로 써 갈기리만큼, 씨는 어느 국한된 지점에 자신을 구속시키려 하지 않는다. 역시 씨는 어디까지나, 진폭성 있는 다채로운 작품 활동을 정력적으로 발전해 나가는 가운데, 그 인간과 문학의 고가(高價)한 완성을 기할 수 있는 '타이프'의 인물일 것이다. – 손창섭, 「면서기 같은 곽학송」, 『현대문학』 1958년 5월.

곽학송은 손창섭보다 다섯 살 연하임에도 불구하고 같은 평북 출신 출신이라는 동질감과 꾸밈없는 서민 지향의 품성으로 인해 서로 호감을 갖고 내왕했던 사이이다. 두 사람 모두 등단 초기엔 전후 체험을 바탕으로 한 우울하고 니힐적인 인간 군상을 그렸지만 점차 전후 세대 작가라는 굴레에서 벗어나 근대화 시기에 필연적으로 나타날 수밖에 없는 사회상으로 그 관심을 옮겨갔다. 손창섭이 그에 대해 "순수소설에서부터 소위 중간소설, 대중소설, 실명소설 할 것 없이 닥치는 대로 써 갈기리만큼, 씨는 어느 국한된 지점에 자신을 구속시키려 하지 않는다"고 단평했듯이 손창섭 자신도 후기로 갈수록 신문 연재를 통해 『부부』(1962), 『인간교실』(1963) 등 세태소설과 『환관』(1968), 『청사에 빛나리』(1968), 『흑야』(1969), 그리고 현대판 막장 가족 드라

마를 보는 것 같은 『삼부녀』(1969-1970) 등을 통해 자신의 작품 세계를 좀 더 현실 밀착형 주제와 역사적 주제로 확장시키고 있음을 보여준다. 고은 시인은 이렇게 지적한다.

> 50년대 소설은 이중의 난관에서 발생했다. 그들은 거부함으로써 소속되었고 소속됨으로써 흡수된 세대인 것이다. 이러한 세대 의식이 문학 내적 모순을 드러냄으로써 하나의 암담한 손창섭만을 남겼다고 말할 때 실감되며 따라서 우리는 좀 잔인무도한 독선적 비평 감각을 갖게 된다. (중략) 우리는 50년대 소설이 50년대의 공허한 몸짓에 불과했다는 비판 밑에서 남는 것이 손창섭의 우둔한 끈기임을 알고 있다. 물론 유일한 50년대의 상이(傷痍)작가로서 손창섭만을 말하려는 저변에는 지나친 50년대적 이디엄에 사로잡힐 우려가 있다.
> – 고은, 「실내작가론 9: 손창섭」 부분, 『월간문학』 1969년 12월.

고은은 이 글에서 손창섭을 상이 작가로 규정하면서 장용학과 선우휘, 오상원, 이호철, 서기원의 1950년대 문학에 대해 전쟁, 피난, 불안이 모여든 후방의 바라크에서 일종의 유사 극한 상황을 일상적으로 경험하면서 그 극한의 비극감이 그들 각자의 저항의식으로서 심취하는 태도로 나타난 것이라고 규정하고 있다. 즉 상황을 의식할 때마다 상황으로부터 밀려나고 마침내 그들은 전쟁이나 전쟁을 통한 개인적인 불행을 인간 자신에서 전가하지 않고 언제나 역사라는 환상에 전가시켰다는 것이다. 그리고 그것은 역사의식에 기투(企投)될 만한 양식을 터득하지 못함으로써 아주 허황한 거품이 된 것이라고 부언했다. 이들 1950년대 작가군의 작품에 대한 이 같은 평가와는 달리 고은은 손창섭에 대해서만큼은 다음과 같이 언급한다.

> 손창섭의 문학이 이룩한 인간형은 천편일률적인 모형에 찍혀진 인간상이며

이미 구원받을 수 없는 곳에 낙인을 찍은 인간상이지만 그가 만들어낸 비창조적이고 습득한 듯한 인간상에는 50년대의 모든 얼굴이 다 들어가 있음을 우리는 알 수 있다. 그러므로 그는 니이체가 근대인의 모든 것을 가지고 있고 모든 고뇌를 도맡았다는 사실에 비유할 만한 하나의 축소판의 영웅주의를 그를 통해 진단할 수 있다. 그가 그려낸 작중인물들은 작가의 정신적 예외성이 없이도 현실을 절하시킬 때마다 낯익은 것들이며 그런 뜻에서 그의 소설은 소재소설이라고 말할 수 있다. 그럼에도 불구하고 이러한 작중인물들을 집합시키면 그것으로서 우리는 일목요연한 50년대 문학의 원형으로 요약하려는 욕구가 발생할 때 손창섭이 거둔 뜻밖의 수확에 경탄하게 되는 것이다. 50년대의 인간을 가장 격하시킨 인간상으로서 그것이 도리어 강렬한 50년대를 인식하게 됨은 50년대가 하나의 파괴의 세대였다는 것을 증명한다. - 고은, 「실내문학론 9: 손창섭」 부분.

손창섭의 소설은 거의 예외 없이 전쟁이 휩쓸고 간 폐허의 냄새가 풍기는데 그것은 전후 시대의 한 사조인 실존주의와도 맞물린다. 아프고, 쓰라리고, 역겹고 때론 구토가 나올 지경이다. 주인공들은 하나같이 밑바닥 인생이거나 사회로부터 버림받은 사람이거나 불구이거나 정신 분열자이다.

색싯집 여자에게 기생하는 사내, 다짜고짜 은사 집에 짐을 풀고 눌러앉은 사내, 폐병쟁이 친구의 아내와 자식을 떠맡는 사내, 리어카 과일 행상, 마을 사람들에게 누명을 뒤집어쓴 사내, 미군들의 초상화를 그려 생계를 꾸리는 남매 등 손창섭의 페르소나들은 못나고 궁상맞다.

『사상계』 1958년 9월호에 발표한 「잉여인간」에서도 궁상맞은 전후 세대의 자화상을 감별해낼 수 있다. 주인공 서만기는 치과 의사이자 병원장이다. 또 다른 인물인 천봉우과 채익준은 서만기와 중학 동창이다. 천봉우는 사회에 적응하지 못하는 인간이다. 변변한 직장도 없이 친구가 운영하는 치과에 죽치고 앉아 소일하는 천봉우의 유일한 낙은 간호사 홍인숙을 슬쩍슬쩍 훔쳐보는 일이다. 반면 채익준은 막일을 하며 가족의 생계를 꾸려가는 인물이 지만 어느 날 생선 장수를 하는 아내가 병으로 세상을 하직했을 때 장례비조차 마련하지 못하는 무기력한 인물이다. 실의의 인간 천봉우와 비분강개형의 인간 채익준, 그리고 이들을 포용하면서 삶의 어려운 문제를 함께 풀어가려는 서만기의 캐릭터야말로 전후 세대의 무기력한 인간상의 압축인 것이다.

만기치과의원(萬基齒科醫院)에는 원장인 서만기 씨와 간호원 홍인숙 양 외에 도 거의 날마다 출근하다시피 하는 사람 둘이 있다. 그 한 사람은 비분강개(悲憤慷慨)파 채익준 씨요, 다른 한 사람은 실의의 인간 천봉우 씨다. 두 사람은 다 같이 서만기 원장의 중학교 동창생이다. 그들은 도리어 원장보다도 먼저 나와서 대합실에 자리 잡고 신문을 읽고 있는 날도 있었다. 더구나 채익준은 간호원보다 도 일찍 나오는 수가 많았다. 큼직한 미제 자물쇠가 잠겨 있는 출입문 앞에 버티고 섰다가 간호원이 나타날 말이면, "미스 홍, 오늘은 나에게 졌구려." 익준은 반가운 낯으로 맞이하는 것이었다. 그런 날은 인숙이가 아침 청소를 하는 데 한결 편했다. 한사코 말려도 익준은 굳이 양복저고리를 벗어붙이고 소매까지 걷고 나서서 거들어주기 때문이다. 대합실과 진찰실을 합쳐서 겨우 다섯 평이 될까 말까 한 방이지만, 익준은 손수 마룻바닥에 물을 뿌리고 방구석이 나 테이블 밑까지도 말끔히 쓸어내는 것이다. 무슨 일에나 몸을 사리지 않고 앞장을 서는 그의 성품은 이런 데서도 잘 나타났다. 청소가 끝나면 익준은 작달막한 키에 가로 펴진 그 둥실한 몸집을 대합실 의자에 내던지듯 털썩 걸터앉아서 신문을 본다. 그러노라면 원장과 천봉우가 대개 전후해서 나타나는 것이다. - 「잉여인간」 부분.

「잉여인간」은 손창섭의 단편 가운데서도 다소 이례적인 작품이다. 「비오는 날」, 「낙서족」, 「인간동물원초」 등 대부분의 작품이 부정적이고 불구적인 인물을 등장시킨 점에 비해 인텔리 계층인 '서만기'라고 하는 긍정적인 인물을 내세우고 있기 때문이다. 천봉우가 간호원을 짝사랑하지만 조소하기는커녕 긍정적으로 그린다거나, 채익준의 비분강개가 시간이 지남에 따라 물거품처럼 가라앉아도 야유하지 않고 오히려 정상적인 인물로 보고 있는 것은 병적인 회의주의에서 탈피해 건전한 도덕의식을 지향하는 작가의 의식을 보여준다.

'잉여인간'은 19세기 러시아문학의 정석적(定石的) 인간상이라고 알려져 있다. 푸시킨의 '오네긴', 레르몬토프의 '뻬초린', 콘차로프의 '오블로모프'를 비롯해 투르게네프와 체호프의 많은 작중인물들이 잉여인간의 범주에 든다. 이들은 비록 기질적으로는 다르다 하더라도 당대 세계에 있어서 비슷한 무능자였으며 사회에 소용이 닿지 않는 쓸모없는 국외자로, 무기력과 나태에 빠져 있다. 19세기의 러시아문학이 일거에 유럽에서 크게 환영받은 것은 사회로부터의 소외라는 주제가 강렬하게 표현되어 있었기 때문이다. 사실 19세기 러시아문학에서 다른 형태의 주인공은 찾아보기 힘들 정도다.

하지만 손창섭의 '잉여인간'과 19세기 러시아의 '잉여인간'은 다르다. 19세기 러시아의 '잉여인간'은 거개가 귀족 출신이거나 지주 출신이다. 사회 속으로 흘러들어가지 못해 쓸모없이 된 사람들이다. 체호프처럼 지식인이나 소시민층 혹은 상속자의 세대를 즐겨 작중인물로 설정한 경우에도 그들은 최상의 인간이기 때문에 도리어 쓸모없이 되어버리는 것이다.

이에 비해 손창섭의 '잉여인간'은 모두 사회적 상층부로 진입하지 못한 채 푸념만 계속하고 있는 혼돈과 결핍의 인간형이다. 천생의 불구, 질병, 조실부모, 빈궁 혹은 고향 상실, 무학 등으로 인해 사회 저변에서 버림받은 인간들이다. 그들은 학대받고 가난한 사람들이다. 이 가난한 잉여인간들은 거의 예외 없이 판잣집이나 불기 없는 냉방이나 빈민가의 한 모퉁이에서 남루한 생존을 영위하고 있다.

하지만 손창섭의 작품은 가난과 궁핍을 제재로 한 빈민 소설이 아니다. 작중인물들은 거의가 생활고에 허덕이고 있지만 그들에게서 염상섭의 후기 단편에서 보게 되는 빈곤의 리얼리티조차 감득하지 못한다. 오히려 그의 작품은 전후 사회의 격변과 유동성의 시대를 그리고 있는 리얼리즘 소설이다. 작중인물은 피난민, 제대 군인, 포로 석방자 등 이 나라 사회의 유동적 시기를 반영하는 명확한 사회적 규제를 거친 인물로 등장하지만 그 사회적 규제를 넘어서서 독보하는 것 같은 환상을 집요하게 독자에게 안겨준다. 해방 전의 만주 땅을 배경으로 한 「광야」와 전쟁 시절 부산 피난지를 배경으로 한 「비 오는 날」의 혈연적 친근성 사이에서 우리는 배경과 시대의 차이성을 간과해버리고 마는 시대착오를 경험하게 되고 그래서 깊은 독서의 맛을 느끼게 되는 것이다.

10. 도일 전야

고은에 따르면, 손창섭은 1973년 12월 25일에 아내의 조국인 일본으로
건너간다.

뒤늦게 알려졌다. 지난해 12월 25일 작가 孫昌涉은 그의 아내의 나라 日本으로
가족을 먼저 보내고 아주 移住했다. 그는 언젠가 꼭 다시 오겠다는 말을 했다.
– 고은, 「상황은 절망을 낳고 절망은 이주를 낳는가」, <조선일보> 1974. 1. 31.

12월 25일이라고 날짜를 못 박고 있는 것으로 미뤄, 고은은 손창섭의
도일 사실을 누구보다 정확히 알고 있었을 가능성이 높다. 하지만 "그는
언젠가 꼭 다시 오겠다는 말을 했다."라는 발언은 고은 자신이 손창섭에게
직접 들은 것인지, 지인으로부터 전해들은 것인지 다소 모호하게 들리기도
한다. 그렇더라도 이 글이 1974년 1월 31일에 게재됐음을 감안하면 도일
날짜인 12월 25일과는 한 달 이상의 시차가 있는 게 사실이지만 고은의
발언은 그것을 직접 들었든, 전해 들었든 간에 확신에 차 있다. 문제는
도일 그 자체가 아니라 도일의 동기에 있을 것이다. 손창섭의 도일과 관련한

설왕설래가 문단 안팎에서 꼬리를 물고 이어졌는데 무엇보다도 당대 국내 문단에서 차지하는 그의 위상을 감안하면 도일은 또 다른 괴벽의 발로로 여겨졌기 때문이다.

　　손창섭이 왜 절필하고 일본으로 건너갔는지에 대해서는 사람들의 이야기는 조금씩 달랐다. 한 지인은, 손창섭의 도일(渡日)은 그가 소설 창작에 너무 지쳐 있었기 때문이었다고 말했다. 한국에 있을 때 다른 수입이 전혀 없었고 오로지 원고료 수입에 의지해 생활했는데, 원고료가 넉넉지 않아 언제나 힘들어 있다는 것이다. 사실상 그 당시 작가의 원고료가 일본 시대보다도 더 낮은 것이었다고 술회했다. 또 다른 지인은 손창섭이 도일하기 직전에 잠시 안양 부근에서 파인애플 농장을 운영한 적이 있다고 일러주었다. 당시 파인애플의 소비자는 대부분 부유층들이었는데 손창섭은 도둑놈들을 상대로 장사한다는 것이 스스로 용납이 안 돼 곧 작파하고 일본으로 건너가고 말았다는 것이다. 이 이야기를 들려준 지인은, 손창섭의 도일 이유가 복합적이어서 꼬집어 말할 수 없다고 전제한 후, 도일을 결심하게 만든 가장 큰 이유는 5·16 이후 군사정권 아래에서의 타락하고 부패한 현실에 대한 환멸이었을 것이라고 했다. 한편으로는, 손창섭은 일본으로 건너가 여생을 마치는 것이 일본인 아내에 대한 마지막 봉사라는 생각을 했다고 한다. ―편집부, 「손창섭 연보: 도일 후의 손창섭에 대하여」, 『작가 연구』, 1996년 창간호.

　　말만 무성했을 뿐, 손창섭의 도일 이유에 대해서는 당시나 지금이나 정확히 밝혀진 게 없다. 동료 작가 곽학송마저 도일 직후의 손창섭을 그리워하며 이런 글을 남기고 있을 뿐이다.

　　이미 청탁 매수는 다 되었지만 김수명(金洙鳴) 씨의 존재를 잊을 수 없다.

단발머리 초기에는 '미스 김'으로, 그리고 낚시질에 동행케 된 최근에는 '김여사'로 부르지 않을 수 없을 정도로 그녀의 고운 얼굴은 『현대문학』 편집실에, 혹은 오랫동안 앉아 있었다. 몇 달 만에 혹은 몇 년 만에 들러도 거기 김수명 씨가 앉아 있으면 근 20년의 시간이 꿈결같이 착각되곤 하였는데 그녀마저 퇴사해버릴 정도로 세월은 흐른 것이다.

그러나 '김수명'의 육체가 『현대문학』을 떠난 것이지 그녀의 마음마저 떠났다고 생각하지 않는다. 외지(外地)에 가 있는 손창섭을 '정신적 망명 운운'한 자에게 "여보시오! 손창섭의 오 척 육신만 갔지 그의 정신도 간줄 아오!"하고, 호통을 친 그런 마음으로. ─곽학송, 창간 20주년 기념 특집 「나와 현대문학지: 손창섭 형을 생각하며」, 『현대문학』 1975년 1월.

곽학송은 문단에서조차 낯을 가리는 손창섭에게 있어 거의 유일한 최측근 인사라는 점에서도 손창섭이 자신의 도일 이유에 대한 자세한 설명쯤은 했을 법한데도 이 글을 읽어보면 그 역시 거의 아는 게 없다는 인상을 주고 있다. 이로 미뤄볼 때 손창섭은 국내 문단 활동 내내 곽학송에게조차 자신의 도일 이유에 대해 털어놓은 적이 없는 것이다. 이렇듯 손창섭의 도일 이유에 대해서는 여전히 알려진 바가 없다. 손창섭의 도일 이유가 여전히 베일에 싸여 있는 가운데 유종호는 이렇게 추측한다.

많은 사람들이 그의 도일의 동기에 대해 의문을 표명하고 있다. 사람의 행동은 단일한 동기에 의해서 촉발되지 않는다. 여러 가지 동기 중에서 각별히 강력한 동기나 이유가 있을 것이다. 손창섭 자신이 털어놓지 않은 이상 우리는 그것을 확언할 수 없다. 다만 몇 가지 추정이 가능할 뿐이다. 우선 떠오르는 것은 부인의 강력한 권고다. 부인이 고국으로 가고 싶었고 그래서 작가에게 강력히 권고했다고 믿을 만한 충분한 이유가 있다. 그러나 여러 상황증거로 보아 부인은 작가에게 지극정성이었고 남편에게 순종하는 궤적을 보여주었다. 뿐만 아니라 그 무렵의 손창섭은 일단 작가로서의 지위를 굳힌 터여서 해방 전 일본 체재 시절이나 부산에서의 극적인 해후 직후와는 사정이 많이 달라져 있었다. 어느 때보다도 단단히 생활의 뿌리를 내린 시절이다. 손창섭이 마음 내켜 하지 않으면 부인이 강권할 처지가 아니었다고 생각된다. 그럼에도 왜 그는 굳이 이 땅을 떠난 것일까?

1968년에 손창섭은 단편 「환관」과 「청사에 빛나리: 계백의 처」를 발표하고 있다. 두 편이 모두 역사소설의 범주에 속하는 단편이다. 그러나 세세히 검토해 보면 두 편의 작품 세계는 아주 다르다. 전자는 무대를 고려조로 잡고 권력과 금력을 얻기 위해 환관의 길을 택하게 하려는 사람들의 욕망과 탐욕의 실상을 폭로하면서 등장인물을 마음껏 조롱하고 있어 이왕의 작품 세계의 연장선상에 있다. 그러나 「청사에 빛나리: 계백의 처」는 이전의 작품 세계와는 사뭇 다르다. 물론 백제 말년에서 취재하여 황산벌의 영웅 계백을 물구나무 세워놓고 있는 것은 사회 통념에 대한 냉소적 거리를 유지하고 있다는 점에서 어떤 연속성을 보이고 있는 게 사실이다. 그러나 고전극의 3일치의 규칙을 따라서 동일한 장소를 무대로 해서 여섯 시간 동안에 일어나는 사건을 통해 계백의 가족 갈등과 처자 처치를 다루고 있다는 것은 성공적인 새로운 시도이다. 또 손창섭의 소설 지문에 흔히 묻어 있는 삐딱한 시선도 감지되지 않는다. 그의 작품에서는 드물게 고전적 격조를 문체나 대화에서 구현하고 있다.

필자는 오래전에 이 작품을 분석하면서 그의 당대 현실 비판의 한 모서리를 지적한 바 있다. 또 68년 벽두에 있었던 북한 특수부대 김신조 일행의 청와대 습격기도 직후에 쓰인 작품임을 상기시키면서 시국의 불안과 전쟁 재발 가능성의 우려가 그의 피해망상증을 격화시켜 일본 이주를 결심한 것이 아닌가, 하는 점을 시사한 적이 있다. 어디까지나 작품을 통한 추정에 불과하지만 여기서 장황하게 재론할 생각은 없다. 다만 당시의 그의 비판적 현실관이

엿보이는 대목을 인용해서 독자들의 관심을 종용하고 싶다.

"지금의 백제만이 나라가 아닙니다. 이 썩어 문드러진 백제가 깨끗이 망해버리고, 언젠가 새로운 백제가 탄생할지도 모르는 일이오. 한편, 신라와 고구려가 엎치락뒤치락하다가, 삼국이 통일되는 날도 있을지 모르지 않습니까. 고사를 통해 보더라도 국가의 흥망성쇠란 무상한 것이오니 그것들이 자라서 신생 백제의 충신이나 삼국통일의 공신이 될지 뉘 압니까."

"장군, 이 나라, 이 백성들이 이 지경에 이르도록 내버려둔 사람들이 누구시오? 음방일락(淫放逸樂)만을 좇는 상감을 둘러싸고, 중신 제장들은 도대체 무엇을 했단 말씀이오? 장군도 그중의 한 분, 일찍이 나라를 건질 선책엔 목숨을 걸려 않으시고 망국의 위기에 닥뜨려서야 무고한 장정과 가족까지 희생시켜서 청사에 이름을 남기려 하시니 그러고도 떳떳하시오?" – 유종호, 손창섭 추모 특집 「나는 나라도 집도 없단다」, 『현대문학』 2010년 10월.

유종호는 손창섭의 단편 「청사에 빛나리: 계백의 처」가 1968년 벽두에 있었던 북한 특수부대 김신조 일행의 청와대 습격 기도 직후에 쓰인 작품임을 상기시키면서 시국의 불안과 전쟁 재발 가능성의 우려가 그의 피해망상증을 격화시켜 일본 이주를 결심한 것이 아닌가, 라고 추측한다. 이러한 견해는 손창섭의 레드 콤플렉스와 무관하지 않다고 보여진다.

알다시피 손창섭은 해방 이듬해인 1946년 귀국한 직후 삼팔선을 걸어서 넘은 뒤 고향인 평양을 찾아갔고 이내 평안북도의 한 여학교에서 교편을 잡았다. 소설가 이호철의 증언에 따르면 그는 수업 시간 중에 여학생들에게 한 말 몇 마디가 반동적 언사라고 고발되어 당국에 해명을 해야 하는 소동을 겪었다. 그는 하숙방으로 돌아와 분을 삭이지 못한 채 그냥 이대로 이북에 남아 있어야 하느냐 하는 고민을 하고 있었다. 그때 그의 방 유리창이 느닷없이 깨어지며 돌멩이가 날아들었다. '이건 테러구나!' 하는 직감과 함께 불안과 공포가 엄습해왔다. 그런데 방 한가운데 떨어진 돌멩이를 보니 거기에 무슨 쪽지 같은 것이 매달려 있었다. "선생님, 지체하지 마시고 오늘 당장 떠나십시오. 급히 꼭 떠나십시오. 오늘밤 자정 안으로." 손창섭은 등줄기로 오싹하는 전율을 느끼고 바로 짐을 챙겨 다시 월남했다는 것이다. 유종호는 바로 이 지점, 즉 인공 치하의 사상적 이질감을 못 이겨 남한으로 내려왔다는 점을 간과하지 않고 김신조 사건으로 시국불안과 전쟁 재발 가능성을 우려해 손창섭이 도일을 선택했다고 해석하고 있는 것이다. 여기에 보태 손창섭의 도일 배경엔 민주주의 원칙을 무시한 채 '3선 개헌'을 몰아 부친 박정희 정권의 폭거가 개입되어 있다. 짚어볼 문제가 또 있는 것이다.

1969년 9월 14일, 박정희 정권이 기습적으로 3선 개헌을 밀어붙인 데 대해 <동아일보>는 9월 15일 자에 사회 각 계층의 반응을 취합해 「그럴 수가……」라는 제목으로 싣고 있는데 손창섭의 멘트도 그중 하나였다. '날림 개헌, 침울한 휴일 아침의 시민, 해도 너무 했다'는 부제의 이 기사는 당시 시민들의 반응을 이렇게 싣고 있다.

▶박두진 씨(시인, 우석대 교수)=하늘과 선열과 삼천만 국민이 두렵지 않은지 모르겠다. 발의나 내용, 강행의 과정이 너무나 변칙 불법 무법적이며 완전 범죄적인 민주주의에 대한 쿠데타 행위가 아니고 무엇인가. 이러한 수단으로 민주국가의 기본법이 변혁된다면 헌법은 있어서 무엇하고 의회나 선거제도는 무슨 필요가 있는가. 민주국가의 장래에 또 하나의 시련이 닥친 것 같다. 국민의 새로운 각오와 각성을 촉구하고 싶다.

▶한승헌 씨(변호사)=하도 어이가 없어서 언급하기조차 싫다. 우리나라 민주헌정사에 '변칙'은 많았지만 이번 처리는 상상도 못할 일이다. 정치적으로

일단 통과된 것으로 기성 사실화하겠지만 법률적으로는 논란의 대상이 될 것이다.

▶손창섭 씨(소설가) = 개헌안 변칙 통과가 그리 새삼스러운 노릇은 아니다. 집권당이 또다시 물리적 힘을 과시, 다수의 횡포를 저지른 것이다. 개헌안은 국가 사활 민주주의의 장래를 결정하는 중차대한 이슈인데도 집권당이 일반의 반대 여론을 전혀 무시, 일방적으로 처리한 것은 민주주의의 기본 정신을 완전히 말살한 처사다. - 「그럴 수가……」, <동아일보> 1969. 9. 15.

박두진과 한승헌, 손창섭 외에도 이날 의견을 보낸 이는 한태연(헌법학자), 길현모(서강대 교수), 이세중(변호사), 조성기(변호사), 이영재(상인), 두진만(서울 문리대생), 민재상(가정주부), 김복례(이화여대 의예과) 등으로 다양한 직업과 나이 분포를 이루고 있다. 시민들의 목소리는 한결같이 박정희 정권이 3선 개헌안을 밀어붙인 왜곡된 개헌 행태에 대한 분노를 자아내고 있다. 여러 시민들의 반응 가운데서도 손창섭의 목소리는 격노를 담은 가장 직설적인 것이라고 할 수 있다.

3선 개헌은 1960년대와 1970년대의 분기점을 이룬 현대사의 한 분수령이었다. 시대의 심상은 피폐해질 대로 피폐했고 손창섭의 심상도 피로감으로 견딜 수 없었을 것이다. 이런 시대상의 반영이랄까, 손창섭은 1961년 「신의 희작」(『현대문학』 5월)과 「육체추」(『사상계』 증간호 통권101호)를 끝으로 사실상 단편소설에서 손을 떼고 장편소설로 옮겨가 신문 연재와 잡지 연재에 주력한다.

그의 단편들은 자신의 체험에서 우러나온 전후 세대의 굴절된 내면 탐구에 집중되어 있었다면 그의 장편(주로 신문 연재소설들)은 '지금 이곳의 문제'를 부각하며 세태의 문제점을 부각하고 있다는 점에서 그의 글쓰기가 사회 고발 쪽으로 선회한 전환기적 의미를 갖는다.

1960년대 이후 도일 직전인 1970년까지 그가 연재한 장편소설은 다음과 같다.

1960(39세)『저마다 가슴속에(통속의 벽)』(<세계일보> 1960. 6. 15-6. 30./ <민국일보> 1960. 7. 1-1961. 1. 31.)

1961(40세)『내 이름은 여자(여자의 전부)』(<국제신문> 1961. 4. 10-10. 29.)

1962(41세)『부부』(<동아일보> 1962. 7. 1-1962. 12. 29.)

1963(42세)『인간교실』(<경향신문> 1963. 4. 22-1964. 1. 10.)

1964(43세)『결혼의 의미』(<영남일보> 1964. 2. 1-9. 31.)

1965(44세)『아들들』(<국제신문> 1965. 7. 14-1966. 3. 21.),『이성연구』(<서울신문> 1965. 12. 1-1966. 12. 30.)

1968(47세)『길』(<동아일보> 1968. 7. 29-1969. 5. 22.)

1969(48세)『삼부녀』(<주간여성> 1969. 12. 30-1970. 6. 24.)

연재소설의 한 특성이 작가와 독자의 일상적인 쌍방향 의사소통이라는 점에 있다는 측면에서 손창섭은 자신이 관찰한 사회현실과 문제의식에 대한 독자의 반응에 민감하지 않을 수 없었다.

이 가운데 <동아일보>에 총 164회로 연재되었고, 정음사에서 단행본으로 출간된『부부』는 기생의 아들인 '나'(차성인)와 근엄한 윤리주의자인 아내(서인숙)의 부부 문제를 중심으로, 1960년대 당시의 통속적 세태 문제를 다루고 있다. '나'는 평소 정신적 이상주의를 추구하는 아내와의 부부 생활에 어려움을 겪어왔다. '나'는 아내가 의사인 한덕만 박사의 사회사업에 참여하게 되면서 다툼 끝에 별거하게 된다. 이 과정에서 '나'는 아내가 처녀 시절 한 박사를 사랑했으나 친구인 은영에게 그를 빼앗겼다는 사실을 알게 되고,

아내와 한 박사를 떼어 놓기 위해 노심초사한다. 이 작품은 '나' 부부의 별거와 재결합에 이르는 과정을 중심으로 하여, 한덕만과 은영 부부, 처제 정숙, 술집 작부 옥경의 애정 관계를 이야기의 주된 골격으로 삼고 있다.

'나'와 아내의 갈등은 정신과 육체의 대립으로서 나타나는데, 이게 『부부』의 중요한 서사적 장치다. '나'는 육체적 욕망에 충실한 사람이지만, 아내와 재결합하기 위하여 그녀의 요구대로 자신의 성적 욕망을 정신적 가치로 다스리려고 노력한다. 하지만 그가 아내의 금지를 깨뜨릴 때마다 갈등이 발생하면서 이야기가 새로운 국면으로 접어드는 것이다.

『부부』의 결말은 대중소설에서 흔히 나타나는 '도덕주의적 공식'에 따라 다소 허무하게 마무리된다. 한 박사와 아내는 사랑을 이루는 데 실패하고, 대신 처제 정숙이 은영과 이혼한 한 박사와 결혼하게 되면서 '나'와 아내가 표면상으로 화해하는 것이다.

손창섭은 1960년대에 대중소설로 전환하면서 연애와 결혼, 가족 등의 일상적 요소를 소재로 끌어들이고 있다.

특히 『부부』는 대중소설이 자주 이용하는 인물들 간의 갈등 구도나 성적 관능의 문제를 통해 대중에게 친숙하게 다가선 작품이다. 그러한 특성은 주로 부부 관계에서 우위를 점하는 아내와 가부장적 권위가 승인되는 사회에서 '제처권(制妻權)'을 장악하지 못한 남편 '나'의 역전된 관계에서 나오고 있다.

『부부』에 나타나는 사랑, 부부, 연애, 성 등에 대한 가치관은 1960년대의 사회적 규범과 긴밀하게 연관되어 있으며 당대 사회상을 고려하여 복합적으로 해석될 필요가 있다. 또한 이 작품은 1960년대의 변화된 문학 환경에서, 손창섭이 전후 세대 작가라는 틀을 벗어나 창작의 내적 한계를 극복하려고 한 시도로서 평가되기도 한다.

『부부』는 전통적인 부부 관계가 전도된 상황에서 성과 사랑의 갈등 양상을 전면에 내세워 연재 당시 많은 대중의 비판과 관심을 받았다.

의외로 『부부』는 비교적 많은 독자의 반향을 불러일으킨 편이다. 십 년간의 작가생활을 통해서 이처럼 적극적인 독자의 반향에 부딪혀 보기는 처음이라, 작가로서는 어리둥절했고 난처한 경우도 한두 번이 아니었다. 물론 그것은 반드시 공감과 지지의 반향만은 아니었다. 도리어 비난과 공격이 더 우세했을지 모른다. 주로 외설하다는 공격과 남성에 대한 모독이라는 비난이었다. 가뜩이나 일부 젊은 세대의 난잡한 이성 교제로 사회 풍조가 문란해지고 있어, 민족의 장래를 우려케 하는 바 없지 않은 이때에 하필이면 중년 남녀의 성생활을 들춰낼 필요가 어디 있느냐고 열띤 항의를 들이대는 여대생이 있는가 하면 단연코 백해무익한 추잡한 글이니 당장 중단해버리라고 호통을 치는 종교계의 아주머니도 있었고, 한쪽으로는 남주인공을 가리키면서 남성에 대한 모독이라고 분개하는 독자 또한 적지 않았다.

이상의 분분한 공격과 비난에 대해서 구태여 일일이 변명을 늘어놓을 필요까지는 없다. 다만, 작자로서는 소설에 있어서의 명확한 모랄 한계와 주제의식 밑에서 착수했던 작업이요, 결코 무작정 베드룸이나 베드신을 공개함으로써 독자의 정숙한 취미와 본능을 자극하려는 단순한 악취미가 아니었음을, 조금만 세심한 독자라면 간취해 주리라는 점을 말해둘 뿐이다. ─「작가 손창섭 씨의 변」, <동아일보> 1964. 1. 4.

한편 손창섭은 『세대』와의 대담에서 신문소설을 쓰게 된 동기에 대해 이렇게 밝히고 있다.

첫째, 생활을 위해서라고 하는 것이 솔직한 대답입니다. 잡지에만 써 가지곤 용돈벌이도 어려우니까요. 둘째는, 나 자신 소위 고급 독자보다도 일반 대중에게 더 친근감을 품고 있기 때문에 그들과 더불어 무엇이든 이야기해보고 싶어서 입니다. -「나는 왜 신문소설을 쓰는가」부분, 『세대』1963년 8월.

이어 그는 『부부』의 집필 동기에 대해 주위의 아는 사람들이 의외로 성 문제로 인하여 고민하며 가정생활의 파탄을 가져오는 수가 많다는 사실이 었다며 '성 문제란 젊은 세대에서 뿐 아니라 기성세대에도 심각한 것이라 여겨 펜을 들었다'고 밝혔다.

그렇지만 그게 시아버지와 며느리가, 딸과 아버지가 동시에 읽는 것이라 하여 나대로 묘사에 자중을 했는데 목욕탕 구멍으로 들여다보는 장면 이후 노골적인 비난이 마구 들어오더군요. 어떤 사람은 남자 망신을 혼자 시킨다면서 신문 독자가 2만은 줄어들 것이라 협박까지 하구요. -「나는 왜 신문소설을 쓰는가」 부분.

손창섭은 『부부』연재 과정에서의 에피소드도 들려주고 있다. '여대생들 이 찾아와서 당신 소설은 본시가 추잡했지만 순문학이란 미명의 그늘에서 지금까지 통할 수 있었으나 이번만은 많은 대중을 상대로 하는 신문소설인 만큼 당신의 양식을 의심하고 톡톡히 나무라더군요.'라든지 '그런가하면 이번엔 기독교 계통의 아주머니들이 찾아와 당장 중단하지 않으면 가만있지 않겠다고 호통을 치는 바람에 그들을 설득시켜 돌려보내노라 땀을 뺐다.'는 뒷이야기가 그것이다.

『부부』의 연재로 인해 손창섭은 주위에서 '타락했다'는 말을 듣게 되었다 고 실토하지만 그는 정작 그 무대(신문)에서 기술 고려가 좀 부족했지만 결코 통속소설을 쓰노라고 하진 않았다며 신문소설이 작가로서 외도하는 것이며 타락한 것이라는 말은 성립될 수 없다고 항변하고 있다. 특히 그는

『부부』의 결말이 어수선하게 끝난 이유에 대해 신문 제작상의 문제와 무관치 않다며 이렇게 밝혔다.

어수선했다는 말은 어느 정도 맞습니다. 왜냐면 그것을 마쳐갈 때가 마침 연말이라 무릴해서라도 말일까지는 끝내 주어야만 했어요. 또 마침 내가 그 소설을 시작했을 때 단간제(單刊制)가 시작되어 일요일 휴간으로 한 60회 가량이 줄었는데, 그것 때문에도 끝에 가서는 자연 빨라졌지요. 하긴 여론 때문에 내 의도가 다소 변화를 가져온 것이 사실입니다. ― 「나는 왜 신문소설을 쓰는가」 부분.

이어 손창섭은 『부부』에 나오는 차성일에게 혈연관계 같은 애정을 느낀다면서 "못나게 구질구질하고 각박한 현실에선 처세술이 극도로 빈약한 낙오된 인간 ― 나도 그중의 한 사람이기 때문에 상당한 애착을 갖고 의식적으로 그려나갔다."라고 털어놓았다. 이러한 저간의 사정에도 불구하고 『부부』에 대한 문단의 반응은 호의적이지 않았다. 평론가 이어령은 이렇게 비판하기도 했다.

손창섭 씨는 '인간의 절망'을 그릴 때는 많은 독자를 감동시켰는데 인간을 긍정적으로 그리기 시작하면서부터 그의 예술은 핏기를 잃어가고 있습니다. 어떻게 현실감을 가진 채 긍정적인 인물을 그릴 수 있느냐? 김은국 씨가 바로 그 숙제를 해결해가고 있는데 우리가 주목할 점이 있다고 봅니다. 같은 긍정적인 인물이라고 신 목사는 『흙』(이광수)의 주인공처럼 수신 교과서적인 미담의 인물은 아니거든요. ― 김은국·이어령, 「대담 『순교자』의 세계」, <경향신문> 1965. 6. 23.

유종호 역시 '자기의 실상을 드러낼 만한 '자작(自作)'에의 추가를 그는 아직껏 작품으로서 보여 주고 있지는 않다'면서 '그의 신문소설은 실상 작가로서의 손창섭에 별다른 기여가 되지 않는 작품인 것 같다.'(「소외와 허무: 손창섭론」)고 지적했다.

손창섭은 이후 1960년대의 입시교육 문제를 다룬 『인간 공장』을 구상했다가 입시제도가 바뀌는 바람에 이 작품을 포기하고 그 대체작품이라 할 『길』로 옮겨간다. 비록 소량이긴 하지만 소년 소설을 발표하는 등 계몽주의에 입각해 청소년 문제를 제기한 적이 있던 그가 본격적으로 교육문제에 뛰어들어 비판의 시선을 확장하면서 사회 전반에 걸친 문제들을 신랄하게 비판하고자 했던 작품이 『인간 공장』이었다.

우리의 눈앞에는 시급히 개선하고 해결해야 할 여러 가지 난제가 산적해 있다. 일일이 예를 들자면 한이 없지만 그중에도 각계각층에 깊숙이 뿌리박고 있는 완전히 고질화되어 있는 부정부패의 일소와 입시 교육의 중독으로 말미암아, 교육 본연의 정신에서 이탈하여 마침내는 한낱 수험기술자 제조 작업으로 변질해버리고 만, 인간 부재의 어린이 교육을 시정하는 일이 무엇보다도 초미의 급선무라 하겠다. 이중, 여기서는 주로 후자에 관련된 이야기를 작품의 내용으로 엮어보려고 한다. 자연 어린이들과 그 부모들과 선생님들의 이야기가 될 것이다.
– 「작가의 말」, <동아일보> 1968. 7. 4.

그러나 막 연재를 시작할 시점에서 입시제도가 바뀌는 바람에 『인간 공장』은 부득이 하차할 수밖에 없었다.

7 · 15 '중학입시제도' 폐지 단안으로, 출생 직전에서 『인간 공장』은 유산을 면치 못하게 되었다. 출생의 의미를 거의 상실했기 때문이다. 그간 출산 준비로

고심해 온 작가로서는 허탈감과 함께 햇빛을 못 보고 마는 불운한 놈이 가엾기도 하지만, 이 나라의 수많은 어린이가 노예와 같은 고역에서 벗어날 일을 생각하면 아무것도 아니다. 이제 작가는 『인간 공장』을 대신할 새 작품의 준비를 부랴부랴 서둘러야 하게 되었는데 이 양자 꼴의 작품 이름은 『길』이다. 여기서는 부정부패 음모타락이 잡초처럼 무성한 우리의 성인 사회, 특히 대도시의 추잡한 현실 속에다, 아직 때 끼지 아니한 순박한 시골 소년과 소녀를 집어던져 그 반응을 시험해보고 싶다. 근묵자흑이란 말이 있지만 이러한 오탁 속에서 상상할 수 없었던 별의별 사람과 별의별 사건을 수없이 겪어나가야 할 그들이 어떻게 자신을 가누어 나가며 어떻게 변질해가는가를 즉 그들의 인간 형성의 과정을 독자와 함께 지켜보려고 한다. ─「작가의 말」, <동아일보> 1968. 9. 15.

『인간 공장』을 구상했다가 7 · 15 중학입시제도 폐지로 인해 소설을 쓸 이유가 없게 되자 손창섭이 부랴부랴 대체한 소설 『길』은 성장소설이다. 왜 성장소설인가 하면 주인공 성칠이 열여섯 살의 시골 소년으로 성공을 위하여 서울로 상경한다는 점, 1960년대는 경제적 성장이라는 근대화 추진 이데올로기가 혼돈의 양상으로 나타나는 시기라는 점, 윤리 의식에 결함이 있는 기성세대가 주인공 성칠을 도덕적으로 억압하는 양상을 보인다는 점, 성칠은 서울 생활이라는 경험을 통하여 순진과 무지의 상태에서 정신적 성숙이라는 한층 고양된 인간상으로 변모한다는 점 등이다.

손창섭의 『길』은 이러한 점을 아우를 때 성칠의 성장 과정을 통해 1960년대의 사회 전체에 대한 심각한 비판을 가하려는 의지를 품고 있었다. 하지만 독자와 평단의 반응은 썩 좋은 편이 아니었다. 실상 1960년대 후반, 자신에 대한 이러한 평가절하가 손창섭의 도일의 직접적인 이유가 될 수는 없었겠지만 그의 자존심에 큰 상처를 준 것임은 확실해 보인다. 그의 일본행은 이런 여러 가지 복합적인 사정이 누적된 결과인 것이다. 손창섭은 『길』을 연재한 후에 독자들의 반응을 이렇게 전하고 있다.

　독자를 위해서 보다 더 많이 자신을 위해서 작품을 써오고 있는, 나 같은 독선적 기질의 필자에게 있어서는, 독자는 물론 신문사 측 입장과 신문윤리위원회까지 염두에 두고 써야 하는 신문소설이란 무척 까다로운 작업이다. 일단은 각계각층의 잡다한 독서 수준의 최대공약수를 산출해내고 거기에 렌즈의 초점을 맞춘다 해도, 수학의 경우와는 달라 정확한 계산이 나오지 않는 데다가, 작가 측의 주제의식과 모랄 기준이 반드시 그 수량과 일치하지 않으니 더욱 그러하다.

　이번 『길』을 집필하는 중에도 역시 그런 점에서 많은 독자의 충고와 항의를 받아야만 했다. 남녀 문제를 위시해서, 정치 사회 등 제반의 현실적 추잡상에 왜 좀 더 대담하게 도전하지 못하느냐고 안타까워하는 독자가 있는가 하면, 반대로 외설하다는 의외의 비난과 주관적인 현실 비판의 위험성을 지적해오는 독자들도 있었던 것이다. 이것은 물론 일부 독자의 과잉 반응에 불과하겠지만 아무리 유능한 디자이너나 재단사라도 그 체격과 취미가 천차만별인 다양한 고객(독자)의 누구에게나 척척 들어맞는 기성복을 만들어낼 수는 없듯이, 신문소설이 거의 숙명적으로 상대해야 하는 비선택 독자층의 다양성을 말해주는 것이기도 하다. 여기에 소설로서의 질을 떠나서, 신문소설의 본질적인 난점이 있다.

　이것은 매회 여덟 장 내외로 토막토막 잘라내 보내야 하는 형식상의 문제와도 관련이 깊다. 불과 5분 내에 휘딱 읽어치운 한 회분 한 회분의 지나간 내용을 독자는 일일이 기억해두지는 못한다. 거기에는 24시간을 통한 번거로운 실생활의 일상성이 기억을 차단하는 장벽을 쌓아올리기 때문이다.

　어떻게 하면 이 차단된 장벽에서 오는 분해 작용을 막아낼 수 있을까가 신문소설을 쓸 때마다 필자가 부닥쳐온 고심의 하나였다. 그래서 이번 『길』에서는 그것을 방지하기 위한 수법으로 반복의 효과를 시험해보았다. 즉 동일한 기억을 비슷한 표현으로 적절히 반복함으로써 독자의 기억 속의 차단의 벽을 무너뜨려 보자는 것이다. 이러한 방법이 신문 연재 중에는 다소 효과가 있었다고 도 본다. 그러나 단행본으로 묶어져 단숨에 읽어내려갈 때 과연 어떤 결과가 나타날지는 아직 의문이다. – 손창섭, 「만인에게 맞는 기성복 있을 수 없다」, <동아일보> 1969. 5. 24.

이 가운데 '정치 사회 등 제반의 현실적 추잡상에 왜 좀 더 대담하게 도전하지 못하느냐고 안타까워하는 독자'라든지 '외설스럽다는 의외의 비난 과 주관적인 현실 비판의 위험성을 지적해오는 독자'들이 있었다고 하니, 이들 독자와의 괴리감은 확실히 손창섭의 문학적 자존심에 상처를 주었을 것이다. 이 모든 게 손창섭의 일본행을 부추긴 한 이유가 되었다고 해도 과장은 아닐 것이다. 신문소설을 통해 독자와의 소통을 개선해보고자 노력했 던 손창섭은 오히려 독자들의 비판으로 인해 더 고립된 상태에 놓였을 게 분명하다. 이를 감안하면 그의 일본행은 단순한 하나의 사안에 의해 촉발된 것이라기보다 여러 사안들을 전부 포괄한 결정이었을 것이다.

작가 손창섭 씨는 흔히 '괴짜'로 통한다. 글을 쓰는 소설가이면서 통 담배를 안 피우는 것, 절대로 잡필을 들지 않는 것, 좀처럼 '넥타이'를 안 메는 것 등은 일상적인 괴짜 속에 포함되는 것이지만, 좀 심하게는 도대체 그의 거처를 공개하는 일이 없다.

가까운 친구 몇에게나 겨우 자기의 주소를 알려 줄 뿐이다. 이따금 독자에게 서 편지가 날아와도 (신문사로) 읽지 않으려 하기가 일쑤이다. 손 씨는 스스로도 '내게는 맹목적인 고집이 있다'고 말할 정도로, 금연 금주의 이유는 '남들이 피우고 마시는 담배 술'이기 때문이고.

그의 작품에서 다루어지는 소재들도 자못 '괴짜'적인 것들이 많다. "하긴, 나를 마치 섹시하며 추한 얘기밖에 쓸 수 없다고 단정하는 사람이 있는데, 앞으로는 좀 새로운 주제와 인물을 새로운 각도에서 다루어보려는 구상을 하고 있습니다." 손 씨의 말이다.

그는 "무식한 사람의 대변자"라고 자기를 이름 지어 불렀다. 그래서 '무식한 사람이 무안을 느낄 만한 말은 할 수 있는 한 쓰지 않겠다'고 대변인다운 말을 하고 있다. '순수문학의 귀족성을 말하는 사람에게 질색'이라는 손 씨이기도 했다. - 「나는 왜 신문소설을 쓰는가」 부분.

신문 연재를 할 만큼 인지도 면에서 유명세를 치른 손창섭이지만 문단에서는 오히려 격리되어 있었던 게 1960년대 후반이었고 도일 즈음, 그 격리성의 강도는 더욱 높아진다. 급기야 '가까운 친구 몇에게나 겨우 주소를 알려준' 흑석동 자택에 장편소설 『부부』를 읽은 여대생들이 몰려와 항의를 해댈 정도였으니, 그가 일관되게 지키고 있던 폐쇄성에 금이 간 것은 물론 자존심에도 큰 상처는 입었던 것으로 보인다. 손창섭은 한국에서 작가 생활을 할 때조차 이방인 내지 외방인으로 살았던 것이다. 그는 문단 주류에 깊숙이 진입한 이후에도 자신의 정체성을 외부자적인 틈입의 시선에 맞춰놓고 국외자처럼 살아왔는데 스스로를 주류 의식에서 격리시킨 방관자적 서술 방식이 이를 말해준다고 할 것이다.

손창섭의 서술자는 언제나 서사 내적 상황에 연루되기를 회피하는 국외자적 입장에 서 있다. 심지어 1인칭 시점에서마저도 서술적 자아로서의 '나'는 자기 이중화를 통해 경험적 자아로서의 '나'를 방관자적 입장에서 객관적으로 지켜본다. 이를테면, 「미해결의 장: 군소리의 의미」의 '나'가 이를 잘 보여준다. "좀 뒤에 나는 골목 밖으로 걸어나가고 있는 자신을 발견하였다. 인간도 유령도 아닌 너무나 막연한 자신의 몰골을, 하여튼 나는 한사코 걸어나가고 있는 것이다." 이처럼 손창섭의 서술자는 지각과 인식의 국면에서 인물들에 가깝게 다가가 그들의 내외적 모습을 관찰하고 서술한다. 하지만 이것은 인물을 희롱하고 좌초시키는 부조리하고 불가해한 운명을 폭로하기 위한 것으로, 손창섭의 서사가 짙은 무력감과 비애감으로 채색되게 하는 요인으로 작용한다. 아울러 심리적 감정적 측면에서 그의 서술자는 인물과 상당한 거리를 유지한 채 냉정한 방관자적 태도를 취한다. 이것은 상황에 적절하고 합리적인 태도를 취하지 못하는 인물을 희화화하며 쓴웃음을 유발케 하는 요인으로 작용한다. 결국, 이러한 서술자의 위치와 태도가 존재의 무의미와 존재를 둘러싼 부조리한 삶의 조건을 아이러니컬하게 서사화하는 효과를 낳는 것이다.

그럼에도, 손창섭의 소설에서 보다 바람직하고 유의미한 삶을 향한 열망을 읽어내는 것이 불가능한 것만은 아닐 것이다. 일찍이 임화는 허무와 냉소에 깊이 침윤된 이상의 문학을 병적 문학으로 진단하면서도, 거기서 '제 무력, 제 상극을 이길 어떤 길을 찾으려고 수색하고 고통한' 자의 자기 몸부림을 읽어낸 적이 있다. 마찬가지로 어떤 가치도 의미도 목적도 없는 세계 속에서 허무와 절망의 몸부림으로 일관하는 손창섭의 소설 세계에서 역설적으로 보다 바람직한 삶에의 지향성을 찾아낼 수 있다. 다시 말해 다소간의 비약을 감행한다면, 부조리한 현실을 비판적으로 재현하는 동시에 부재의 형식으로 보다 바람직한 세계를 향한 열망을 드러냄으로써 서사의 기대 지평을 확대하고 있다고, 손창섭의 문학을 보다 적극적으로 평가할 수도 있는 것이다. ─이정석, 손창섭 추모 특집 「수인(獸人)의 인간적 몸부림, 그리고 국외자의 문학」, 『현대문학』 2010년 10월.

한편 고은은 손창섭의 도일을 두고 이런 해석을 내놓고 있다.

손창섭의 문학이 급격히 그 음습한 위력을 잃어버렸고 그 자신도 어이없는 무술을 주제로 한 사이비 역사소설을 신문에 연재하고 있다가 그것으로 자기 구원이 불가능해지자 아내의 국적인 일본으로 귀화해버리는 과정이 만들어진다. 그는 한두 사람의 추종자 이외에는, 이를테면 정철진 같은 진지한 사람 이외에는 아무도 그의 거처를 모르고 있어야 하는 은둔자였다. 그런 은둔자가 한국 문단의 폐허를 장식한 뒤 영영 그 대표성을 포기하고 일본으로의 문화적 망명으로 그의 문학을 청산한 것이다. 이를테면 광고란의 '고독녀'와 '진실남'도 손창섭적인 실제 인물들이라 할 수 있다. 60년대의 사술로 가득 찬 사회에서 진실한 남자란 얼마나 희귀한 존재인가. 그 유교적 정절이 소멸되기 시작하는 여성의 개방에서 고독한 여성이야말로 얼마나 동정을 불러일으키는 대상인가. 이런 구혼까지도 공개 광고 3행 안에 밝힐 수 있는 시대이지만 그런 시대라 해서 그 광고의 의도대로 고독녀가 바라는 진실남이 광고를 낸 며칠 뒤 나타날 수 있겠는가. 나는 그 매혹적이기까지 한 광고에도 불구하고 그 광고의 효과는 하나의 허무이기 십상이라고 믿지 않을 수 없었다. – 고은, 「나의 산하 나의 삶」, <경향신문> 1994. 2. 27.

고은은 손창섭의 도일을 두고 문학적 망명 혹은 문학적 청산으로 받아들이고 있다. 특히 「봉술랑」과 관련해 "어이없는 무술을 주제로 한 사이비 역사소설을 신문에 연재하고 있다가 그것으로 자기 구원이 불가능해지자 아내의 국적인 일본으로 귀화해버리는 과정이 만들어진다."라고 평가함으로써 손창섭을 국외의 작가 혹은 탈주의 작가로 포장해버린다. 또 "한국 문단의 폐허를 장식한 뒤 영영 그 대표성을 포기"했다는 대목이며 "1960년대의 사술로 가득 찬 사회에서 진실한 남자란 얼마나 희귀한 존재인가."라는 대목에서는 손창섭이 스스로 문학적 패배를 자인한 셈이며 혼자만 진실한 남자라고 치부하는 그의 결벽증을 여지없이 비판하고 있다. 과연 손창섭의 도일이

고은의 말처럼 '허무이기 십상'인 현상이었는지 혹은 허무가 아닌 또 다른 이유가 있었는지에 관해, 도일 이후의 행적을 바탕으로 그 궤적을 쫓아가 본다.

11. 도일 이후

　손창섭이 돌연 일본으로 건너간 까닭은 명확하지 않지만, 한 가지 설득력 있는 이유를 떠올린다면 소설 창작만으로 살아가기엔 원고료 수입이 턱없이 낮았다는 점이다. 원고료로는 세 식구의 생계를 유지하기에도 빠듯했고 늘 허덕이는 생활에서 벗어나지 못했을 것이다. 또 한 가지 이유로 5·16 쿠데타 이후 군사 정권 아래서 만연한 기득권층의 타락과 부패에 대한 환멸도 작용했을 것이다. 손창섭은 한때 안양 부근에서 파인애플 농장을 운영했는데, 당시 파인애플 소비자의 대부분은 우리 사회의 부유층이었다. 말하자면 현실에 대한 포괄적 환멸과 '타락한' 계층을 상대로 장사하는 자신에 대한 염증을 이기지 못해 파인애플 농장을 걷어치우고 일본으로 가버렸다는 것이다. 일본으로 건너간 뒤 그는 일체의 원고 청탁에 응하지 않고, 한국 사람과 만나려 하지 않았다.

　도일 직후 생계는 극빈자에 대한 일본 정부의 보조금과 아내가 벌어들이는 돈으로 해결한다.

　그랬던 그가 도일 삼 년만인 1976년 1월 1일부터 10월 28일까지 모두 252회에 걸쳐 <한국일보>에 장편 『유맹』을 연재한다.

1975년 이영희가 도쿄에서 촬영한 손창섭

사실『유맹』은 손창섭의 여러 장편소설 가운데서는 드물게 자전적 성격이 강한 작품이라는 점에서 후반기 삶을 어느 정도 노정하고 있는 문제작이기도 하다.

『유맹』의 연재를 직접 권유한 사람은 아동문학가이자 <한국일보> 기자 출신인 이영희 씨이다. 한국일보사 재직 당시 손창섭과 친분이 있었던 이 씨는 1975년 도쿄 교외에 있는 손창섭의 자택을 찾아가 소설 연재를 제의했고, 이게 받아들여져 손창섭은 이듬해 1월 1일부터 10개월 동안 재일동포의 애환을 다룬 장편소설『유맹』을 연재한다.

이 씨는 한국일보사 사주 장기영으로부터 끈질기게 청탁을 해보라는 지시에 따라 손창섭을 만나러 일본으로 건너간 터였다.『유맹』은 손창섭이 장편소설『삼부녀』(1970) 연재 이후 오 년 만에 쓴 신작이었다. 이 씨는 소설 연재를 부탁하자 손 씨는 처음엔 여기까지 와서 연재를 하겠냐고 하다가 거듭 권하자 어렵지 않게 수락했다며 손 씨와 부인(우에노 지즈코 씨) 단 둘이 나를 맞았고, 집 내부는 소박했지만 궁핍한 느낌은 없었다고 당시를 회고했다.

손 씨가『유맹』연재를 앞두고 <한국일보>와 가진 인터뷰(1975. 12. 17.)에서도 일본 생활에 대해 털어놓는다. "손 씨는 지난 이 년간 도쿄 교외의 조그만 아파트에서 일체 외부와의 접촉을 끊고 살아왔다."거나 "집안 살림은 미용사 자격을 가진 일본인 부인에게 맡기다시피 하고 도쿄 내 각 도서관에 도시락을 싸들고 출근하다시피하며 새로운 소설의 구상과 취재에 골몰해왔다."라는 대목이 그것이다. 그는 또 "손 씨가 섬나라인 일본과는 생리적으로나 체질적으로나 맞지 않아 일본에 영주할 생각은 결코 없다."라고 말하기도 했으며 "한국에 살 적에 손 씨는 부인이 일본인이라는 사실을 밝히는 걸 유난히 꺼렸다."라고 말했다. 손 씨가 흑석동에 살 때도 기자인 이 씨를 집에 들이지 않으려고 '어디어디 골목, 몇 번째 전봇대 앞에서 만나자'는 식으로 약속을 하곤 해서, 이 씨도 일본에 가서야 그의 부인을 처음 만났다는 것이다.

장편소설 『유맹』 표지

『유맹』은 손창섭이 일본에서 직접 겪은 일들을 소재로 삼았으리라고 짐작될 만한 여러 에피소드를 담고 있어 흔치 않은 소재를 끌어들인 독특한 작품이다.

일제 말기에서 징용으로 끌려간 최원복 노인과 그의 아내 이야기가 축을 이루는 『유맹』엔 손창섭의 분신이라고 할 '나'가 화자 겸 관찰자가 되어 최원복 노인 일가의 과거와 현재를 기록해나간다. 한편에서는 '나'의 일본에서의 현재적 삶이, 다른 한편에서는 최원복 노인의 과거와 현재가 교차되어 전개된다.

작품의 말미에 이르러 이 두 이야기는 결국 하나의 이야기로 합수(合水)되는데, 여기까지 이르는 동안 독자들은 이제껏 잘 알려지지 않았던 '재일(在日)' 한국인들의 서글픈 사연을 접하게 된다.

더불어 『유맹』은 홋카이도 징용 노동자들의 수난사를 재구성함과 동시에 이들의 운명을 재일 한국인의 공통적 문제로 확장시킨다. 여기에 최원복 노인의 친구인 고광일 사장의 가족이 또 하나의 이야기 축을 형성하고 있다. 최원복 노인과 고광일 사장의 가족은 그들의 아들딸이 혼인 관계를 맺음으로써 중첩되는 양상을 보인다. 그리고 작중인물들은 다시 세대적인 분포를 이룬다. 먼저 최원복, 고광일, '나' 등은 일제 말기에 일본으로 건너간 재일 1세대에 해당한다. 다음으로 최원복 노인의 아들인 인기와 성기, 고광일의 딸인 후미코와 아들인 구니오 및 다케오 소년 등은 재일 2세대에 해당하는 인물들이다. 그런데 이들 재일 2세대 인물들 사이에는 상당한 나이 차이가 있어서 구니오와 다케오 소년 등은 세대적으로 보면 재일 2세대에 속하지만 사실상 재일 3세대에 가까운 격차를 보이는 것으로 나타난다. 결국 『유맹』은 세 세대에 걸친 재일교포들의 의식에 관한 소설적 임상 보고서라고 할 수 있다.

최원복과 고광일로 대표되는 재일 1세대, 인기와 후미코와 성기로 대변되는 재일 2세대, 다케오와 구니오로 대변되는 재일 3세대의 문제는 그들 개인의 문제가 아니라 역사적 상황에 따른 운명의 문제라는 것이 바로 '나'의 생각이다. '나'는 재일 1세대의 한 사람으로 언젠가는 고국으로 돌아가리라는 생각을 품고 살아가고 있다. 그러나 그 시기가 언제쯤 될는지는 그 자신도 알 수 없다. 흥미로운 것은 '나'가 현해탄 너머 한국 사회를 비판적으로 보고 있다는 점이다. 이는 재일교포 청년 최성기와의 '나'와의 대화에서도 확인된다.

"그렇지만, 남조선이 좀 부패한 것만은 사실인가 보던데요." 그대로 물러설 수도 없다는 듯이, 그러나 이번엔 조심스러운 말씨로 성기 군은 이랬다. 나는 아픈 데를 찔렸기 때문에 내심 훔칠했다. "그 점만은 전적으로 부인할 순 없습니다. 대한민국 사회에서 부정부패가 완전히 일소되지 못하고 있는 것만은 사실이지만, 열심히 일소하려고 노력하고 있는 것도 사실입니다." 양심에 비추어 긍정하지 않을 수 없었다. 내가 만일 고국을 두둔하기 위해 여기서 거짓말을 한다면, 이 사람들의 불신을 살 것이 뻔하고 그것은 곧 진실한 대화와

의사소통의 단절을 뜻하며, 동포의식의 말살을 가져오는 결과가 되기 쉽다. 그 동안 나 자신이, 어느 층을 막론하고 성행하는 내 나라의 만성화된 부정부패 속에서 얼마나 울화통을 터뜨려왔던가. - 『유맹』 부분.

"만성화된 부정부패 속에서 얼마나 울화통을 터뜨려왔던가."라는 1인칭 화자 '나'의 말은 바로 손창섭 자신의 말이기도 할 것이다. 그럼에도 불구하고 '나'는 북한 체제에 대해 극렬한 기피 의식을 드러내는 한편 친남한 성향을 드러내기도 한다.

겉장부터가 좀 수상했지만 그것은 넘기자마자, 거기에는 우상화된 북쪽의 유일한 권력자의 커다란 사진과 주먹 같은 활자의 그 이름이 나의 눈을 콱 쥐어박듯 한 것이다. - 『유맹』 부분.

딸의 검진을 위해 병원을 찾은 '나'는 우연히 북한 발행의 일어판 사진 잡지를 넘겨보다가 '등골이 오싹'해진다. 그러면서 이내 "병원장이 조총련계 인물이라고 한다."라며 "이런 속에서 동포들이 살고 있는 것이다."라고 한탄하고 있다. 이는 손창섭의 북한 체제에 대한 거부감을 단적으로 보여주는 장면으로 그의 이념적 성향을 다소나마 살필 수 있다고 할 것이다. '나'는 또 도일할 때 최소한의 책을 가져왔는데 그게 대부분 역사

손창섭의 서가

서이다.

한국을 떠나올 때 나는 빈약한 장서 중에서 당장 필요하다고 생각되는 책만 반가량 골라서 꾸려갖고 왔었다. 그것은 대부분이 역사서요, 그중 태반은 한국사에 관한 서적이다. -『유맹』 부분.

우에노 여사와의 결혼에 관한 손창섭 자신의 소회를 우회적으로 어림할 수 있는 대목도 있다. 결혼 적령기에 이른 성기가 사귀고 있던 일본 아가씨와의 결혼 문제를 놓고 '나'의 견해를 물어보는 부분이 그것인데 '나'는 바로 일본 여자와 결혼해 살고 있는 처지이다.

아저씬 왜 일본 여자와 결혼하셨습니까? 예상치 않은 말을 들이대는 바람에, 나는 어리둥절하여 선뜻 대답을 못 했다. 수분이 지나서야, "글쎄, 나도 왜 그렇게 됐는지 잘 모르겠어요. 어쩌다 보니까 그런 결과가 된 거지." 이러고 나는 멋쩍게 웃는다. "조선 사람이라고 반대가 없었습니까?" "물론 있었지." "그걸 무릅쓰고 결합할 만치 두 분의 사랑은 열렬하셨나 봐요." "글쎄, 그걸 사랑이라고 할 수 있을까. 일종의 불장난이었지." -『유맹』 부분.

성기는 '나'의 아내에게도 비슷한 질문을 하는데 아내는 이에 대해 직접 대답을 회피한 채 다만 그 질문을 남편인 '나'에게 그대로 전달하고 있다.

왜 하필 한국 남자와 결혼을 했느냐, 후회하지 않느냐, 한국인과 일본인 부부이기 때문에, 거기서 오는 가정생활상 또는 사회생활상 핸디캡 같은 건 없었느냐, 일반적으로 일본 사람은 한국인에 대해 우월감을 갖고 차별화하는 게 사실인데 아주머니도 그러냐, 한국인과 일본인을 비교할 때 어느 쪽을

더 좋게 보느냐, 따님이 장래 결혼 상대로 한국인과 일본인 중 그 어느 쪽을
택하기를 바라느냐, 에 또 그리고 뭐드라. 하여튼 이밖에도 이것저것 뭘 여러
가질 물었어요. 전혀 예기치도 않았던 질문을 연달아 해오는 바람에, 어떻게
대답해야 좋을지 몰라 혼자 쩔쩔맸다니까요. -『유맹』 부분.

말미에 이르러 '나'는 우회적으로 이에 대한 생각을 피력하는데 손창섭
자신의 체험이 고스란히 묻어난다 해도 과언은 아닐 것이다.

한국에서 살 때는 반대로 아내가 나와 같은 경험을 자주 할 수밖에 없었다.
상인과 물건 흥정 같은 것을 하노라면, 역시 상대편에서 갑자기 말을 끊고
입을 벌린 채, 멀뚱히 아내의 얼굴을 지켜보는 것이다. (중략) 꽤 익숙한 한국말이
어서 애초엔 한국인으로만 알았는데 중간에서 별안간 풀을 가리켜 불, 쌀이
나쁘다를 살가 나쁘다, 식으로 엉뚱한 발음이 튀어나오니까, 저쪽에서는 정도
이상 '이상하게' 느끼게 되는 것이다. 아내도 그것을 몹시 싫어했다. 더구나
상인과 시비가 벌어졌을 경우, 아내는 꼼짝 못하고 억울하게 당하기만 해야
했다. 화가 나면 한국말이 더욱 서툴러졌기 까닭이다. -『유맹』 부분.

또 하나는 일본 옷 착용의 문제다. 설날이면 일인들은 남녀 할 것 없이
전통 복장을 하고 거리를 활보하는 것인데 '나'는 일본 옷을 입는 걸 극도로
싫어한다.

그러나 나는 일본 옷을 입는 데는 어떤 저항을 느끼었다. 일본 옷을 입으면,
껍데기나마 일인화하는 것 같아 싫었다. 되도록 일본 냄새를 피우고 싶지
않았다. 어쭙잖게 무슨 애국 의식 따위에서가 아니라, 본능적인 것이다. 그럴지
만 아내의 마음에 실망이나 상처를 주고 싶지 않아서, 이러한 나의 내정을

기모노를 입은 딸 도숙과 함께

솔직히 털어놓지는 않고 있다. - 『유맹』 부분.

손창섭이 일본에서 겪은 또 하나는 문제는 실제로 딸 도숙의 교육 문제와 정체성 찾기일 터인데 『유맹』 도입부에서 '나'는 딸의 문제를 이렇게 들려준다.

중학교 2년생인 딸애의 태도가 요즘 어딘가 이상하다. 전에 없이 어두운 그늘이 얼굴을 덮고, 줄곧 침울한 표정이다. 스스로 입을 여는 일이 거의 없어졌다. (중략) 일본에 건너오는 길로 덮어놓고 이곳 소학교 6학년에 편입한 딸애는 한국인이라고 자주 놀림거리가 되었었다. - 『유맹』 부분.

사춘기의 딸 도숙의 교육 문제는 『유맹』에서 종숙이라는 이름으로 그려진다. 같은 학급의 남자 동창인 다카무라에게 "한국인 야만인, 더러운 한국안"이라는 놀림을 받는데 분개한 '나'는 다카무라를 찾아가지만 실은 다카무라 역시 한국인 부모에게서 태어난 재일 한국인 2세였다. 결국 다카무라의 매형인 최인기와 누나인 다카무라 후미코가 과일 꾸러미를 사들고 '나'를 찾아와 사과하는 한편, '나'는 최인기의 부탁을 받고 그의 부친 최원복 노인을 찾아가 그의 일대기를 듣게 된다. 결과적으로 딸 '종숙의 이지메(따돌림)가 아니었으면 『유맹』의 이야기는 시작될 엄두도 내지 못했을 것이고 '나의 도일 이후의 행적도 드러나지 못했을 것이다. 종숙은 바로 손창섭의 딸인 도숙의 분신이나 마찬가지인 것이다. 뿐만 아니라 최 노인과 '나'는 평양남도 중화군 출신의 한 고향 사람으로 그려진다.

> 중화군 내에는 저희 조부모와 외가와 고모네들이 살고 있었기 때문에, 방학이면 자주 갔습니다." "데련 그런 둥왜 어디웨까, 게가." "조부모엔 디경골이란 데서 살았구, 큰고모넨 선둣골……. ─『유맹』 부분.

'나'는 그 후에도 몇 차례에 걸쳐 최 노인의 집을 방문해 그의 일대기를 듣는 한편, 한국으로 영구 귀국하려는 최 노인을 위해 한국에서 살 집터를 대신해 알아봐주기도 한다. 최 노인 일가에 대한 이야기는 실화성이 강한 소재를 적절히 비틀어 가공했다고 하더라도 '나'가 개인사를 고백하는 대목은 손창섭 자신의 자전적 체험을 바탕으로 한 것임을 어렵지 않게 유추할 수 있다.

『유맹』에 따르면 주인공 '나'의 직업은 '나'가 부산의 한 고교에서 교편을 잡았을 당시의 제자 임종성이 운영하는 사업체의 도쿄 연락사무소장이다.

> 내가 연락 사무를 봐주고 있는 서울의 I산업은 겉보기보다 실속이 있는 건실한 사업체의 하나다. 광학(光學) 관계로 출발하여, 아직은 소규모나마 다방면의 무역과 수출품의 생산업에도 착착 실적을 올려가고 있다. 그 사장인 임종성(任宗成)은 부산 피난 당시 일시 고교에서 교편을 잡았을 때의 제자다.
> ─『유맹』 부분.

도일 이후 우에노 여사가 미용 기술을 이용해 생활비를 벌었다는 사실은 『유맹』의 한 대목에서 '나'의 진술로 확인된다.

손창섭이 도일 직전 임시로 거처했던 노윤기 씨의 과수원

　　미용사 자격을 갖고 있는 아내는, 그 방면의 사람들과 접촉하는 일이 잦았고,
특히 봄가을의 한창 바쁜 철이면, 결혼식장의 미용실 같은 데 임시로 한두
달씩 나가서 거드는 일도 있다. 그러노라면 자연 사람을 많이 사귀게 되고,
그중에는, 아내의 발음에 관서지방 사투리가 섞여 있다면서 고향이 어디냐고
물어오는 사람도 적지 않다. 고베(神戸)라고 대답하면 "고슈진노 오쿠니와(주인
의 고향은)?" 이런 것까지 묻는 사람도 있다 한다. "그런 질문은 딱 질색이에요"
아내는 정말 질색인 듯한 표정을 지어 보이고 나서, "시카다나쿠 시즈오카(静岡)
다또 잇데앗다와(할 수 없이 시즈오카라고 둘러댔어요)." ‒『유맹』 부분.

　　『유맹』의 마지막 부분에서 주인공 '나'는 한국으로 일시 귀국하는데 이
진술 역시 손창섭이 한때 귀국해 경기도 구리시(당시엔 금곡) 소재의 한
과수원에 딸린 별채에 임시로 거처하면서 그 일대에 집을 짓고 살만한
택지를 구하러 다녔다는 제자 노윤기 씨의 말과 일치한다.

토지를 보러 나는 각처를 쏘다니었다. 서울을 중심으로 두 시간 내외 거리의 장소를 보러 다니었다. 그중에서도 금곡과 덕소 방면, 수원 주변 일대에 중점을 두고 여러 날 걸려서 찬찬히 돌아보았다. 부산 지방에서는 해운대 저쪽의 기장과 김해 벌판을 구경하고 다녔다. 거기들은 한결같이 연줄이 있어서 알아보기도 쉽고 여러모로 편리했기 때문이다. 금곡에는 농장을 하는 가까운 제자가 있었다. 2만여 평에다가 3백 수십 주의 사과나무를 심고, 젖소를 10여 두, 양계를 3천 수 가량 겸하고 있었다. 원래가 그 가족과 친한 사이라, 거기에 3일간이나 묵으면서, 제자의 안내로 부근의 토지를 보러 다녔다. 도시와는 달라서 맘에 드는 장소가 많았다. 서울까지는 교통도 편리하고, 지나치게 외지지도 않는다. 당장 팔려고 내놓은 마땅한 평수가 있는 것은 아니지만, 보통 맡으로 5천 원 내외면 살 수가 있었다. 나는 제자에게 최 노인의 이야기를 자세히 하고, 적당한 토지가 없나 알아보아달라고 부탁했다. –『유맹』 부분.

'나'는 최원복 노인의 부탁을 받고 그가 영구 귀국해 살 수 있을 만한 택지를 물색하기 위해 제자와 함께 땅을 보러 다닌다. '나'의 일시 귀국 행로는 도쿄에서 시모노세키를 거친 다음 부산항으로 입국해 다시 경기도 금곡까지 이어지는데 '나'가 부산으로 입국한 것은 부산에서 자신의 일신상의 문제, 즉 도쿄 연락소장을 이참에 정리할 필요성 때문이다. 부산 본사에서는 '나'에게 도쿄 연락소장의 일을 맡긴 걸 후회하고 있다.

역시 장사나 무역의 전문가가 아닌 데다, 연세가 연세고, 게다가 고집이 있어서, 능동적으로 활동하지 못한다면서, 지장이 많다는 거래요. (중략) 그게 사실이라면, 임 사장으로서는, 소장님에 대한 직접적인 불만이기보다도, 지난 날의 은사라, 딴 부하 직원처럼 맘대로 부려먹기가 어려워서 그러는 게 아니겠어요. -『유맹』부분.

『유맹』의 결말은 다시 일본으로 돌아온 '나'가 마침내 한국으로 돌아가는 최 노인을 배웅하기 위해 도쿄 역으로 나가는 장면에서 끝을 맺는다.

> 노인의 모습에서 나는 자신의 몰골을 보는 듯했다. 나도 머지않아 단신 돌아가리라, 돌아가리라 벼르고 있는 것이다. 하지만 처자의 반대를 무릅쓰고 과연 돌아갈 수 있을는지, 만일 돌아가게 된다면 그 시기가 언제쯤 될는지 자신의 일이면서도 아득하기만 하다. 흡사 나는 대학 입시에 합격한 친구와 헤어진 낙방생의 심경이었다. 아무에게도 눈치채이지 않게 나는 혼자 떨어져 도쿄 역을 나왔다. 왜 그런지 혼자되고 싶었다. 목적 없이 걷다 보니 히비야(日比谷) 공원에 이르렀다. 아침이라 공원 내에는 소풍객이 더러 눈에 띌 뿐 조용했다. 나는 착잡한 심정으로 그 안을 언제까지나 혼자 거닐었다. -『유맹』부분.

'나'는 영구 귀국하는 최 노인을 전송하면서 최 노인과 다른 운명을 선택할 수밖에 없음을 직감한다. '나'는 아내의 나라인 일본에 뼈를 묻을 수밖에 없다는 자포자기의 심정에 사로잡혀 인적이 드문 공원을 홀로 거닐었던 것이다. '나'에게 있어 북한이든 남한이든, 일본이든, 딱히 정착할 만한 생활적, 심리적 조건을 만족시킬 수 있는 국가는 아닌 것이다. 『유맹』의 자전적 요소는 도일 이후 손창섭 자신의 일상과 심회를 적나라하게 보여준다.

이후 손창섭은 원나라 치하 고려를 무대로 한 장편소설 『봉술랑』을 1977년 6월 10일부터 1978년 10월 8일까지 <한국일보>에 연재한 뒤 더 이상 소설을 발표하지 않았다. 시간은 무참히 흘러간다. 그리고 마치 영화의 장면이 바뀌듯 도쿄의 한 공원에서는 날마다 초로의 한 신사가 공원을 산책하는 사람들에게 팸플릿을 나누어주고 있다. 그것을 받아든 사람들의 반응은 제각각이다. 어떤 사람은 근처의 쓰레기통에 버리기도 하고, 어떤 사람은 그것을 꼼꼼히 들여다보며 고개를 끄덕이기도 한다. 팸플릿에는 성경이나 불경, 동양의 고전 등에서 사람의 모듬살이를 도모하는 데 필요한 경구들이 담겨 있다. 그는 사람살이에 도움이 될 만한 지혜를 담은 좋은 구절을 추린 뒤 그것을 손수 인쇄해 공원이나 거리에서 사람들에게 나눠주는 것이다. 거기에 드는 비용은 모두 스스로 부담한다. 사람들은 아무도 그가 어디서 온 누구인지, 왜 그런 행동을 하는지 모른다. 그를 두고 한국에서 온 소설가 손창섭이라는 소문이 파다하다.

1992년 가을 학기를 일본서 지냈다. 도쿄 대학 비교문학 대학원 방문연구원의 신분으로 체재한 것이다. 그때 재일교포 대학원 학생에게 한국인 작가에 대한 소식을 들었다. 모두 고국을 버리고 일본에 와서 거주하는 이들의 뒤 소식이었다. 젊은 독자에게는 생소하겠지만 해방 이전 일어로 작품을 써서 '식민지 작가'로 널리 알려진 장혁주(張赫宙)가 고령으로 생존해 있지만 외부 접촉은 일절 끊고 은둔자 생활을 한다는 것이었다. 연구 관계로 방문 인터뷰를 시도했으나 뜻을 이루지 못했다고 한다. 만년에 그는 영어로 소설을 써서 인도에서 출판했다는 것이어서 모국어를 떠난 작가의 곤경에 착잡한 심정을 금할 수 없었다. 그는 '민중의 비참한 생활을 널리 세계에 알리고 싶어' 일어로 소설을 썼다고 공언했듯이 식민지 현실을 그린 경향적 작가로 출발했으나 나중엔 전시체제에 협력하는 쪽으로 나갔다. 해방 후에는 남북 양쪽을 모두 비판하는 한국전쟁을 다룬 『아아 조선』이란 소설을 쓴 작가가 인도에서 책을 출판한 사정과 경위가 도무지 궁금했지만 더 알아보기에는 관심의 여력이 없었다. 그다음 손창섭에 관한 얘기도 얼마쯤 심란하게 하는 것이었다. 그는 기독교 계통 이단적인 종파의 열렬한 신자가 되어서 거리에서 전단을 나누어주고 또 이따금 한국대사관이 있는 건물에 나타나 계단에서 통곡을 하기도 하고 큰 소리로 횡설수설한다는 얘기였다. 그런 소식을 전해준 대학원 학생은 착실히 공부해서 지금은 일본의 대학에서 가르치고 있는데 근거 없는 얘기를 발설하고 전파할 사람은 아니다. - 유종호, 손창섭 추모 특집 「나는 나라도 집도 없단다」, 『현대문학』 2010년 10월.

세월은 다시 흐른다. 적어도 1979년부터 2009년까지 30년 세월 동안 손창섭은 우리에게 잊혀진 작가였다. 필자가 2009년 2월 중순 히가시쿠루메 시에 도착했지만 모든 게 너무 늦었음을 감지할 수 있었다.

노인 요양 병원에서 사인을 부탁받고 "난 사인이 없는 사람이외다."라고 한 것이 손창섭의 유일한 육성이었다. 병상의 그는 '손창섭'을 증언할 수도 없었으며, 그의 집에 들러 서가를 뒤져보았지만 남겨놓은 유고도 없었다.

세계(언어)의 핵심을 떠난 작가의 심연, 손창섭은 한국 문단이 그것을 풀어갈 숙제를 남기고 2010년 6월 23일 폐질환이 악화돼 도쿄 무사시노 다이 병원에서 쓸쓸히 숨을 거둔다. 향년 88세. 유골은 딸 도숙이 살고 있는 니가타 현의 한 사찰에 안치됐다.

손창섭의 사망 소식을 접하면서 떠오르는 생각은 그가 무려 삼십 년 동안 왜 침묵을 지켰는가 하는 점이다. 이 질문에 대한 답을 언젠가 소설가 조세희 씨에게 들었던 말에서 우회적으로 유추해볼 수도 있을 것이다.

나는 송장 세대입니다. 송장이 되면 미래의 일을 귀찮아하죠. 글 쓰는 것은 늘 싸우는 느낌이라 침묵은 싸움에서 패배한 것이라고 생각하기도 하죠. 작가에게 제일 어려운 것은 좋은 글을 쓰는 것이고, 그다음에 어려운 것이 안 쓰는 것, 세 번째로 어려운 것이 침묵인 것 같습니다. 난 침묵을 즐겁게 받아들였습니다. - 조세희, 「난장이가 쏘아올린 작은 공」 출간 30주년 기념 간담회, 2008. 11. 11.

손창섭에게 있어 삼십 년간의 침묵은 단순한 침묵이 아니라 쓰지 않는 침묵이며 그 침묵으로써 자신의 문학을 대신하고 있었던 것이다.

맺는 말

돌이켜보면 나는 손창섭 선생과 우에노 여사에게 최소한이나마 인간적인
예의를 지키려고 노력했다. 두 사람 사이에서 태어난 두 아이들은 지금
어디서 어떻게 살고 있는지, 그들의 호적은 누구에게 올라 있는지, 우에노
여사마저 세상을 뜨고 나면 인세는 누가 받게 되는지 등등 사소하지만
한 작가의 생애를 탐구하는 데 중요한 단서가 될 질문을 나는 차마 꺼내지
못했다. 자칫 우에노 여사에게 생채기가 될 수 있었기 때문인데, 우에노
여사도 자신의 과거를 미화시킬지언정, 내게 진실만을 들려주었을 것이라고
는 생각하지 않는다. 자신의 치부를 감추는 건 본능이다. 그런 생각이 꼬리를
물고 이어지면서 과연 나는 손창섭을 만난 것일까, 아니면 우에노 여사를
만난 것일까, 하는 의아심이 들기도 했다. 어쩌면 나는 아무도 만나지 않은
것인지도 모른다.

시간과 시간 사이의 간극에서 새어나오는 공허함 같은 게 내게 들러붙어
떨어지지 않았다. 난 스스로 부채의식을 떨쳐버릴 수 없었다.

속은 타들었지만 내색은 하지 않았다. 땀구멍마다 열패감이 몽실거렸다.
너무 작아 남의 눈에는 보이지 않는 땀구멍이지만 나는 나의 작은 열패감의

조각들을 액체로 만들어 쏟아내고 있었다. 그렇게 지지부진한 나날들이 흘러갔다. 그리고 지지부진을 자각하는 순간, 실제와 전망 사이의 정신적 질료를 찾아내야 한다는 의무감은 더욱 단단해졌다. 그 의무감이 이 글을 쓰게 했는지도 모른다. 돌이켜보면 나는 전쟁 세대의 자식이다. 폐허를 젖처럼 빨며 자란 전쟁 세대의 자식인 것이다.

그럼에도 흉중에 의혹은 남는다. 내가 '손창섭'을 만났다는 사실의 강도와 상관없이 이 글은 마치 허구로써 빚어낸 것 같은 느낌이 든다. 그건 내 안의 보이지 않는 무의식과 손창섭의 보이지 않는 무의식이 화학작용을 일으켜 '사실' 자체를 끊임없이 훼방하고 있는 데 기인한 게 아닐까.

나는 손창섭이 단편 「잉여인간」을 발표한 1959년에 첫 울음을 터뜨리고 살아온 이래 손창섭이 도일한 1973년까지 십사 년을 손창섭이 살던 나라에서 함께 살고 있었지만 실은 태어나기만 했을 뿐, 그 기간은 나이를 먹지 않는 미숙아에 불과했다. 세파에 시달리며 시대극에 참여한 것은 손창섭이었기에 나는 동시대를 살았으면서도 손창섭을 한 번도 동시대인으로 바라본 적이 없었다. 그런데 내가 손창섭이 도일한 나이에 이르렀음을 인지한 어느 순간, 시대착오적인 모순과 불합리가 한꺼번에 풀린 듯 나를 동시대인으로 만들고 만 것이다. 그의 선험은 이제 나의 경험으로 수렴되고 있었다. 내가 미숙의 눈으로 바라보았던 1960년대와 1970년대 풍경이 눈앞으로 당겨져 오면서 내가 놓쳤던 세목들이 마치 마당을 가로지르는 장대줄에 널어놓은 빨래처럼 확연히 드러나던 것인데 심지어 생체험이 불가능한 1950년대 풍경마저도 내가 살아본 날들처럼 손에 잡힐 듯 펼쳐지는 것이다.

손창섭에 대한 글을 쓰면서 자꾸 '나'라는 1인칭이 끼어든 것도 이 때문일 것이다. 손창섭의 소설을 읽으면 내 속에서 아우성치는 목소리가 들리곤 했는데, 이는 손창섭의 소설이 상당 부분 고백체라는 점에서도 이해가 가는 측면이 있다. 한 작가의 작품을 읽거나 필사하다 보면 어느 순간, 그의 이야기 대신에 '나'의 이야기가 흘러나오고 있음을 경험했다는 작가들의 고백을 감안하면 손창섭의 근대는 나의 근대와 맞물려 꼬리를 물고 이어지는 뫼비우스의 띠로 환원되는 것이다.

한 인간이 남긴 자취는 의문투성이기 마련이다. 그 인간이 한국전쟁을 온몸으로 경험한 전후 세대 작가라면 문제는 더욱 복잡해진다. 뼛속까지 스며든 폐허 의식이 그것일 테지만 그의 부고 소식을 접한 뒤 나는 더이상 손창섭에 대한 질문을 하지 않기로 결심했다. 그가 영면에 들기를 원했다면 바로 그 지점에서 그를 놔줘야 한다. 나는 그를 지상에서 온전히 놔주기 위해 다시 흑석동 산4번지를 찾았다. 날은 어두웠고 바람은 거셌으며 멀리 내려다보이는 한강은 말없이 흘러갔다. 거기서 만난 한 떨기 패랭이꽃을 손창섭의 영전에 바친다.

손창섭 연보

1922(1세) 평안남도 평양에서 3남 1녀 중 막내로 출생.

1935(14세) 만주행.

1936(15세) 일본으로 건너가 교토와 동경에서 고학으로 중학교를 전전.

1945(24세) 니혼(日本) 대학 중퇴.

1946(25세) 귀국했다가 월북해서 고향 평양에 거주.

1948(27세) 월남하여 교사, 잡지 편집기자, 출판사원 등의 일을 함.

1949(28세) 「얄구진 비」(<연합신문> 3. 29~30. 독자투고) 발표.

1952(31세) 6월에 김동리의 추천으로 단편 「공휴일」(『문예』 5~6월 합본)을
　　　　　발표하고 문단 데뷔.

1953(32세) 「사연기死緣記」(『문예』 6월)로 추천 완료, 「당선소감 '인간에의
　　　　　배신'」(『문예』 7월), 「비 오는 날」(『문예』 11월) 발표.

1954(33세) 「생활적」(『현대공론』 11월) 발표.

1955(34세) 「혈서」(『현대문학』 1월), 「피해자」(『신태양』 3월), 「나의 작가수
　　　　　업」(『현대문학』 5월), 「미해결의 장: 군소리의 의미」(『현대문학』 6월),
　　　　　「서어齟齬」(『사상계』 7월), 「인간동물원초人間動物園秒」(『문학예술』 8
　　　　　월), 「STICK 氏」(『학도주보』 9월), 소년소설 「꼬마와 현주」(『새벗』 11월)

발표.

1956(35세) 「유실몽流失夢」(『사상계』 3월), 「설중행雪中行」(『문학예술』 4월), 「괴짜의 변」(제1회 신인문학상 수상 소감, 『현대문학』 4월), 「광야」(『현대문학』 5월), 「신세대를 말하는 신진작가 좌담회」(『현대문학』 7월), 「미소」(『신태양』 8월), 「사제한師弟恨」(『현대문학』 10월), 「층계의 위치」(『문학예술』 12월) 발표. 제1회 『현대문학』 <신인문학상> 수상.

1957(36세) 「치몽雉夢」(『사상계』 7월), 「소년」(『현대문학』 7월), 「조건부」(『문학예술』 8월), 「저녁놀」(『신태양』 9월) 발표. 장편(掌篇)소설 「STICK씨」(『현대문학』 7월). 소년소설 「심부름」(『새벗』 5월) 발표. 창작집 『비오는 날』(일신사) 출간.

1958(37세) 「가부녀假父女」(『자유문학』 1월), 「고독한 영웅」(『현대문학』 1월), 「침입자(속 치몽雉夢)」(『사상계』 3월), 「죄 없는 형벌」(『여원』 4월), 「잡초의 의지」(『신태양』 8월), 「미스테이크」(<서울신문> 8. 21-9. 5.), 「잉여인간」(『사상계』 9월), 「인간시세」(『현대문학』 11월) 발표. 소년소설 「장님강아지」(『새벗』 1월), 「너 누구냐」(『새벗』 7월), 「돌아온 세리」(『새벗』 11월) 발표.

1959(38세) 첫 장편 『낙서족』(『사상계』 3월) 발표. 단편 「반역아」(『자유공론』 4월), 「포말의 의지」(『현대문학』 11월) 발표. 소년소설 「싸움동무」(『새벗』 3월), 「마지막 선물」(발표지, 발표연대 미상) 발표. 첫 신문소설 『세월이 가면』(<대구일보> 1959년 11월-1960년 3월) 연재. 『낙서족』(일신사) 출간. 「잉여인간」으로 제4회 <동인문학상> 수상.

1960(39세) 『저마다 가슴속에(통속의 벽)』(<세계일보> 6. 15-6. 30./ <민국일보> 1960. 7. 1-1961. 1. 31.) 연재. 「작업여적」(『한국전후문제작품집』, 신구문화사) 수록.

1961(40세) 「신의 희작(戱作): 자화상」(『현대문학』 5월), 「육체추」(『사상계』 101호) 발표. 『내 이름은 여자(여자의 전부)』(<국제신문> 1961. 4. 10-10.

29.) 연재.

1962(41세) 『부부』(<동아일보> 1962. 7. 1-1962. 12. 29.) 연재. 소년소설 「싸우는 아이」(발표지, 발표연대 미상) 발표. 장편소설 『부부』(정음사) 출간.

1963(42세) 『인간교실』(<경향신문> 1963. 4. 22-1964. 1. 10.) 연재. 「나는 왜 신문소설을 쓰는가」(『세대』 대담).

1964(43세) 『결혼의 의미』(<영남일보> 1964. 2. 1-9. 31.) 연재.

1965(44세) 「공포」(『문학춘추』 1월) 발표. 『아들들』(<국제신문> 1965. 7. 14-1966. 3. 21.), 「아마추어 작가의 변」(『사상계』 7월), 『이성연구』(<서울신문> 1965. 12. 1-1966. 12. 30.) 연재.

1966(45세) 『장편掌篇소설집』(『신동아』 1월) 발표.

1967(46세) 장편소설 『이성연구』(동양출판사) 출간.

1968(47세) 「환관」(『신동아』 1월) 발표. 「청사에 빛나리: 계백의 처」(『월간중앙』 5월) 발표. 『길』(<동아일보> 1968. 7. 29-1969. 5. 22.) 연재.

1969(48세) 「흑야」(『월간문학』 11월) 발표. 『삼부녀(三父女)』(<주간여성> 1969. 12. 30-1970. 6. 24.) 연재. 장편소설 『길』(동양출판사), 『여자의 전부』(국민문고사) 출간.

1970(49세) 『손창섭 대표작 전집』(예문관) 출간.

1971(50세) 「나의 집필괴벽: 우경(雨景)에 젖어서」(『월간문학』 9월) 발표.

1973(52세) 12월 25일에 도일. "가족을 먼저 보내고 아주 移住했다. 그는 언젠가 꼭 다시 오겠다는 말을 했다."(고은, 「'상황'은 절망을 낳고 절망은 이주를 낳는가」, <조선일보> 1974. 1. 31.).

1976(55세) 『유맹流氓』(<한국일보> 1. 1-10. 28.) 연재.

1977(56세) 『봉술랑捧術娘』(<한국일보> 1977. 6. 10-1978. 10. 8.) 연재.

1998(77세) 아내의 성을 따라 '우에노 마사루(上野昌涉)'로 개명.

2010(89세) 6월 23일 폐질환 악화로 일본 도쿄 무사시노 다이 병원에서 별세. 9월 25일 니가타 현의 한 사찰에 안치.

내가 만난 손창섭

초판 1쇄 발행 • 2014년 12월 5일

지은이 • 정철훈
펴낸이 • 조기조
편 집 • 김은경 김장미 백은주
표 지 • 정희기

펴낸곳 • 도서출판 b
등록 • 2003년 2월 24일 제12-348호
주소 • 151-899 서울특별시 관악구 난곡로 288 남진빌딩 401호
전화 • 02-6293-7070(대)
팩시밀리 • 02-6293-8080
홈페이지 • b-book.co.kr
전자우편 • bbooks@naver.com

ISBN 978-89-91706-86-6 03810
값 • 18,000원